熊的故事

陈应松　著

作家出版社

目录

熊的故事

一

　　他们三个人往山里走。他们，葛二篓、谷半仓和谷小冬。谷小冬是谷半仓的侄子，去往龙甲岭修路，修通往龙甲岭滑雪场的公路。龙甲岭是老林子，没路。葛二篓带领他们，葛二篓说，一切听我的，否则出了事我不管。好吧，谷半仓和谷小冬叔侄说。叔侄都没有出过远门，葛二篓见多识广，谷半仓叔侄当然就得听他的。

　　早晨的森林雾气浓重，水声潺潺。那些野水在沟里流，苔藓爬到石头上、朽木上。活着的大树从石缝里钻出，从崖壁上伸出。山很高，峡谷很暗，落叶很厚，树根在地面上到处乱跑，野蜂结着大巢，把树枝都压弯了。噪鹛的叫声怪模怪样，"喔哦、喔哦、喔哦、喔哦"。这以后，小冬发现这山沟里，特别多这种鬼叫般的鸟声。这鸟叫喊魂鸟，就是噪鹛，但山里人叫它喊魂鸟。没人住的地方，老林坝子里，就有许多没砍的大树，就有许多怪鸟。谷小冬家里，只有喜鹊叫，斑鸠叫，鸡叫，狗叫，声音都柔和，衔着阳光与人烟叫的声音，很亮堂。

　　越往山上走，树越少了，有的是巴山冷杉，还有些秦岭冷杉，要不就是高山杜鹃和草甸。草甸上是老鹳草，开着红花；还有柴胡，开着黄花；还有红景天和紫堇花。能听到灰胸竹鸡"你是谁，你是谁"的不停质问声，松鼠抱着陈年的橡子往树洞里跑，它们活得很自在。树死了不少，是自然死亡的，也有些多年前伐过木的桩头，都腐了，有的木质好的，还没腐烂，像一些凳子，让白云闲坐。这里没有人。

他们本来想歇息，却看到前面的草甸上，一只小狗熊在一个树蔸上独自玩耍。

葛二篓小声地对谷半仓他们说："看哪！"

三个人都看到了，他们闪到一棵巴山冷杉后头。这棵大冷杉直刺进黛青色的天空，加上枝叶茂密，有巨大的阴影可以遮住他们。加上有雾，雾还不小，一团团地从崖下翻上来，呼噜噜往草甸上弥漫开去。这是早晨，整个山冈还在沉睡，只能看见轮廓。东边出现了没被云雾遮住的早霞，像那边有个炼钢厂，又像那边山里失火了。

小熊那儿，是几个树蔸，让野兽找到了玩耍的地方。葛二篓将头伸出去看了许久，他脖子长，像一只青鹤。那只小熊在雾里东摇西晃，葛二篓小声说，还有老熊。他的声音有恐惧感，很紧张，呼吸不均匀，喉咙里哽着痰，又不敢咳嗽。草甸不大，有高大的怪石，离下坡墨绿的巴山冷杉林有几步之遥。大蓟长得张牙舞爪，还开着狰狞的红花，但花不像花，叶不像叶，像一群鬼怪。谷半仓这时把葛二篓戳了一下，葛二篓吓得跳了起来，像脚底下有盆火烫了他，嘴里嗖嗖地抽气。转过头厉声地问："你戳我干什么啦？"

谷半仓没晓得葛二篓会生气，为戳一下，就骂骂咧咧地不高兴了。"以为我怕吗？"葛二篓说。没人说他怕，他自己心虚，他从背叉子里抽出钏刀，竟然朝小熊玩耍的地方走去。

谷半仓叔侄俩看着葛二篓往前面跑，这可要小心，一定有大熊，虽然此时山上非常安静，谷半仓的心一下子就提到了嗓子眼。葛二篓是怎么啦，抓小熊去的？老熊一冲出来他就会没命，不死脱层皮；老熊护崽可不是好玩的，会拼命，会将他吃了，最不济甩给他一巴掌，将他的半张脸扒下来，让他没了下巴，臭涎哗哗地往下淌。神农山区，有些没下巴的男人，就是让熊扒掉的。

"以为哪个怕吗？"葛二篓还在边走边嘀咕，眼睛横着。

有些人，因为害怕，就变得勇敢，就不要命了，这种反常行为让谷半仓很好笑。拉不住他，就护着小冬，眼珠子努出了眼眶，看葛二篓到底去干什么，这个早上怎么死的。

"二、二篓。"谷半仓虽然没葛二篓脑瓜子活，但对山里的事，比葛二篓懂得多，还是喊了一声。

"你管老子！"葛二篓的回答很决绝，横了，头也不回地朝前面走去。

"你往哪儿跑啊！"谷半仓像是自语，也是绝望地说了这么一句。

一个中规中矩的男人，在山野里突然就成了勇士，这变化太快了。还攥着把钏刀，这刀有屁用呀，老熊还能怕一把砍柴的钏刀不成？葛二篓轻松地走着，仿佛战胜恐惧后，就获得了大自在大力量，剩下的就是将熊瞎子玩于股掌，剁成肉酱。面对一头熊，他就像是去公园一样，这家伙有那样地狠？谷半仓叔侄看着葛二篓朝手上吐唾沫星子，握着刀，长长的影子拉拉扯扯挂在大蓟的尖刺上，好像一只大蜘蛛在山冈上织网。

小熊发现了有人过来，停止了玩耍，将脚踩到地上，歪歪扭扭小跑着钻入了冷杉林。

葛二篓没有撵，用钏刀在朽木蔸上狠狠地劈了几下，将树蔸砍开，捡了块石子卡在缝隙里，然后弯腰往这边跑回来。

"你干啥哩？"谷半仓问回来的葛二篓。

葛二篓嘴里喘着气，其实谷半仓叔侄都明白了葛二篓想干的事，他是想开个玩笑，让小熊受点苦，就看小熊会不会再回来，会不会上当。

葛二篓因为劈树蔸，汗下来了，钏刀上还有些木渣子。他用手擦拭着，插回到腰上的木叉子里，说："哎，你们别挡着我，今天去工地，看咱们有没有口福搞一顿肉吃。"

这肉不可吃，谷半仓想的是千万别惹熊，弄得不好，危险上身，说不定性命丢在这里哩。

黑脸噪鹛在树上啾鸣，噪鹛不是噪鹊，叫声好听，跟缎子似的光滑明亮。刺猬在箭竹丛里爬行，一只猴子在树上蹭痒，冷杉林有风的高远声音。周围没有异样，也没有危险的样子。

"咱们走吗？"谷半仓问葛二婆。

"等会儿。"葛二婆看了谷半仓一眼说。

不一会儿，小狗熊又出来了，那个光滑的树兜玩具，它可舍不得。葛二婆眼睛眯成了一条缝，咧着嘴笑了。

小熊又坐上了树兜，瞧着屁股底下，这兜子咋有了一条大缝，里面还搁着块石头？于是好奇地去抠那块石头。一切都按葛二婆的设计在走，葛二婆将石头卡得不是很紧，正好让小熊可以扳掉。小熊刚抠出那石头，裂口瞬间就弹拢了，小熊的睾丸便夹在了树兜里。这下可麻烦了，小熊哇地叫了起来，声音不大，这草甸太空旷，小熊的睾丸凶多吉少，不破也够呛。小熊接着果然发出了惨嘷，它越挣扎，那东西夹在树缝里，越伤得厉害。

小熊的下身真的夹住了，虽然叫唤，但卡在那里不能动弹，疼得四肢乱抓，树皮乱飞，它想把自己拉出来。母熊呢？母熊没听到，没有母熊？这就坏了，小熊的惨嘷声在山林里激荡，打着旋涡，一直撞到远处的崖壁又飞回来。葛二婆等不及就朝小熊跑去，用钏刀狠狠地往小熊头上拍了几下，小熊咕噜咕噜哀叫几声就闭嘴了，整个身子也软了。葛二婆拎着小熊，就招手让谷半仓他们跟着他往山上跑。

是的，必须离开，免得母熊来报复他们。

谷半仓认为这熊只是夹坏了一只蛋子，跟狗似的一丁点，不值得吃，加上这熊可怜可爱，谷小冬就要把它背着。谷半仓还扯了些草药来给小熊敷蛋子，确信还有一只蛋蛋是好的。为此，谷半仓跟葛二婆大吵了一架，谷半仓说葛二婆不该手痒，将小熊的蛋夹坏了，丢在野外一定会因感染死掉的，这样才让谷小冬背上，反正是背篓，给它腾出个空间，就背上了。

"熊是这样的，你不搞它，它就搞你，俺爹是咋死的晓得啵？"

葛二篓的爹是咋死的村里人都知道，熊咬死的，当然，那时候山上也没禁猎，有一天葛二篓的爹上山下套子套兽，碰上了熊，第二天村里人去山上找人，他爹只剩下几块骨头，但鞋是葛二篓爹的，这样就认了是熊伤害的。对此，村里人也没有吃惊，常言道会玩刀的刀上死，猎人死在野兽的口里，天经地义，没啥好说的。今天葛二篓在路上替他爹报了一仇，这也是没想到的。

小熊在背篓里还是不停叫唤，它疼，谷小冬就将小熊放进怀里，腰上缠着绳子，小熊在谷小冬的胸前有了暖意，加上谷小冬抚摸拍打着它，安抚它，让它平静喘息，伤口会好受一点。果然，小熊的叫声就小了，呜呜咽咽的，就是哼哼。谷小冬看它，小熊就像一条小狗，跟小狗一样可爱，毛茸茸的，小眯眼、小鼻子，怪不得叫狗熊的。

快走到黑水河时，峡谷里响起了一阵炮声，小熊又哼哼唧唧地叫唤起来，空气中有浓郁的硝烟味，也不知前方在干什么，应该是龙甲岭要削山做滑雪场的滑道。天快黑了，在爆炸中腾起的红色亮光和黄尘，照彻着四周突兀的山峰和沉沉的森林，把宿鸟惊吓住了。头顶上，全是扑打着翅膀的影子和声音，整个群山笼罩在辛辣的气味中。荒野里千年夜晚的沉寂打破了，僵硬的山冈骚动起来，风像喝醉了酒，恶狠狠地在林子里刮。

他们看见有个人走过来了，是个采药人，手上拿着挖锄，背篓里有许多药材。一问，才知是黑水河三叠潭在趁修滑雪场的当儿，顺便将大土匪黄金虎传说的藏宝洞弄清楚。那个采药人说："你们这是去修路吗？可要当心，石头满山飞哩，小心砸破了头，听说有砸伤的，是死是活还不知哩。"

"修滑雪的地方，咋跟找藏宝洞连上了？"葛二篓嘀咕，"你们信有藏宝洞吗？"

"不一定，听说黄金虎藏了几千斤黄金，要不咋叫黄金虎哩。"谷半仓说。

"别管它，那样的事咱们在工地上别掺和，挖出黄金，也不会分给咱一两。"

半夜时分，他们才到达工地。葛二篓对谷小冬说："想把小熊咋办的？"

"就给他玩儿吧，小熊又不是大熊，还能咋办，怪可怜的，要吃它不是太小了点吗？再说了，小冬喜欢，就让他养着呗。"

"咱们在这里是修路的，还能养头熊？你自己能吃饱就不错了，能给小熊吃吗？"

谷半仓说："先不说吃，小熊卵蛋夹破了，活成活不成还是个问题，你就别惦记这熊了，这个小不点，你也替你爹报了仇，满足了。"

"这算报仇吗？嗤！"葛二篓冷笑了一声，"好吧，我看小冬是不给我了，只是，别让工地的人发现，发现了也千万别说是我捉的，我可不认账哟，你们叔侄得想办法将熊藏住，跟藏宝一样，让人发现了，可不是好玩的……"

到了工地，工友们都没睡，都在兴奋地谈论三叠潭要炸藏宝洞的事，各种传闻都有，有说潭里有人钓鱼，钓出来过金虎、金龙；有说有人在潭边捡到过金碗、金饼、金条。也有人说那都是扯淡的，大土匪黄金虎被当时的官家追杀得钻山里到处逃亡，吃了上顿没下顿，哪儿有什么藏金洞，某些人想钱想疯了。

铺好了床，啃了两个带来的红薯，宿舍的工友说你们还带了小狗来吗？因为背篓里的小熊一直在叫，虽然小熊用杂草捂住了，但呜呜地哼叫声还是让工友听到了。谷半仓赶忙拿上背篓，将小冬叫到工棚外，说，小冬，这东西得处理掉，以绝后患。可谷小冬不干，说咱还得给它治伤哩。谷半仓说，熊再怎么也不是狗，养大了会伤人，玩不得的，咱们这儿，你见过哪个养熊的？只听说打熊。谷小冬央求说，叔，先养几天治好它的伤不行吗？谷半仓劝不了侄子，说，要不这样，咱们先将它藏起来。

叔侄俩在工棚后面的山边，找了个小山洞，将小熊放进去，给它铺了些草，放了两个红薯和水，用石头将洞口堵住，这才回工棚睡觉。

第二天，工地让他们参加誓师大会。人可真多，不是修路，是寻宝的动员会。听说要将修路和寻宝结合起来，一边修路一边寻宝。

一块大石头上，一个人用电喇叭对大家说："各位领导，各位工友，龙甲岭滑雪场的建设者们，我们三峡遥感航拍探宝队，通过几天的努力，发现了极有价值的信息，得到了宝贵的、可靠的资料……"这个男人穿着航空服，声音洪亮，两片阔大的嘴唇给人信任感，他用一根棍子指着一张画得像八卦的大图说："我们的影像数据显示，这儿有异常的回声，有强大的反射波段……我们的直升机上装有最新款的 XM—RA100000F 超级地下金属探测仪，有目前国际上最先进的激光成像仪和伽玛光谱测量仪、磁测仪、重力测量仪。特别是伽玛光谱测量仪，能发现地底深达十公里的金矿。今天，我们可以负责任地告诉大家，我们找到了两个重要靶区，非常强烈，是这种形状的……"他用手比画："大家看明白了吗？是一个长方形的物件，仔细分辨又分成若干个大小一样的箱子状的东西……这肯定不是矿，是人为的。通过波段比值和主要成分分析，这个可疑点可能就离我们要找的黄金虎藏宝洞不远了，也许再努力一把，近百年的谜底和传说就要揭开了！"

他旁边是一个指挥部的领导，接着他的话说："感谢三峡遥感航拍探宝队，给我们带来的振奋人心的消息，我们滑雪场工程指挥部要立即行动，寻宝、修路两不误！……"

二

葛二篓找谷小冬敲了两包烟，才答应将小熊给他，也答应为他保密。

工地上的人现在都在说三叠潭挖宝藏的事，说那个直升飞机能探到水下洞里有宝吗？土匪黄金虎又是怎么放进去的呢？葛二篓抽着谷小冬为他买的烟说："黑水河过去的确叫金水河，三叠潭有啥呀，全是娃娃鱼，当年我在三叠潭钓娃娃鱼，一天钓一背篓，从没钓起来过什么金条金龙，就碰上过一次大水怪。"他说起那个大水怪，是在傍晚天快黑的时候，他收拾钓竿准备回家，天气十分闷热，快要下雨了，只见潭中冒出阵阵青烟白雾，再一瞧，妈呀，烟雾里有几个巨型怪物，灰乎乎的，凸出的双眼发出蓝光，活像一对大灯笼，嘴巴像个大筲箕，这不就是传说中的大癞嘟吗？他吓得赶快往村里跑，连滚带爬回了家。葛二篓说，三叠潭是有点怪，当地的老乡告诉他，潭里的大癞嘟都是在山里修炼了几百年的金蟾，金光闪闪，你抓不住它们，你抓住了就是一坨金子。

有人反驳说，这是鬼扯，哪有什么金蟾怪，你看到的是大鱼，扯这些唬谁哩。葛二篓说，你晓得龙甲岭为啥叫龙甲岭？是东海龙王晒鳞甲的地方，龙甲也是金子，龙王晒甲时金光闪闪。黑水河过去就是金色的，就叫金水河，只因后来砍树，开山炸石，将龙王吓跑了，水就变黑了。

葛二篓说："看滑雪场的广告，什么疯滑雪跃的享受，应该是风花雪月，糟蹋老祖宗的汉字哩。哪儿弄那么多的雪？听说滑雪场全是人工造雪，不是假的吗？修路，砍树；平整滑道，砍树。都是砍树，听说要修越野滑雪道，还有旅游滑雪道，都是几公里长哩，可惜了，咱们山里的这些好树和好坡田……"

施工队的吕队长要他别扯远了，说："你说修滑雪场不对，你抵制你就不干，卷铺盖回家呀，俺施工队缺你这个胡萝卜就整不出酒席来？"

葛二篓乖乖闭嘴了。小熊因为叫，还是被工友们知道了，也不知是不是葛二篓给讲出去的，他嘴碎，心里存不住东西。谷小冬觉得这小熊看不出是熊，就让它晒晒太阳，结果有人见了，问是啥狗。谷小冬说是柴狗，田园犬在神农山区叫柴狗。炊事员刘腊货讥笑谷小冬说："这娃子，是熊么，熊还认不出，卵蛋呢？卵没了，你们真是狠人啊，就不怕吃牢饭呀？"

吃完饭，正准备上工去，脸上瘦得只剩下鼻子的吕队长，把谷半仓叫去问："到哪儿搞到的熊？还养着哩，是吗？"

"熊？"谷半仓故意装聋作哑。

"狗熊哩。"

"没有狗熊，是狗。"谷半仓说。

见他要离开，吕队长从宽大的鼻子里喷出一股气来说："嗤，狗熊狗熊，三分是狗，七分是熊。你说是狗，还是熊？"

他拦住谷半仓，打开手机，翻出有人拍下的照片给他看。谷半仓这下没说的了，哪个家伙打小报告，狗日的不得好死。

"是这样的，吕队长，我们也不认识，是有人要杀了吃它，我侄儿小冬拿两盒烟换的，才保住了这小狗的性命，也许是狗熊，反正不让它死，不是好事吗？"

吕队长拍打着他的手机说："你们还是交公算了，我现在事多，没听说三叠潭寻宝吗？你们这些屁事，就说藏哪里了？"

"又不是黄金虎的宝，放哪里你就别管了，你说的，就屁大点事，又不占你队长的眼，也不找你讨吃的，你管尿呀！"

吕队长说："也是，可有人举报我能不理嘛，熊这东西，反正听说保护了，咱也不清楚其中政策，发现要罚款的，听说要罚至少三千元哩，你们有钱罚吗？"

"才来两天，要罚我脱短裤认罚。"谷半仓说。

"臊臭人哩。"吕队长扇着大鼻子走了。

在半山上喂小熊的谷小冬，听他叔叔说吕队长要罚他们三千元，一下子愣了。

"放了吧，小冬。"叔叔说。

可谷小冬摇头不让。

到了三叠潭工地，吕队长凑了过来，对谷小冬说："你叔叔都承认了，小熊是你在森林里捉的。"

"不是啊！"谷小冬喊冤。

"还听说是你把小熊的蛋蛋夹破了？"

"不是啊，不是我！"谷小冬大喊。

"有理不在声高，你嚷嚷个啥，非要森林公安来收拾你们？"

吕队长在那儿发火时，从潭里飞过来几块爆炸的石头，从他的耳边擦过，发出哗啦的怪叫声，吕队长吓得赶快溜之大吉。边跑边对谷小冬说："还不戴好安全帽！"

三叠潭可热闹了，葛二婆因为对这里很熟悉，被选中拿炸药和雷管到潭里炸洞。他穿着短裤，站在潭边的一块大石头上喊："把东西拿过来！"

他喊的是一个头上系着草绳的老头，老头是他请来的。老头面色难看，在潭边点燃黄表纸，还向水里丢红色的朱砂粉，嘴里咕咕叽叽，这老头是个火居道士。他在那儿装神弄鬼，将黄表纸烧得满天飞时，三叠潭的水里突然跳出来许多大白鱼，又扎进潭中。兴许是炸炮的火药惊扰了它们，或是有什么预感，见这么多鱼，修路的工人就激动了，有说多丢炸药包，有说把巴豆磨浆倒进潭里，有说去捋醉鱼草切碎，有的说干脆到镇上去买百草枯、鱼死净，既把鱼毒死，也能把大癞嘟水怪毒死，一箭双雕。

但有的人说，水下的水怪是毒不死的，只要成了精，你就毒不死它。献计献策的人吵吵嚷嚷，分成两派，开始舌战，谁也听不清谁的，只是比声高。后来不知怎么，一言不合便掐起架来，有的跌进水潭里，有的倒在石头上，把个吕队长急得手握电喇叭喊："大家住手，团结和谐！不要打了，再打开除！"

谷半仓对他们说："啥都不要，只要二十捆醉鱼草就行啦！二十捆！"

谷小冬知道叔叔说的是对的，可惜谷半仓的声音太小，没有人听到。

这时候，葛二篓在水里放导火索，还有人用油纸包炸药和雷管。谷小冬和谷半仓往后退着，他们不会水，只是拿着锹和筲箕，准备刨石头、运石头。

躲到安全处，就听到一阵放炮的砰砰爆炸声，水里蹿出来一丈多高的水柱，水中突然出现了巨大的霓虹，从山的这边挂到山的那边。这是"深水炸"，终于炸响了！黄烟散后，潭里浮出一层白花花的死鱼。接着，连环炸开始，巨大的爆炸将潭边岩上大大小小的石块崩进水中。

那些鸟，松鸦、大嘴乌鸦、饿雀子、褐河乌，似乎并不怕这爆炸声和乱溅的石块，不知从哪里飞出来，哇哇噪叫，在水面上叼起炸死或震昏的鱼，四处扑棱着，乌泱泱地占满了天空。

工人们都去抢鱼，但抢不过飞鸟，还被它们啄得鲜血直流，鬼喊鬼叫，抱头鼠窜。

请道士的事不知怎么被指挥部的领导知道了，两个领导从龙甲岭敞着衣服、大汗淋漓地赶来，冲进人堆里，将手拿黄表纸和红色朱砂的老头儿拎起，问他是哪儿的，谁让他来的？吕队长只好承认是他同意请的，是怕"深水炸"出事，一切为大伙的生命安全着想。

指挥部的领导对吕队长和那个老道士说，你们这是乱搞封建迷信活动，安全生产能靠道士作法吗？在场的工人还有没戴安全帽的，这能安全吗？吕队长说，好多是当地的农民，新来的，还没有培训哩，不是说要赶快炸洞寻宝吗？指挥部的领导先将老道士撵走了，再对吕队长说，你若这么瞎搞的话，咱们换人做。吕队长连连保证说再也不会了，吸取教训。

其实对吕队长的搞法大家早有异议，有知道葛二篓的，就告诉过吕队长，千万别听此人的，否则你后悔药没得吃。吕队长给葛二篓打圆场说，老葛当过村干部，在宜昌养过梅花鹿，见多识广，人家也是热心，怕这"深水炸"有什么闪失，心是好的。

葛二篓排引信还放雷管和炸药，能从潭里回来，算是命大。烧火做饭的刘腊货说："二篓，我可没给你中饭下米咧。"

葛二篓说："没吃的，为啥？"

刘腊货说："以为你喂了龙王爷，肉包子打狗，有去无回咧。"

葛二篓身上水淋淋的，肚子饿得咕咕叫，被刘腊货的话激怒了，上去就朝刘腊货揎起了拳头，边打边说："你这货咒我死呀，我叉你巴子的！"

谷半仓赶快去拉这两个人，说别打了，我的饭给二篓吃。刘腊货被葛二篓揎了几掌，认为谷半仓拉偏架，捂着流血的鼻子说："半仓，你可记着，你们两个欺负我哩。"

谷半仓说："冤枉呀，刘师傅，我不喜欢看人打架。大伙看热闹，你看，大伙都拿手机拍你们的视频哩，哪个来劝架了？现在越来越邪乎，巴不得出人命，发视频发抖音才有流量，邪了，邪了，咱们村打架可不是这样的，要劝和呀……"

三

谷小冬刨石头运石渣，大人们的事他不想管，下工之后就跟小熊在一起，给它敷伤口，没几天，小熊的伤竟然好了。虽说没有了半边蛋子，但伤好后恢复了活泼，依然很贪玩，整天在山洞里呜呜叫唤，把谷小冬给它弄来的茅草和树枝都扯碎了，把洞壁扒出条条槽迹。谷小冬弄了食堂的泔水剩菜给它吃，还给它摘野果，端阳泡、四月籽、马桑果、糖痢儿等。糖痢儿有刺，但小熊会剥。四月籽比蜂蜜还甜，"三月娄籽四月籽，我吃娄籽你吃屎……"谷小冬唱着小时候唱的儿歌，给小熊吃四月籽，有一天下雨休息时，还去山上掰来箭竹笋给它吃。

谷小冬太喜欢这小熊了，干脆就跟它一起睡在山洞里，铺上了厚厚的茅草。小熊跟小狗一样，睡觉时就钻谷小冬的被窝，谷小冬搂着它，它柔软的黑毛也不刺手，非常温暖，可以抵御山里夜晚降临的寒气。它会在高兴的时候用舌头舔谷小冬的手和手臂，跟谷小冬家里的狗一样。小熊的舌头带刺儿，它自己也舔它的两个前掌，吧嗒吧嗒舔得很香，就像吃什么山珍海味。叫他狗熊是有道理的，它就是一条狗，很像狗。有时候，谷小冬就把它当成一条狗了，丝毫没觉得它是只熊。

可是，这小熊白天并不喜欢跟谷小冬交往，它吃饱后就会呼呼大睡，有时睁着猩红的小眼睛，望着头顶上的石头。它会在石缝里掏什么，它总是走来走去，拉扯自己的耳朵，甚至把耳朵拉出血。它舔自己的手，一直把自己舔臭。加上它到处拉屎拉尿，虽然谷小冬非常勤快地打扫，但狭小的山洞里还是散发出一股挥之不去的恶臭。怕人偷这只小熊，谷小冬不敢回到工棚，就睡在旁边的一个小洞里。

熊舔手掌，听说它的掌子有很高的营养，老人讲，熊在冬天几个月不吃不喝，就靠舔自己的掌子生存，舔一下熊掌可以三天不吃东西，这也是熊掌被视为山珍的原因。但这只小熊越养它，它越在半夜时叫唤，抓自己，抓嘴唇，抓得血淋淋的。它会站起来，露出胸前白色的月牙，据说这月牙的白毛印，是老天爷专供猎人瞄准的，猎人瞅见狗熊站起来，露出胸前的白月牙，瞄准后一枪致命，正在心脏处。

小熊睡觉常常是蜷在角落里，拉着系住它脖子的那根绳子，半夜睡梦中抽搐，发出小娃儿一样委屈的呜呜声，会摸自己的裆里，大概是睾丸的痛感苏醒了，这种恐惧将跟随它一生。

工友们不知道谷小冬在哪儿睡觉，也不知那小熊在还是不在了，反正，为这只小熊，谷小冬把兴趣转移了，他就住山洞。他的洞离小熊的洞不远，爬上去有三四米高，洞口有几棵蜈蚣刺，有火棘，有三叶木樨的藤子和牛火藤遮着。

这天，谷小冬从洞里出来，看到洞顶上一棵漆树在动，他以为是一只野羊，或是麂子。等没了声音，他走出去，听到前面的石头背后，有拨弄树枝的声响。他捡起一块石头甩过去，听到"呀"的一声，砸中的是一个人，又听到了咳嗽声。谷小冬看那人跳起来，把草丛弄得噗噗响，嘴里发出麂子一样的叫声，就是咳嗽声，麂子的叫声像人的咳嗽。那人咳喘着，像一个野人，头发像一个野鸡窝，脑门像个狭窄的鼠夹，歪着肩膀。是葛二婆，葛二婆成这副模样了！

葛二婆又是来找小熊的，也缠着谷小冬要小熊。他的意思就是找谷小冬要钱，他说小熊是他抓的，他献给公家不会只得两包烟，至少奖励一千块钱。可谷小冬没有钱，但他喜欢小熊。

"你砸我干什么？你跟踪我吗？"葛二婆说。

"你呢，你干啥哩，跟鬼一样的。"谷小冬说。

"不是想顺便抓几只蝙蝠改善伙食吗，口里麻苦，没得味。见到你，这就好了，咳咳……我在潭里感冒了，不知得罪了哪方水神，我把我的小熊拿去换药吃的，要不，我把它放生。"

"你的？"

"不就是我的吗？不是我抓的？我说小冬，不能占人家财物，这是没家教的表现。你叔说了，让你把小熊给我，不然，要罚款罚你三千，你有吗？干脆还给我，你就没事了，明白我的意思没？"

"没熊呀。"谷小冬说。

可是，熊在叫，葛二婆听到了，他眼睛到处转溜着。"你以为谁不知道你藏了小熊，只是大家觉得你一小娃子不与你一般见识，天天晚上鬼一样叫唤，别人没长耳朵？工地伙食这么孬，天天青菜萝卜，说是鸡汤，全是没肉的鸡架。不是洋芋就是土豆，不是土豆就是马铃薯，你还能吃啥？吕队长是三包，明白三包吗？钱全让一包二包赚啦，到他这里，只有喝汤的份，只好克扣我们啰。大家早盯着这只小熊了，想改善下伙食……"

谷小冬把葛二婆拦着，不让他往藏小熊的山洞那边走。嘴里说："我给了烟你，等发工资了我再给你买烟。"

葛二婆咳呛着说："行了，我才不稀罕你什么烟，十块的红金龙，苦得没法抽，我在宜昌抽什么？抽什么，知道吗？黄鹤楼一九一六，一百块钱一包！我一包抵你的十包。我看算了，这样，要不，我们俩把它搞吃了，在这里悄悄弄个炖锅。"他竟然从荷包里掏出一个酒瓶，里面晃荡着透明的液体。

谷小冬看他掏出钏刀，在石头上荡了两下，要开杀戒的架势。必须将他引开，谷小冬便不顾一切地往岩下跳去。

"哇，你咋想不开哩，我是开玩笑的，小冬，你摔死没？"葛二婆在上面着急地喊。

谷小冬爬起来，腿崴了，有点疼，好像没大事。他突然边跑边喊："葛二婆，你家失火了，你老婆偷人！……"

葛二婆在崖上哈哈大笑道："好你个小猴精，谷小冬，我警告你，你不杀熊，会出大事，母熊来了，你听好了，母熊来了，找小熊的，昨晚我听见母熊在呼叫，你跑不脱啦！……"

谷小冬想着母熊来了的事，他咋没听到叫声呢，是不是葛二婆在吓唬他？这么远了，母熊怎么能找到这里？于是谷小冬将藏小熊的山洞加了几块大石头，再放了许多杂草树枝掩盖洞口。

施工队在三叠潭埋了五吨炸药，什么也没炸到，一块金子也没找到。那个三峡遥感航拍探宝队又声称在龙甲岭的大熊洞里发现了异常信号，施工队又扑向龙甲岭，又开了一次大会。搞航拍的人说，当年大土匪黄金虎盘踞在龙甲岭，常下山抢劫村民财物，奸淫妇女，无恶不作。村民恨死他们，于是在洞中设宴将数百土匪灌醉，然后用石头堵住洞口，点着干柴加干辣椒猛熏，土匪在里面全熏死了，因此洞口百年来臭气熏天，也就把他们藏在大熊洞的宝藏给封住了，有信号表示里面有上百口大箱子，就看大家敢不敢进去探宝。

问题是爬不上大熊洞，因为过去有条小路被村民挖断了，怎么往洞口填炸药？吕队长将价开到送一篮炸药五十元的价码，钱就放在大石头上。许多人被这五十元大钞折磨得大汗滚滚，都不敢拿命去赌。

吕队长还是动员葛二婆和谷家叔侄，说你们三个人是来自吊岩子村的，都在崖上打过金钗石斛，爬上大熊洞有什么困难的？

"让谷小冬这小子去，他胆儿大，爱爬高上梯，在崖头上跟猴儿似的。"葛二篓给吕队长建议。

这让谷半仓火了，说："二篓，咱们可是一个村的，三人来，三人回去，你带队来的，万一我侄儿有个三长两短，我那爹可要拿土铳赶你的。"

"我不是为小冬争取收入吗？"葛二篓争辩说。

"小冬你放过他，这事儿，我去，你去。"谷半仓对葛二篓说。

"别他娘让葛二篓去，上次害得我差点丢了项目。"吕队长斥责说。

葛二篓得意地笑着说："嘿嘿，吕队长，我保证你离不开我。"又悄声给谷半仓说，"别听他的，咱们来，不就是挣钱吗？这是个机会，要死，咱们一起死，要活就一起活，我不害你，你不害我，行吧？"

葛二篓咋不要钱呢，他两个妮子都在读书，一个初中，一个高中，都是住读，周末回来要走十几里地，都是找他要生活费要学费的。谷半仓的儿子虽说考上了中专，学汽车修理，也是要钱花的。谷半仓还做了新房，账还没还完哩，两个人就在腰里系上了绳子。还有一个工友也要上去，那人比他们更积极，正在往上爬时，脚一溜，从崖上滚了下来，好在有大树挡住了他，又加上有绳子吊着，保住了一条命。但那人卡在崖上树丫里大喊，没有人能救他，除非葛二篓和谷半仓上去后，用绳索将他吊下来。

谷小冬看着叔叔很轻松地往上爬，找准了蹬脚的地方，又有些小杂树。但吕队长在下面喊，要葛二篓和谷半仓去救那个卡在树上的人。葛二篓在上面，他还带着引线和雷管，他真是豁出去了，谷半仓紧跟着他爬。

葛二篓因为长期在崖上采药，身手还算矫健，谷半仓倒是手脚不利索，因为崖壁太陡，两只腿像抽了筋打着战。葛二篓兴冲冲地往上爬，却在一块岩边停下了，眼睛硬得像鹅卵石，回头指着崖顶对谷半仓说："你听见熊叫了吗？"

谷半仓说没呀。

"大熊洞咋没有熊哩，要是有熊咋办？"

谷半仓没想到他这时候提熊，没理他的茬。心想，大熊洞住熊也在理，但大熊洞封了快百年，哪儿有熊？

葛二篓又说："半仓，咱们两个打不过一头熊。"

"这悬崖绝壁的，哪儿找熊去，问你上还是不上？"

"上呀，上呀，不上，那几百块钱咋能到荷包？哎，半仓，你说咱能把那个人吊下去吗？"

"可以呀，我看他蛮可怜的，咱们去救救。"谷半仓说。

"危险呀半仓，为几百块钱咱不能把小命丢在三叠潭。"

说是这么说，葛二篓还是先将手上的炸药和雷管放到一棵树边，卡在石头与树的缝里，又将谷半仓的篮子也放在一堆。他先荡到那个人身边，那个人估计受了伤，在树丫里不停地哼哼着。葛二篓对他说："喂，你能下去吗？我们给你放绳子。"

那个人的眼珠子翻着说："好吧，好吧，这五十块钱就没啦。"

"你这哥子，命要紧，有了命，你哪儿挣不到五十块钱！"

那人的眼珠子咕噜咕噜乱转，说："我那五十块钱的炸药你们能给我捎上去吗？我得三十，你们一人十块。"

谷半仓也荡过来了，笑着说："哎，你要是摔下去，你啥都没有啦，行行，我们给你捎上去。"

"那谢谢你们啦，你们可是大好人，菩萨呀！"

葛二篓和谷半仓两个将那人重新系好，慢慢将他放下，崖底的人都拍手叫好。

吕队长要他们抓紧时间快上去，将炸药埋好。

终于爬到了大熊洞，谢天谢地，洞口果然是大石头堵住的，没有熊和其他野兽活动的痕迹，洞口杂草丛生，刺藤密布，有一股臭味从洞口的缝隙里往外冒。葛二篓排着引信，自言自语说："好了好了，菩萨保佑没有熊,这下就好了。"

他们排好引信,撬了石头,将炸药放到石缝里,将绳索荡到崖壁边的凹处,躲藏起来,并喊着崖下的人赶快躲开。一切停当,炸药点燃了,轰隆隆——

第一次爆炸,几块大石头震落下来,砸进三叠潭。

第二次爆炸,一堆石头落下,像天女散花,冲向四面八方。石块落入水潭,溅起的水花再一次冲到天上,硝烟黄尘填满了整个黑水河峡谷,一些老鸹被熏得从空中叽叽往下掉。

炸药陆续吊上来了。第三次爆炸,终于将大熊洞炸开了!顿时,一股刺鼻的陈尸气味如飓风向洞外喷射出来,暗绿色的气体在空中飞散,葛二篓和谷半仓两人虽然躲在岩石后头,也被喷得满身满脸。当他们绿油油地向吕队长报告大熊洞炸开之后,从崖下吊上来的二十个工友组成的探宝突击队,在三峡遥感航拍探宝队的指引下和吕队长的率领下,大呼小叫着冲入黑魆魆的洞里。

谷小冬也参加了突击队,他紧跟着他叔叔谷半仓,在熏得睁不开眼睛的浑浊臭味里寻宝。近百年的辣椒气味加上死人的臭味,老鸹们闻到了这美妙的气味,掠过他们头顶,像黑箭一样冲了进来,黑压压地发出巨大的轰鸣声。犬牙交错的钟乳石里,是散落的骷髅和骨架,或坐或倚,或站或卧,无数空洞的圆溜溜的眼窝,像一个个白蚁巢穴。无数镂空的骨架像竹鼠掏出的土洞,遇到外面进来的空气,发出坍塌炸裂的嘭嘭声。

二十个人,只捡到了十几块银元,一堆铜板,一些锈蚀的刀枪和子弹。往里面走,有一口臭气熏天的小水潭,里面的水像是酱汤,水里是横七竖八的骨架,有的骨头斜插在淤泥里。突击队队员脚踩进淤泥,里面发出咕哟咕哟的呼喊声,是踩出了沼气。葛二篓跟着遥感航拍探宝队的技术员在淤泥中摸着,技术员声称水里面有类似箱子的东西,葛二篓摸了半天,摸出了两把大砍刀,一杆老土铳。葛二篓再去水里摸时,倒在了水潭里,他一边将头从水里冒出来,一边呜呜喊着："熊呀，熊扯我呀！……"

葛二篓在水里扑腾，快溺毙了，就像有个东西将他往水底拖。岸上的人以为他在水底挖东西，以为他摸到了大宝贝，议论说："葛二篓喊熊哩，葛二篓摸到了大金熊哩！""传说大熊洞里有大金熊……"

可是葛二篓没捞出来什么大金熊，却挣扎着，没了动静，头扎在水里，就是个死尸。吕队长发觉不对，忙叫谷半仓去拉葛二篓。谷半仓下水，这水冰凉得像踩在玻璃上，割肉一样疼。踩进水里，沼气呼呼地往外冒，熏得他睁不开眼睛。他趆到葛二篓跟前，将他拉出水来，喊他的名字。葛二篓呃呃地往外吐气，只有出气，没有进气，已经溺得不省人事，面色发绿，吊出一截绿莹莹的舌头。拉上岸，有人忙给他做胸口按压心肺复苏，弄了几分钟他才有了动静，哇啦啦吐出一口口绿水。等缓过神来，谷半仓问他刚才怎么了，他张着一张绿压压的嘴说，水底下有只熊爪拼命拉他。

四

葛二篓叫唤了一夜，做噩梦，不停地喊着："独卵，别拉我！独卵大哥，熊大哥，别拉我！"

他这么喊，工棚里的人果然听到有野兽的叫声，分明是老熊的叫声，在山林里叫，在夜空里叫。葛二篓睡梦里把一头熊唤来了。

黑水河的水越叫越黑，山冈越叫越黑，夜空像一口深潭，群山像一堆煤炭，堆放在瘆得发慌的天空下，宛似黑色的浊浪，向远方翻腾。工地上的月亮，像一只枯葫芦吊在半空，在风里嗖嗖地拼命晃动。两只豹猫在树上因恐惧惊慌斗殴，打得死去活来。

狂风吹过山谷，松鼠因为白天的爆炸惊吓过度，像泥石流在林子里滚来荡去。一头母熊，在呼唤它的孩子，它有时怒吼，有时哀鸣，有时沉默。一会儿声音没了，一会儿声音又起。

不知怎么，熊的吼叫让夜晚苍凉无垠，整个森林上空笼罩着旷远的悲凄。

这头母熊如何锁定它孩子的气味并一路来到龙甲岭黑水河，这是个谜。它的吼声中有一种对人类的乞求，也有一种愤怒，它在向人类讨要自己的孩子。

叔叔谷半仓从大熊洞下来的那个晚上，也陷入危机中，他手和嘴不停地哆嗦，像患上了帕金森，加上工棚里的葛二篓老是在梦里呼叫，还加上隐隐的母熊叫声，把谷半仓弄得不能入睡，打着寒战，也担心着侄儿谷小冬的安全，便来到小冬的洞里，告诉他母熊真的来了，是葛二篓唤来的。

那个晚上，谷小冬感到了小熊的躁动，他将小熊接到自己的小山洞里一起睡，这样可以互相取暖。小熊很恋他，在他怀里挨挨擦擦。可是等谷小冬抱着它刚睡下，它就挣开谷小冬，去刨洞口的石头，嘴里发出呜呜啊啊的声音。谷小冬觉得它今天有点怪，在给小熊颈上缠绳子时感到它有些躁怒，爪子往他身上蹭，虽然不疼，但趾甲很尖，不是谷小冬让着，一定会刨出血来。它拉扯脖子上的绳子，晚上睡觉谷小冬是不拴它的，它还太小。刚开始它不吃不喝，也许是因为裆里疼痛，后来对谷小冬熟悉了，把他当作了它的母亲。但是这天它闻到了母亲真正的气味，它一定是从声音中"闻"出来的。熊的视力很差，被称为熊瞎子，但它们的鼻子很灵，能闻风十里。那个小小的红鼻子不停地翕动，它肯定想起了它的母亲，那个声音把它对母亲的思念给唤醒了。

谷小冬将小熊的嘴捂住，因为它老想咬他。它摆着头，不让谷小冬套绳子。谷小冬烦了，用绳子将它的嘴捆起来，不让它叫唤，不让它发出声音。它哭了，它的哭泣是从肚腹里发出的，整个肚腹都在鼓动抽泣。谷小冬让它仰着，给它的小肚子上压了一块大石头，不让它动弹，谷小冬是真的恼火了。

它挣扎得更厉害。母熊的叫声漫过山野，母熊越叫，小熊越挣扎。

　　母熊的叫声折磨着龙甲岭所有人的梦。整整一夜，工地上的人都听到了，母熊在工地周围游弋，叫着，像黄昏唤孩子回家的村妇。

　　熊来了，这个葛二篓，喊啥熊？熊来了，有麻烦了。

　　工友们都不敢起来拉尿，早上起床，一个个被尿憋得鼻青脸肿的人要找谷半仓。谷小冬被叔叔拉到工棚前，看着那些恨恨的目光。

　　那些人说："小冬，是你藏的熊，引来了母熊，交出来吧，真要有人让老熊吃了，你就完蛋了。"

　　"熊可不是闹着玩的，林子里一猪二熊三虎，都是不能惹的。"

　　吕队长还带来个指挥部的红脸男人，叫什么苏工，脸上像有红斑狼疮，对谷小冬和他叔叔谷半仓说，把小熊交出来，他是代表指挥部来谈的，不然要罚款，还要坐牢。

　　"我们已经寻找老熊一天了，没有踪影，它藏在哪儿？偷袭我们的施工队，要是咬死了人，一切要算到你的头上，不坐牢就枪毙！"苏工穿着深筒雨靴，手上的树棍打着旁边的树枝，斩钉截铁地对谷小冬说。

　　葛二篓站在苏工的后头，一张脸肿得很厉害，死鱼一样的眼珠子还沾有大熊洞里的绿水，像眼里搁了两只青蛙。这事扯大了，一定是他找了指挥部。

　　这么多人你一言我一语，把谷半仓叔侄威吓住了，他们没见过这种阵势。谷半仓对他们说："指挥部要交就得交哩，我们服从指挥部哩。就是我侄子不懂事，葛二篓捉的，卵子少了一颗，他觉得可怜就收养了这小熊。当时嘛，没见着母熊呀，说不定昨天晚上的老熊跟这小熊没关系呢。让二篓做证，他见到过母熊吗？有母熊，他敢弄破了一颗小熊的卵蛋吗？我们也不敢抱走呀。"

　　葛二篓矢口否认道："半仓，别瞎讲，我与这熊那熊没关系，莫扯我呀，你们捉来就少了一颗蛋蛋，我咋能唤来熊哩？饶了我吧，根本就不是我，我的魂还在大熊洞哩。"

　　炊事员刘腊货等苏工走了，凑到这边小声说："苏工想吃熊掌。"

大伙"啊"的一声。刘腊货又说苏工肾不好，家庭面临崩溃，听说熊肉能治这个病。吕队长轰刘腊货说，你别造谣了，他肾好不好你咋知道的？乱弹琴！指挥部是为了大家的人身安全，一定要将熊轰出我们工地，不然，我们的人身没有保障，怎么能加快施工速度？

刘腊货又对谷半仓抱怨说："你侄子不省事，你也不懂吗？不是葛二篓，就是你谷半仓瞎搞把老熊引来了。"

谷半仓笨嘴笨舌，加上手和嘴抖动，说："刘、刘、刘腊货，我又不认识老熊，我、我有这个能力让熊来？你不要说屁、屁话。"

"熊是害兽，咱们保护它做啥呀，轰不走，就是你死我活的斗争。"

"轰吧，先轰轰，大熊小熊，都轰走，不然后患无穷……"吕队长说。

白天，龙甲岭的太阳还晒了龙甲，金灿灿的，到了晚上，大风突起，大雨突至。有人以为是落叶，像暴雨，砸在工棚上，出去一看，果然是暴雨。

谷半仓给侄子谷小冬说，指挥部下了最后通牒，如果我们不交出小熊，两个都会赶出施工队，让我们回家。谷半仓说，咱们赶快交了，不然工钱也拿不到，在这里虽说辛苦，但一天有近百元的收入，爹亲娘亲不如钱亲。谷小冬只好答应了。

谷小冬给小熊喂了最后一条干鱼，这是他在山溪里捉的。小熊吃着鱼，心神不宁地摇摆着身子。颈上没了绳子，谷小冬绾好拴它的绳索，在心里说，小熊，去见你的亲娘吧。小熊远远地打量着谷小冬，小眼蒙蒙眬眬，似乎知道这个人要将它放了，有点兴奋地用舌头舔他，用头蹭他的胸前，用脚趾抓他的脸。它两只前掌软绵绵的，好像要跪下，两个耳朵晃悠着，黑色的鼻子不停地弹动。

谷小冬准备提前放了小熊，他想着炊事员刘腊货的话，那个脸红得瘆人的苏工想着熊掌治病，他怕小熊交给他们后，被他们杀了取掌子。小熊这天显得异样，兴奋、焦躁，不停地扭动，谷小冬决定了要趁那些人来捉它时，提前将它放了。他正准备往洞外走，一个人爬了上来，在洞口滑呀滑呀，顺着山沟而来，他一身黑衣，淋得精湿，身上瓦亮瓦亮，像个妖怪趴在泥里，蹬着脚下的树叶，稀里哗啦响。谷小冬往下一看，是头发乱糟糟的叔叔谷半仓。

"小冬，你要到哪里去？"

谷小冬抱着小熊，指着山沟说："我干脆先将它放了。"

谷半仓说："人家要看到小熊，不然还以为我们转移地方又藏起来了。"

"他们要是杀了小熊呢？"

这时，母熊的叫声出现了，熊的叫声很像受伤的狗，尾音拖得很长，很浑浊，很悲伤，似乎不及一条狗的叫声凶猛。抬头寻去，那声音像是从大熊洞上面传来的。熊直立起来像体态臃肿的老人，这是假象，熊的奔跑速度惊人，你若惹它，它就像一道闪电扑向你，扒下你的脸皮和下巴，或者一掌将你拍死，像拍一个苍蝇。

谷半仓看到谷小冬要放小熊，一时急了，头撞到洞口的石头，咚的一声，捂着头就旋转起来，好不容易找到石壁扶着站住，就朝沟下大喊："他要放了，他真的要放了！"

谷小冬一瞅，沟底下还有三四个人，都在雨里，他们正在往上爬。听到谷半仓的喊话后，那些人停了下来，拧着脑袋朝上看。

小熊叫唤，谷半仓一巴掌朝熊扫过去，对侄子说："小冬，你不能丢，他们来人了，让他们去丢，等母熊找他们算账。你当心点，万一倒点什么霉，俺哥俺嫂俺那老头都饶不了我……狗日的葛二篓，害死咱们了，弄个小熊让咱们讨麻烦。不要也好，熊毕竟是熊，不是狗，别玩了。但愿三叠潭里面的鬼早点将他掳去，早点被雷管炸死，也早点让他住的野猫沟成为垃圾场，把这狗日的臭死……"滑雪场的垃圾填埋场就在葛二篓住的山沟里，葛二篓要拆迁搬家。

就像一辆车翻下山坡，母熊的叫声带着机械事故的噪声，从龙甲岭的森林里漫漶过来。谷小冬抱着小熊往沟里走，那几个人不知躲到哪里了，他叔叔跟着他，一个劲叮嘱他看着前面。小熊在怀里扭动，想到地上去，呜呜呀呀地哼哧，像是回应母熊的叫声。母熊的叫声一忽儿在前，一忽儿在后，一忽儿在大熊洞，一会儿在三叠潭。小熊踢蹬着，谷小冬就是舍不得放下它。雨在下着，地上滑，加上小熊乱动，他绊上了一根藤子，叭地摔在了泥水里。他爬起来，小熊不安地哼叫着，谷小冬眼前浮动的画面是有人下它的掌子，划它的蛋子，剁它的头，剥它的皮。他更紧地把小熊搂在怀里，预感它活不过来了。谷半仓拿着刀在旁边替侄子砍着打脸的树枝，整个山沟和森林都是流水的声音，大树因为经受着雨水的冲刷，叶子呜咽号啕，一片噪响。

母熊的声音越来越清晰，越来越近了。

谷半仓一把拽住谷小冬，说："小冬别走了，放下它，让它自己跑！"

谷半仓倏地从谷小冬怀里夺过去小熊，猛地往远处扔去。这一下扔得很远，小熊撞在一块石头上，滚下来，站不起来了，啊啊哇哇像瘸了腿。这时，谷小冬看到叔叔拿刀的手在抖，全身都在抖，眼睛和鼻子也在抖。他要跑了。

"这个独卵，快走啊！"谷半仓在喊，在为小熊加油。

小熊僵硬的身体不协调，嘴里哼叽，好像在说着什么，它快疯了，因为兴奋不安快疯了。它这个样子，它的母亲还能认它吗？谷半仓捡起一块石头去砸小熊，想让它快跑，跑得越远越好。谷半仓的小腿抽筋，大腿也抽筋，迈不动腿，他当然希望小熊离他们远点。谷小冬往后一瞥，出现了几个跟随而来的人影。

小熊试着走了两步，它确实被谷半仓摔伤了，但很快，它就恢复了，先是跳了一下，有些胆怯于雨水的狂肆，草和石子被它扒拉得乱响，好像一条狗发现了老鼠。它蹒跚着走了几步，突然小跑起来。

前面没有母熊，林子昏暝，雨中的天光反射着树的影子，把它们抻长。四野天昏地暗，从浓密的雨雾里终于传来老熊浑浊的叫声，像是从地底深处囚禁的声音，它一定是嗅到了小熊的气味，也听到小熊的呻唤。

"小冬，走呀，小冬，快跑！"谷半仓喊。

谷小冬像钉子钉在了那里，他想看小熊是怎么走的。结果他看到了那个暗幽幽的影子正在前面的林子里出现，是母熊的影子，在森林里长大的人，眼睛能在黑暗中分辨出物体，对光线非常敏感。前面移动的影子体积在变化，这种细微的变化谷小冬能捕捉到，肯定不是风雨在摇撼树木的晃动。

小熊向母熊慢慢跑去，经过了痛苦的分离和折磨，它依然认识自己的母亲。

此刻，前面的林子突然出现了一道耀眼的光，像着了火一般。一声嘣啪的炸裂声，火光越来越大，煌然闪烁，林子像被闪电击中，一片通明。火焰冲腾而出，一股肉体毛发烧焦的怪味向这边吹来。

母熊号叫着，它触电了。

谷小冬看见有两头老熊正在空中奔跑，随着那电弧腾起的光芒，两头老熊浮动着四肢，宛如在水里划拉着，在雨雾中飞翔。

熊的魂魄飞走了。

小熊愣在那里，一动不动。它显然被惊吓了，它看到它的母亲在火里扑腾，抽搐，倒地又爬起来，拍打着呼呼啦啦的泥水和火焰。

五

是谁在林子里布下了猎杀母熊的电网，后来查无实据，雨水将证据全抹去了。

那个大雨如注的夜晚，那个半夜，是一场不真实的噩梦。谷小冬记得他重新抱住了小熊，没有人管这只小熊，他回到工棚。有人丢给小熊一块血肉模糊的东西，好像是心肺。小熊呜呜地哭着，不吃，它后来去那堆烧焦的血肉里寻找到了一个东西，衔着，吧嗒吧嗒地吮吸起来，是它母亲的奶头，它边吸边呜呃，像人一样抽泣。

小熊吸着奶，突然变了性子，这时人们看着它小而温和的眼睛，变成了青鼬心怀鬼胎的眼睛，它露出了尖尖的牙齿，到处乱抓，它抓到了血肉中的一只眼睛，爪子锃亮如刀，将眼珠子闻了闻，放进嘴里，嚼得嘴边黑水四溢，它吞进去了。它噎着喉咙，强迫自己吞进去。

小熊的这一举动被葛二篓一点一滴地看着，葛二篓被小熊的变化吓得连连倒退，结果踢倒了刘腊货塑料壶里装的苞谷酒。葛二篓这一脚太急，劲有点大，将酒壶踢得有点远，酒倒在地上，因为没盖住，酒汨汨地流了一地。刘腊货去抢他心爱的酒壶，哪还有，五斤酒舍不得喝，全喂了泥土。先前因为有隙，加上葛二篓老说刘腊货打菜时报复他，给他打的菜连油星子也看不到，这次，刘腊货认为葛二篓是故意泼了他的酒。一个小气鬼，又是酒鬼，酒是他的命根子，是他的琼浆玉液，那还了得。他于是抓住了葛二篓的领口，要葛二篓把地上的酒舔干净，并且赔偿他五斤苞谷酒。葛二篓也不是衰货，山里的人，谁没见过狠的，再狠比野兽狠吗？不可能像狗一样舔地上的酒，并且说电网是刘腊货放的，就是想搞下酒菜。

刘腊货听了气不打一处来，薅住葛二篓的裤裆非得要他舔地上的酒，并说他诬陷，手就掐得有些紧了。葛二篓一挣扎，裤裆里面最易疼痛的蛋丸就被刘腊货逮到了。刘腊货哪还舍得放手，葛二篓就像让小熊夹住睾丸时一样喊叫起来，疼痛是一样的，不管是畜生还是人。而且这疼痛很特别，是第一次碰到，缺少叫喊表达疼痛的经验，就模仿小熊的叫吧："啊啊哟，刘腊货你个狗日的，刘腊货你全家不得好死，我还没生个儿子哩，哇……"

葛二篓两个女儿，的确还想赚了钱生个儿子，没儿子就传不了葛家的谱派，女儿生的毕竟跟女婿姓。可刘腊货这杂种要断我的后，太恶毒了。

"你放手！刘腊货，我靠你驴日的！"

葛二篓当天晚上裆里就肿了，肿得像个气球，谷半仓用做菜的调和油帮他搽了，还是疼了一夜，叫唤了一夜。

葛二篓跟踪了刘腊货几天，在他野外拉屎的时候，出其不意地将一根雷管塞进了他的肛门。

炸倒是没炸，但刘腊货被拖到县医院，切除了三厘米捅坏的直肠。

二十天后，刘腊货和葛二篓都回到了工地，寻找金子的什么遥感航拍探宝队早已无影无踪，滑雪场将山体削平了不少，也填了不少山沟。

葛二篓的一只蛋蛋坏死，在家里老婆闹得不可开交，村里人听到了工地上一只小熊的故事，也笑他成了独卵，说这不是报应是啥哩，你捏熊的，人捏你的，一报还一报，扯平了。葛二篓老婆死活要跟他离婚，天天吵得他不安生，还加上垃圾场开工，他家要搬家，最痛苦的是坏掉蛋子后，听说生儿子没指望了，等于断子绝孙了，葛二篓焦头烂额，只好回到工地干活。

按照葛二篓和刘腊货双方协商，县法医鉴定中心判定双方都是八级伤残，互相道歉，不追究对方刑事责任，只是吕队长损失巨大，为他们付了几万医药费，算是暂时解决了。

葛二篓走到龙甲岭黑水河，一路上是紫色的醉鱼草花，一串串地横在路边和山缝里，它们非常像大还魂草驳骨丹。还有漂亮如仙女一样的耧斗菜花、卷丹花，这些花草，成簇成串地盛开，袒露，毫无忌讳。

他走上山坡，竟然看到山坡上开满了深蓝色的醉醒花，哎呀，一条蓝色的大河，泛滥到山坡的尽头，跌入云雾蒸腾的峡谷。花间蜜蜂嗡嗡，虫蚊飞舞，在阳光下显出恶毒的狞笑。在浩瀚的天空下，风吹过，一浪一浪的醉醒花像大海的波涛，动荡着，让人晕眩。蜜蜂们昏倒了，在地上挣扎，它们的嗡嗡声像雨点一样浸透着哀求、惑乱，落到地上。它们被醉醒花的花粉迷晕了，在它们千千万万的复眼中肯定看到了恐怖的幻象，醉醒花是幻觉草。大蓟、大戟、鸭嘴茅、萱草花点缀其中，大蓟在它们的边界上森严守卫。这些美丽的醉醒花，让葛二篓打了一个兴奋的冷噤，接着笑了。

他在蓝色的醉醒花地里痛生生地拉了一泡尿，独蛋依然疼痛。

他拉尿的时候就想发狂，醉醒花泡的酒，人喝过之后是会发狂的。他最早在伐木队，肩扛着051油锯，一个姑娘拒绝过他，冬天分别的时候他邀请她品尝了一种蓝莹莹的酒。这个甩掉他的女工后来找了个东北人，到了东北后，每到下雪天，这女的就会突然脱光衣服，赤身裸体在大雪中奔跑、跳舞，到医院什么病也查不出来。这女的在某一年大雪纷飞的时候，脱光衣服跑进了林海雪原，再也没有回来……

远不止这些。喝过这种酒后，摘花泡酒的人摘花的时候做过什么动作，饮者醉后就会做什么动作，但是泡酒的人不会发狂。

葛二篓一把把采摘醉醒花，他伸出手爪，龇出牙齿，做抓刨和吃人的动作，他像一匹野兽，怀里揣满了醉醒花，在那里又咬又踢又打，嘴里发出熊一样的叫声……

小熊的指甲越长越尖，牙齿越来越利，口涎腥臭，会突然吓人，亲热时会让你身上哪儿疼痛，一看，肩膀上或者脖子上有血棱子。

这熊留在施工队，是因为刘腊货和葛二篓互殴之后，没人再敢打这熊的主意，加上小熊还是蛮可爱的，就让谷小冬养着了，反正他们一起睡山洞，不碍别人的事。

有一天，吕队长正在啃苞谷，小熊从后面伸出手掌夺过去他的苞谷，吕队长感到嘴巴火辣辣地疼痛，手一抹，满手血。再一摸，嘴咋变长了呢？

吕队长的嘴撕开了一道口子，从侧面呼呼冒气。他咆哮着大叫："谷小冬，你娃子今天可摊上大事了！"

谷半仓听到吕队长气呼呼喊侄子的名字，过来一看，吕队长的嘴撕开了，吕队长用卫生纸捂着嘴巴，卫生纸全是红的，嘴还在流血。流血过多，他脑袋都有点变形了。刘腊货忙刮来一把给吕队长止血的锅底烟灰，火上浇油地说："熊是吃人的东西，哪有人来养的？只有山里野妖精才骑着老熊满山跑，这情景老辈子人都见过。熊可野蛮了，放在人堆里养，不是害人吗！……"

"熊从不乱咬人，除非与你有仇。"葛二篓阴阳怪气地说。

谷小冬端着碗蹲在一棵树下吃饭，一时间没看紧，这小熊就给他闯下了大祸。葛二篓来说："小冬，你把你家的腊肉全搬来赔吕队长了。"

吕队长要谁在这里干谁就在这里干，要谁滚谁就得滚。加上上次葛二篓与刘腊货两人他赔了不少医药费，这次自己被抓伤了，捂着血淋淋的嘴，怒火中烧，操起灶前的一块劈柴就朝小熊打去。熊的背上突然遭了这一痛击，趴到地上，幸无大碍，转过头来，就朝吕队长龇出锐利的牙齿，眼睛红煞煞的，并发出从来没有过的咆哮声。

熊这么一叫，震天撼地，吕队长打了一个哆嗦，定眼一看，小熊的胡子噌噌噌长出来了，围了一圈在它黑黢黢的嘴上，嘴角流着恶臭的黏涎，就是个怪物。他刚准备打第二下，小熊却先出击了，朝吕队长一个猛扑，吕队长闪到一边，还拉了刘腊货一下，让他挡着了。吕队长飞快地跳上桌子，手上高扬着劈柴，汗水直淌地对熊怒吼道："敢撕我老吕的嘴巴，反了你这臭熊瞎子！"

几个工友立马围拢来，挥锹的挥锹，拿刀的拿刀，将熊撵出了工棚。小熊还算小，二十来斤，还是有点狗的憨态，手上拿着抢到的苞谷。它靠近谷小冬，没有了攻击性，又恢复了小熊的样子，吃着苞谷。但这熊慢慢有了攻击意图，有时候，它会露出成年熊的本相，特别在某一刻，在有人欺负它时，它的眼里会射出仇视的光，仿佛心里的仇恨从没忘记，并有了成年熊的算计。

吕队长被这只熊折磨得人财两空，伤及自身，不能再忍了，对谷家叔侄下了最后通牒，要么你们滚，要么让熊滚。

谷半仓、谷小冬、小熊，被隔离在门口，就是要他们表态，要迅速处理，伤是一方面，还有威信和形象，把吕队长抓成这样，一定会破相，情何以堪！

谷半仓说，他侄子小冬将小熊去山里放过，放了两次，它又回来了，咋办？吕队长不容再讲，站在桌子上，将手上的劈柴丢到谷半仓面前，意思是催他动手。谷小冬因为害怕，嘴里说着"不不不"，并护住小熊。

"的确是只害人熊，死了是最好的结果。"葛二篓说。

"谁捉的咧？谁造的孽？"谷半仓问他。

"你咋不打呀？"刘腊货肿脸泡皮地在那儿对着葛二篓嚷嚷。

"腊货同志，我才不会上你的当，我只要举起劈柴，你就会举报，你这货会把人往死里搞，坏事做绝。"

"跟这熊一个卵样，独卵咧，这不是报应是什么！"刘腊货喊。

葛二篓气得半死，指着刘腊货的鼻子说："你还有几个屁眼想插雷炮？"

谷半仓下了狠心，说："算了，别吵了，我自有安排，大家都消停了，好吧。"

吕队长的血还在流，这是紧逼，谷半仓只有出手。小熊真的不是小熊了，毛很柔软，但身坯不小了，因为犯错被打后在角落里发抖，四个掌子在地上乱锉，谷小冬夹着它，它还是在他胯腿下乱动。谷小冬气恼地扯过它正吃的苞谷，扔得老远。谷半仓叫上葛二篓夹着熊，找出一个碗，去了宿舍，捧出一碗红光闪闪的酒来，对大家说："你们都知道我有风湿，在喝这羊角七泡的酒。这酒不能多喝，平时只能喝半两，这碗有一斤，喝下去就是大毒，比百草枯还灵，皮肤一块一块地炸开。"

这是要小熊的命了，他又拿出三颗他挖的乌头，啪啪用石头砸成碎片丢进碗里，对大家说："这是乌头，大家都可做证。"

乌头更是大毒，谷小冬不让他叔干，哭着说不行的，不行的，叔，不要害死小熊。谷半仓管不了这多，对他说："你把你爹妈找来赔吕队长，你家有啥赔的，赔两千斤苞谷给他？"

有的说，让它死也不必嘛，用铁链子拴上不就得啦，或者将它交给公家也行。

谷半仓说："今天不是它死就是我与小冬死，饶不了它，这东西太害人了，咱一个农民，再咬了人咱就是把祖宗的屋场卖了也赔不起呀。"

谷小冬怎么拉，怎么哭，那小熊今天也难逃一劫。只见葛二婆死死夹着小熊，谷半仓给小熊灌毒酒。还得腾出一只手来抓住阻拦的谷小冬，抓他背上，就像插了一把刀。小熊本来见了葛二婆就躲，就发抖，就夹着尾巴快跑，现在，被葛二婆彻底制服了。

在谷小冬反抗叔叔时，吕队长直挺挺地过来了，将嘴上的伤口对着他，那伤口红闪闪地翻开，肉像烂絮，裹着血水，看了着实吓人。有啥好说的？大家都冷漠地看着谷小冬，谷小冬孤立无援，大势已去，无力挽救了。

吕队长吼叫着让他们快刀斩乱麻，大家七手八脚掰开了小熊的嘴，谷半仓给小熊灌酒的时候，葛二婆的喉结像在喝什么滑动着，刘腊货的喉结、吕队长的喉结，都在滑动，那酒味真香哪。谷半仓要人把他哭闹的侄子谷小冬摁住，终于，三把两下，那一大碗毒酒汩汩地倒入了小熊的嘴中。小熊任由人摆弄，嘴仰天朝上，呜呜呃呃地吞进了一碗毒酒。

谷半仓放下空碗，吐出一口长气，将小熊拉到一旁，系在一棵树上，准备看小熊叭叭地皮开肉绽。他还代表侄子谷小冬向大伙分烟，向大伙赔礼，说是让大家受惊了。

他们不让谷小冬靠近小熊，只等小熊醉倒，剩下的就交给老天爷了。

一直到傍晚，鸟在树上为争夺栖枝狂呼乱喊，大打出手，每天上演的鸟群集体斗殴又开始了。夕阳滑进了山的腹部，森林进入了混沌之中，但那只小熊依然精神亢奋，跳得很欢。它像酒足饭饱一样，还打着响亮的酒嗝，给树上的鸟儿吹口哨，摇摇晃晃地围着树转圈，黑缎子一样的皮毛在夕光下漾动，不晓得有多么漂亮。

大伙儿围在那儿，看那小熊打着醉拳，歪歪扭扭，这么毒的酒都没能弄死它，这是只什么熊啊！乌头可是真的，大家都认识，全随酒灌进去了，都亲眼所见，要是个人，早毒死了。

"我说呀，你们也没想让它死，真想让它死，不就一刀结果了么？净浪费好酒！"刘腊货说。

"那你咋不亲自操刀，刀是你的，你来！"葛二婆对刘腊货吼着说。

"狗日的葛二婆，老跟我过不去，你自己操刀呀。"刘腊货指着他的铡刀说。

嘴肿得像大红萝卜的吕队长对谷小冬说："小冬，你现在不哭了，熊又活过来了，我本来想要你赔一万块钱的医药费，不赔不行。谷半仓、谷小冬，我看这熊命大，老天爷既然想留下它，自有它的道理，这样，你们去找村里的铁匠打根铁链子，把这熊拴到洞里去，最好拴在大熊洞里，这事就了啦，咱们也别外传给熊灌乌头酒的事，只当我老吕倒霉，认栽。反正咱也有医保，自己去医好了，散啦！"他挥着手，声音因嘴撕烂而变了形，就像嘴里含着块死铁。

小熊还在撒欢，这让谷半仓下不来台，让大伙看笑话，以为他弄的是假乌头假酒哩。谷半仓对吕队长搞链子拴熊的话以为是讽刺，实在懊恼不过，操起自己的镐头，就准备朝小熊打过去。可吕队长拦住了他，并缴了他的镐头，说：

"解铃还须系铃人，你要有这个心，还是让小冬来，他作的孽他自己解决，与别人没关系。"

一个人拿来一个杯子，递给谷小冬说："小冬，一劳永逸地解决算了，你先让小熊喝点蜂蜜，让它甜甜蜜蜜地走最好。"

这个人伸出大指头唆指谷小冬，谷小冬将那小半杯蜂蜜拿着，走近小熊。众目睽睽，看来今天不弄死小熊他是走不掉的。他先用手指抠出蜂蜜，送到小熊的嘴里。小熊叽叽呱呱地吃了，用前掌来抢谷小冬手中的杯子，自己掏，就像掏树洞里的蜂蜜一样。谷半仓将镐头递给了谷小冬，低声说，你不干，吕队长一万元的医疗费你出呀。

这一万块钱逼着谷小冬举起了镐头。小熊吃完蜂蜜，看到了头顶上的镐头和一脸昏暗无情的谷小冬，这不是天天喂我吃喝、同我睡觉的主人吗，它今天要打死我？这小熊竟然一动不动，用两只沾满了蜂蜜的前掌蒙上自己的眼睛。

谁都没想到小熊会这样，以为它要发怒，可小熊竟然蒙住了自己的眼睛，任由它的主人对它施暴。

谷小冬的镐头落下去了，咚！一声闷响，这是真砸，它的头开了，流血了。可它依然直挺挺地坐着，用自己的嘴咬着自己的手掌，眼泪从它的眼角流出，亮晶晶的。血从它的额角流出，亮晶晶的。

大伙都以为它会乱踢乱跑，夺路而逃，或者与狠心的主人搏斗，将他的脸撕烂。

都没有。一片安静。没有熊叫唤，也没有人说话。后面是黑沉沉的人墙，跟山影一样沉重，伸着脑袋，像一堆木头的横截面。

它太疼吗？它被打闷了，不会吭声了？它嘴角耷拉，后来摇晃歪斜了一下，又坐直了。又捂着眼睛，始终捂着眼睛。它不敢看自己的血，不敢看平时对自己很好的主人那绝情的眼睛，不敢看那落在自己头上的铁镐头？它应该像一摊稀泥倒在地上，挣扎、抽搐，然后吐出血水和白涎，四仰八叉，露出它胸前白色的月牙印，了结它匆匆且悲惨的一生。

谷小冬真是发了狠，又不轻不重地给了小熊一镐。没有人喜欢它，它没有了母亲，也不能发情，没有欲念，就是回到山冈和森林，也不过是行尸走肉，没有活着的意义，这样结束生命对它未尝不是幸事。

它还没有倒，血溅到谷小冬的眼里，像石灰一样磨人。谷小冬因为用力，已经累趴了，胸口像有人用刀子在戳。他再也下不了手，他大叫一声，就往黑水河边跑去。

远处沉睡的山峰像无数个竖起的镐头，森林僵硬，知更鸟发出声嘶力竭的夜啼，像一根根钢针刺向夜空深处。黑水河流淌的声音像是丧歌，树脂的香味好似虫子一样爬出来，还有清香的水马桑和双盾木花，在夜晚送来它们的浪香。

六

小熊又躲过了一劫，竟然没有死，又活过来了。它是打不死的金刚，它叫狗熊，跟猫狗一样有九条命。在叔叔谷半仓的求情下，大家就饶了这只熊，觉得它可怜，也觉得它快死了，就让它自生自灭吧。

小熊再从山洞里走出来时，头上的伤基本愈合了，眼角还有血痕。可它像没事一样，什么也没发生，没人对它施暴，它对着太阳依然开心快乐，手舞足蹈。特别是对谷小冬依然如故，站立着拍打双手，用舌头舔他的手和脸，根本忘记了这个人曾经用镐头几次砸过它。它的伤口像一个十字从头顶往后脑斜过去，但它依然气宇轩昂，小眼睛里没有一丝哀怨和仇恨，好像砸的不是它，砸它的人也不是谷小冬，好像，它总是生活在幸福中，从没被人毒打过，也没被人灌过毒酒。

最匪夷所思的事发生了，说起来是一场闹剧。

工地上的人都在议论这只熊的神奇，咋就成了毒不死也打不死的程咬金咧，这熊究竟是啥东西？葛二婆笃定地说，打不死的东西不管是熊还是豹子，都是山混子、妖怪，山混子野妖精最喜欢吃炒鬼瞪哥的肉，鬼瞪哥就是猫头鹰，鬼瞪哥在树林里瞪着一双双鬼眼。猫头鹰的肉要用黄表纸包裹，山混子吃了之后会现原形。现了原形，你是一只虫也好，一条蛇也好，一只狐狸也好，一根千年朽木也好，就容易对付了。

吕队长说："葛二篓你就喜欢封建迷信怪力乱神，你有种弄只鬼瞪哥让这熊吃吃，看它变成什么怪物。"葛二篓说："你们不信算了，你们不信我信。我坏了只蛋子，它坏了只蛋子，这么巧合？"

吕队长说："你坏蛋子是刘腊货手贱，熊坏蛋子是你手贱，是相同的事情吗？"

"我不信弄不到一只鬼瞪哥来试。"葛二篓说。

他又请了那个老道士来，这次是悄悄的。他带着那个老头，拿着一口小铁锅和画了符的黄表纸去了林子里，准备找到了就架锅煮肉。

黄表纸让装神弄鬼的老头画了符，上面是一些奇怪的图案和字。在龙甲岭的老林子里，他们用弹弓打到了一只猫头鹰。猫头鹰在晚上出来寻食，但你用手电筒一照，它们就不动了，任由你打你捉。葛二篓和老头在那儿煮了，用黄表纸包好。

谷小冬这天将小熊牵到工地，找一片草坡系在那儿。中午吃饭的时候谷小冬端着饭和菜去草坡与小熊一起吃，他得给小熊匀一半让它吃。他将饭放到一个土钵里，还取出一些他抓到的虫子，摘到的野果。小熊饿得大喘气，见到食物就像见到亲娘一样，把地上的草渣泥渣一股脑全吃进嘴里。

葛二篓过来了，从他的荷包里拿出黄表纸包的肉，是几块煮熟后变得褐黄的干肉。葛二篓自己吃了一块，问谷小冬要不要，是野鸡肉，卤好了的。见到小熊，故意说："哇，这熊瘦成啥样了，跟吕队长似的！"他给小熊的土钵里丢了一块，心疼地说："看它多少天没吃肉了？"又捡起一块大肉丢到小熊的土钵里。

他斜睨着旁边吃肉的小熊，小熊撕扯着猫头鹰肉，吧唧着嘴巴，歪着脑袋，吃得很爽，三把两下就吞进去了，一副连牙缝也没填满的饕餮样子，好像吃十块也不解馋，后腿立着，前掌鞠躬，乞求葛二篓再赏赐给它一块。谷小冬也在葛二篓的热情相赠下吃了一点"卤野鸡"肉，味道还行，他吃了两口，见小熊还在向葛二篓讨要，便把手上的半块肉给了小熊吃。

这时，吕队长从后面过来了，他伤嘴还是肿的，伤口缝过了。他见小熊站起来，先是一惊，变了脸，摸了摸自己嘴上的伤，权衡了它颈子上的钢丝绳，跑过去狠狠地踹了它一脚。小熊皮实，没有怒，也忘了面前的这个人是它抓过的，只是一个劲想讨肉吃。它盯着葛二篓，四肢着地，哈着精瘦的舌头，要吃，也用不屑的眼睛瞟着吕队长。

因为吕队长事先知道葛二篓在搞所谓"现形"的把戏，就袖着手等看事情怎么发展，是葛二篓出丑呢，还是真有什么现形。他们等啊等啊，小熊吃饱喝足，在长满马糊梢的灌丛里，在开满了红色和蓝色花朵的地方撒欢，寻找马桑范和地上的虫子吃。世界正常、美好、安静，伯劳在欢唱，歌鸲在跳跃，鸫鸟在啄虫。

什么都没发生，小熊不是妖怪，不是山混子，没啥现形，谷小冬也没有变化，倒是他们现了形，疲惫、僵硬、焦急，互递眼色。

收工后，谷小冬把小熊牵回洞中，不到半夜，整个龙甲岭就下起了暴雨，天空好像一口大水缸往山岭哗哗地泼泻。小熊开始拉肚子，大约是猫头鹰的肉不干净，或者变质有毒。山林里有其他野兽的叫声，但只有等天亮去寻草药来为小熊止泻。

一夜的雨，整个山冈都淋得瘫软了，谷小冬在山坡上找到些乌梅和鱼腥草的叶子，回来给小熊吃了两把。小熊因为体态已经成熟，显得有几分沧桑，像是在森林里生活过很久似的，像是一只很有主见的、能抗击各种凶险的狗熊。

葛二篓问小熊的情况，谷小冬将实情说了。葛二篓说，你就别让它吃什么鱼腥草了，弄碗我的酒去止泻，我从来是这么治的。他甚至说，不止泻砍我的头。

葛二篓倒了一碗绿汪汪的酒，非要跟着谷小冬去看小熊。也不知是什么酒，葛二篓喝了一口，他很懂得草药，止泻这种事算是雕虫小技，酒有药味，山里人都会泡几样药酒。端了这酒去，哪知小熊真的喝了，迫不及待，咕噜咕噜喝了。喝完后葛二篓连连说对不起，那肉我也吃了不少，应该没有问题的，但人吃得，不见得野牲口吃得。他这么说的时候，谷小冬看到喝了酒的小熊在拴着的钢丝绳里，做一种撕扯动作，它这下喝醉了，像在发酒疯，在吃一只动物或是一个人。这是啥酒？小熊喝下就浑身冒着呼呼的热气，显得更加饥饿。还真止住了泻，却变得很亢奋，两只小眼充血，甚至眼睛里有阴森的、席卷而来的心机，它成熟了。它的爪子抓挠着，葛二篓不敢靠近，谷小冬也不敢靠近。

怕小熊被人捉走，还是被谷小冬牵到工地。这小熊满身奇怪的酒味，问葛二篓究竟是啥酒，泡的啥药材，可葛二篓说，又不是毒药，你老问个什么？这是我们葛家的祖传药酒，百年秘方，不可外传。叔叔谷半仓对这熊的状态十分警惕，小熊突然之间就长大了，往前奔着，拉得谷小冬往前直蹿，趔趔趄趄。小熊哪儿都不去，奔向一片醉醒花草中，那草长得很高，开出的蓝花妖冶夺目，在雨中也香喷喷的。小熊当即倒卧在花丛中，并且打起了如雷的鼾声。

谷小冬也开始腹泻，他给叔叔说到时别忘了把小熊牵回去，他请假去指挥部，找卫生员开点药吃，他才不会喝葛二篓的什么止泻药酒。

雨还在下，但势头小了，整个龙甲岭在湿漉漉的雨云中穿梭，雾浓得像猪蹄汤。雨过后，漫坡的芒萁和狗脊蕨伸长卷曲的嫩芽，金龟子和蝴蝶出现在它们的上面。夏枯草、玄参、过路黄、辣蓼，红红绿绿，黄黄蓝蓝，五彩缤纷，但在醉醒花蓝色的花潮面前都黯然失色。嵯峨的山峰像巨兽的利齿，张着大口，齐声吼叫在天空下。天空是晶蓝色，被暴雨刮洗得干干净净，就像新婚的床单。黄臀鹎、松鸦、灰胸竹鸡、山椒鸟或清或浊地鸣叫，声音轮番滚动。之后，黑漆漆的短脚鹎在灌木中跳跃，发出独一无二的婴儿的哭声，一只刺猬或是一只狐狸在那边蹿过。马鹿菌、鸡油菌、松菌、奶浆菌和有毒的鹅膏菌、白鬼伞都突然从草丛中蹿出来，亭亭玉立，搔首弄姿。

云山浩荡，岩石闪光。

不一会儿，乌云再次从喧闹的龙甲岭上升起，接着天昏地暗，众鸟扑翼，森林啪啪乱响。巴山冷杉林突然骚动不安起来，一只鸟跌落在石头上唉叫，一只松鼠栽了个大跟头。大雨即来，山洪即到，大伙匆匆地收拾了工具就过河往驻地赶。

回到宿舍，山洪暴发的声音就响起了，如果不是撤得快，所有工人都会隔在黑水河那边。龙甲岭像一锅煮沸的硝粉，清香的树脂和植物香味立马被那呛人的霉味取代。连阴云黑雾都想幻化为山洪，凌空而降，冲毁工地。有刚修好的道路噼噼啪啪垮下的声音，就像一座山倒塌了，时不时像重锤把大家的心敲击一下。

小熊没有回来，谷半仓将侄子交代的事忘了，谷小冬想去牵熊，已经过不了河。

谷小冬像掉了魂似的埋怨叔叔，他在工棚外边的雨水里大哭，抓住工棚前的树撞头。可是叔叔说究竟是人的命重要，还是一只熊重要？当时山洪已经下来了，非常危险，顾了人就顾不得熊。不过谷半仓记起来，当时他是想回头去牵小熊一起走的，被葛二篓喝吼住了，扭住他就跑，边跑边说："你不要命了，没见山洪下来了！"谷半仓跟跟跄跄地被葛二篓拉拽着，就这么落下了小熊。

谷小冬哭了一阵，就往外跑，一直跑到黑水河边。浊流滚滚，湍濑滔滔，水也不知道是从哪里来的，哗哗地流向下游，汇入三叠潭，浑黄的水冲击河里的石头，发出惊天动地的声音。谷小冬喊熊，它没有名字，他的喊声被震耳欲聋的洪水声淹没了。他沿着河边向上走，都是洪水；向下游走，还是洪水，一浪赶一浪的洪水，没有窄处。

他爬上一棵大树，但伸向对岸的枝丫太短，他往上爬。爬到很细的地方，如果往下跳，只能跳到河中心，离岸上还有老远，结局就是被山洪卷走。

他搬来了一根朽木，有些长，却只能搭在河里的一块石头上。看那石头，长着青苔，又是斜着的，他上去走了一步就差一点滑落到水中。

谷小冬在河边转来转去，想听到熊的叫唤，没有，也许它早就跑了，但他断定它还在那儿。他似乎看见熊在如注的暴雨中扯着钢丝绳团团转，哀号，困在泥水中。它的脖子被钢丝绳子勒出一条深深的大口，但它依然想挣脱这根钢丝，去往山洞避雨，或者唤主人来解救它。

走到一处相对平缓的河边，谷小冬试着将脚探下，突然像有一头大兽在水下拽他的脚，他一下子滑倒了。他迅速抓住水边的一根藤子，身子就被水带着浮了起来。他紧紧抓住不放，被水扯着，他想探下脚，踩到实处，可身子在水上轻飘飘的，他呛了几口水，拽着藤子想爬上岸。这时，一个人拉住了他的手，是叔叔。谷半仓嘿嘿地笑着将侄子拖上岸来，倒背上他就跑圈子往下倒水，他迷迷糊糊，叔叔放下他又给了他两巴掌，把他打醒了。叔叔的疼爱像是惩罚，他看着谷小冬，眼里和脸上全是紧绷着的，闪着寒光。

"你找死啊！你是不是想找死？"叔叔一点都不客气，呵斥侄子，他又笑了，"那头熊总会有人要的，你急什么？"

"谁？"

"有人要的，有人肯定比你急。"

谷半仓把谷小冬一个人丢在河边，似乎怒气未消一路骂骂咧咧走了。

谷小冬回去的时候，看见叔叔手把着漱口的杯子，工棚里全是酒气，有一个煮着马兰头的炖锅，里面有见手青菌和松菌，有在小卖部买的花生米，酒是叔叔的药酒。他今日好大方，还劝酒。

"一只小熊总不能就这样让老虎吃掉吧？"

有人纠正那不是小熊，是头大熊了，不用钢丝绳拴着真会把人吃了。

"最好是它挣脱钢丝绳，跑进山里，咱这里就平安无事了。"吕队长说。

刘腊货眼着酒，说："要讲老虎，这里连老虎的毛都看不到一根了，我们村几十年前有个叫张三的，他在龙甲岭打死过一只虎，常把虎皮披在身上去打猎。那虎皮很神，左滚变虎，右滚变人，后来怎么都滚不了右边，就变成了一只老虎……"

"敢情老虎是人变的！人变老虎，这事，我也听说过，谷半仓知道的，我们村的山头上住着一个五保户老头，有一天早上起来，一板斧在门口就砍死了一头熊……"葛二婆说。

"我见过熊带四子的，非常稀少。一般是一子和两子。熊什么都吃，夏天吃端阳范、马桑范，秋天吃花栎树果子、青冈栎果子，锥栗、板栗都吃，特别爱吃蜂蜜，俺家里的十几桶蜂蜜，有一年被老熊吃光了。秋天就下山来掰苞谷，掰一个丢一个，所以熊是害兽，该打！"刘腊货说。

葛二婆说："姓刘的，你咋不去打呢？你敢打吗？你不怕进号子吗？你胆子大哩，是人是兽你都能打哩。"

刘腊货说："葛二婆，你的酒好，你就他妈嘴臭。"

葛二婆也拿了些酒出来，都是药酒，都说好喝。

谷半仓说："你要是在林子里碰到熊，要走'之'字，不能走直路，你若跑时要对着坡下的大树跑，然后迅速闪开，后面的熊躲闪不及，一头撞在大树上，倒地而亡。这是我老舅亲自遭遇的一次老熊，那头老熊四百多斤，就那么撞死了……"

喝到兴头上，他们按照龙甲岭的酒规，喝门杯、敬杯、还杯、对面笑、转杯、急流水、赶麻雀、跳杯、催杯、炮打隔山杯、左右杯、同凳杯、转弯抹角杯……他们吃的是一锅烂菜，但葛二婆采了不少的见手青菌，味道实在很好。

"酒没有了。"谷半仓说。

葛二婆说："我还有嘛，酒我留下四斤，如果谁能把熊牵过河来，我全赏他，保护动物嘛，半仓、小冬，你们说行吗？"

如果能把小熊牵回来，还有人愿意出酒奖励，这不是很好么。葛二婆哪会这么关心一只熊呢？只是说说而已，就想撩撩那个好酒贪杯的仇人刘腊货。

"你有啥酒呀？勾兑的酒。"刘腊货讽刺说。

"就这个酒，你们爱喝不喝。"葛二婆指着他的药酒说。

"我酒不多了，葛二婆出四斤，我出两斤。"

葛二婆看刘腊货耳朵支楞得老高，只要提酒，他就会不要命。他是个"酒麻木"，整天除了做三顿饭，其余时间就是端个茶壶慢慢呡，别人以为他是在呡茶，其实是在呡酒。

"说好的四斤加两斤，六斤酒，把酒放这儿，不然就是扯蛋子。"

葛二婆真的把他的一壶酒提来了，谷半仓也把半壶酒拿来了。刘腊货将酒壶拧开闻了闻，香。

葛二婆激将刘腊货说："你真敢过河吗，你有这个狗胆？"

"你把酒交给吕队长就行了，啰唆个屎呀。"

"行，君子一言啊！"葛二婆和谷半仓都说。

吕队长也在兴头上，但不能不考虑到刘腊货的安全，那么大的水，他怎么过河呢？葛二婆和谷半仓两个逗撩他，出事咋办？这河平时不宽，也浅，到了山洪暴发，就跟长江似的，波涛汹涌，也许，刘腊货对这一带熟悉，知道哪儿有地方过去，反正，熊是会游水的，这倒不怕。就让那熊在山里饿下去不也很好吗，让它衰弱，不惹事，然后交给指挥部。

"就你那水性，不行。"吕队长连连摇头。

"他肯定能过去，他有这本事，你莫拦他。"葛二婆怂恿说。

"把熊牵回来吗？不就这点卵事？"刘腊货故作神秘轻松地说。

"是呀，就这点卵事，你有办法，你真牵回来，我还搭两包黄鹤楼满天星的烟。"葛二婆说。

"欺我哩？是不是欺我？"刘腊货瞪着眼指着葛二婆，两个对头又撑上了。

吕队长拉开他们说："喝了臊尿就误事，你们冷静点不行吗？刘腊货，我说你就别充硬气好汉了，能过就过，不能过别过。"

刘腊货连颈子也是红的，喷着酒星子宣称："老子三步跳过去不湿鞋，你们信不信？葛二篓，先把两包'满天星'买来都放吕队长手里。"刘腊货估计吃多了见手青菌，出现了幻觉并兴奋起来。

"买就买。"

葛二篓果然跑出去将烟很快买了来，放在酒壶上。嘴朝刘腊货翘着，示意他可以出发了。

"都赌上了，你们这些家伙，吃烂菜、喝烂酒、赌烂事、成烂人。我说，莫逞英雄，晚上还要给大伙做晚饭哩。"吕队长说，又补充道，"要不要个人陪你去呀，腊货？"

刘腊货摆手道："算尿，烂烟烂酒不够分。"他一边笑着一边从酒壶上拿起烟在鼻子底下闻了闻，揎起袖子，摩拳擦掌。

"过河熊没事，我亲眼看到一只老熊带着一只小熊过河，一点事都没有，就怕你这腊货真成了挂墙上的腊货。"葛二篓说。

"你才成腊货咧，你这一身腊肉，也装不了二篓呀。"刘腊货拍打了一下葛二篓的肩说。

谷小冬看到刘腊货从火堆旁站起往外走时，打了一个大冷噤，身子歪歪倒倒。葛二篓怕他反悔，还抢先恭候在门边，是给他让路的样子，十分谦卑和敬仰，好像一切恩怨都化解了。太阳有即将出来的征兆，雨点越来越小，越来越细，云雾越来越白，越来越薄。青山如画屏，天空如水洗。

刘腊货走出去带走了浓厚的酒气，人散了，有几个喝多了在火塘边打盹。谷小冬对今天的事情有些不可理解，难道葛二篓和叔叔谷半仓不心疼他们的酒吗？

一个多小时，还没见刘腊货回来，谷小冬突然预感他回不来了。葛二篓守着他的那坛酒在跟吕队长扯闲话，谷半仓说头疼，回宿舍蒙头睡觉了，谷小冬看到叔叔在床上翻来覆去，嘴里呜呜地咕哝什么。

吕队长虽然跟葛二篓说着话，但不时看手机，又跑出工棚瞧天色。他对葛二篓说："你去看看刘腊货咋样了。"

葛二篓说："我哪儿看他去呀？谁知道他从哪个地方过河的。"

"山洪好像退了不少，说不定他过了河哩。"吕队长说。

葛二篓不想动，他显然酒也喝多了，菌也吃多了，说自己面前有小人晃动。吕队长说："你眼前的小人儿比我眼前的多吗？我现在全部被小人儿包围了。"

在吕队长再三的催促下，葛二篓喊谷小冬，对他说："咱们去看看那伙夫怎么样了。"谷小冬迟疑着，葛二篓说，"还不是为你那宝贝狗熊，你不去没道理。"

又过了一个小时，到了傍晚时分，还不见刘腊货回来，谷小冬才答应跟葛二篓一起去河边。

他们走到黑水河边，碰到了一个人，用手套扬着同他们打招呼，一看是指挥部的苏工，他一脸恓惶地徘徊在河边。

他来干什么，是刘腊货约他来的吗？是想将那小熊弄死他们分熊掌吗？

苏工看见了他们有些紧张，想躲的样子，说："你们找刘腊货吗？"

"苏工您在这里？"葛二篓说。

"我、我吗？我只是来这里查看水情的，偶然碰到刘师傅，说是要过河去，不知道他过去没，这水大呀……"

河水是很大，河水翻滚，咆哮如雷，响彻云霄，从山上冲下的水像瀑布一样陡峭混乱。刘腊货能过去吗？没有任何痕迹证明他过去了，仿佛从人间蒸发了一样。

"他从哪儿过去呢？"葛二篓伸着青鹤似的长颈往对岸瞄着说。

土黄色的太阳趴在西边的山冈上，照着奔腾的河水。他们的目光掠过河面，看到对岸一片死寂，傍晚的静穆就像是默哀，河水像一个酒鬼吐出的秽物，一片难闻的凉腥气。

"老刘——"他们喊，"刘腊货——"

"有事了。"苏工沉重地说。

他像一具泥塑，呆若木鸡，望着湍急的河水，一动不动。他不停地吞着涎水，他的胃好像坏掉了，样子十分难看。对岸有只灵猫死死盯着他们，但是它不会说话，不会告诉他们对岸那只熊的情况，还有一个人的情况。

喊魂鸟在树上大声地叫着："喔哦、喔哦、喔哦、喔哦……"

七

第二天，山洪依然在涌动，但水小了些。吕队长在指挥部找到了钢缆，大家拉牵着过河去寻找刘腊货和那只熊。

过了河，老远就看到了刘腊货，刘腊货倒在醉醒花地里，身子残缺不全，那只熊正舔着鲜红的嘴巴，它显然吃得太饱，在钢丝绳里又拉又扯又蹦跶。大家看到这一幕，没有人敢走近，恨不得往后跑。熊拴在一片开阔的醉醒花中间，那片花草虽然被熊蹂踏得有些狼藉，但雨后却出奇地茂盛，蓝莹莹的花就像绸缎在风中轻轻飘摇，秀艳异常，就像村姑唱的一首山歌，在一缕一缕飘过的白云间，舒展着她们绝世的美丽。

红鬃野马

我们喝茶。这是最后一次用火垄里的火煨茶。最后一次抽烟。最后一次，坐在苦楝树椅子上说话。他起身，后来坐到门槛上。后来，他揉了揉眼睛，说："棠娃，这把椅子就留在这儿。"

我愣着看父亲。

"等我们再回来的时候，看到有把椅子还在这里。是呀，我们的椅子就放在这里。"父亲转身瞅瞅搬空的屋子，再说，"这椅子别背走了。"

他又看看火垄屋窗台上的那个酒瓶，歪头杵脑的，泥巴色酒瓶，里面插了两枝打破碗花花；是随手在路边掐的，我记得它就在火垄屋的墙角里。那个酒瓶和花枝不会动它，让它们去了，我们要走了，要离开冷杉坳。我们的背篓是空的，一连三天，我们将家什搬到清风岩的公路上，等待农用车拖走。

我一个人背一口立柜，几次都差点要晃下悬崖。柜子磕磕碰碰，树枝或者头上的悬石要将我抵下万丈深渊。

父亲要走了，好像他不会走。老人都不会走，他们属于老屋。但他终是要走，与我们一起。走就是离开，不再回来。野马河的声音像是啜泣。他蹲在屋檐下，他再也不会蹲在搁着他棺材的屋檐下了，他要走了，去山下享福。我们每一次清点着东西时，喉咙都要哽一下，像吞了一块薯皮。我们坐在磨损的凹下去的门槛上，那是很结实的枸骨冬青木，它被一次次踏过的鞋，草鞋、皮鞋、橡胶鞋、棉瓷鞋和拖鞋的进出，磨成一块狗啃过的骨头。房子搬空了，房子也是一块骨头，是骨架，它被时间给掏空了。它曾经丰腴，有过男人和女人，有过呼吸、咳嗽、汗水，有过笑声、鼾声，有过各种烹煮饭菜的香味，有过炊烟和叱吼，有过梦，有过梦呓，有过辗转，有过晃动的身影、狗叫、鸡鸣、猪哼，有过牛羊沉默站立的反刍，有它们晚归的脖铃声。这里，没有谁再晚归，包括人，我们将离开，不再回到这里。

这是秋天，乌鸦的叫声干爽脆亮，红嘴蓝鹊嘎嘎地叫着，像是在埋怨。它们再也不会埋怨谁了，埋怨自己吧。我们带不走这些鸟，这些鸟声，它们属于山林。父亲抽着烟，他有些发困，他走了一天的山路，他也一趟趟地背，他的背篓不比我小。他背上的汗渍缀在一块蓝色的补丁上，这还是多年前母亲给他缝补的，他舍不得扔掉。背篓的篓绳费衣服，总是先把肩膀磨破。他再也不会背背篓了，不会背这么重的背篓，这么重的东西，苞谷、石头、树蔸。树蔸挖回来是准备过年的火垄用的，它烧得久。

门前的野马河在歌唱送别，它们不依不饶地唱，令人烦乱。父亲坐在一边，我坐在一边，我们听着奔流不息的河音。刚下过一场雨，山坳里的雾气腾起来了，像是掩面垂泪的女人。

一只乌鸫站在屋场前的冷杉上，俯身张望。它没叫，如果此时叫，我会用石头砸它。父亲伛偻的身影充满了离别的悲伤。老人的身影让人同情。他眼窝深眍，因为劳作，他垂着双手，眼珠子里全是薄薄的意绪，好像对这次离开麻木了。一阵风，把屋顶上的落叶吹下来，恍似在撵我们。

还有红薯，我从角落里扒出来几个，很小，这是留给野兽的，大的都背走了，但可以吃，我把它们壅进火垄里。我们将会打开门，让野兽进来，让老熊、麂子、鹿、野鸡，还有野马和狼巴子进来。从大门进来，从窗户进来，从墙缝进来（比如蜈蚣、蜥蜴、石龙子、蛇），从即将破溃的屋顶进来。人一旦离开，房子会迅速朽烂，房子是靠人撑着的，人撑住房子才不会倒。

"搬完了吗？"父亲问。

他怠倦，无力，身上的盐分被汗水带走了。他坐在那里，原是准备一直坐到生命的尽头，但现在他生命的尽头在山下，在一个叫月亮湖的移民新村。

秋天是红色和黄色（还有金黄）全面攻占的季节，在这里，天空晶蓝，糖分布满山坳。连云雾也变得华贵奢靡。秋色在山里隐秘而盛大，它从河中发红的苔藓开始。蜂巢盛满了蜜，山林用疯狂的炽热成熟果实。草丛中开着金色的旋覆花、蓝色的鼠尾花和龙胆花。植物要有一次死去和坠落的机会完成自己的一生，树叶也是精灵。天上的一颗星，地上的一个人，树上的一片叶。

秋天正在夯实每一粒种子，没有凋敝之意，不用赞美它自美。呼啸的风吹不完树上的叶子，雪也埋不了炊烟。我们坐在冰凉的石头上，开始在鸟儿的归巢声中怀念我们经历的一切。我们看着倾欹的峡壁，亮晶晶的河水，双手抱膝。

"爹，还来吗，您？"我在黄昏的光线里问。

"嗯。"他说。

"有时间的，会有的，我们是要给动物让路了。"我说。我安慰他。

他很老了，也许不算太老。他有皱纹，掉了几颗牙齿，两腮峭寒，颈上挂着枯壳松的皮。他双手宽大，那只丢失的脚趾是被石头偷去的。他曾经手握撬棍，一个人挖平屋后的山，修建了厨房，引来了山泉水。

"是的，我们会回来的。"我说。

椅子。窗台上行将枯萎的花朵。我们回来的那天，它会枯萎，椅子会坍塌，被白蚁蛀空，葛藤缠上靠背，而坐过的地方会长苔，并生出一朵朵菌子。

河流发出嗡嗡的湍鸣声，这是我的梦。

如果放一把椅子，一朵花，在群山间游荡的红鬃野马就会到来，但是我们已经永远离开了这儿。我们会忘记柴垛、牛粪的气味和晨光中沸水般的鸟鸣。会忘记冰瀑，忘记孤独和苍鹰，忘记洞穴，忘记山谷里响尾蛇呱呱摇动的尾巴，会忘记蛛网上缀满的露水，忘记山梁上触手可及的月亮——它是我们头顶上的村庄。我们会忘记一切吗？甚至会忘记埋在茶树下的父亲的脚趾。当我们离去后，这个脚趾会在这里四处走动，在堂屋、在卧房、在火垄屋、在厨房、在牛栏、羊圈和猪窝里走动。在山上的挂坡地，在溪水中走动，在母亲的坟前走动。噢，脚趾是不会离去的，它填充着这儿人去楼空的荒寂，它是老屋最后的见证者，它将与这儿的空虚交锋，抵御残酷的遗忘。

"爹，还有要背走的吗？"

父子在对话，父亲似乎说"没有了"，真的没有了。屋檐下晾着的旧衣，将永远晾晒下去，直至成为齑粉；它在风雪和暴雨中摇荡，在阳光下一次次吹干。破鞋，还有挂在墙上的生虫的苞谷、露出箬叶的斗笠、曾经挂过腊肉的吊钩（上面还挂着一小块猪皮），都不要了。一个破损的狗食槽，不要了，就让它们留在这愈来愈浓密的山林里，留到我们回来或偶尔路过的时候，会看到一星半点生活的痕迹，会看到我们的过去，就像那把椅子，我们会再坐一会儿，再看看五骏峰俏丽的身影，看五匹神马，在云端奔跑。让这些零落的旧物，带着曾经逝去的烟火味儿，让苔藓和野草攻击它们，但是我们活过。磨刀石还在，那石头上曾经发出过刀刃沙沙的出锋声，磨锄、磨镰、磨猎叉、磨月光。

篱笆短墙上，依然爬着绿叶肥厚的南瓜藤，一个小南瓜吊在藤上。我去摘，父亲看到了，说："不要了，懒得背。"那是他种的南瓜，他爱在清明前后，种瓜点豆。他把南瓜种在母亲的坟上，让南瓜藤疯狂地奔跑。南瓜的藤叶覆盖了母亲的坟包。他会摘下一个南瓜，他会摘下一堆南瓜。每摘一个，就等于是去那儿看望了一次母亲，曾经与他生活过四十年的女人。他以种瓜和摘瓜的方式问候母亲，他什么也不说，他去那儿转悠，去见我很久前就离去的母亲。

哦，还有两朵南瓜花，金黄色的，小喇叭一样的，好像昨天还没有，当我们最后看它一眼的时候，它忽然从藤蔓间奋力扬起了手臂，好像是在挽留我们，跟我们打招呼："喂，是我，别走呀。"

南瓜花炒鸡蛋很好吃，氽汤也好喝，但最好的是炒竹笋，必须是熏过的烟笋。我们看着短墙上的南瓜藤和花朵，飞来了蜜蜂和蝴蝶，还有一只叫"洋婆婆"的黑丽翅蜻，它在夕阳下闪幻着五彩的金属光泽。还有长喙天蛾，也来吸食南瓜花蕊的蜜。

我踅回屋里，看到了门旯旮里的一尊铁，一个铁砧。我蹲下，我打量着也掂量着它。我看到了铁砧上凸出的"罗记铁铺"四个字。这是铸造之初就有的。这是祖父的遗物，他是一个铁匠。在这条曾经繁华的川鄂古盐道上，他锻打过镢头、锄、土铳、猎叉、防滑的脚码子，也锻打过马掌、马镫、衔铁，打过农人与猎人各种各样和器具。也打过刀剑，打过铁锅、锅铲、剪刀和猪毛刮刀，打过拴狗的铁链。

这是一尊百余斤的铁砧，放在墙角，不会生出锈渣，它太结实，它是一块铸铁。从来没有人搬动过，存在了很久，跟没有一样。我曾经以为我抱不动，我有几次想抱起它的念头。有什么用呢？没有。就让它像一块石头，静静地搁在门旯旮，让它生锈。可是它倔强，从不生锈，只是在潮湿的春季，浮出薄薄的锈水，又突然没有了。

"那边也有南瓜，还有。"他指指后山，他晃晃手。他是要让我去再看看母亲，但他不会这么说，他只是用摘南瓜的暗示，让我最后去看母亲，向她告别。

鸟都回家了，我们却要离去。强脚树莺在锐齿槲栎上说："你去哟，你去哟。"乌鸫发出群啸，它们仰天长鸣，黄色的喙嘴里插满了振动的铜簧片。

我不想再去打扰母亲，让她在那里沉睡，不要让她知道我们即将离去，把她丢在这里，她在地下已经习惯了那种生活。一个人最好的归宿，是他活在这里，最后也死在这里，像鸟兽和草木一样。她应该接受了这样的结束，她在家里看家。她属于冷杉坳永远的居民，直到墓碑倒塌。傍晚有稀落的鸟声，还没有找到栖枝。在渐渐长满了雷公菌和刺架的小道上，在荒草漫上以后，这里没有了时间的年轮，没有了"以后"。一切成为岩石，在黑暗中挺立着，然后解体消失。

当鸟声偃息，我们惊异地把头抬起来，周围的树，早就像饥饿的凶兽向我们逼近，它们要吞噬这座屋子，这个屋场。树冠在偷袭我们的屋顶，掠夺我们的阳光，撒下苔藓和蕨，把我们挤出山坳。

可是我们赖在这里的时候，没有什么能撵走我们。只要我们稳稳地坐在那把椅子上，敞着咸味的胸脯喘气，鸟声、水声和风声会把我们的生活乖乖留给我们，把抚慰抛给我们，让我们相信活到明天是值得的。

懒洋洋的夕光像一块未经雕琢的红宝石搁在山峦上，五骏峰被一把抹红了，像即将熔化的铁。我递给父亲一个红薯，拍打着上面热噜噜的灰。我添了最后一次柴，我们吃最后的烤红薯，它喷出的香味瞬间弥漫了房屋，好像我们又回到了过去。

我把背篓倒下来，我要移动这尊铁砧，放入背篓，背上公路，背到我们山下的新居。

"你搬那个干啥？"父亲吃着红薯说。红薯很干，他的嘴唇很黏滞地开合。

我先要鼓出一口天荒地老的气，我要鼓足气，将它搬起来。我害怕它生了根，几十年没动过，它就在那儿，有时候，会用它敲直一根铁丝或铁钉。它像是扎入了地下。

我没有回答父亲的问话，这事儿不用回答，我们说话的方式只有问，没有回答的习惯，回答是用行动，我们不用回答就能交流。这很正常，在这里，在山里，说话只需要一半儿，其他不用。我们的每一个意图用行为和沉默也能表达清楚，多余的话就省了。

空气中到处流动着语言，鸟在说话，在树上，在鸟巢里，它回家，将叫声送给离别的夕阳和晚霞。红鬃飞散，天空中奔跑着无数的野马，它们的蹄音无声穿透了我的身体，从心尖尖的缝隙里钻进去。沉落的蹄音带走了我们大门的钥匙，把它挂在五骏峰上。当我们离开，鸟群和河流将停止歌唱，星星将躲进山腹的内部，一切都会沉寂，鸟声也会荒芜，里面长满了苍苔和黑暗。我们的气息将散尽，野兽和苔藓会取代我们，进出在慢慢倾圮的土墙中。

后来，我搬动了，我以为我再也搬不动，以为它会永远地搁在这儿，跟门槛和石阶一样，直到腐烂。

父亲过来帮我，他放下吃了一半的红薯，可是他在一旁搭不上手。那块铁虽然离地，但搬起来，放入背篓却不容易，我使了牯牛的劲，脸憋得通红，心脏都要蹦出来了。我抓住它的一支小角，也无法用力，它叫羊角砧，却只有半边角，角太小。它光溜溜的，我必须用双臂夹紧它，我想翻动它，让它露出底部。那支小角是用小锤来打锄头、镰的套孔，插入木柄的。把烧红的铁敲薄，在"羊角"上弯曲成圆孔，这得要有技术，是师傅干的活，比如我的祖父。徒弟只甩大锤，比如我的父亲。

"我把祖父带上。"我的心里在说，我的心里对父亲说。

这是沉甸甸的祖父，它不能动弹了，卧在地上已有几十年，它像一块古老的石头，没人答理它，可是我要把它带走。

"没啥用哩，还沉，别背了。"父亲说。他象征性地帮我一把，将它放入了背篓。它冰凉，他也冰凉，祖父。我把背篓竖起来，它终于可以跟随我一起离开这儿了，它就是他。这是一块很老的铸铁，也许成型了一百年。砧面光滑，敲打过无数的锤子，被无数次重击，从诞生之初就是被狠砸的对象，但它光洁如镜。在"羊角"上，是祖父小锤转动敲打的地方；在砧面上，是他和他的儿子一锤一锤共打的地方。祖父的锤叫引锤，而他的儿子砸的是大锤，十磅重。小锤引导徒弟砸击，师傅左手的火钳夹着烧红的铁，师傅小锤击打的轻重、点数和快慢，都是对徒弟的指挥，砸哪儿，全靠左手火钳的灵活运用移动。哦，叮叮当当的锤铁声，像音乐一样流畅、悦耳、起伏、有弹性。小锤在铁砧上的连击和单击，是一个曲子。连击，是铁锤被铁砧弹起的舞姿，发出的声音一串串的，再接着是单击。单击，又连着一串连击，多么美妙的铁匠的音乐，多么红火的炉膛，现在，就剩下这一尊冰冷的铁砧，作为一代人蓬勃生活的见证。所有的温暖，所有的人，都铸进了铁砧深处，压缩在这尊沉重的铁中。生活留下的会很结实，只要你挥汗如雨地劳动过，你会留下某种物件，哪怕是一块铁，不会烟消云散。我的记忆很淡，甚至子孙会忘记，那些在风中渐渐稀薄的敲打声音，叮当、叮当、叮当。两个男人光着膀子，在铁砧的两边，在铁花飞溅的地方，在铁屑满地的偏厦里，在呛人的煤烟、熔炉的热浪和烧红的铁的甜腥味中，他们砸击着，让铁成为各种形状，锋利。祖父系着一张鹿皮围裙，他的背脊比现在的父亲更弯，他驼着背，更矮地靠近砧子，眉毛被火灼光了，脸上有铁渣炙过的许多黑斑，铁烙下的火斑和老年斑交织到一起。他的脖子很硬，他从炉火中夹出一团金色的铁泥，夹到铁砧上，随即便砸出一片红雨。这尊冷却的铁砧沉默了，仿佛从来没有过声音，但我却要背着它翻山越岭，跟着我们到达新居，重新一起生活。

我们去往新居，牛蹄都走肿了，羊走得嗷嗷叫，狗吐血。但是我们必须到达我们新的梦境。在山里生活的日子，我们没有理这块铁，我们无视它的存在，离开的时候我们才审视它，才发现它多么宝贵，不可或缺，我们不忍舍弃。它那么沉重，但是我不会忘了它。父亲呆呆地望着我，他不解地瞅着我，又瞅着背篓里的那块体积庞大的铁，脸上满是疑惑和伤感。他的嘴巴翕动着，想说什么又止住了。他的眼里全是茫然。屋子空了，我们的心也空了，他的眼里全空了。这空荡荡的最后的傍晚，我们发现了一个铁砧，发现了祖父。我知道我能背起来，只要能够装下，我就能够背起来。再重一倍，我也能背起来。一旦下了决心，即使是一座山，即使压断我的脊梁，我也要背起，因为它是祖父。父亲的眼里说："无用啊，无用。"是的，无用，但我必须把它背下山，不能让它独自蹲在这空空如也、狂风肆虐的屋子里，被弃在山中。只要我们背上它，就是无价之宝。

晚上，风声像洪水一样卷来，我和父亲睡在茅草里，我们在光板床上躺着。那张床许久没人睡了，我们不打算将它拆了搬走，这张床太陈旧，在新居里，我们打了新床，并铺上了软软的床垫。

在朦胧的月光中，鹰在安睡，河流在赶路，我们也要走了，在天亮之后。露水降临在屋顶，寒霜的炸裂声噼噼啪啪。火垄里烧出的温暖在一点点冷去，并将彻底冷却，仿佛人生路过的一堆火，留下匆匆的白灰。黑暗聚拢在我们身边，山在怒吼，几块残木终于烧出了松脂的香味，一丝丝地钻入我们清冷的鼻扇。没有灯，火就是灯。

旷野中，一匹冲破诡谲云雾的野马，踢踏着夜色，身后是像白昼一样明亮燃烧的乌桕。椽子因为熏黑，不再散发木材的清香，山墙不再有苦涩的硝土味。我们这么安静，但是我们要告别山谷。

陡峭的寒冷是冬天的序曲，我们要赶在冬天到来之前告别这里。风撕裂着树，水推动河流。老林扒子的神灵在出没，窗棂上有风撩动的声响，所有向我们告别的都来了，站在门口，诉说衷肠……

树叶在静静地掉落，它怕自己的死亡打扰了山林。落叶将鸟声埋没，鸟声将流水埋没，流水将往事埋没。无数的老熊和猴子从山顶拥下来，夜晚野兽的腥味扩大着它们的魅影。沉睡的树林在红叶中沸腾，像烧焦的火烬，爆燃着狼的孤嗥。落叶有时候如狂风巨浪，一阵一阵地疼得发癫。而河水中的山峰，倒影狰狞。

我始终记得一匹在野马河边的红鬃野马，披着明媚的星光，在雾中跳跃。野马从天而降。我的祖父说，在这条密林中的川鄂古盐道上，曾用他锻打的一杆铳和两瓢铁砂子换了盐商的一匹大马。那匹马在一个寒冬的夜晚咬断缰绳，奔向了山冈……

"棠娃，你曾经看到了一匹红鬃飞耸、四肢如金的野马，你曾经看到了它缎子似的皮毛，饱满的肌肉和完美的头颅。你看见它石头一样的劲蹄、天马一样的骏骨、腹间神秘的旋毛，昂首萧萧嘶鸣，鬃鬣冉冉如风……"

父亲不会说出这样的话，父亲在枕畔辗转，我听见夜空里有这样的声音。

"我见过。"我说。

窗外的月光照着那把屋场上父亲坐过的椅子，它正对着五骏峰高矗的绝壁。五座山峰依次叫紫骝峰、青骓峰、神骠峰、金骏峰、天驷峰。金骏峰是这片群峰的主峰，它们掠过云雾，青色的影子如天马行空，最后的英姿凝止在大地上，像天空的巨兽，在秋雨中清濛漫漶。它们的铁蹄踏碎了沟壑的哀叹，天上的云彩滋养着它们。而深隐的河流和群山，在看不见的震颤中，为森林苍郁的呼吸屏息。

……一个冬雪啸啸的早晨，我去偏厦里抱柴，感觉那里面有响动。不会是拴在栏圈里的牛羊，一定是野物，曾经有麂子躲在里面，还有猪獾也曾贸然闯进来过。我轻手轻脚靠近，在祖父打铁的炉膛旁，看到了一只异兽，不是一匹马吗？可它有红色的鬃毛，栗色的身子，它长尾及蹄，额前也有一绺赤红的毛，从两耳间耷过来，像女人的刘海。野马发觉有人，它突然迈开四蹄，冲出偏厦，跃入积雪覆盖的野马河，向坡上的老林跑去。雪粉在它的蹄下迸溅如雨，它宽大的颈子弓成弧形，鬃鬣有如传说中驴头狼的鬣毛。它张扬着双耳，蹄下冰块的炸裂声宛若喷泉，它的影子切开黎明的黛青色光亮，身上似乎有黑色的玄斑。矫健狂野的蹄足，粗大如黑烟的尾巴，连蹄窝里也有飞扬的金毛。它在河中拐了个弯，身子倾斜欲倒，一阵旋风般的疾驰，嘴里喷射出团团热气。风雪中的野马，倏忽闪现在寒冷世界的灵兽。它从崇山峻岭的深处而来，踏入阒寒的雪原，流曳出燧石般的光。

"你睡着了吗？"父亲把他的棉袄盖在我身上。我假装睡着了，后来我把他的棉袄连同我的棉袄一起盖在他的身上。他曾驮着我在山里长大，现在我们要下山了。我的眼里滚出几滴泪水。门外的野马河从来没有停息过，河流山川的血液，在大地的血管里哗哗流淌。野马河在咆哮，在云端，在璀璨的星空下，在黑黢黢的森林里，像冰雹砸击着岩石。无数的秋水有如迁徙的民族，去充实山外的江河，汇入森林和群山的合唱。野马如泥石流，在狂掳一切的秋风鞭笞下，敲碎黄夜深厚的果核。

我闭上眼睛，真的看到了千百匹野马在如蚁的星河边饮水，它们打着响鼻，踏着水边的卵石和悄然绽放的花朵，与河狸、水獭、大鲵组成秋夜的河音。传说中的野马正在化为流水和土地，怪兽和仙人骑着它们在天穹下驰骋，它们佩戴着华美的络头和衔镳，鞲带鞍鞯，璎珞流苏，它们的热血是它们一生的飞腾，神灵将它们降伏为坐骑，在梦境开始的时候来此处。

"你关好了大门吗，棠娃？"父亲在黑暗中说。

我惊醒了。金菊的浓香在羞涩的月光里放荡，火垄上的火在渐渐熄灭，天亮时我们将出发，离开祖先的家。夜鸦在树巅上冻得哀号，鼯鼠因失眠撞着崖壁。巴山冷杉和秦岭冷杉，在冷杉坳的高处，在寒凉的花岗岩上振翅。黑夜次第沉落，野马河边聚集的马群鬃毛翻卷，竖着尖削的耳朵，睫毛上沾满晶莹的露珠，甩着尾巴，即将驾着星光，御风而去。

"爹，您在咳嗽。"我心疼地说。我闩好了门闩。明天将遵照森林管护队的统一指示，敞开大门，迎接野兽，迎接那些在茫茫风雪中奔驰而来的躲寒的野马，让我们的房子成为温暖的马厩。我想告诉父亲，我梦见了那匹野马，我听见它在月光深处咴咴嘶叫。

"您睡不着吗？您冷吗？您哪儿不好？"我问翻来覆去的父亲。他也许是冷，我坐起身轻轻拍着他的背。当人老了，当他离开老屋，你要把他当小孩一样养。

"山下多好，睡楼房哩。有花坛哩，有超市哩，有跳广场舞的地方哩。再也不用背一袋米走一天的山路了，也不用怕老熊、豹子和毒蛇了。"

河流暴涨的秋潮有如林涛，在森林的上空，星星钉着晶闪的玉扣，它们拥挤在门缝里，在窗顶蜥蜴的背脊上，寂寥地窥视我们。这些天上闪光的石头，铺满在传说的小道上。闭上眼睛睡一会儿吧，我们实在太累了，但我们无法入睡，不是因为寒冷。这一夜，刻骨铭心，我枕着铁砧，闩紧了门，我抱着那块铁，生怕它会遗失飞走。祖先的老屋为什么开始摇晃，翕上眼，老屋像羽毛般飞升和旋转起来。因为我移动了铁砧，它是这个屋子的压舱石？

霞光像是守夜人捧出的焚烬。天空的血潮醒了，鸟儿鼓翼，破晓的河音中有远去的嘶鸣，冷杉的顶端站满了与我们离别的鸟儿。父亲帮我背上铁砧，他的眼眶里盈满泪水，但他不会流泪。他头上戴着绒帽，肩上落着一支细小的羽毛，或是飞来的花絮。我壅熄了火垄里的火，将灰踏了踏，仿佛在埋火种，我将剩下的木柴放在火垄边，像是准备下次再来生火。我关上了门，又打开门；我推开门，像是每次回家一样。我还是掩上了门。让那些野风去推开它吧，让时光、岁月，像归来的乡魂推开它，然后看到父亲的断趾、母亲的墓碑和铁砧压出的凹槽，看到窗台上枯萎的打破碗花花和那把每天对着山冈与流云的椅子，如同看见父亲的身影。

黎明扬起通红的金鬃，炊烟袅袅、鸡鸣狗唱的山坳，道路将会与脚印一起消亡，河流与野草泛滥，藤萝将爬满山墙，石头将击穿屋顶。即使不会地动山摇，一切都将在风雪的欺凌和烈日的暴晒下溃散。我把铜锁扣在一边的铁环上，把钥匙藏进墙缝，和往常一样。铁砧温顺地躺在背篓里，我的肩膀适应了它，但它的那支铁角戳着我，仿佛在催我上路。野花、大树、石头和屋脊，站在那儿送别我们。

"我们要过上好日子了，跟城里的人一样。"我说。我的喉头一阵阵发硬。

父亲让我走在前面，我知道他可以在后面转身看看，他可以偷偷抹着泪糊的眼睛，在后头，他可以想些事。不，父亲，请你走在前面，我跟随你的影子，我也守护你的影子。父亲，你是我的一切。我的背篓里，背着我铁铸的祖父。

"那些鹰。"父亲指着天空说。

秋风唤来了一群鹰，二十只，三十只，它们在五骏峰上，像英勇的落叶一样飞翔。影子越来越大，又越变越小。

"是呀，那些鹰。"我抬头仰望着它们，泪水流到我的嘴里。

我们在深渊的顶部踏着碎石行走。

我回头再一次看了看我们的老屋，风还没有等我们走远就把门顶开了，它们迫不及待。那把椅子在早晨的阳光里，在屋场上，孤零零地放着。愿有孩子们围着一把苦楝树椅子，和他们渐渐衰老的父辈玩耍嬉戏，围着椅子跑来跑去。

天彻底地亮了。

白　狐

　　层云像幽灵的脚印，横亘在夜晚的珞珈山上。因为各处钻出的灯光，蓝色的、褐色的，或土黄色的，像古老器物的包浆，涂抹在那些飞檐建筑群的墙上。蓝色的琉璃瓦缝间，一个红色的月亮，一个点，像白狐的眼睛闪烁在城垛样的屋顶。一些红色的秋树，如枫、槭，被灯光攮向山头，挤在一堆。情人坡明亮如昼，像暴雨来临前的荒野。在这里，一只白狐的出现是正常的。

　　他一辈子在野外工作，一辈子风餐露宿，对荒野敏感、亲近，有着童贞般的惊喜。在野外，蚯蚓是会唱歌的，信不信由你；狐狸会发出"呱——呱——"的小儿哭声。会发出小儿哭声的，还有娃娃鱼、灰雉（神农架叫夸夸鸡）、赤麂（黄猄）、海狸鼠等。有一种蝼蛄，乡下叫地蛄子，它发出的声音有二十只蝉和一头小牛的声音大，简直是昆虫中的男高音歌唱家，是夜晚土地的歌手，它们的嘶叫代表着大地和荒野的力量。

　　今天，他，施金教授，意外地走了三里路，这是近几年最远足的一次。

　　他来到校园的情人坡，他拄拐杖，他的双腿像绑了几块醋泡过的石头。他老了，他是个老人，他是老教授。他一辈子研究鳞翅目昆虫，是它们的分类权威。鳞翅目昆虫的分类是一个海量的研究，需要漫长的耐心，鳞翅目是一个大目，全世界已知达十万种以上，主要有夜蛾科（甜菜夜蛾）——是该目中最大的科、螟蛾科（玉米螟）、蚕蛾科（家蚕）、刺蛾科（黄刺蛾）、斑蛾科（梨星毛虫）、灯蛾科（美国白蛾）、举肢蛾科（核桃举肢蛾）、毒蛾科（金毛毒蛾）、天蛾科（榆绿天蛾）、虎蛾科（葡萄虎蛾）、卷叶蛾科（苹果卷叶蛾）、旋叶蛾科（苹果旋叶蛾）、麦蛾科（麦蛾）、粉蝶科（菜粉蝶）、凤蝶科（茴香凤蝶）、蛱蝶科（葡萄蛱蝶）、灰蝶科（小灰蝶）、斑蝶科（斑蝶）、眼蝶科（眼蝶）……太多太多，数不胜数。

如果一个老人在这样的校园山坡上行走，就是没有分量的，乖张、孤零、缥缈，最好是身旁跟着一只白狐，那就更像传说一样遥远了。如果他开始回忆，他是历史。但是现在，他喘气，他太老，他完成了不可能的移动，从家里到情人坡，连他的老伴也不敢相信，说是谁送你去的，坐轮椅？坐别人的汽车？

他的轮椅在家里。他是在"黄胖子面铺"里吃肥肠面时，听到铺里面的食客说的，说学校的情人坡出现了一只白狐。有人还在手机里翻出别人上传的图片，那只乖巧的白狐招人喜爱。因为网络，这个消息传播得比风还快，几乎世界的每一个角落一下子都知道了，这所大学的一条小路上出现了一只妖媚的白狐，去年出现过野猪，前年出现了猴子，保不定明年会出现什么，也可能是一头熊，或是一只豹子。

他放下面碗，决定去情人坡。

这的确很远，但他下了决心。

推动他"远行"的引擎来自山野的召唤，类似于回光返照。一个记忆力严重衰退的人，他对遥远过去的记忆就像现在这灯光照着的围墙，沧桑、斑驳、清冷、恍惚。但是在高加索高原上的一切，非常清晰地展现在他的记忆中，倏然凸显出来。那个海拔五千多米的厄尔布鲁士山上的雪峰，就像在琉璃瓦覆盖的老斋舍上空闪烁，天空湛蓝，雪山静穆，各种彩蝶在花丛间飞舞，白狐成群地嬉戏在草原上，这是上帝的后花园……

他突然死了过去。那是高原反应。

"Он плачет（他在流泪）！"他听见一个温柔的女声说。

他看到远处的白狐依然像白色的魂幡在草原上跳跃。他想到他不能睡去，他要回国，还有刚出生的儿子。他的确在流泪，他为自己清醒却无法动弹的身体而哭。他说不出。他不能动。他，在心里大声请求他们不要丢下他。他们，苏联专家，他的同事，还有他的导师。

他听到说话的女性是他的同学 катюша（卡秋莎），他叫她белая лисица（白色的狐狸）。他的导师叫米契诺夫，前苏联著名的鳞翅目研究专家。他在去往中亚高加索考察的四月里，导师只让他这个中国学生背着一只望远镜和一支猎枪，此外他还有一本《普希金诗选》，这与他的专业毫不相干。

他不想死。后来他回来了。卡秋莎给他的嘴里滴水，他闻到了她身上芳香的气息，一个异域女子的气息。她的皮肤白得像冰雪，也像白狐，她有细密的体毛。

熊、羚羊和野狼，这些动物在周围影影绰绰的植物里窥伺，忽隐忽现。但背景不是今天这样的诡异和凋零，天蓝得像教堂。世界上竟有如此美丽的地方，"阳光在冰雪上，在河流中辉耀，细雨在彩色的泡沫中散开……我怎么能够忘掉那峻峭的峰峦，淙淙的流泉和荒漠天际的平原，炎热的旷野，忘掉那我们曾共享心灵的青春感应的地方……山间的流泉在远处闪烁，从万丈悬崖上一泻倾落；高加索沉入梦境的群山，已经披盖上云雾的帷幔……"

不，比这更美，比普希金长诗《高加索的囚徒》中描写的更美，山冈、河谷、洞穴、野花的田野、静默的雪峰……

米契诺夫长着一双鼓起的眼睛，但他是个瞎子。无论怎么你也不能相信，他竟然是一个著名的生物学家，一个对鳞翅目昆虫有精深研究的专家，他是怎么做到的？在"二战"前，他双眼明亮，可他参加了"二战"，一双眼睛被炮弹震瞎了。

盲人科学家、他的导师米契诺夫，无论怎样歌颂也不过分。但现在，他也老了，施金教授，回忆就像那闪烁在云层中的一星月牙，稍纵即逝。他必须再一次走回去，回到自己的南山教工宿舍 B 栋三单元三楼，为了爬上楼梯（是没有电梯的老房子），他要带着再活一次的决心，与每一层楼梯上企图吞噬他的野兽搏斗。他用喘息为刀，争取打败死神。

他大汗淋漓。青春可能重来。但他遭到了老伴的一顿痛骂。

因为施金教授不用手机，所以联系不上，她害怕他栽倒在房子的哪一个角落，或者在阳台上坠落下去了。但这么大个活人，他不可能消失。门还反锁了一圈。他走失了，因为记忆力出错，他成了流着涎的、在灯影下踽踽独行的迷路老头？他脊骨僵直，迎风流泪，寻找家……

他回来了。

"施大爷呀！你可别吓我，你到哪儿去了？"她说。她叫夏吟荷，从学校图书馆退休，她毕业于这所大学有名的图书馆学系，退休前是学校图书馆副馆长。她是地道的汉口里弄的小家碧玉，施金教授是乡下小镇的乡村教师家庭出身。

"你吃饭了没？尿过没？拿钥匙没？丢拐杖没？"声音虽然严厉，但不带武汉人的"个斑马""婊子养的"这些脏字，是标准陈伯华式的汉口话，软绵得几乎像上海话，他们叫下江话。本来嘛，真正的汉口话就是有下江腔调，属吴侬软语，只是后来经历了"文革"、阶级斗争，武汉话变痞了，变硬了，变流氓了，变得不讲道理了。

她在学校的世纪广场跟老街坊老同事们练拍打功，为了让自己多活几年，腿脚灵便一点。虽然都知道微信上说的白狐，但老教工老同事们谈的都是买菜做饭、养生吃药的事情，从不说婆媳不和什么的，教授们的孩子百分之八十都去了国外，孙子都长大成人，有了重孙，说一口所在国的语言。老教工们成了珞珈山上的空巢老人，这就是这一代老知识分子的命运。在二十世纪八九十年代，他们就是吃糠咽菜也要把自己的孩子送到国外去，这是他们自己选择的，只能自己承受。

她发脾气的时候他就笑，只有一茬火，然后没了。给他调热水洗澡，换衣裳。

"有一只白狐，在情人坡那儿。"他说。因为洗澡，因为走路，他的脸上有了潮色，皱巴巴的脸好像都打开了，头上所剩无几的自然鬈着的白发，好像有了久违的光泽。

这是一个好玩的事情，吸引住了老头子，这很自然，他是一个生物学家，对动物昆虫有天生的兴趣。情人坡不就是学生们散步的小坡道吗？一些草坪，一些石级，一些树。往前推三十年，那不就是一个草坡？是人们从学校行政楼往老斋舍去的一条近路，人们踏光了草坪，就成了路，于是学校做顺水人情，修了条小道，铺上平缓的石阶，取了一个诗意的名字：情人坡。这个坡很长，又有树荫又有草坪，是学生们谈情说爱漫长表达絮絮叨叨的好地方。

"你今天这么大的干劲啊？这白狐哪来的？"夏吟荷问他。

"不清楚。"

"你见到了没有？真的不是别人抬你去的吗？"

"没有，我自己走去的。"施金教授说这话的时候有几分自豪，自己走这么远，这几年都似乎没有了，他的活动半径就是自己的家到黄胖子的面铺。因为研究昆虫，长期的野外工作，跋山涉水，练就了一副好脚力，但这两年，突然膝盖不行了，走路非常吃力且双腿颤抖，几乎很少下楼，下楼要人搀扶才行。

"噢，我看到几个群里发的白狐了，施大爷，你看是不是这只……"

施金教授伸过头来看，要用放大镜。他细细地用专业的眼光瞧这只可爱的白狐。白狐通体白净，像是一团雪，皮毛蓬松，大尾，尖鼻，蓝眼。在树木金黄的秋天里，这只白狐的出现的确像一个神秘的精灵。它不怕人，它优哉游哉，旁若无人，似乎知道这个校园里所有的人都不会伤害它。它若有所思，像一个季节的信使，像是被谁派遣而来。它有一双吊眉眼，如此美丽的眼睛，几乎有人的灵性，欲说还休。仿佛蓝色的眼珠里有一些莫名其妙的忧郁和秘密，但它还很小，很天真，很可爱，很不谙世事。

施金教授从桌上拿起一支笔，再拿出纸，虽然动作迟缓，但几笔下去，就是一只狐狸的素描，而且惟妙惟肖。他用笔点着那只纸上的线描狐狸，说：

"昨天下午出现的，晚上还有人看到了。"

"现在呢？"夏吟荷问。

"我不是回来了吗？"

情人坡他就走了几步，他看着这个安静的校园，就像久别重逢一样。植物的气息，从林子里和草坪上漫卷过来，要细细地品。晚上的人不多，他坐在路边的石头上，摸着光滑沁凉的石头，他好像回到了荒野。松枝、灌丛、枫、乌桕，都有。这里本来就有原生态的植物群，杜鹃灌丛是栽种的，还有草。他看着那些沧桑已远的建筑群，看着那些高大的树木在景观灯朦胧的、随心所欲的照射下，似乎把人排斥在外，他不过是一个行走在这儿的旧时代的影子，是从学校的志书中悄悄蹿出来的幽灵。没什么，他还活着，能够回忆。他回家爬上楼梯时每一个拐弯处他就会坐下来歇一会儿，胸口憋闷，喘得慌，虚躁，骨头里的疼痛到处奔跑。学校不属于他们了，学校永远年轻，因为学校永远只喜欢十八岁的男女，而且是人类最优秀的男女。他是一个苍老的人，他爬上一步要抓紧栏杆，手足并用。往上爬时他感到了要紧紧拽住生命，尽管有些困难，但他这一天比这几年的任何一天有力，他暗示自己有力。像过去的每一次，任何一次从野外归来，背着行囊，一口气登上这三层楼，健步如飞，如履平地，然后叩响大门，喊着夏吟荷或儿子施杰的名字。他那时身体强壮，每年体检都正常，除了后来的高血压、痔疮，心脏很好，血管粗大，跳动有力。他这一辈子在野外工作，喝过不少生水，涉过不少脏河，在血吸虫疫区竟然没有得过血吸虫病，没有一次肠道感染，甚至很少感冒，没有像现在的年轻博士硕士们，去野外带上一堆行囊，一堆药品，一堆衣裳。那时候，他们走哪儿睡哪儿，不需要维 C、善存片、金施尔康，不要压缩饼干。除了在高加索的那一次意外"高反"后，再没有犯过，在国内，他翻过云南的白马雪山，到过梅里雪山，去过西藏阿里，也翻过唐古拉山、天山。除了偶尔的头疼，在海拔四千二百多米的石渠县城吃火锅喝青稞酒，学生们却一个个高反得上吐下泻，生不如死。

他教学生们野外生活的经验就是在每顿饭之前，一定吃两瓣生大蒜，一些女生不习惯，后来慢慢习惯了，并把这个经验传给学生的学生的学生。大蒜比什么黄连素、诺氟沙星都有特效。

他是一个昆虫学家，在莫斯科大学读博士，他的毕业论文就是《北高加索地区鳞翅目分类》。他的家里，最好的装饰就是那些蝴蝶、大蛾的标本，装进镜框。还有它们的水彩画和钢笔画。这些标本和绘画，是他为自己准备出版的《施金文选》作的插图。这些蛾、蝶的标本旁边，有他年轻时与妻子夏吟荷的照片，他个子不高，皮肤较黑，头发自然鬈曲，鼻梁端正，眼神忧郁，看起来就像是亚洲版的普希金，真正是风流倜傥，踌躇满志，跟所有有外国留学经历的人一样，他曾经西装革履，礼帽，裤缝烫得笔直，不像现在大毛衣，大棉裤，老年防滑鞋，虽然夏吟荷把他收拾得干干净净。他曾在大学时手抄过一本《普希金诗选》，因为普希金，他去了苏联。

深海鱼油。辅酶 Q10。蛋白粉。善存片。乐力。香蕉一根。苹果半个。施金教授盯着这端上来的一堆东西，就像一堆垃圾让他无法一一吞下，有大有小，还有特别腻的香蕉。夏吟荷给他做示范，吃着那软不溜秋的香蕉，嘴里吧嗒直响，表示太好吃，恨不得把香蕉皮也吃进去。她吞下的声音咕噜咕噜地响，并且去舔手指。

"你必须吃，再难吃，总比往屁股里塞开塞露强吧。"

他运动量少，便秘。

"我今天的运动量还不够吗？"

"哈哈，施大爷，你这不叫运动，叫凑热闹。"

"凑热闹也是运动。"施金教授悻悻地说。

"这只白狐肯定是宠物放生，或逃跑出来的。现在的大学生，养些稀奇古怪的宠物太多了，什么大蜘蛛啊，毒蛇啊，变色龙啊，什么惊悚养什么。前不久不是有个女大学生网上买条银环蛇，把自己咬死了……"

他看着老伴夏吟荷吃东西时，两边的嘴角下是深深的沟，跟德国前总理默克尔一样，下巴像是一块木偶的下巴，拼装上去的。

"你怎么不说是民国时期学校的女生们变的呢？"

"你信啊！你身上全是荒野气，能碰上狐狸。"

高加索的白狐，这是施金教授经常说起的。

"白狐不是鬼。"

"说是女学生变的，不就是鬼魂吗？"

争论几句，一般不会往深处去，闭嘴沉默是大多数时候的状态。

夜晚的珞珈山，安静如庙宇。从后头小山坡的树林间吹过来稀落的苔藓和植物的气味，树丛顶端天空的影子像在颤抖。黄绿斑斓，有薄薄的雾气蒸腾上来，可以听到松涛发出的荒远声，可以想象这是在旷野，风大之后，山上的落叶磅礴而下，仿佛是一场牺牲惨重的肉搏战，秋天依然充满激情。那些在夜空中高挑的飞檐，像静止的鹤，伫望着。那些幽幽闪闪的蓝瓦，在参差的树影里若隐若现，使这里的夜晚注定浸淫了古老神秘的气息。

晚上的睡眠对一个老年人来说，是一场折磨的苦刑。他翻来覆去，梦中惊厥，呻吟，无数次的呼吸暂停。这天晚上，施金教授更严重，因为长时间没有的步行致四肢的酸痛，他时而气息微弱，又时而鼾声如雷，有时像被人掐住了脖子，或者内脏的动荡牵扯后疼痛而怪异地哼叫、蜷缩、抽筋。一个老人基本会噩梦缠身，这是身体的各部分衰老退化时暗示出来的梦境，在古怪的梦境里挣扎、厮杀、逃离，翻滚在稀奇古怪的记忆的旋涡。他一次次起夜，上卫生间，睁眼躺着，等待山坡林子里鸟的鸣叫。他们爱鸟，将和早晨最早发声的鸟们一起起床，他们被床折磨得死去活来，只求尽快离开那个半软不软的床榻，那个近十小时的煎熬之地，回到白昼中，宁愿站着和无精打采地坐着。

拉开窗帘，是新的一天。昨晚在床上的挣扎过去了，一个生命又复活了。

"我昨天晚上听到了白狷子在山坡上叫。"施金教授给老伴夏吟荷说。

他的确听到了那婴儿哭似的狐狸的叫声，但是未必是白狷子。白狐在神农架叫白狷子，它通体发白，比狐狸漂亮秀气，是一种专门迷惑男人的妖狐。施金教授在神农架时，当地人讲过一件事，说某乡有一个学校，住读男生们都声称半夜见到有一个年轻女子到他们宿舍，而且这些学生中，有的背上和颈部被啄出了血，有野兽的齿印。凡是受了伤的学生白天上课都无精打采，山里学校的住宿，几十个男生住一间，都是上下铺。这事反映到校长那儿，引起了校长的警觉，校长就晚上潜伏到学生的宿舍里监视。到了半夜，一阵阴风掠过，校长看到窗户顶的望窗里一道白影一闪，一个东西就钻了进来，从肛门里喷出一道雾气，那气体飘到校长跟前，闻起来有点儿异香，校长就感到头脑开始迷糊。恍恍惚惚间，他看到一个穿着白衣的女子在学生的床前走来晃去，到处找熟睡的学生，然后摸学生的脖子。校长感到自己要昏睡过去了，他掐着自己的大腿，看这女子到底要干什么。只见她俯身下去，对准酣睡的学生，伸出尖利的牙齿，一口咬住了学生的颈子，并吮吸学生的血。这时校长大吼一声，冲上去就挥刀朝那女子砍去，那女子马上变成了白狷子，放开学生，跳上窗户，逃之夭夭。这下真相大白，原来白狷子喜欢吮吸小孩的血。这以后，学校在学生睡觉前将窗户关死，不留一点缝隙，还在学生宿舍门口挂了个大木头吞口辟邪，从此白狷子就再也不见了。

"施大爷，你说的是白猸子啊。"

"白狐就是白猸子，城里人叫白狐，山里人叫白猸子……"

"那敢情是来吸咱们大学生的血吗？从神农架跑出来的？"

"就是啊，这白猸子将年轻孩子的颈部啄一个洞，专门吸血的，就是吸血鬼，神农架过去有一个学校……"

他已经讲过两遍了。

"化成漂亮的女子，好啦好啦，要吸血那就是去老斋舍的老房子里去，那个房子最老，你听说那儿学生宿舍里晚上有年轻的白衣女进去吗？"

施金教授搔搔脑袋："我哪知道啊。"

"到这边林子里来了？这可没有年轻学生，全是留守老头老太太。"

"我真的听到了，不是幻听。"

"你晚上又是喊又是叫，是不是被白猸子咬上了？"

老伴夏吟荷就过来扒他的衣领，看他的颈子和他的肩头，有没有被咬的血洞。

施金教授有些恼火，推开她说："咱这三高老人，送白猸子它都不会喝，喝了不健康。白猸子可是精明的动物，根本不会喝咱这脏乎乎的老朽血……"

"血不都是一样热吗？像你们这些老教授老专家呀，你们的血是真正的热血啊！谁能比得上你们这一代老专家，家国情怀呀！"

"狐狸的叫声，有点像青蛙，但最像小儿的哭声。"

"那在林子里听到了多可怕，你确定不是做梦？"

"做什么梦？睁着眼睛听到的。"

"这么说，白狐真的来了，它的窝就在我们这里？"

"反正我听到的肯定是狐狸的叫声。"

"那狐狸跟白狐和红狐的叫声有什么不同吗？"

"是狐狸，白猸子只是传说中的动物，有人说是狐狸白化的，有人说是另一种动物。"

"狐狸应该叫阿紫。"夏吟荷说。她一辈子埋在图书馆里,她知道狐狸精的别名叫阿紫,她把"阿紫"两个字说得很大声,虽然她的老伴施金教授的耳朵并不聋。

"阿紫,嗬……"施金教授听清了,他会意地点着头笑了,显得有些尴尬。

说归说,笑归笑,夏吟荷腿脚还好,得去食堂买早点,特别是每天必吃的热干面,还得为老伴打一碗回来,加上馒头、包子、豆腐脑。

……一九五七年的高加索,夏天也那么凉爽,野苜蓿和金莲花大片大片的,像草原上彩色的火焰从地底深处蹿出来,花和植物茎叶的气味在潮湿的空气里漾动。

高加索的白狐似乎是森林或草原的独特精灵,它们没有人间烟火气,也没有神秘感,就跟那儿的雪松、野花、蓝天白云一样可爱、寻常。它们嬉戏在阳光下,不与人亲近,是为那片草原而存在的。

珞珈山山麓意外出现的一只白狐,意外地给城里人带来了惊喜和狂欢,这是他们疏离自然太久的大惊小怪,许多来看白狐的学生和市民,还有坐着高铁从全国各地赶来的游客,都在情人坡周围守候着那只白狐的再次出现,人们兴奋地谈着它,有的拿着白狐喜爱的食物,牛肉干、卤鸡腿、鸭脖,也有点心。夕阳红摄影队的长枪短炮都架在了视野最好的地方,有的人甚至不顾年老体衰,爬上大树。小摊贩占满了情人坡周边的道路和草地,卖白狐T恤的、卖手绘地图的、卖充电器的、手机贴膜的、卖饮料面包的。逶迤的情人坡上,就像乡下赶集,挤满了各色人等。这么多人白狐会来吗?不会被吓跑吗?

于是有人给这只白狐编了一个美丽的故事,说它是情人坡某个在此定情女子的化身,听说她殉情了,重现在这个校园的情人坡上。这个故事刚刚传出,就有人在坡上的树林里,看到了一个割腕的女孩,后来送到医院。这个故事有了现实的呼应，传遍了网络。夏吟荷经过那里时，感到这个校园已经是公园了，等同于每年三月下旬的樱花季。这还是大学吗？卖票吗？这只神秘的白狐在这里出现究竟是何用意？已经把男女老少都迷住了，保不准会发生什么事情呢。

白狐不会来了，夏吟荷凭感觉。秋意已近的山坡上，风有了些凉意，但梧桐道上，年轻的学生们依然着夏日衣衫，他们因为年轻，浑身是火，对季节的转换并不在意。

夏吟荷提着早点，在回去的路上，竟然看到她的老伴施金教授出现在梧桐道边，拄着拐杖，像一个大病初愈的人，鼻子呼呼地响，臃肿迟滞，低着头自顾走着，好像在寻找掉在地上的魂，夏吟荷好一阵伤心，而且他好像不认识她一样，扭着头朝她看着。

"施大爷，你没吃你跑出来干什么？"

"噢。"他好像记起她是谁了，但又嗫嚅着说不出话。他们坐下来，她把保温盒打开递到他手上说："你吃。"

热干面要趁热拌着吃，一冷就拌不开了。她将一杯豆奶揭开，倒了一点在热干面里，这样好拌一些。

施金教授放下拐杖，动作很慢。这时候，在野外吃东西，有种回到过去工作的感觉。有自然的风吹到碗里，靠石而坐，有鸟叫，有昆虫爬，如果有一只白狐在旁边讨吃，那不就是几十年前年富力强的状态了吗？高加索也好，神农架也好，二郎山也好，那是一种多么开阔的工作啊，但这已经是过去的事了，永远不再属于他。他现在就是个颤悠悠的老头，挑着干嘣嘣的热干面吃，喝豆浆。草坪上的草闪着露水的光芒，阳光从云层里钻出来，将那些水杉和枫树的影子投射到草地上。如果珞珈山更高一些，这场景真会让他想到神农架、高加索和二郎山。有蘑菇的草地，一汪汪湖水，雪峰下葱郁的松林或者巴山冷杉林，阳光像麦穗一样金黄响亮，和云彩一起向四周炸裂开去，散落到每个人心上。

"你说你这么早出来干什么？你是怎么下楼的？"她埋怨他，看他能走当然是好事，但他在外面见她如陌生人一样，会有一时的记忆停顿。他真的快走不动了，像在黑暗中摸索，是什么力量驱使着他要下楼来，要来这个网红之地凑热闹？他长期不下楼，经常会半个月不出门，他如果像之前那样不能走，他也就差不多真正地老去了，而且他现在突然能走，不管怎样，能下楼，能走到远远的情人坡，这简直是一次再生，是另一个时空中的施金教授，是他一辈子野外工作积攒的脚力，也有可能是最后的回光返照。这么想时，夏吟荷也没有什么伤感的，人总得老去，就是这样，活在这个世界太久了，该做的都做了，该享受得到的都享受得到了，有什么好伤感的呢？人都是顺道走，走到哪儿，都是自然现象，自然规律。人世轮流转，轮到有些人活着，轮到有些人死去，轮到有些人年轻，轮到有些人老了。没有什么能阻挡一个人皮枯毛落，除非你是一根钢筋，也除非你是一只狐狸精，妖精才永远不老。

施金教授的食欲一直很好，而且牙齿也好，前几年还能嚼炒蚕豆。这是他年轻时形成的习惯，在野外工作，无聊，困顿，在农民家炒一点蚕豆带在身上，蚕豆有嚼劲，练牙力，嚼食芳香四溢，又能去困意。他的板牙只不过有几处磨损，没有一颗牙齿坏掉，这是大自然赐予他的好身体好牙口。

收拾好空饭盒，打着饱嗝，施金教授说："外头的空气很好，天气也好。"

"你带上钥匙了吗？"夏吟荷问。

施金教授忙去找钥匙，其实夏吟荷在看他找纸巾时，从口袋里掏出了钥匙，就捏在手上，但施金教授用那只空手试图四处摸。

"钥匙不是在你手上吗？"夏吟荷说。

"哦。"他没有太吃惊，像是很正常，将钥匙重新吊在裤子上，他没觉得他的记忆出现了问题。

寻觅白狐的游客络绎不绝，突然有一棵枫树猛烈地摇晃起来，像遭受了十二级台风。再一看，一个年轻人爬在树上猛烈地摇晃这棵树，想把树上的红叶全摇下来，造成红叶雨，他的女朋友在不远处给他拍照。周围的人愕然地看着，只是远远地看着，因为这年轻人一看就是个社会青年，不可能是学校的大学生，举止轻浮粗莽。

眼尖的施金教授突然从石头上站起来，大老远地就挥舞着拐杖喊："住手！住手！住手！"

他几乎是用命跑过去，跌跌撞撞，对着那个年轻人呵斥："不像话，住手，不许摇树！"

他因为喉咙里喷着火，气急，喊出的话半截堵住了，但他的愤怒表达周围的人听见了。一个人站出来，更多的人就站了出来，阻止、批评、斥责，这个年轻人和给他拍照的女孩灰溜溜地钻进人缝离开了。

夏吟荷忙过去扶老伴，老伴爱管闲事的毛病有几十年了，可没了机会，今日出来，让他撞上，他的老毛病有了机会再犯。

"岂有此理！岂有此理！"施金教授的愤怒还在嗓子眼里，他是全身心地愤怒，像个老愤青。这让他的气息无法调顺，肺部在起伏动荡。

满地鲜红的叶子，本来应该挂在枝头，现在他望了望枝头的红叶，所剩无几，学校门卫是怎样让这些社会闲杂人员进来的？没有人能阻止，谁都可以长驱直入，并且来破坏学校的景观。

"白狐一定会抗议，会为这些行为伤心。白狐是一种灵兽，不会与这些滥人为伍……"在回家的路上，施金教授心里愤愤地说。

回到家里，心情抑郁，摔书，丢拐杖，他像个孩子一样。因为没看到白狐，他的情绪突然变坏了，急促地喘气，喉咙里像一口锅在煮，这一趟弄得他够受的。夏吟荷打开热水器，逼他洗澡，说你这一身都汗湿了，小心回汗感冒，硬是将他拉进了浴室。磨磨蹭蹭施金教授洗了一个小时，她又问他腿咋样，可他没回答，还在生气哩。

"你吃不吃点大蒜？"夏吟荷知道，只有大蒜才能治他的脾气，也是不依不饶地逗他。人老了就会这样，回到小孩儿的脾性，而且他记忆力变差，有老年痴呆的征兆。

　　施金教授站在阳台上，那儿已经无处下脚，堆满了各种礼品盒子，茶叶盒子、保健品盒子、酒盒子、快递盒子……这些施金教授不愿扔下楼，他说这是他的学生们送的，盒子保存留个纪念。阳台堆得危如累卵，快到了楼板顶，有两米多高，而且更要命的是施金教授会从外面捡回些礼品盒、鞋盒，是别人丢弃的，这不行，这破了夏吟荷的底线。她会拼命地将捡回的盒子丢下楼，她会哭，她坚持说不吉利，特别还有保健品盒，这是病人用过的，谁捡来谁就会捡到别人的病，如果别人有绝症呢？

　　给他按摩，膝盖一定受不了，有骨刺。尽管这样，躺在藤皮安乐椅上施金教授还是会翻来覆去，因为膝盖疼痛，还会时不时地抽搐。夏吟荷想到，固执的施金教授一定要继续看下去，只要一天没看到白狐，他爬也要爬去的，这就是施金。如果冬天到来，珞珈山被白雪覆盖，一只白狐行走在雪地里，该有多美！浪漫的施金教授一定会勾起他的浪漫，死了也要浪漫，他一定会去看，那就坐轮椅吧。夏吟荷就想将轮椅搬下去，放在楼梯口，加一把链子锁，再说轮椅也不值钱，不会有人偷。可她一个八十多岁的老太婆搬不动。这么想时，他的学生邵武来了，就好商量了，就当场让邵武搬下楼，让他去帮忙买一把链子锁来，事情就办成了。

　　邵武是学校生物系的主任，也是著名的鳞翅目分类学家，山东人，黑脸大汉。就像每次来一样，给老师带来了一些大蒜制品，还有干海参、海贝什么的。他负责《施金文选》的编辑出版工作，时常到老师这儿来坐一下，看望下二老，也请教些文选中的事宜。这位爱吃大蒜的学生，在读施金的博士期间，在新疆阿勒泰蝴蝶谷考察蝴蝶，他爱上了一个哈萨克族女孩。就是因为吃大蒜口气太重，女孩不情愿，告诉了家人，家人要揍他。此事闹到学校，当时的考察队队长是农业部的，将此事报告给邵武的学校，说他的行为是破坏民族团结，还关了他的禁闭，以便让当地政府处理。这事让施金教授知道了，极力反对说年轻人谈恋爱难免有冲动，是大蒜惹的事，如果没吃大蒜，也许女孩就同意了，这不是一个民族团结的佳话吗？马上以系里的名义，派人将邵武接回来，邵武才避免了一次处分，否则博士学位也不会给他。邵武是个老实本分的乡下孩子，肯定会操之过急没有经验。据说，事后那个哈萨克女孩后悔得不行，再来武汉找邵武，邵武哪会原谅她，差点把他的一辈子给毁了。因为导师替他说话，才躲过了一劫，所以邵武对导师感念终生，隔三差五来家里看望。

搬下了轮椅，喝茶，还是施金教授兴致勃勃，谈到白狐，谈到二郎山、高加索、神农架，仿佛他这一生只去过这几个地方，而且邵武还得聚精会神地装着是第一次听，其实他听了无数遍。

夏吟荷就得打断施金教授的话，重起一个话题，不然施金教授会继续重复讲他的故事。夏吟荷问邵武："你见到白狐了吗？"

邵武平时话少，问他什么答什么，在施金教授和师母面前永远像个小学生，山东大汉却是轻言细语。他回答说事情太多，实验室太忙，还有许多会，又去外省讲课，没有见到。

夏吟荷问："你说这狐狸是从哪儿跑出来的啊？是不是你们实验室的？"

邵武只是笑，说不是的，不知道哪儿来的。

邵武来了，又走了，每次都是这样，没有话说。这人太闷，但心很细。他给导师的儿子施杰说过，老师和师母就交给他了，他还有硕士博士，都可以来照顾。但说实话，这种学生的照顾没有太大用，各自有各自的事，在生活方面，学生们无能为力，依然要靠两个老人的互相扶持，相濡以沫。说白了，他们不可能天天来，如果两个老人哪天倒在家里，发臭了都不会有人知道。夏吟荷想通过二楼的护工小汪帮他们找个钟点工，但施金教授就是不同意，他不喜欢外人打搅他的生活，肯定要将那些阳台上堆放的盒子给全部处理，这是他不能接受的，他可以叫一碗黄胖子的肉丝面来对付一天的生活。他生活简单，目前还不需要找钟点工护工什么的。

"白狐是灵兽……"等邵武走了，夏吟荷还听见施金教授在喃喃嘀咕。

晚上下了一场雨，林子里腐殖质发酸的气味重了，秋雨开始搜刮大地的热量，像剥掉山的皮一样。在这山峦上，下一点小雨也会有很大的征候，好像是世界末日的挣扎与呼号，有一种林子遭受冰雹狂揍的虐响，大自然一样会夸张它们的际遇。风吹过山口时，发出狂乱的林涛声，像旋涡一样在后山不停地旋转纠缠。后来，谁也不知道是狐狸还是山林的啼哭。每一场雨都是这样，雨一层一层地从树冠穿越而下，一直灌入地底，这其实是漫长侵蚀凌辱的过程。在林子边听雨，犹如置身旷野，听见一万条鞭子在抽打树木。但这并不影响睡眠，恰恰相反，雨声是催眠曲，那种持续不断飘向远处的风雨喊叫，树木的无助和冰凉的呻吟，而在床榻上和被子里，让人有安宁和温暖的感觉。窗户隔绝了寒冷秋天的骚动、夜雨的泣号与折磨。用不了几天，那片林子的所有树叶都将落光，成为泥土的一部分，成为被树林排泄掉的污物。

天亮得迟，但鸟声依然在雨后的清晨出现，甚至更鲜亮。在整夜的秋雨里，这些鸟都躲在哪儿呢？鸟声叫，就意味着今天是晴天。果然，天空闪出了缝隙，被扒开了大口子。树林平静下来，仿佛昨夜的蹂躏是一场梦，跟老年人的醒来一样。太阳即将被鸟声唤回，这些鸟有强脚树莺、白颊噪鹛、煤山雀、黄臀鹎、戴胜、灰冠鹟莺、斑鸠等。所有的树又活过来了，抖掉雨水，挣出悲苦的命运，假装没事，直挺挺地撑着没有叶子的精瘦枝丫。

"白狐昨晚又叫了……"

夏吟荷一大早就听到这话，火就上来了："又是小孩的哭声？咋这么瘆得慌？好可怕，你究竟碰见了什么鬼呀？"

"我说了，像小孩哭声的动物很多……"

"阿弥陀佛！阿弥陀佛！你就不能说点光明灿烂的话吗？全是些

恐怖吓人的，难道就你耳朵好使，人家全没听到？"

"我是在野外搞研究的，我的耳朵就是比人家尖……"老头说话就气急，还咳嗽，并且有委屈感。

"你快九十的人了，你对你的耳朵就这么有自信？好吧，陪你去找吧，找到那个哭泣的白狐，我不信就逮不住它。"

施金教授似乎不在意这种激将，本来他吃过早点拿起放大镜准备看他的"文选"初稿搞校对的，听说风就是雨，放下放大镜，竟然喜滋滋地拿起拐杖就往外走，还边走边说："今天太阳很好。"

夏吟荷要去超市买东西，她将要买的一一写在了纸上，不然一出去就全忘了，她感觉也有了老年痴呆症早期征兆。扶着施金教授下楼梯，在二楼正好碰上小汪出门去买菜，小汪就赶忙来帮扶施金教授。小汪人热情，是照顾数学系郎教授的，郎教授也是空巢老人，老伴去世了，两个女儿都在国外，而且基本瘫痪在床，生活不能自理，整个大学是典型的空心村。小汪有四十多岁吧，曾经在乡下的福利院干过，照顾瘫痪在床的人有经验。夏吟荷与小汪经常一起买菜进出，还经常在一起练拍打功，就混熟了。

到了楼下，擦净轮椅，让老伴坐上去，可施金教授就是不坐，他看着这个轮椅，就像看到一个怪物一样，今天怎么啦，突然发犟。"等会儿再说。"施金教授说。夏吟荷也不嫌累，就推上空轮椅，施金教授走在旁边。夏吟荷想的是老伴的年纪真的太大了，要让他习惯坐轮椅，这比扶他走轻松。虽然白狐这事很闹心，可他突然想到外头多走走，晒晒太阳，增加点维生素 D 也是好的呀，整天关在屋里不下楼，人会像地窖里藏了多年的逃犯，浑身的汗毛都会一根根发白。

往靠阳台的这片山坡林子里走，一场夜雨洗清秋，树木闪闪发光，黄栌黄得鲜亮，红枫红得发烫，都英勇地袒露在阳光里。啄木鸟的笃笃声穿过薄雾，节奏分明地传来，一些树脂在树干上闪着琉璃样的光点。天空像一块大青瓷，一两株山楂的红果就像暴露秘密一样出现在林中小路的转弯处。这几年，施金教授都是从阳台往下看的，他看到的只是一些浓密的树冠。树冠几乎一样，真正的林中的气息离他咫尺天涯。他的脸现在有了暖色，像晒过的花岗岩，眼睛像刚刚冬眠醒来的小兽的眼睛，僵直、好奇地看着周围。浸着潮湿的空气富有弹性，搬运来许多植物的清香。还有些蘑菇，夏吟荷不认识它们。而施金教授不会往地下看那些细小的物件，他对一切都似乎无动于衷，似乎有了上帝的视野和胸怀。

"我们是来干什么的？"施金教授问。这里荒无人烟。

"找白狐呀。你这记性！找白狐的窝和洞。"

"那哪儿成啊。"施金教授笑了，他现在坐上轮椅了，他累，他想歇会儿，又没有可坐的地方。夏吟荷看到他的笨拙，坐上轮椅他就是个服老的老家伙了。他坐在轮椅上，眼睛朝林子里打量，似乎木讷，似乎若有所思，似乎在观察和判断。他的眼神是散漫的，梦游的，出入在现实与梦境两界。从树丛间射过来的阳光格外柔和，照着他的长寿眉，微微张开的嘴和打皱的喉结，像是一个高原上的老活佛。过去他脾气甚烈，现在慈眉善目，可也垂垂老矣。鸟在树上啄食果实的声音噇噇作响，草丛里有很细小的神秘声音，会吸引人的目光。不会是狐，有可能是鼠或者刺猬。

"应该是在这一带，我听到的声音就是从这里发出的。"施金教授指着这一片说。

"这么个小树林子里能有什么？鬼都藏不住啊。"

施金教授说："狐狸跟黄鼠狼一样，会打洞的，要藏身很容易。我感到不是一只，是一只不可能在城市生存，毕竟它的生存环境是被割断的，像一个生存孤岛，但珞珈山往东湖去，是一个群山，那边的生存空间应该很大，是偶尔误入这里，再也出不去了。如果它的前世是一个学生，回到校园是它不错的选择啊……"

"你也信？哈哈！不过这儿的空气真是好。"夏吟荷说。

"我这一辈子都是在空气好风景好的地方干活。"

"你也没带我去玩过一次呀。"

"你不是也在上班吗？现在都不上班，可以玩了，人也走不动了，唉……"

"身体好就行，这不很好吗，这不也是风景区吗？还蹦出个白狐猴子野猪什么的。"

施金教授的手指着山坡下一带，说："过去全是一片枫树林，比神农架、二郎山秋天的红叶不会差，现在全没了，全是房子。学校的各个学院各自为政，你占一块，我占一块，学校挤得透不过气来。还有一些有钱的人，想捐一个什么馆什么中心什么院，以便把自己的名字留在这个百年校园里，流芳百世，结果把学校的整体布局破坏掉了，一个国家，一个学校，真是钱害的啊。狐狸也是，也跑到这个地方来凑个热闹……"

他一个人自言自语，这时夏吟荷手机微信的视频通知声响了。她打开，是远在墨尔本的儿子，他们一家四口正在亚拉河谷的热气球上。夏吟荷看得有些晕眩，那么高，很蓝的天，很辽阔的草原和海滩。墨尔本与这里只有两三个小时的时差，等于基本没有时差，也就是那儿的中午。这儿接近初冬，那儿却在初夏。

夏吟荷看到儿子媳妇和孙子孙媳妇。

"爸他还好吗？"

"好啊，我们正在树林里玩着呢。"

"爸坐轮椅？"

"他自己走下楼的，比先前强多了，我让他坐上的，轻松些。"

"妈，听说学校里有一只白狐？"

"你们在那里也知道了？"

"不是成网红啦，谁不知道。"

夏吟荷心想，现在这网络，一只白狐全世界一夜间都知道了，自己的父母活没活着，谁都不知道。好在儿子还经常电话和视频一下，感谢现代网络，这不就天天可以见到了吗，就像没有出国一样，但毕竟还是有点不同，这奇怪的见面，天天见，也天天没见。

"太高了，你们以后不要坐这种热气球，好吓人。"

"没事，现在开始下降了，非常安全的。"

有太大的燃烧的声音，也不知喷出的热气是什么东西，太吵，就听儿子施杰大声说："妈，我寄回的深海鱼油和卵磷脂过几天就收到了……"

"还有，还有，别寄这么多。"她对儿子说。

但儿子只能这么尽孝，他不能回来，他只好寄一些澳洲的深海鱼油啊卵磷脂啊袋鼠皮啊。

关了手机，夏吟荷弯腰问施金教授："还想不想走？"

前面是个坡，无论是推还是走，都会吃力。他想下轮椅，从轮椅上下来还要点技术，还不熟练。而且，他坐下来就不想站起来了，身子太沉，不再是年轻时的运动健将，行动迟缓，好像大病初愈卧床不起的样子。当然，谁的结局都是卧床不起，只要不在心脑血管上出问题，心脑血管疾病会"走"得很快，也很难说，中风偏瘫的病人也可能要死不活地挣扎十年二十年。

一阵风来，有树叶残落的沙沙声。施金教授拄着拐杖，拨拉着路边草丛，像是在寻找什么。一些蒿子、马塘草、牛筋草、狗尾草、飞蓬。

两个人就这样在林子里慢慢走着，没有说话。回到了自家楼下，正好喊二楼阳台上的小汪，将施金教授扶上去。锁好轮椅，她再去买东西。施金教授吩咐她，中午就带个黄胖子的肥肠盖浇饭。

在黄胖子那儿等两个盖浇饭，小汪路过，夏吟荷就问："施教授在楼上吧？"小汪说好着呢，还给了我一个苹果。小汪话多，一口鄂东普通话。她进来跟黄胖子打招呼，黄胖子也是鄂东人，但说一口不三不四的武汉腔，当他把"甜"说成"甜然"时，他鄂东乡下人的身份就暴露了。黄胖子说网上有人说是学校的炒作，故意放一只狐狸，为增加学校的能见度。夏吟荷说学校够有名了，又不是二流三流大学，不会的。小汪就说他们村里也有过一只白狐，住在村外乱葬岗，有路过的男人它就化作年轻女子勾引别人，让男人跟它走，进了乱葬岗，就脱衣挑逗男人，男人一吸它的奶就昏迷了，它就吸男人的血。黄胖子说他听说过九尾狐的事，狐狸有九个尾巴，也是吸男人的血。小汪说他们村那只白狐后来变成一个支教老师，帮助学生娃子补课，吸他们的血，后来被武装部的用枪打死了。

等小汪和黄胖子讲完，几个食客都张大了嘴巴呆愣，黄胖子过来说："那白狐也是来喝大学生的血的。"

小汪说："吸不吸血没哪个晓得。"

有的说："狐狸是妖兽，不管红狐白狐，都不吉利。"

"倒是蛮可爱的……"有人翻出手机上的白狐图片，指着说。

"那些传说都是乡下鬼扯的。"有人说。

"什么是鬼扯呀，有人看到过，都是有根有据的，我也不会编，不要瞧不起乡下人嘛。"

黄胖子说："白狐越可爱越出鬼，聊斋电影不是这样的吗？狐狸精一个比一个漂亮。就是太漂亮了，才成妖精……"

夏吟荷提着打好包的两个盖饭离开，不想讲这些事，这白狐把老头子都迷得神魂颠倒的。

小汪也要走，就抢过去帮夏吟荷提装饭盒的塑料袋，说："夏老师您好节约哦，您跟施教授两个几万块钱的退休工资，儿子又在国外，就吃这个？"

夏吟荷说："这个好，这个好。"

小汪他们说到不吉利的白狐不到两天就应验了。之前的一天又有人在情人坡的小道上看见了这只白狐，它不避人，学生给它的汉堡和肉干大多吃了。这只白狐的各种呆萌照片又一次在网上爆红。施金教授不上网，并不知道。不过在夜晚他的睡眠很差，老是听到狐狸的叫声，好像固执地呼唤什么、倾诉什么，这不是幻听。他于是在夏吟荷不在家时的这天上午，又一次鬼使神差地下了楼，拄起拐杖溜达，走着走着又到了情人坡。

白狐最初的惊奇已经退潮，网红就是几天，他走到情人坡时，并没看到多少找白狐的人，就有几对男女散在草地上，或坐或躺，玩自拍。他慢慢吞吞地行走在这个草坡上，风吹白发，拄着拐杖，异常吃力，他越来越感觉自己已经不属于这个学校了，像从一个人间来到了另一个人间，这世界对他非常陌生。他坐在路边那块曾经坐过的石头上，知道学校的学生此时都在教室里，几乎没有闲人。校园和情人坡都是静悄悄的，像是走进了公园的深处。两只喜鹊在树冠上跳跃，发出令人愉悦的喳喳声。还有几只斑鸠，在地上神经质地嘀嘀咕咕。

施金教授坐在石头上，石头有些冰凉，硬，凉气直往骨头里灌。那些坐着的游人视他为无物。一只白鹡鸰飞过来，在他前面跳跃着，尾巴像装了弹簧，它们就叫点水雀。他一抬头，就看到了一个树蔸上坐着一只白狐，是白狐，是在别人的图片上见到的那只。这白狐正打着盹儿，也许是吃饱了，身上的白毛在阳光的照射下透明如玉，一根根像霜一样。但阳光拱进它的身子，微微的红晕，让它的身子朦胧如雾。

施金教授不由自主地轻轻叫了一声："阿紫！"他实在是太惊喜了，绿色的草坪和白狐，这种幻觉般的现实，把他一下子推到了过去曾经有过的记忆……厄尔布鲁士雪山……高加索……欧洲最高峰……

"这里，乌云在我脚下服顺地飘逸，透过乌云，我听见喧响的瀑布，峥嵘赤裸的层峦在云下耸立，下面则是枯索的苔藓和灌木，再往下看，已经是翳翳的林荫，小鸟在鸣啭，群鹿在奔驰……"在那个高原上鼓腾起的无尽的云朵，像大海的泡沫往天空爬升，越过山峦，它们有时就是连绵的雪峰，雪和云彩，变幻着成为令人仰望的高度。那些雪山上融化的雪水，流成蜿蜒的河流，潴积成镜子般的小湖泊。厄尔布鲁士，"闪烁"和"熠熠发光"的"高山"，它的光芒一直在施金教授的心里，像一盏长明灯，幽幽闪烁在心中的某一个角落。

他慢慢地走近它，这只白狐，他的眼前仿佛有些雾，看东西有些恍惚，那只白狐端坐在那儿，楚楚动人，又显得非常孤独，像是等待着有个人去与它说说话。它眼睛睁开了，也许压根儿就没打盹，那双眼睛让你看不清眼珠子，但前面的尖锐的白爪看得真切，蹙着眉，若有所思……这是真的！

他把脚步放得很轻，但他的该死的拐杖碰到了石阶，发出响声。那白狐一惊，跳下树兜，一下子就没影了。那最后的一团白影，像雪一样融化。他还想着究竟这是真是假，但往树丛跑去的白狐是他真切所见，他不能欺骗自己，他的心怦怦跳着，不会无缘无故，他想大喊："白狐！阿紫！阿紫！白狐！……"

他太兴奋，像个小孩，他快速地追进树丛，没有了，就那么些树。他要回家，赶快把这个消息告诉老伴，可惜他不用手机，否则拍上一张照片，那就好了。不管怎样，他真的看到了白狐。

在下坡走过无名湖的十字路口时，一辆送外卖的电动车，一下子撞倒了他。那个大山里出来刚送了两天外卖的年轻人，急风急火地要赶去接单，一下子就撞上了过马路的施金教授。教授本来步履不稳，仰面倒地，头砸在水泥路面上，顿时鲜血直流，昏迷过去。

施金教授在ICU重症监护室度过了七天七夜的鬼门关，他醒来的时候什么人都不认识了。他因为脑出血，开颅，缝好后依然昏迷，CT又显示颅内渗血，又开颅，清理残血。一个八十八岁的老人两次开颅，连他的学生们都不抱希望了，不相信他还能醒过来。但是他醒过来了。他用陌生的、非尘世的眼睛看着老伴夏吟荷，他从阎王殿兜了一圈，重又呼吸这个世界的空气，他的身边又围起了许多的学生，教授、博士、硕士，他又看到了窗户外的阳光，看到了树，看到了一些昆虫和飞鸟，看到了蝴蝶——这些鳞翅目的美丽精灵。他研究它们一辈子，他一次次大难不死。

"我是谁？"夏吟荷问他，想勾起他的记忆。

他想了一下，说："卡秋莎。"

夏吟荷听了半天才听清，卡秋莎这三个字是谁啊？他吐词含混，三个字，竟然是一个俄罗斯女子的名字，是一个叫卡秋莎的姑娘。她想起来他说过的故事，他的文章里也写过的，在亚美尼亚的高加索雪山下，当他因高原反应突然"死"了过去，有一个叫卡秋莎的姑娘没有放弃他，给他喂水喝。这个前苏联的同事，是他埋在心底的心上人吗？而且是唯一的。

"呵呵，卡秋莎？我是黄头发蓝眼睛吗？我是俄罗斯人吗？"

她的质问和伤心被施金教授的学生拉开了。她坐在走廊里黯然神伤地说："我不生他的气，我只是可怜他，什么也记不住了……"

他们几十年鹣鲽情深，夫唱妇随，施金教授从年轻时就表白，夏吟荷是他唯一的爱，每次接受记者的采访，也说他这一生只爱过一个人，就是夏吟荷，可谁知他心里深藏着一个俄罗斯女子，一个留学时的同学。如果不是这场灾难，他会把这秘密带进土去，而夏吟荷蒙在鼓里一辈子，夏吟荷真的有点伤心。一个老太婆伤心有什么用？简直是浪费感情。老太婆不必为这种事伤心了，她释然，一个没有了记性的失忆的老年痴呆症病人，让他胡说去。那个心上的卡秋莎，不知老成什么了，俄罗斯女人不经老，就年轻漂亮几天，一生下孩子就完蛋，就成为一团圆球，成了肥滋滋的大母猪。

心里咒骂着大母猪卡秋莎。邵武在医院照看了几天，邵武的夫人也给夏吟荷送饭，当施金教授终于醒过来，夏吟荷指着邵武问"他是谁？"施金教授睁着一双迷惘的眼睛，摇摇头，只是笑。学校的领导，他的所有学生，他都认不出了。

邵武指着夏吟荷问他："她呢？她是谁？"

"卡秋莎。"

"这是师母，夏吟荷，图书馆的副馆长夏吟荷。"

施金教授摇头。

彻底地失望，一个失忆老头，一个阿尔茨海默病患者，这就是一个鳞翅目分类学家的结局。

"你吃饭吗？"

他的吃饭就是去叫一碗黄胖子的肥肠面或者肥肠盖浇饭，这是天下最恶心的东西，夏吟荷一辈子不吃这个，但是农村出身的施金教授却一辈子好这口。肥肠不就是装猪屎的袋子吗？这也能吃，且吃得津津有味。

"黄胖子店里你想吃什么？"她故意问。

"随便。"他说。他真的什么都不记得了，原谅他吧，可怜的教授。

儿子是在施金教授醒过来之前回来的，ICU 病房下了病危通知书，有可能醒来，有可能不行了，脑干出血，回来就是等着办后事的。但施金教授生命力强大，没有死，活过来了，醒过来了，这让儿子施杰松了一口气。儿子也是六十岁的人了，在国外生活不易，显得比较苍老，头发所剩无几，但澳洲的阳光很好，让他精神不错，还算健壮，满头冒着热气。孙子已经结婚，找了个北京女孩，都在墨尔本。结婚两年，居然没有动静，据说小两口都没有马上要小孩的打算，夏吟荷盼望的重孙看来没影。施金教授不管儿孙的事，从来这样。他的说法是，儿子都很少回国来，还能指望孙子重孙？你爱他们爱得要死，他们能回赠你什么？他们爱咋咋地。尽孝在这样的全球化时代，几乎没有可能，什么尽孝，是封闭的农耕社会的产物。你只要给孩子们创造一个好的环境，他们生活得很幸福开心，就是对你的回报了。死了眼睛一闭，谁还记得你，后代有学文科的，写一篇纪念文章算是大恩赐，学理科的，就算了吧，早忘记早舒服。怀念？怀念有什么用？你已经不在了，成了灰一把土一把，所以万事顺其自然。这是施金教授经常劝夏吟荷的话，等于是给她洗脑。但现在，施金教授已认不出他的儿子，可他却乐呵呵的。

儿子施杰面对的是，一个曾经的慈父，如今的失忆老人，阿尔茨海默病患者。但话他还得说，那就是让父母亲到澳洲去度晚年。这有可能吗？夏吟荷和施金教授说过多次，不去，前些年都不可能去，现在更不可能了。澳大利亚去过两次，玩得开心。从堪培拉、墨尔本，到悉尼，到布里斯班，还到了黄金海岸，但哪儿都不如珞珈山校园自己的这个三室一厅老房子，老楼房、老楼梯、老门窗、老柜子、老床，甚至还有一些她舍不得丢弃的老物件，这才是真正的家。对于施金教授，那些阳台上的各种包装盒才是家的标志。

"如果不去，妈，是不是给你们请一个护工来照顾爸爸的饮食起居？"

病房里到处是送小广告的，施杰已经拿到了几张。他给他妈说："这一家家政公司，我电话问了一下，请个做饭打扫的阿姨，如果和你们一起吃饭的话，一个月三千八。这里写的是住房两室一厅，每增加一房，加一百，就是三千九。再增加一人，就是包括您，再增加两百，也就是四千一百元，做两顿饭、护理、家务，是能自理的，半自理的基础价是四千，不能自理，四千二，精神障碍，四千三……如果把失忆和老年痴呆都定为精神障碍，基础费用就是四千三，再加那个房和人的一百和两百，共四千六……"

"贵是不贵，但现在没这个必要，"夏吟荷说，"我可以照顾你爸，我身体还行。"

施金教授醒来就可以下地了，行走跟车祸前一样，都得拄拐杖，但腿有些僵直，只能在病房里来回走几圈。

"那只白狐害了他，狐狸精狐狸精，哪知道它出现在这里是专门来害你爸爸的……"

"妈，不要迷信了，既然事情已经出了，只能正视现实。"

"你回澳洲吧。"夏吟荷对儿子说。他看到儿子内心的压力，像一个犯了错误的孩子，眼睛里全是内疚。儿子对她来说已经陌生了，相当陌生，仿佛不是自己的儿子，仿佛她与施金教授相依为命的两人生活从来是他们的全部，从来就是如此，她已经习惯。送走老伴，然后自己去养老院，就是这样，生活就是这样接近尾声的，也没有什么可抱怨的，对儿子。当初施金教授极力撺掇施杰出国留学，因为他自己是新中国比较早的留学生。施金教授出力出钱，把儿子送出国了，所以这所有的结果，都是自己找的。他说别人的孩子都出了国，你也应该去，到国外学几年再回来。可是儿子在澳洲发展得很好，没有了回来的念头，那就顺其自然呗。儿子出去是在二十世纪八十年代中期，那时工资也不高，没有什么钱资助他，记得施杰出去才一个月就开始打工，几乎没要父母的钱。

邵武和他的学生劝施杰说，施金教授就交给我们吧，你别耽误了你的事。说是这么说，交到谁的手上，最后还是交给夏吟荷。

施杰回国，看到的父亲因为开颅，头上的白头发稀稀朗朗，像一把掉毛的鞋刷子。因为二次开颅，已经切了气管，脖子上插着管子，醒来后恢复了自主呼吸，但脖子上、头上，都缠满了绷带，他的生存质量几乎为零，只能说他还有一口气。这也许是他此生最后见父亲一次了，就是这样，人生就是减法，亲人们一个个在你的面前走散，消失，然后，你也走散，消失。

推着父亲在医院的小道上走，然后在阳光下，蹲下来帮他修剪指甲，也剪胡子。这个老人像小孩一样温顺，任他摆布，然后他不止一次地问："爸，我是谁？"施金教授看了看他，摇头或不摇头，只是羞涩地笑。他就大声说："我是施杰，从澳洲回来看您的！施杰！施杰！您想起来了吗？"这下施金教授就要坚决地摇头了，说："施杰在澳洲。""我不是回来了吗？""施杰在澳洲。""我就是施杰！""施杰在澳洲。""他在澳洲哪里？""……在澳洲墨尔本的皇家理工大学当研究员。"

施杰真的掉泪了。他指着树上的一只鸟问："爸。那是一只什么鸟？""那是……黄臀鹎。""这种是什么花？""菊苣。""那——""蜀葵。"施杰终于看见一只蝴蝶飞过来了，落在一丛月季花上。他忙让爸看，"那只蝴蝶——""这是红点豆粉蝶。"他能记住这些植物、飞鸟和蝴蝶，但认不出儿子和老伴。父亲那一头鬈曲的头发那潇洒的形象一去不复返，他静静地坐在轮椅上，把所有自己的余光都含在眼里，望着他前面的虚空。对，前面的他，就是虚空。

擦干眼泪，阳光很好。

在施杰的印象中，父亲是个铁人，是满世界跑的人，不是出差就是开会，很少在家，很少管他。有时候到父亲的实验室去，看到的都是一些蝴蝶蛾子的标本。从他出生记事起到出国留学，眼前这个坐在轮椅上的男人，天天风风火火。他以为，父母是永远不会老的，永远健康的，永远不会失去的。这一次回来听到消息，他做好了诀别的准备。哪晓得父亲又活过来了，这等于是赚了，这样安慰自己，不失为一种减轻痛苦的办法。

就这样了，施杰走了，回澳洲了，一切都交给天意和时间。夏吟荷要把他送到机场，每次都是这样，老两口，送了几十年，每次走，进候机大厅、办理托运、进入安检通道时，她都要把儿子的影像录下来，这是她一贯的做法，过去使用相机，现在使用手机。这次还是这样，邵武开车送的，他就走了，要去广州转机。

施金教授回到家里，身体一天天好起来，面色红润，体重增加，食欲大开，这让夏吟荷多少有些宽慰，这就是施金教授长期野外工作打下的底子，经踹，打不死的程咬金。

好了之后竟然还记得那只白狐，他说，我不是回来给你讲我见了白狐吗？那只白猸子。夏吟荷想，是呀，见到白猸子不就出事了吗？

"我正在那儿坐哩，就见那只白狐像个小孩儿坐在树墩上打瞌睡，往那儿走近些，哪知拐杖敲到了石头，弄出响声，它就跑了。我就寻思着赶快回来告诉你……"

"我是谁？"

"卡秋莎。"

"……好吧，我问你，卡秋莎问你，在回来的路上发生了什么？你还记得吗？"

"没有啊，这不是回来告诉你嘛。"

"比如……被车撞倒，有一辆送外卖的电动车……"

"我不走回来告诉你的嘛……我是自己走回来的。"

"那你摸摸你的头上……这里……是咋回事呢？"她抓着他的手引导他摸自己的脑袋，那上面开颅的伤疤。

"这是……这是我在四川雅安采集蝴蝶标本的那次一跤摔的，头磕在石头上，没事……那一次我们采集到了喙凤蝶、褐凤蝶和宽尾凤蝶的标本……蝴蝶是大地的精灵，会飞的花朵……"

一切就这样了。

头两个月，邵武和他的学生来得很勤，常送吃送喝，嘘寒问暖，还帮忙打扫卫生。他当然也不认识邵武了，但他记得邵武，他说邵武是他的第一个博士生，他说那一年招收了三个，只有邵武干了当初读博士的本行，其他的要么出国，要么经商去了。

"邵武非常优秀，你们不知道，"他给邵武和他的学生们说，"当年他在新疆认识了一个哈萨克女孩，喝了点马奶子酒，要强行亲那个哈萨克女孩……"

夏吟荷就立马堵他的嘴："施大爷，你讲些什么呀？你喝茶，你喝茶，"她用茶水把他的嘴强行填满，"瞎说的，瞎说的，你们不要听，他说的是在苏联时他同事的事，在哈萨克斯坦……"

每当这时，邵武就会满脸通红不自在，虽然师母解释圆话，但两次之后，邵武不仅不敢带学生来，他自己也来得稀了。

有时候，夏吟荷感觉下楼去不便，就到二楼叫小汪，买菜时帮她捎带点菜，然后给她十元二十元的跑腿费，也送她一条围巾、一件已经不穿了的外衣和裙子什么的，让小汪很高兴。有时候，小汪没事来坐坐，跟夏吟荷说说话。

买菜、做饭、打扫卫生，这些活对夏吟荷来说，还能过得去，可一不小心，施金教授就要打开门出去，虽说夏吟荷已给他在兜里、在袖口上都绣了自己的手机号码，但还是不能让他出去，就将铁门反锁了。可施金教授非得出去不可，让夏吟荷无计可施，摇撼着铁门，就像要逃出监狱似的。

"卡秋莎，让我出去，让我出去看看白狐。катюша, Я
посмотрю белая лисица！"

他飙起了俄语，只有放他出去，让他出去死吧，这个死老头子，
你就认那个俄罗斯臭娘们。她翻出施金教授的相册，找到了一张在高
加索的合影，那里的卡秋莎一点特点也没有，穿着一件列宁服，扎着
绑腿，头发披散在肩上，是不是金色的看不清。就是这么，该死的俄
罗斯卡秋莎，你有什么魅力？

过了好一会儿，她才去下楼找他。这个名声赫赫的生物教授正
蜷缩在楼梯下，在别人家放置的一张小板凳上双手抱着拐杖木木地坐
着，头上全部是汗水。天色都暗下来了。

夏吟荷见到他，一阵伤感和愧疚，不该生他的气，让他走丢了
就麻烦了。如果走丢进林子里更麻烦，一夜会冻死。他的裤腿上都是
灰，身上是灰，双手和袖子上全是灰，估计抱着楼梯扶手下来的，谁
知道他挣扎了多久。

"回去吃饭。"她对他说。

他耳朵没问题，听到了，乖乖地让夏吟荷扶起来，上楼花了半个
小时。她听到他的喘息声就像干渴了一个月似的，像邻居林教授过去
养的一匹老狗，被强迫遛狗时发出的呼呼声；那匹老狗的命很长，严
重风湿关节炎，每天林教授都要逼它下楼，它下楼也要喘息几次，走
几步就不愿走了，林教授就会哄它，那种痛苦的喘息在这楼梯间重复
了至少七八年，后来消失了，死了，现在轮到老伴。听到施金教授的
声音，她就想到那只可怜的狗，虽然这联想不好。

打开电热水器，先洗澡，换衣，再吃饭，像伺候一个祖宗。穿好
衣裳坐在沙发上，先吃上自己该吃的药片，再给他药片和水果。

拿着削了皮的苹果递给他，故意问："你就不想感谢一下我吗？"

"Спасибо。"

"谢谢谁呀？"

"катюша。"

"……你能回忆起来，你第一次亲吻我是在哪儿吗？"

"在克里姆林宫的红墙边上，头上是那颗高高的五角星……"

他们亲吻了。

"幸福吗？"

"幸福。"

"……那我们第一次上床是在哪儿？"她惊心动魄地问。

"没有，我们没有那样，我们的友谊是纯洁的。你为了照顾双眼失明的导师米契诺夫，终身未嫁，你是一个伟大的苏联女性……"

噢，这位俄罗斯女子也是个苦命人，那我就放心了，她促狭地想。

"真的没有上床？你记不住吧，你说了假话吧？你做的事能逃过人民群众雪亮的眼睛吗？"

"没有，我们没有，绝对没有。"

算了算了，打住打住，都八九十岁的人了，大半个身子入土了，还管他年轻时睡过没睡过外国小妞，就是睡了，也是替咱们祖国争光！这样内心幽默了一下，万事大吉，睡觉。

一宿无话。第二天小汪来说今天帮她带点什么菜？她就把门反锁上了，与小汪一起下去买菜，心情好了，腿就有劲儿。

路上她对小汪说，让她帮找个钟点工，做顿饭和打扫下卫生，得花多少钱？小汪说钟点工现在是五十元一个小时，一天两个小时就行了。钱倒不贵。老伴不行了，她也做不动了。于是小汪就打了个电话，是一个家政公司，好像不远，用方言打的，夏吟荷也没听懂。打完了，小汪说帮你请了一个，是我老乡，我们学校有几家钟点工都是请的她，她姓张，您叫小张，每天就一顿晚餐，再打扫卫生，反正不足一个小时也按一个小时计。

第二天下午，张姓的钟点工就来了，是小汪带来的，比小汪小，三十多岁的年纪，头上染了黄头发，看起来倒也实在憨厚，尖削脸，还有一个高鼻梁，有点像新疆人，穿一件夹克，自带有围裙、鞋套、水杯。菜已买好了，先做饭，再保洁。这小张手脚麻利，看了菜，熟悉了厨房环境，油盐酱醋的地方，夏吟荷老两口的口味，就开始淘米煮饭了，对城市电器、煤气非常熟悉，一看就是在城里做了多年家政的。筒子骨先煮，再放藕，再加作料。炒小白菜。大葱炒鸡蛋。多放蒜子，是施金教授的口味。这人一辈子一股大蒜味，夏吟荷不仅习惯了，也学会了吃大蒜，但施金教授也学会了喝藕汤，吃热干面。

当饭菜端上桌，小张与夏吟荷老两口一起坐下来用餐时，施金教授突然对桌子对面的小张愣愣地望着，看得小张不好意思，问夏吟荷说夏老师，施教授是怎么啦？夏吟荷说："小张，我们施教授身体不好，你都知道，别在意啊。"可施金教授还是直勾勾地看着小张，夏吟荷就提醒老伴说："喂，施大爷，吃饭吃饭。这个小张是二楼小汪介绍来帮咱们做饭做保洁的，你这样看人家干什么？"

施金教授说话了，迷惘地指着小张说："你是不是卡秋莎的妹妹叶莲娜？"

"我……"小张睁大眼睛怔怔地对夏吟荷说："施教授说的啥呀？"

夏吟荷忙摆动筷子："小张别听他瞎说，我也搞不懂。"对施金教授说："先吃饭施大爷，人家小张专门为你做的弯骨藕汤，还有大葱炒鸡蛋……"

"嗯嗯，卡秋莎，你的妹妹叶莲娜是不是从普斯科夫州来的？"

"人家是从黄冈罗田县来的，罗田县归前苏联管吗？"她笑。

"卡秋莎的妹妹住的离普希金流放的米哈伊洛夫斯克才三十俄里地，也就三十多公里，一俄里等于一点零六六八公里……"

"施教授有八十八岁了，"她给小张说，又问施金教授，"八十八岁是多少俄里呢？"

这两个老人都有病，小张一定想。她做了两个小时，收了一百块钱就走了。

这是能忍受的，知识分子家庭，待人和蔼，不挑剔，不吹毛求疵，也不防她。有的人家怕东西被偷了，对你脚跟脚、手跟手的，像看一个小偷一样。

家里又恢复了平静，没有什么卡秋莎的妹妹叶莲娜，就是两个很老的老人，安静的屋子，陈旧的物件，电灯亮着，但人影挪动的步子很慢，很轻，像是梦一样的空气，能把人飘浮起来。

"施大爷，你没有想想你的老伴夏吟荷去哪儿了？你看见她了吗？"她凑到他眼前、耳边这么问。

施金教授只是笑。

第二天，第二次，施金教授竟拿起了小张的手。"你是卡秋莎的妹妹。"他坚定地说。

"我有这么个小妹妹吗？"夏吟荷愤怒地反问。她平常跟他讲武汉话，她今天讲的是普通话，显得义正词严。她突然想到那个女儿，不死也比她大两轮呀。那个女儿叫施小索，现在想来，施金教授就是想纪念高加索之行的卡秋莎，还美其名曰是求索的意思，永远学习求索。

那是施金教授在二郎山调查蝴蝶的一九六四年，夏吟荷一个人带着两个孩子，一天夜里，风狂雨猛，四岁的施小索竟然高烧谵妄，连连喊着爸爸。她抱着小索去医院，淋得像落汤鸡，可是在去医院的路上就没了气……这是她最大的痛，有时候梦见她，就会悄悄上珞珈山，在那个大致的地方去烧点纸和纸衣，算是一种怀念和安慰吧。多年前还有个小土堆，现在被灌丛埋住了，也就不想管它了，渐渐地淡忘了。如果有个女儿，兴许孝顺些，至少会给你嘘寒问暖，但是这都不可能了。

拉着小张的手不放的施金教授简直太失态了，但他是个阿尔茨海默病的失忆老人，他在那儿夹杂着俄语和普通话说普希金，并且能背诵普希金在米哈伊洛夫斯克流放时的诗句，什么"风暴肆虐，卷扬着雪花，迷迷茫茫遮盖了天涯，有时它像野兽在嚎叫，有时又像婴儿咿咿呀呀……"什么"你怎么啦，我的奶娘呀，为什么靠着窗户不声不响？我的老伙伴呀，或许是风暴的吼叫使你厌倦？或者是你手中的纺锤，营营不休地催你入眠？我们喝吧，我的好友，我可怜的少年时代的良伴，含着辛酸喝吧，酒杯哪儿去了？喝下去，心儿会感到甘甜……"还有他过去在青年时代最喜欢朗诵的诗："我记得那美妙的一瞬，我的眼前出现了一个你，有如惊鸿一瞥的幻影，有如纯美无瑕的精灵。在悲伤绝望的苦闷中，在嘈杂喧嚣的忧郁中，我耳畔传来了你温柔的声音，我梦中出现了你可爱的面容，岁月流逝，雨骤风狂，吹散了往日的旧梦，让我忘记了你温柔的声音，和你那天仙一样的倩影……我的心在狂喜中跳动，因此啊，一切都已重现，又有了上苍，又有了激情，又有了眼泪、生命，还有爱情……"

他的眼睛竟然濡湿了，他深情地、呆呆地望着小张，那个松弛的眼泡，就像一块猪囊膪。难道还能一切重现，有了眼泪、生命、激情和爱情？……

可怜的施金教授，可怜的老伴，他把他的浪漫一辈子压在心底，可他从没跟我浪漫过，出差回来了，走了；走了，又回来了。就是这样，就是这样的生活。走了是大部分的时间，在家只是两三天的事情，一辈子在研究他的鳞翅目分类。他的学生给他们这些老知识分子总结的是叫"家国情怀"。也罢，就算吧，可怜可敬的施大爷，激情与爱情早就不在了，一具衰老的皮囊，日薄西山。你再次开颅活过来，就是为擎起这不肯毁灭的、久久在心底的激情和爱情啊？

后来小张明白了，就让他拉着。小张上过高中，终于听明白这个施金教授说的什么，她竟然在孔夫子旧书网上给他买了一本《普希金诗选》送给他。

但是小张勉勉强强坚持了一个月，因为施金教授要她每天给他读普希金的诗，给他讲普希金的故事，还要问她一些事，她答不出，让她不胜其烦。施金教授要小张讲米哈伊洛夫斯克的故事，小张就瞎编说，米哈伊洛夫斯克的凯恩，后来就嫁给了大别山罗田县的一个军长，是红四方面军的。凯恩跟着军长参加了长征，是唯一一个参加长征的前苏联人，后来晋升为将军……

"凯恩是一个商人的妻子，不是你这么说的，凯恩长得很漂亮，我曾经看过她的照片，你哄我的……"然后他自己也不好意思地笑了起来。

小张的离去也与夏吟荷有关系，夏吟荷要小张把染黄的头发染回来，恢复黑色，并且要小张最好穿老式的衣服，小张在淘宝上弄了两件扣襻布衣，夏吟荷又说太差，太难看。当然，她还有另外的原因离开。小张的老公是个不安分的人，觉得在武汉做物流搬运太累，看别人搞抖音搞快手直播赚钱，就商量与小张一起回村里搞直播。小张不同意，她老公就找上了他好吃懒做的表弟一起搞直播。小张老公家里有渔网，会撒网，就在网上搞起了撒网捕鱼的直播，这东西城里人喜欢。三个月才搞了三万多粉，设备花去了一万多元，包括电脑、专业摄像、各种辅助设备。有时没鱼的地方还要自己买鱼放进坑里再撒网，一天赚不到一百块钱的打赏钱。在村子里周围十几里地的野塘都直播了，有一天跑到别人家的精养鱼塘撒网直播，被养鱼的塘主抓住打了一顿，打得头破血流，住进了医院，小张只好请假回罗田去照顾老公。

每天，小张来夏吟荷家干活的两个小时里，平时冷冷清清的屋子充满了生机，年轻人阳气足，全是正能量。晚餐前后是最美妙的时光，即使超过了两个小时，小张也只收一百元，她对这个研究蝴蝶的老教授非常尊敬，而且家里都是蝴蝶标本和绘画。老教授年轻时在前苏联留过学，会唱《卡秋莎》《一条小路》《莫斯科郊外的夜晚》。而她的祖父跟施金教授同龄，一辈子就待在乡下种田，什么也不懂，牙齿全掉完了，穿力士鞋，差别好大。晚餐以后，如果有时间，她还把施金教授扶下楼，让他坐在轮椅上，和夏吟荷一起，推着他在林子里散步。但是，小张说走就走了。

　　小张一走，家里又好像空出了一大块，这种感觉几十年前儿子出国留学时强烈地、长久地出现过。每次儿子回来，再离去，那种空荡荡的、惆怅得想哭的感觉又泛起来了。但后来，对儿子不在身边，她和老伴都完全习惯了。最早，儿子、媳妇、孙子的鞋子是要留一双放在门口的，哪怕落满灰尘，后来就收起了。有一阵子，儿子想把孙子弄回国，接受一段时间的中文教育，但这个孙子对祖父母没有一点感情，十分孤独，而且老是咳嗽、感冒，要每天戴着口罩上学才会舒服点。他完全无法适应国内的空气，在雾霾严重的武汉，留给他的就是上呼吸道感染，又加上没有朋友，只待了一个学期就回到了有蓝天、白云、阳光、海滩的墨尔本。

　　现在，晚餐后，或任何时候，夏吟荷没办法将老伴弄下去散步，只能让他待在堆满礼品盒子的阳台上，遥望着山林中的薄暮和夕阳。

　　"你还能听到白狐的叫声吗，施大爷？"她问。

　　他的耳朵也像不好了，奇怪的是他的右脸上的肌肉开始下陷，这是开颅后出现的问题，可能伤害到了什么神经。每当他无法回答时，就会憨厚地笑着，他的脑子转不过来了，他的思维很浅。夏吟荷只想故意这么问，看一个失忆的痴呆老人怎么回答。这是有罪的，阿弥陀佛！

　　重阳节时学校组织离退休老干部去九宫山登高看红叶，来回两天两个晚上，夏吟荷想去，就想到给施金教授做好共三顿饭，每一顿饭菜用碗装好，只需要在微波炉里转动两三分钟热一下就行了。

　　与小汪一起去买菜时，两人在楼下的花坛边聊了会儿天，也交代小汪，时常到楼上瞄瞄，帮照看施金教授。她说起万一不行的话，现在有好的养老院，他们老两口就去养老院。这想法也跟儿子商量了，去养老院要近一点的，有事可以回来做点菜带去吃。住养老院的好处是施金教授就可以不用管了，不担心走失，一日三餐也不愁。夏吟荷深深感到快干不动了，不仅身累，心也累。

　　哪知小汪一个劲打断说，千万别去养老院，千万别去！她说她过去在福利院搞过护工，如今的福利院只是赚钱，并不管老人死活，特别是老年痴呆的、大小便失禁的老人，就等于到了地狱。她说话是有点夸张，见她说得这么可怕，夏吟荷说："你说的是过去乡下的福利院，条件有限，会有这种事，现在你不知道，有很贵的养老院和老年公寓，一个月要上万元呢。"

小汪说："上万元的护工就是这个素质，现在的人只顾赚钱，哪有爱心啊！夏老师，武汉的一些老年公寓一个样，还有以房养老骗老年人钱的。乡下有的福利院真的好差，把老人送进去就是受折磨……"

夏吟荷说你看到的不应该是普遍情况吧。小汪说她在乡下的福利院干过十多年，那些老人都是有儿有女的，可把老人送进福利院就不管。她是凭良心干活，从来不虐待老人。有的护工偷老人的衣裳，偷钱，如果老人有老年痴呆，有的就绑在床上，有的大小便失禁就不给老人吃喝。她说她认识一个老油条护工，很坏，一个老人卧床不起，大小便失禁，她就不给他吃，我每次去看那个老人，杯子都是干的，毛巾从来都是干的。我给了他一点水喝，马上就尿在床上了，那个护工还怨我多管闲事，你说这样的护工是人吗？生活也差，餐餐吃萝卜青菜加点炖蛋，说是鸭子炖萝卜，每人打一块鸭子，还是骨头。我在一个镇上的福利院，院长让年老的院民去养猪，只是保证每周院民吃一顿肉，老人们养了那么多猪，杀了被院长卖的卖、送的送……

小汪说得夏吟荷心情灰暗，心里十分难受。她越说越带劲，全然没看夏吟荷的脸色，还说起乡镇福利院的一些奇闻，说老人死前都是有征兆的，说福利院老人快死的时候，身上会冒出许多黑点点，乡下叫土斑。土斑多起来的人就要入土了。一般你发现他身上土斑多了，不出一个星期可能就会死。她说还遇到一个老人，明明脸上一颗痣长有一根长白毛，有一天给他洗脸毛没有了，可这老人能吃能喝，跟没事一样，她观察痣上毛没了，一般不出一周就会死，果然这老人一周后就死了。还有的快死前会浮肿，身上一按一个窝，出现浮肿，不出十天就会死。还有人身上长红斑，紫红色的，叫尸斑，出现尸斑，不出三天就死。小汪很迷信，说一些孤寡老人是前世做了恶人的，他们到死是会"挂标"的，挂标就是眼前看到的全是秽物。她说她见过许多挂标的老人，有的挂蛇标，有的挂蜘蛛标，有的挂蜈蚣标。就是给他盛一碗饭，他看到碗里的全是蛇，全是蜘蛛，全是蜈蚣。他如果吃，还吃得脆嘣嘣响，吃得满口是血，满碗是血，后来就不敢吃了，活活饿死……好多老人最后死得好可怜。她说她当了这些年护工，在福利院送走了八十几个老人……

小汪神神道道，毕竟是没有文化的乡下人，但她见过这么多老人的死，一定对生死有许多独到的见识与感受，不可不信，也不可全信。按她说，施金教授挂的就是白狐标，白狐勾引他，把自己差点撞死了，不然，他平时根本不下楼的，咋那几天鬼使神差三天两头往楼下跑？跑不动也跑，结果让一辆神秘的电动车撞倒了，那个电动车就是白狐变的……

但关于福利院的故事，人之将死的种种奇闻，还是让夏吟荷分外惊吓。平时没有时间思考死亡，可是老头子成这个样子，不得不让她面对什么黑痣、白毛、黑斑、红斑、土斑……

回家给老伴换衣，仔细观察了有毛的痣和斑，一切正常，什么都没有。他还是拖着脚步，在屋里来回走动，他现在没有痛苦了，因为失忆，什么痛苦都没有了。但是生活的问题越来越多，身体的状况越出越多。

他记住了小张，他后来叫她小张。小张走了，施金教授却念念不忘，问夏吟荷："今天小张咋没来呢？"

夏吟荷就搪塞说："小张不是刚给我们做饭吃了吗？"

"要给钱她了，小张有孩子和老人在乡下要生活。"

"不是给了她三千块钱吗？你不是看我数的吗？"她说，反正他没有记性。

白天他会昏昏沉沉睡觉，晚上却睡不着，起来，不停地走动，拿着拐杖戳这儿戳那儿，那双棉拖鞋是小张帮做的，说要送给施金教授，是个硬邦邦的生胶底，加上脚很沉，走路拖拖拉拉，每天敲打着楼板，让二楼瘫痪的郎教授睡不安生，小汪也睡不安生。小汪就几次给夏吟荷说这事，呵欠连天，但没有办法阻止半夜爬起来到处走动的施金教授。而且，大半夜他还会摔东西，把卫生间囤水的塑料桶踢得乱滚，还有一次摔坏了他用镜框装裱好的蝴蝶图，他说画得太差了，要打碎重画。

有时候，最恐怖的是，正在酣睡的夏吟荷突然发现有响动，睁开眼睛，一个黑影站在她的床前，像一座墓碑，因为施金教授的身板非常笔直，一动不动。夏吟荷摁亮灯，冷汗直冒，说："施大爷，你、你这是怎么了？"

"我睡不着。你为什么睡到我家的床上？"

这是最糟糕的时候，这是要把人胆吓破，魂吓掉，如果身体不好，会吓得你中风、偏瘫、心梗。但这种极糟糕的时候不多，他身体好时，会像一个正常人那样生活，记得一些事，更多的是远事。他会讲在四川雅安二郎山头磕在石头上的事，讲在高加索昏死过去不能动弹的事，讲在神农架山里，看到过美蒋特务空投的宣传品和降落伞，还看到过残余土匪的帐篷和国民党的军服。他会翻来覆去地说，一连说三遍，跟他的学生一样说，学生们尊重他，不敢打断他的重复，忍受着这个老年痴呆症老师的啰唆，只好恭敬地装着是第一次听讲。

更多的时候他是沉默，坐在堆满了礼品盒子，连脚都插不进的阳台上，一坐就是一个上午或是下午。那个地方每到下午五六点钟，会从西射来一会儿阳光，阳光还被树挡着，落到阳台的时间很短，但他会很欣慰，眯着眼睛享受阳光射到脸上的抚摸。其实，他是在打盹儿，而且不会想什么。一个老人，真的没有什么好回忆的，何况心里那么安静，是衰弱的心让自己安静，就像一座长满杂草的老庙。

有一次，他静静地哭起来。问他他什么也没说，谁也不知道他心底想起了什么悲伤，后来他的眼泪干了，没事了。

"你刚才哭啥哩？"夏吟荷给他几瓣丑橘问他。

他就吃，但他像没听见一样。

"你究竟哭啥？想什么？是想儿子施杰还是孙子大卫？还是卡秋莎？"

"……"

"又想在神农架碰上了土匪？"

"可不是。"

"想神农架的蝴蝶？"

"神农架有三尾凤蝶、中华虎凤蝶，是国家二级保护动物，都很漂亮。还有金裳凤蝶，是中国最大的蝴蝶……我捕金裳凤蝶在山里钻了两个月，浑身爬满了旱蚂蟥……标本都在学校的蝴蝶馆里……"

"外面的风大了，小心着凉，你回屋里，施大爷。"

施金教授松弛的眼泡里，汪着眼泪。他是否有一辈子的遗憾而未跟夏吟荷说？是否他在家里的生活都是言不由衷，心不在焉？问题是几十年，漫长的五六十年，他会对一个人虚与委蛇地敷衍过去，假惺惺地应付这种婚姻？那他不是太亏了吗？

已经老成这个样子了，没什么抱怨的了。死都快死了，暴露出点隐私也没什么大不了的，一笑了之就好。何况他已经不是一个正常人，他是一个病人。对于一个失忆的阿尔茨海默病患者，他的灵魂早就不在身上而先于他的肉身进了天堂。一个衰老的、没有清醒意识的肉身，就是一架躯壳还晃荡在这个世界上。他真的很痛苦，他自己感受不到了，永远感受不到，只有他身边的人，他的亲人能感受到他的痛苦。何况，他是一个知名教授、学者、科学家。

晚上的秋风一阵一阵的劲厉，被隔绝在门窗之外。他像一个游魂，行走在各个房间。他孤苦伶仃，皮包骨头，颈上的皮就像是一件被扔弃的旧衣裹在那里，风会把这些褶皱吹起来飘荡。他穿上了棉睡衣、棉拖鞋，是夏吟荷强行给他穿上的。

"你又听到白狐的叫声没有？"夏吟荷指着楼下的林子。

他完全答不出了。

自从他两次开颅手术死里逃生，元气大伤。按民间的说法，开膛破肚就是泄了从娘胎里带来的元气，开天灵盖伤更大的元气。但他的眼睛却变得纯净了，就像孩子的眼睛，单纯、天真，他真的返老还童了。

有一次，他摔倒在卫生间爬不起来。夏吟荷外出买菜，等她回来，没有看到施金教授的影子，她到处寻找，门口，没有看到老伴脱下的拖鞋，莫非他是穿拖鞋外出的？她四处慌慌找寻，听到卫生间传来了轻轻的哼叫声，进去一看，施金教授侧身躺在地上，裤子脱了一半，有一股浓郁的、令人作呕的粪便味，一看，地上、裤子上都有大便。他是因为急于如厕，让褪了一半的裤子给绊倒了。

拉起他来要一把劲，他毕竟是个男的，虽瘦了，但身体的架子依然在那里，她一个老太婆实在很难。就在地上脱了他的裤子，真的呕吐，扫地，清洗，将他拖到淋浴间里冲洗。实话说，她没有嫌弃过他，这一辈子。一个老人的粪便在坐便器冲了，虽有气味，还可以忍受，如果是拉在身上和瓷砖上，那种气味就跟死尸的气味没有两样。

欲哭无泪的夏吟荷喘着呕着流着汗，心想这个臭老头，让卡秋莎爱你去吧，让你们天天朗诵普希金的诗句去吧，让你天天喝罗宋汤吃黑面包……

"施大爷啊施大爷，你怎么成这个样子了，你可不要害我呀……"

埋怨归埋怨，看到他像个做了错事的小学生，垂头丧气地任她摆布、擦洗，心又软了，检查他的腿脚，还好，这就是不幸中的万幸。吼他，唬他，他都一声不吭，他又不是故意的，人到老了就这样了，何况，他没有记忆，他回到了三岁之前。

这一次她累瘫了，她感到她也要完蛋了，要先他而倒下。听见他那美妙的鼾声，看见月光溜进屋里，树影投射到阳台上，树枝几乎扫到窗棂。这荒凉的、无声的、狠毒的、阴险的月光，慢慢变成了葛藤，变成荒草，变成苍苔，要蔓延到他们的房里，缠裹着、啃噬着，将这个屋子占领，填满，覆盖，吞噬。总有一天，而且不远的一天，这就是最后的结局。这些房子曾经住过比施金教授更有名的科学家、大教授，那些民国的名人，他们也不存在了，被月光扫地出门，月光是永久的，它们最后将成为这儿的主人，一茬茬地看着那些人来来去去……

小张再次来他们家做钟点工不到一个星期，夏吟荷的一对耳环怎么也找不到了。这是儿子从澳大利亚给她买的，"澳宝"镶嵌的，七彩宝石，让人爱不释手。虽然不是很贵，但是儿子的孝敬之物，放哪儿了呢？最后不想推断怀疑的，就是小张拿走了。

小张是夏吟荷央求小汪劝来的，小汪多次打电话，夏吟荷还为小张快递去了给她老公的药品，小张被感动了，小张再次的到来让夏吟荷感到一阵轻松，原来多个人分担就省许多事，毕竟她年纪大了。做饭、保洁、读诗，家里多个人，多了一份难得的生气，但是她的一对耳环却不见了。

小张也没在这儿住，每天回家，是哪天不见的，哪天她拿走的，是上一次她走，还是这次来后，她好问吗？这是不能说的，如果人家没有拿，不是会冤枉别人吗？她的记性也不好了，哪天不见的，她完全没有印象。这事跟老伴说吗？就跟石头说一样，他基本不存在了，他不是一个倾听和说话的对象，活着跟死了一样可怜。

又暗暗地找了两天，不排除自己的记忆力衰退严重，但耳环放哪儿，她是有固定地方的，就是床头柜的上屉格里，而且会放在显眼的地方，在左下角。那里面不会乱放东西，有一个小手电，一副老花镜，一些纸巾，空调遥控器，还有一把刀子。不是防贼，是壮胆。人老了，胆儿小，刀子是铁，铁在枕边不远可助睡眠防噩梦。她一生不爱首饰，但儿子买的她戴。后来也戴一天放一天，人老了，对这个兴趣不大了。

几次想开口，想了各种词儿，想问下小张，开不了口。观察小张，还是那么勤快做事，还是热心读诗，没有做过贼的样子，大大方方。她就想找小汪说说，让小汪旁敲侧击去问问。这事儿她还是忍不住给小汪说了，她甚至这样说，小张为照顾施金教授很费心费力，又有文化，不应该是那种小偷小摸的人。

小汪听了，说不会吧，小张是个很好很正派的人，从没有听说过雇主家里丢失东西的事，比较厚道老实，不然不会给夏吟荷介绍。小汪好像生气了，意思是给夏吟荷做了好事没讨到好，好像她与小张都是坏人。就说她若真拿了，那我可不客气了，取出手机就要给小张打。夏吟荷连忙拦她说不要打电话问她，也许是我记错了放的地方。可小汪坚持要打，拨通了小张电话，劈头就问你是不是拿了夏老师的耳环？小张矢口否认并且在电话里大哭起来。两个人用方言吵得不可开交。最后小汪白着脸对夏吟荷说：她说她没拿，用全家赌毒咒，说拿了她全家死光。

第二天，小张就没来了，五天的工钱也没结，五天五百元，这钱夏吟荷交给了小汪，让小汪转给小张，还是希望她再回来。小汪不接，说再也不理她了，等于把小汪也得罪了。

现在，买菜做饭，又得夏吟荷全部亲为。夏吟荷本想找小汪帮忙再介绍一个，但是小汪有几次都有意躲着她，让她无法开口。

到哪儿能找一个"卡秋莎的妹妹"，而且能给老伴读普希金的诗，以平静他内心的烦躁？这样的钟点工可真是稀罕。"澳宝"耳环三千多元，不就三千多元吗？就送给小张也没什么大不了的，这该省去多少事？

做了晚饭端上桌，施金教授东张西望，还嚷嚷着差一个人，说那一个人呢？

"谁呀？不就我们俩吗？"

"还有一个。"

"谁？阿紫？"

莫非这个小张也是一个狐狸精？

破碎的月光蹿进屋子，深秋，入冬的寒厉和空寂开始侵入房间。林中落叶萧萧，好像所有的树木都恐惧着，在夜里瑟瑟发抖。

夏吟荷又找了一家家政公司，她的条件就是要高中毕业的，至少四十岁以上的，不染黄发的。但她也希望小张能回心转意回来，她给小张发了短信，小张回了三个字：知道。但等了一天两天三五天，再没有消息。也是，人家怎么好回？偷了你东西，断定不会回，以为是你设的套子要抓她；没偷，人家窝着一口气，也不会回。就这么，拖着沉重的双腿去买菜。

寒潮和冷雨和北风都一起来到了珞珈山，风刮进屋后山坡的林子，落叶像浪花一样在山坡上翻滚，马上被雨水制服了，好像调皮的孩子被一伙人用大棒打下去。夏吟荷打着伞，想抄近路去超市买菜。她想煨藕汤，再买点肉和几棵大白菜。天冷，下雨，就大白菜炖肉，一锅煮，施金教授也爱吃。还买一点干果榛子、核桃什么的，电视上说这些东西增加记忆力，不得老年痴呆症。风太大，用力撑着伞在山道上走着，突然一阵响动，她往林子扫了一眼，就看见一个白色的影子一闪。她的心一阵突跳，再定眼找那个影子，没有了，消失了，被灌丛遮掩了。还有雨雾，什么都看不清。她的心里一凉，猛然想到，这不是消失的白狐吗？它还在这里！可是一阵风猛然将她的伞一扯，像一只无形的手，要把她的伞生生抽走。她本能地紧紧抓住伞柄，就连伞带人一起被带下了路边三四米深的岩坎。

夏吟荷虽说摔下去再不能动弹，右胳膊疼痛难忍，但她头脑异常清楚，知道失了足。她用勉强能动的左手去找挂在胸前的手机，还好，还在，还是亮的，谢天谢地，没有手机，她就会死在这里。她喊了几声，这荒僻的小路上本来就人少，风狂雨猛，她纵然喊破嗓子也不会有人听到。她拨通了小汪电话，好久小汪才接电话，她告诉她，从路上摔下岩坎了……

当小汪看到夏吟荷时，她正挣扎在泥水里。那里是一个老防空洞的洞口，荒草已经封了门，铁门锈迹斑斑。

夏吟荷摔断了胳膊和腿，最严重的是，下半身失去了知觉。

她在医院里躺了半个月。她远在郊区的妹妹来照顾她。妹妹也过了八十岁，而且带着两个孙子。

学校派了人给施金教授做饭，他们的学生也来两边照顾他们。

现在，她虽然不能动弹，躺在病床上，但还惦记着施金教授。医院没有了家里的凌乱，简陋的床头柜、吊瓶、随时叫唤护士的按铃。就这么在病床上，大小便也全在床上，好像一生的奔波劳役结束了，生活变得简单了，都清理了，带着自己不能动弹的身子，来到医院。可她仍旧头脑清醒地活着，只是不经摔。她的生命突然改变了。

她给儿子说她还好，没有时间就不必回了，因为刚回来没多久。她一动不能动，这不能给儿子说，也交代邵武别给儿子说，只是说胳膊摔断了，不是很严重，是桡骨头那儿有点破裂，让他放心。她希望能够恢复，医生说，有了点知觉，但这康复得要时间。

她在病床上，想着在林子里看到的那个白色的影子，也是怪呀，看到这东西自己就摔下了，还一阵黑风。究竟是不是白狐？肯定应该是那个家伙，害人的家伙！让她一脚踏空，成了如今的惨状。是条白狗吗？是个大白野猫吗？是鬼吗？她其实什么也没有看到，老眼昏花，只看到了那么个稍纵即逝的虚幻的影子，就瘫痪在床了。心一阵阵冷，又不可说，现实这么残酷。

半个月之后夏吟荷被拉回了家。学校给她找了个护工，是学校后勤部的，不住她家里，每天做三顿饭，打扫卫生，还要负责夏吟荷双腿和各个穴位的按摩。这是个五十来岁的护工，叫杨姐。杨姐老实，闷声不响地干活，像一架机器，把家里的施金教授收拾得整整齐齐，一尘不染，还做了可口的饭菜，是一个熟练的护工，曾经照顾过学校里中风瘫痪的院士，那院士瘫痪了五年，都没生过一个褥疮。她说，就是要心细，勤翻动，对夏吟荷也是这样。

瘫痪病人的多功能护理床是学校提供的，大半新，一定是别人用过的，现在轮到夏吟荷了。这张冰冷的铁床运到屋里，可以用电动左右翻身，调整睡姿，在容易长褥疮的部位有软垫、气圈等。便盆放在床下，也用一些尿不湿。这样，一个人就回到了婴儿时代。

夏吟荷想到她的外祖母，临终前一两年都是在床上度过的。那时候，就是将棕床剪一个大口，外祖母光着身子躺在床上，大小便可通过剪开的口排泄到床底下，床底下有一个大破铁锅，里面放着烧煤的煤灰，每天，母亲都会为外祖母擦洗身子，然后拖出大破锅，更换里面的煤灰。那时候，夏吟荷还是个孩子，可一晃，就轮到她了，不同的是，她有专人伺候，有设备更先进的床。

夏吟荷那只左手只能稍有动弹，甚至拿不起勺子吃饭，杨姐要给夏吟荷喂过饭才走，她回家去吃，她老公在学校做保洁，她还要回家给家人做饭。她收拾停当，就将门反锁，将这老两口圈围在屋里，就相当于饲养了两个老人。明天早上等她开门，才开始了这一家的生活。

施金教授似乎明白了，老伴夏吟荷在外摔了一跤，导致骨折瘫痪。他会坐在她的护理床前，他甚至不再在半夜走动，有时还帮杨姐去给夏吟荷翻身，擦洗身子和处理大小便，有时还在厨房给杨姐择菜。

等吃了饭杨姐走后，他拉门不开，就去拉冰箱的门。看到剩下的尚有热气的饭菜，端出来，想到老伴还没吃吧，自己是吃了，就将饭菜端起来，对夏吟荷说："你还没吃，你得吃点。"

他用勺子喂给夏吟荷吃，夏吟荷紧闭着嘴巴，咬着牙齿说："我吃过了，杨姐喂我吃了！你把它放回冰箱里去！"

"你可不能饿着，明明没吃，没吃会饿出胃病的。"他用勺子撬开夏吟荷的嘴，硬是将一勺子饭菜塞进了夏吟荷的嘴里。

有了一勺就有两勺。这是一场吃饭与拒吃的搏斗，毕竟施金教授是一个男人，加上他心疼夏吟荷，为了不让她饿着，有坚定喂食的决心，锲而不舍地撬她的嘴，强行喂。

"我不吃，我不是卡秋莎！"

"你吃一点，你要吃一点。"

固执的施金教授使出全身的力气来完成他的爱心，他自己张着嘴，希望夏吟荷也张开嘴。他说："你不吃饭我难过，总得吃几口我才安心呢。"

这场战斗持续了两个小时，吃几口吧，这个没了记性的死老头，就是个魔鬼，就吃两口，牙齿都撬出血来了，连嘴唇也磕破了，吞咽了几口，再给她水喝。肚子胀得不行，以为他会喂几口就罢手的，可他还是不停地喂。牛不喝水强按头，他竟摁着她的头，不让她摆动，饭和菜弄得到处都是。

"我这是在替那个俄罗斯的白狐受罪。"这样想时恨意袭来。

他坐在床沿，只有一些稀疏的头发，他的颈子耷拉，他用吞咽和呲嘴的动作帮助他喂饭，就像给小孩喂饭一样，可他动作粗笨决绝，她每吃进去一口都会磨出泪来，她只想哭泣。施金教授干瘪枯瘦的手不停地伸过来，像填一只鸭子那样，粗暴地将饭菜塞进她的喉咙，她呛得大吐。她把那些饭菜吐到他脸上，吐到被子上。他不惊不恼，手放在夏吟荷的下巴边，等她挣扎得没力气了，再喂，并把那些吐出来的饭菜捡干净，再用抹布擦干净，等于是销毁了罪证。

第二天，夏吟荷给杨姐说了，要她晚上收拾一下，将剩余的饭菜全部藏起来，或者干脆全部倒掉，不留一点，让冰箱空了。

等杨姐一走，施金教授找过冰箱又去翻箱倒柜，他找出了饼干、萨其马，找出了放在床头为夏吟荷准备的奶嘴水瓶，可以躺着喝。

这个没有刮胡碴的、曾经风流倜傥的施金教授，就像个流浪汉，神经病，像个疯子，而且老得惨不忍睹。

"施大爷，你去用剃须刀剃剃胡子……"话没说完，枯燥的饼干就像磨刀石往嘴里塞来。

"你又没吃，你要吃一点……"

他总有办法让她张嘴，无论夏吟荷如何反抗，如何咬牙，施金教授都能将饼干弄进她的嘴里。他不依不饶，掰开萨其马几乎是捅进她的口腔，还要用奶瓶喂她喝水。

这是恐怖的夜晚，他老是心疼她，恐怖地惦记她，盯着她的嘴巴，怕她没吃。

夏吟荷吐着摆头，她突然剧烈地咳嗽起来，人老了，吞咽功能本来就差，喉咙的协调性也差了，喝口水都会呛个半死，这下，饼干的碎屑呛进了气管，呛进了肺部。她感到快窒息，猛烈地咳嗽，但怎么也咳不出来。她想让施金教授将床摇起来，让她坐着，但她已不能说话，只是咳嗽。施金教授看着老伴在咳，脸都咳黑了，额上青筋鼓起，眼珠子也凸了出来，像是母鸡要下蛋。

夏吟荷泪水滚滚，她的头朝向阳台，她呼吸困难，出现了紫绀，她哀求的眼里看到阳台上闪过一个银白的影子，在夜晚的月光里像一堆雪，她看那影子跳下阳台，悄没声息。她吃力地扭头追循着那团白影，那个白色的影子烟一样呛过来，扩大着，漫漶着，覆盖了整个屋子，最后像雪一样盖住了世界。

青 麂

早晨，姚捡财父子从降龙坪出发，去镇上找瞎子老刘弄药。大嘴乌鸦叫了两天，姚捡财在田里捡了一只死煤山雀扒了皮，绷了挂在屋场晒衣的一棵枯树上，乌鸦就不敢来了。

天气晴爽得直吼，云彩像用排笔刷出来的。噪鹛好听的叫声就像收音机，娇滑娇嫩。野板栗花开满树，好像溪水暴涨，风细细地从林子里吹来，天气暖了，风都知情入理，迟到的春天，像个成熟的大妮子。往前走，山坳里的雾气一路跟随着他们，路边全是紫色的醉鱼草花和红色的映山红，还从草丛和灌丛中滚出野百合的香味。但儿子姚人杰身上挥之不去的尿臊味也强行钻入了鼻扇，在清香的空气里格外噎人。"这娃子就像在尿桶里泡过的一样。"这样想时，姚捡财内心会不好受。

娃子聪明，但就是尿床，让人受不了。已经读初一了，还是这样。姚人杰跟他爷爷睡，爷爷也睡得死，只要半夜不叫醒他，必定水淹三军开轮船下汉口。睡到半夜，杜鹃"豌豆八哥，豌豆八哥——"的叫声就传来了。杜鹃就是布谷鸟，是四声杜鹃。这声音在寂静的春夜里格外清晰悠长，一声一顿，声声相连，也进入了姚人杰的梦中。可他迷糊听到的是"豌豆八哥，爹爹烧火，婆婆炒菜，炒出尿来，好吃好吃，拿个碗来……"姚人杰端着个大碗，去盛锅里的豌豆——神农架把蚕豆叫豌豆，碗里接到的却是自己舒畅拉出的一泡尿。爷爷的腿一热，一动弹，孙子就醒了，从梦里蹿出梦外，可他还依然在床上舒服地尿着哩，屁股底下全湿了。

四月的夜里，高山上依然寒冷如冬。起床来一看，一片汪洋大海，冒着热气，像床上有个温泉。姚人杰就将棉裤塞进被窝，垫在尿迹上，人就睡在棉裤上，睡得被子水汽蒸腾，就是要让自己身子的热量将尿迹焐干。早晨起来，希望爷爷有老年痴呆症，忘掉夜里发生的事，穿着基本干了的棉裤去上学。

老师和同学们都会嘲笑他，好在他学习成绩超好，全班第一。特别不知在哪儿弄到了一本破烂的《史丰收速算法》，几下琢磨鼓捣，把这算术神器给弄通了，在课堂上表演数学加减乘除开平方、有理数、负数，秒钟就来，把乡村老师唬得一愣一愣的，说姚人杰，你小子是在哪儿学的？姚人杰说是自学的。老师很久以前听说过这东西，是跟当时流行的红茶菌和鸡血疗法一样的亢奋邪术，听说很难，可这山里的娃子竟然将它弄懂了。"你是个数学天才喔。"然后有天放学时给他说："你这身上的尿臊气可得让你爹给治治。"

他爹和他爷爷用了神农架的各种草药，怎么吃，隔三差五的还是一泡尿在床。

话说天晴腿轻，不到中午就走到了镇上。瞎老刘在东街头的吊脚楼，有陡坡和乱石。吊脚楼虽然老了，还吊着几个某某荞酒的广告红灯笼，在春风中醉生梦死地摇晃。瞎老刘像个独角兽坐在他的台阶上，等着算命抽签的人来，双脚并拢，不吃不喝，抱着竹竿和签筒；签筒上用油漆写着：抽签、掐时、看相、测命。他又没有眼睛，拿什么给人看相？

听到姚捡财跟他打招呼，再听到姚捡财让一个小娃子叫他刘爹，就知道全镇上传遍的史丰收速算法奇才、降龙坪的姚人杰驾到。姚人杰歪着头看这个瞎子，秃了头，耳朵超薄，刀片一样的，腮上全是褶子，眼睛像被人捅了两个大窟洞，就那么闭着，像一只老鼠在那里想心思。

可姚人杰虽然尿床，脸是红扑扑的，尿罐盖子头，两个旋，头发闪闪发光，后颈上有两条硬筋，一看就聪明透顶。

"捡财呀，你娃子人杰是人中之杰，他算命我可不敢收钱，那是折寿的事。"瞎老刘把竹竿放到一旁，瞎着眼睛就拉过姚人杰又是摸手又是摸额又是摸耳，一阵乱摸之后，他还说：

"前几天打雷，有人看到青龙潭一条龙吐着水往降龙坪飞去了，降龙坪要出大人物了，姚人杰即是。"

姚捡财连忙说："刘爹过奖，刘爹过奖，这娃子就是个撒尿宝，唉！"

"圣人降世，都有不齿之事在前。王阳明五岁尚不能言，后来不成了大家吗？上天让你成大器，必将苦其心志，劳其筋骨，饿其体肤，空乏其身，撒泡尿在床上，有什么了不起的。"

姚捡财说："您会疑难杂症，今天是专门来求您的，我这娃子咋个治？"说完便将降龙坪有名的熏猪蹄送到瞎老刘的手上。瞎老刘一摸便知是好东西，说："不必，不必。这撒尿的事，打只公黑狗，下它两颗卵蛋，与淫羊藿一起煮了喝汤，再不济将狗鞭晒干磨成粉给他吞吃以作巩固。"

姚捡财听了，有点为难："愣是黑狗么，别的公狗不行？"

"不行，黑狗为补肾之王。"拉过去姚捡财，凑在他耳边低声说，"我刚摸了下人杰身子，天生肾虚，一条黑公狗，抵一百条其他的狗，听我的。再者，这娃子与你相克，犯煞，要安太岁。这个不怕，我教你回去，准备三杯水、四样水果、五样菜，安在神农老祖像前，然后我给你念一念……"

刘瞎子就念了诸如"保佑衰气灾尽去、化险为夷、身体安康、万事如意"的咒语，说是一起想办法。

姚捡财与儿子回去，立即准备了三杯水、四样水果、五样菜，安在神农老祖像前，按照瞎老刘教的咒语念了几十遍，要儿子磕了几个响头，之后就寻思着在哪儿弄条公黑狗来为娃子治病。

姚捡财在周围的坡堖沟壑中转了一圈，就村长司徒家有一条黑狗。司徒村长的儿子司徒电带着这条不知是什么品种的黑狗耀武扬威地到处乱窜，上学也带着，咬伤过几个人，有时还带着它到山沟里逮竹鼠。这黑狗卷着狼一样的大尾，趾高气扬，常常叼着油津津的猪骨头在村里大摇大摆招摇过市。那天姚捡财在村里转悠，见到了这只黑狗，叫鼎锅。这鼎锅永不认人，怒气冲冲地就朝姚捡财扑来，前肢伏地，龇着大尖牙就要来咬姚捡财，它的主人胖崽，就是司徒电，颤着大肚在一旁不但没拦，还嘿嘿发笑哩，这狗日的。这狗是记着姚捡财曾在司徒家吵闹过，姚捡财为自己的宅基地多打了一米，让土地局给罚了一千五百元，说是非法侵占集体用地，让司徒村长举报了。可姚捡财挖的是山，是顽石头。

一个村子，一家一户的地盘都是靠狗来守护的，各家各条狗之间的领域，在狗的眼里壁垒分明；狗一般在各个角界上和树根上撒尿，有了自己的气味，任何敢闯入自己领地的，都要受到一阵咆哮和攻击驱离。有的狗太恶躁，上了链子；有的狗尚温驯，不好斗，吠而不咬，见主人有喝止的意思，也就和个稀泥算了。不过神农架的狗都有赶山狗的基因，就是猎狗，野性未泯，都撵过野牲口甚至跟豺狼虎豹正面交锋过，豪气干云，一般不把两条腿的人放在眼里。

姚捡财被司徒家的狗疯狂咆哮一顿后，逃之夭夭，心气难收，找了表弟毛钢商量怎么打只公黑狗来割卵让儿子吃。哪知毛钢当即说："司徒村长的狗不是现成的嘛。"姚捡财说："这个哪敢，你千万莫打村长的主意。"毛钢说："为什么不是村长，你当缩头乌龟？"姚捡财说："偏偏是村长，不是冤家不聚头。"毛钢说："正好报个仇，又治了人杰的病，把胖崽逼疯不是很好吗？"这大腹便便的小崽子，那条黑狗鼎锅他视同生命，形影不离。

姚捡财喝着酒，不肯答应，他是害怕了。"再想想办法……"

毛钢说："是毒狗，不是打狗，要让狗不叫。"

姚捡财说："你能堵住狗的嘴？我怕的就是这个，被村长发现了，那还有好果子吃？他的报复心是很强的。"

"堵住狗的嘴咋就没办法？弄只青麀来，不就堵住全村狗的嘴了？"

听毛钢这么一说，姚捡财的眼睛就亮了，牙缝里泄着酒，发出沉思的响声。

青麀是神麀，就是毛冠鹿，有夜视眼。这青麀怪，它叫上两三天，这一方的狗就不敢叫了，但听说村里会死一个人。姚捡财说："我晓得青麀让狗不叫，到哪里搞一只活麀子还得让它乖乖地叫几天呢？就算它叫了几天，也不能把司徒家的狗毒死呀，用什么毒？用农药毒了人杰能吃？"

"用马钱子，我们过去不是没毒过。"

"这事绕远了，买条黑狗也比这容易，就花点钱的事。"

"哪儿买只公黑狗？人家喂出感情了卖你？"

两人蹲在屋场上，对着黑魆魆的群山，两支烟头死劲烫着黑夜，吐着烟子时嘴里发出颤抖的声音。山影一重一重地往远处去，听到了什么野兽的叫声。几粒星子挂在山梁上，忸忸怩怩。

"这青麀是山神爷的坐骑，属火的，你逮着了活的也不能牵到村里来，是不吉利的事，会被村民骂死……"

"能让他们发现吗？我拴羊圈里放山洞里不行吗？嗤！这事不能急，得慢慢逮机会。而且青麀是知耻动物，逮住它是会撞树撞岩死的。要逮活的小青麀最好，它还不醒事，可以活下来，如果是大麀，没有活路，舍身成仁，就甭想它叫了。"

这时，从黑暗里突然有个人插话道："你们是不是想搞胖崽的狗？"

把两个大人吓一大跳，明白是姚人杰，毛钢说："人杰，大人的事小娃娃不要管，你睡去，我们啥时说搞胖崽的狗？说着玩玩的。"

"你们不是玩玩。"姚人杰戳穿说。

"还不是为你狗日的。"姚捡财说。

这个晚上，姚人杰就坐着不睡。他爷爷说："你这是为何？"

姚人杰说："坐一夜就不尿床了。"

"你坐一夜可以，未必坐一千个晚上不睡觉吗？"

果然，一会儿瞌睡就来了。姚人杰就想了个自以为是的好办法，用线头将鸡儿尖上的包皮捆着，等尿床的时候，就会胀醒，这样就不会尿到床上。

半夜等尿胀醒，鸡儿充血，线头解不开了。这尿憋的！膀胱看着要爆炸，只好喊醒爷爷。爷爷一看，那小鸡儿翘得比山还高，已经乌紫了，像一截小红薯，不肯软下去。解那线，眼睛不好使，解不开。就让姚人杰开门站到外头去，先让冷风将那鸡儿软下来。可站在冷风中，冻得瑟瑟发抖，那鸡儿依然昂首挺胸，直指青空，灯一照，就是根"死人指"，就是神农架的野香蕉。

爷爷又舀了一瓢冷水，将那小鸡放进冷水里，强行降温。折腾了半天，小鸡终于软下去了，再用剪刀慢慢剪，开了。这一泡尿，足足屙了五分钟，姚人杰一边屙一边哼哼唧唧，那个畅快，跟考第一名有得一拼。

早上迷迷糊糊起来，鸡儿生疼，拉尿像是有内伤。姚人杰在碗柜里抓了两个熟苞谷，带着他的狗白蛋就去上学了。白蛋的两个蛋子是纯白的，身上是黄色，虽然只有三岁，但精神抖擞。

树上的红嘴蓝鹊学着圈里的猪叫，这鸟很逗，不知道的还以为猪上树了哩。这鸟拖着长长的蓝尾巴，它总是躲在浓荫里学鸟叫鸡叫猪叫，它爱学母鸡下蛋的咯咯嗒嗒的声音，还有小鸡躲老鹰时可怜的叫声。现在猪在树上叫，姚人杰就拿了块石子去砸这鸟，今天他身上没有尿臊味，这让他很开心。

山峦间的云，也像锅里的蒸汽一样飘，白得像水洗过的。姚人杰在半道上碰见了胖崽，胖崽也带着狗，那狗像患了急性支气管炎，喉咙里呼啦啦地响。因为生长在村长家，看到过许多低三下四的人，也就牛逼起来，四个爪子弹着走路。先虚吠几声，像一个老流氓闻了闻白蛋的裆里，发现是同性，没兴趣，就开始狂吠了，就下嘴咬。白蛋也不是吃素的，回过头也还口咬，发出不共戴天的嘶吼。白蛋已经跟别的狗一起参加过围猎，神农架叫赶仗，面对过比狗凶残百倍的野兽。虽然身坯没有鼎锅雄壮，牙齿刚好，有爆发力。两只狗碰一起大咬开了，胖崽是不怕的，他有胜利的信心。而姚人杰担心自己的狗太年轻，身架子没有优势，加上早上狗还没吃东西，就喝了几口猪圈里的稀汤，力气跟不上，会吃大亏，就喊胖崽："司徒电，你不要狗仗人势！"

胖崽像犯了神经一样拍着树干狂笑道："好有味！好有味！"

两只狗一直打到杨老哨的屋场上，杨老哨闻声出来，见是两只狗打架，就操起一根赶牛棍，上来将它们打开。但这几乎不可能，鼎锅咬住了白蛋颈子上的皮，是拧了一圈咬的，让白蛋动弹不得，死死不松口。挨了杨老哨一棒，也不松口，再打，还是不松。胖崽见这个杨老哨打他的狗，就冲过去夺杨老哨的棒子。那棒子是刺牛的，有尖头，虽然刺了鼎锅，但鼎锅皮厚，没有任何损伤。胖崽与杨老哨你进我退，棒子依然牢牢在杨老哨的手上，他毕竟是大人。但胖崽怕过谁呢，在这个村子里，猪狗不如的、浑身黢黑的杨老哨就更不放在眼里。

"不许打我的狗！"

胖崽这家伙横了，还有一把力气。这时，从后面垛壁子屋里出来一个披头散发的女人，是杨老哨的老婆，一个从山外来的浮肿女人。过去不疯，现在疯掉了。这女人是杨老哨的第二个老婆。她来了之后，就嫌弃杨老哨的女儿。这女人就在山里弄来许多旱蚂蟥，晒干后磨成粉，放在杨老哨女儿的碗里让她吃了。旱蚂蟥粉进了肚子遇到水之后，就会变成千百条蚂蟥，吸杨老哨女儿的血。后来这女娃子看着看着瘦了，而且腹胀如鼓，就死了，死时从口里爬出来许多旱蚂蟥。事情被杨老哨发现，将这女人狠狠打了一顿，瘫在床上有半个月，后来这毒女人就疯了，警察来抓她的时候，看见她在吃猪屎，抓进去也没有用，不能判。如果不疯，估计得判个无期。有人说她是装疯，以逃脱坐牢和枪毙。这样的女人，枪毙一百遍也不冤。每天经过杨老哨的屋场时，这疯女人就拿着一些蚯蚓站在路当中，非得要学生们吃蚯蚓，说是热干面。姚人杰因为怕她，才带着狗的。见两只狗死咬着不放，她就说："哈哈哈这俩狗是前世冤家！"

姚人杰见自己的狗被咬住了，头抬不起来，就哭。疯女人却在那儿大笑着拍巴掌，这让杨老哨十分恼火，加上分不开两只狗，就对疯女人挥着棒子咆哮道："滚！"

疯女人赶忙往屋里跑。杨老哨又挥舞棒子打狗，打在鼎锅身上。胖崽跳着脚说："不许打我的狗！要你赔！"杨老哨说："不打今天不会松口，你家狗咋这恶躁！"

那两只狗从坡上咬到坡下，又从坡下咬到坡上，鼎锅就是不松口，牙齿像镶进了白蛋的皮肉里，像用 502 胶水封住了，永远不分开。可怜的白蛋，头低在尘埃里，任由鼎锅拖拽着，一声不吭，仿佛不是狗，是块木头。白蛋虽然被咬，还是撅着两条后腿，离得尽量远点，姚人杰知道狗的想法，就是怕鼎锅咬到它裆里的两颗白蛋。而因为鼎锅激情四溢，裆里的睾丸甩动着，又大又圆，像两粒黑曜石。他突然想起瞎眼老刘说黑狗蛋可以治疗他的尿床。

因为狗分不开，杨老哨就蹲在狗旁边用棍子砸地吓唬狗。这时姚人杰他们的老师来了。老师是个瘦小的中年男人，脸像一刀腊肉又干又瘦，叼着一支快烧到尽头的烟，烟灰没有掉。老师背着手看了一眼狗们，就一如既往地揶揄胖崽道："司徒电，要上课了，你选择一下，是跟狗混，还是去上课？"

胖崽怕这个常常揶揄他的老师，老师是拿工资的，不属于村长管，所以无法无天，以取笑胖崽为乐事。

胖崽当然要去学校，可这狗咋办？胖崽拽着狗大汗淋漓地向老师求救："它不松口呀。"

"又不是你不松口，这不是你管的事。"老师说。

老师喜欢数学天才姚人杰，有尿臊味也喜欢，过来拍了下捂住眼哭的姚人杰说："上课去。"

杨老哨过来对老师说："这两只狗我来拴着想办法，你们去上课学知识为重，狗是畜生，总能把它们分开的。"

老师用眼角扫了扫杨老哨，撇撇嘴，没说什么，走了。

杨老哨拿出两根拴羊的绳子，将绳子拴在它们的腰上，然后各将绳子拴在树上，拼命拉绳子。两个娃子顾不上自己的狗，就去追赶他们的老师。

胖崽气喘吁吁地跟在姚人杰后面，要他等等他，突然说："我、我在想一个问题，我那双胞胎哥哥司徒雷不是摔死了吗？究竟当时摔死的是、是司徒雷呢，还是司徒电？如果是司徒电，就是那个弟弟。老、老师取笑的是我弟弟，关我什么事呢？"又问姚人杰："死的究竟是谁？"

"是司徒电那个狗日的！"姚人杰说。

胖崽推了他一掌："你才死了哩！看我的狗不咬死你的狗，放学看吧。"胖崽得意地说。

到了下午四点半，放学后，姚人杰飞也似的跑到杨老哨的屋场，要看他的白蛋是不是被鼎锅咬死了，但他看到的是，两只狗各自拴在两棵树上，安详地卧着，还舔着自己的后腿，张着舌头哈哈喘气。见主人来了，白蛋就站起来开始叫，表示它还活着，安然无恙。姚人杰抱住白蛋，用人脸蹭狗脸。再细看，这狗的头上有火烧的痕迹。看鼎锅，也同样被火烧了，头上的毛花一块，白一块。

"我用火烧才把它们拉开。"杨老哨出来对姚人杰说，这人一边说一边用袖口揞鼻子，"这两匹狗一定前世有杀父之仇，不然不会这么咬的。"

狗是拉开了，狗的背脊上还是有鼎锅咬的伤。胖崽也来领狗，见狗好好的，解掉绳子就唤狗跑了。

今天狗是输了，让姚人杰很不爽，一路就训斥狗道："你要是再打不过那鼎锅，让人家这么咬，我就不要你了，要杀你吃掉你！"

狗懂人语，今天被欺负，又遭主人训斥，垂头丧气地嗅着泥巴草根走，还夹着尾巴，灰溜溜的好不郁闷，生怕主人真把它杀了。

狗晚上也不叫了，肯定郁闷，半夜就是醒了，开门出来小解，也得唤狗。家里过去有个夜壶，打破了，没再添置。有时候叫上狗也怕，所以醒了忍尿不屙，再睡着，一定屙床上。门口屋场左边，有个小坟，也不知是谁的，可以铲平，可爷爷不仅不让铲，还清明抔几锹土，除夕上一盏灯，供一碗饭。好像是一个外来讨米的死这儿，爷爷帮埋的，看着瘆人。不知为什么，就算不铲，完全可以用一个柴垛挡住嘛，但爹宁愿将柴垛放另外一边，也让这坟直瞪瞪地对着大门，爷爷还说是老坟，可以保佑我们全家的。还有不远处胡姨婆的老屋子，一年四季没人住，门缝好大，有一次姚人杰看到一只红狐狸从那门缝里钻出来。胡家在外打工，好多年无音讯，全家是死是活村里人不知，可以想象。听说胡姨婆早死了，可有人说一天晚上在田里挖土，看到胡姨婆，牵一只羊，在后山上转悠。这事越想越怕。晚上，胡家的破窗户像两只黑洞洞的鬼眼盯着姚家，你说，这么多可怕的事儿，能起来撒尿吗？

话分两头。姚捡财和表弟毛钢在山里寻青麂，是傍晚出去的。青麂是夜行动物，晚上出来喝水吃草。他们寻了两天，就发现了一只山驴，就是斑羚，还看到了许多明鬃羊的屎。明鬃羊就是鬣羚，个头很大，若碰上了，人占不到便宜。在现今猎枪全部收缴后，野牲口越来越猖狂，好攻击人。当然，野牲口们不知道山上没了枪声，还有更阴险的铁猫子和钢丝套。枪一响，死了落个痛快。可这铁猫子和钢丝套，你若踩上了，又无法挣开，折磨得你死去活来。最后补上一刀还好，若是猎人忘记了，你就只有漫长地等待死神拿你，最后成为一具骷髅。

傍晚时分，山里阴阴的，风也很冷，山顶上的积雪还没有化完，花倒开了不少，特别是杜鹃花，漫山遍野都是。杜鹃鸟叫，杜鹃花就开。杜鹃花中最多的是映山红，也有毛肋杜鹃、粉红杜鹃、粉白杜鹃、川杜鹃等。杜鹃在高山上有灌丛的，也有乔木的。

毛钢摘了一朵映山红，抽了花蕊，将花朵放进嘴里嚼。杜鹃中独有映山红除了花蕊有毒，花瓣是无毒的，其他的杜鹃基本有毒，就是麻醉你的神经。花瓣掉落水里，鱼们不知所以，吃了杜鹃花瓣，就会醉死过去，但不出半天就会醒来。

这会儿，他们正在飞龙潭边，等待喝水的野牲口们。根据蹄印，分辨哪种动物喝水的地方，一般野牲口们喝水都有固定地方和水源。此时夕阳西下，山川水潭都一片通红，但在水面上，翻着许多醉死过去的鱼，白花花的一片。这时候，一个崖下的水边，引来了几头老熊，还有豺狗，在水里捞着鱼吃，把水打得叭叭直响。快天黑的时候，这些野兽都会归窝，它们不是夜行动物。

姚捡财他们两人研究了蹄印，发现了青麓来去的方向，在潭边下了几个铁猫子和套子，还带着白蛋和毛钢的狗，让它们别叫。暮霭上来，变成了细雨，雨雾蒙蒙，湿了衣裳。他们终于看到一只青麓来到了潭边，因为青麓有夜视眼，就躲过了猛兽白天的追杀，这是千万年练出来的。

这时候，两只狗躁动起来，毛钢顺势将狗放了，狗们早就等不及，快速地朝那只青麓扑去。那青麓前腿站在水里，耳朵向上伸着，耳朵中的白毛都可以看见，头上的马蹄形冠毛吹得一摇一摆。青麓是夜视眼，更有感知危险的能力，当两只狗远远地向它扑来时，它听到响动，看也没看，就迅速地沿着水潭跑了。两只狗正紧追不舍的当儿，在迷蒙的雨雾中，看到这青麓猛然一个一百八十度的掉头，并且青麂在浅水里跑时，搅起了水雾，加上雨雾，已是迷乱一片，这是它的障眼法。这时候再掉头，狗就丢了猎物。掉头逆行的青麂如飞箭一般，狗虽然丢了猎物，马上反应过来，也掉头再追，无奈慢了半拍，等追了一段，哪还有青麂的影子。

毛钢的眼尖，他们正在乐滋滋地盯着狗撵青麂，眼珠子睐得凸出老远，自有安排好的铁猫子在等着青麂哩。特别是铁猫子，用树枝夹好了唯一的通道，只等青麂撞进通道里，踏上一个铁猫子，就会束手就擒，而且是活的。这种通道是在路上挡个栏栅，留个小口，野牲口从小口走，只有中招踏入机关。可他眼前突然出现了一头比牛还大的青麂，直通通地朝他而来，毛钢躲在树后，这青麂就像一头巨兽，从梦幻中跑出来的，披着青幽幽的雨雾，两支尖角就像小妮子扎的两个小鬏辫，上面还挂着些金丝猴们爱吃的云雾草，或者是它的毛冠在风中飞扬。这青麂生生地把毛钢吓了一大跳，莫非是一只神兽？可眨眼间就消失了。旁边的草丛树枝一阵哗啦啦的折断和践踏的乱响，那家伙就不见了。

毛钢有些迷糊，看旁边的表哥姚捡财，张着一张大嘴，也在迷迷瞪瞪地看，像得了老年痴呆症。两只狗又嗷嗷狂叫着转了过来，毛钢对这两只狗心生怜悯，他娘的死狗，你们咋不多跑几步踏上铁猫子算了？两只狗还在尽忠职守，跑回来追着青麂不放，也算解了他一点恨意。他倒是要看看这狗们如何把青麂撵上，咬住，或者最好再撵个掉头，进入他们布好的铁猫子通道……但眼前那青麂吐着热气的巨大的影子却挥之不去，占领了整个天空。他闭上眼睛想让自己清醒，再睁开眼，向姚捡财招了下手，跟着两只狗就跑。那青麂在狭窄的地方不好使力，左边是悬崖高坡，右边是深潭，只有这窄窄的路跑。若往山上跑，跑不过狗。

看到两只狗，一只朝山上吼，一只朝水潭叫。青麂呢？青麂的毛都没有一根了，不见了。它若是神兽，它就化作了一块石头或者一棵树，但毛钢不信，一定是躲起来了。硬跑不赢就得躲，这叫"闪狗"。

狗因为猛跑也会头昏脑涨，丢掉猎物的气味，在那儿边嗅边嚎，已经
完全没有了气势，简直就是在认输。但毛钢因为长期打猎，又长期与
猎狗在一起，鼻子也不会比狗差多少。他在山崖那儿跟着狗一起搜寻
着，扒开一丛芭茅和刺棵，看到了有个洞，还闻到野牲口的那种特殊
气味，想这青麋笃定是藏在里面，但不知洞有多深。他把狗唤来，要
姚捡财一起扒出洞口，那洞口越扒越大。用电筒往里面照了照，深不
可测，里面的钟乳石犬牙交错，往外冒出一股青烟，混合着发霉的
寒气。

　　狗不用指挥，一定闻到了气味，嗖地就往里面蹿。不一会，狗叫
的声音变得怪异，从洞中发出空旷的、嗡嗡的回音，又高又陡，尾音
拖长，像是有鬼在掐狗的脖子。两个人拿电筒到处照，看到了几个大
影子黑魆魆地交错在洞顶上，往石头缝里终于瞧到了二狗一麋，正在
酣战。那青麋用蹄子猛踢狗，狗被踢中了，只能是九死一生，青麋的
蹄子就是铁拳。也有一只狗咬住了那青麋，是白蛋，它年轻，灵活。
青麋蹦蹦跳跳，十分亢奋，扭胯摆尾，要挣脱两只狗的纠缠。毛钢的
那只老狗可能断了腿，或者伤了肝，歪歪斜斜地躲避着。毛钢手中有
一把砍柴刀，他要冲上去救狗了。可这时他被刺棵扯住了衣裳，几经
挣扎，突然一块石头砸中了他，他前胸一阵钝痛，立马倒下。看见的
是那只青麋的四蹄从他的头上滚过，那凶狠的头和脚朝他撞过来。以
为是石头，其实是青麋越过他身子时顺便踢了他一脚。他在胸前摸到
一些血，因为穿得比较单薄，那青麋将他的胸口踢裂了，还用两颗小
獠牙戳穿了他的肩膀。

　　这青麋好大的能耐！毛钢看到两只狗也跑了出来，没管主人，径
直去追青麋。

　　毛钢捂着胸喊他的表哥姚捡财，终于看到了这人，在洞外举着
刀，让毛钢笑死了。

　　"青麋咧？在哪儿，你放心，我在洞口守着哩。"

　　那两匹狗早就冲出去了，这里哪还有青麋！这么大只青麋出来你

没看见啊？毛钢胸口疼痛，不想骂他，又想这青麂莫非可以在人眼皮子底下逃遁，真是神兽？

管不了这个磨磨叽叽的表哥，好在，毛钢跟着狗跑了一截，传来了狗们的欢呼声。它们欢呼起来就像哀号，发出呃呃咿咿的声音。好，青麂终于踏到了一只铁猫子。他心里放下了，脚步也停了，就看这青麂挣扎多久。再回头找姚捡财，姚捡财咋还守着个空洞口哩？这个人真傻，可生了个聪明透顶的儿子。

那青麂被逮上了，哪能动弹。可青麂就是青麂，决不屈服，决不投降，宁愿站着死，也不跪着生。青麂被铁猫子扯着后腿，无法拔出来，铁猫子是牢牢地钉在地上，又缠在一棵树上。这时候毛钢看到青麂愤怒地耸动着高高的毛冠，奋力跳跃，想把铁猫子给拔出，把腿抽出，这是痴心妄想。铁猫子扯得哐哐啷啷响。可突然的，青麂知道无法逃脱，就狠命朝树撞去。青麂心眼小，气量窄，知耻负气，保卫尊严，两只狗见青麂撞树，没法阻止，没几下青麂就撞倒在地，气绝身亡。

毛钢走近去看，他看到了这只青麂的脖子不知是钟乳石给割的，还是被狗咬的，反正血肉模糊。身上有许多伤口，皮肉外翻，头上的冠毛被血染红了，那是撞的。它的毛冠有点像戴胜鸟的头羽，像一只古代官员的头冠，显得很有派头，难怪它宁死不屈的，前世不一般。现在那冠毛七歪八倒沾着血块，黑色的嘴唇边有血泡流出，身子渐渐冷了。

"这真是只烈麂！"毛钢喃喃地嘀咕了几遍。他无意识地摸摸身上想找点什么向这只青麂表示敬意，这时两只狗觉得完成了任务，也疲惫不堪地卧在青麂旁喘气。毛钢蹲下去，他用砍刀撬开铁猫子，把青麂的后蹄从里面拔出。后蹄早就断了，只连着一点皮筋。青麂是想挣断一只脚逃跑，无奈它失败了。两个人商量，不准备背回这只青麂。姚捡财说："这麂子死得惨，咱们就按老规矩办。"于是他们找了块石头，枕在青麂的头下，算是给它安葬了。就这么，他们唤上狗回家，狗却恋恋不舍地看着青麂，想吃点肉。主人不发话，狗就饿肚子。青麂在那儿，枕着石枕头，睡得很安详。

冤家路窄，话是这么说。

胖崽的狗鼎锅自从与姚人杰的狗白蛋干了一架，就结下了深仇大恨，两只狗都怀着报仇之心。白蛋与青麂斗后，好像马上成熟了，牙齿长得很快，脸上出现了横肉，有猎狗的气派。此刻，鼎锅沐浴着灿烂的阳光，晃动着一身油荡荡的皮毛，煞是好看，走起路来大摇大摆，那狗的舌头只有五寸，却要拼命伸出来七八寸的样子，吓唬别人。狗因为狠命地垂着舌头，涎就管不住了，不停地往下淌，老远就闻到一股臭味。这狗因为是公狗，见一棵树就要撩起后胯撒几滴尿。

姚人杰的白蛋，也得撒尿圈地盘。它张开后胯时露出圆滚滚的丰满的白蛋，也是一种骄傲，至少在降龙坪狗界，这样的白蛋绝对独一无二，百里挑一。两只狗一路撒过来，一黄一黑的狗终于在杨老哨的屋场前会合。杨老哨门前的树很瘦小，是两棵歪脖子枫杨树，都想撒尿，都张开后胯，还没撒出来，两只狗仇人相见，分外眼红，龇着凶狠的牙就干上了。

"司徒雷，看好你的狗！"姚人杰故意喊他死去哥哥的名字，表示他是个死人。

乡下的狗从不拴绳，全靠主人呵斥，胖崽认为它的狗鼎锅今天吃了猪心肺，浑身是胆，满身是劲，一定不会输。这白蛋加上上次被鼎锅死死咬着不放的耻辱，在追捕青麂上学了一套经验，先下手为强，出其不意地冲上去就咬住了鼎锅的耳朵。狗的耳朵是软肋，咬住了耳朵鼎锅的狗嘴就使不上劲。白蛋是有备而来，精气神十足。鼎锅先是想咬白蛋的后胯，并准备袭击它两颗太过耀眼的白蛋，这白蛋太帅，让天下母狗爱死，必须咬掉，让它成太监狗。本来白蛋的蛋子一直是鼎锅的心病，迟早老子要铲除你，让你白蛋生不如死。但第一个回合让白蛋占了便宜，它的耳朵在白蛋的牙缝里，一样不放。两只狗因为打架，声音都变了形，变成了往外嗡嗡地呕吐，吐出的却是一把把刀子。

俩狗八只爪子刨着地，刨得杨老哨的屋场上烟尘滚滚，沙石乱飞。听到狗的打斗声，杨老哨从菜园里跳出来，手上拿着一把青翠的芫荽，一步三蹿过来说："咋、咋又打起来了？"

现在轮到胖崽喊姚人杰了："你抓住你的狗啊，你若让它咬耳朵，我就不客气了！"

姚人杰这时候从口袋里拿出薄壳核桃，捏开来放进嘴里嚼，还发出挑衅的声音，把个胖崽气得半死。胖崽到处找家伙，找到了一把沉重的生锈的镢头，挥起来就要不顾一切地朝白蛋打下去，一把被杨老哨抓住了："这可要出人命的，活祖宗！"镢头落到地上，把胖崽的虎口都整疼了。可胖崽这次是横了心，再挥起镢头，一下就砸中了白蛋，打在腰上，白蛋一个趔趄，还是咬住不放。这真是以牙还牙，以眼还眼。胖崽的狗吃亏不小，他就晃着一堆肉顶着个大脑袋朝姚人杰一头撞去。人没撞上，两个人缠在了一块，在狗中间也打了起来。一对人，一对狗，在杨老哨的屋场上摆开战场。杨老哨跑前跑后来拉架，不晓得是先拉人呢还是先拉狗。

恰好司徒村长每天巡视村庄的工作开始了，他发誓要在任期内巡视完全村的沟沟坎坎、山山水水，巡视完每一棵树，每一垄庄稼，每一个村民，每一条狗。正好赶上自家儿子打架加上狗打架，于是就叉着腰，像伟人一样披着外套，站在远处高瞻远瞩地欣赏。自己的狗输了，儿子也快输了，这得了！司徒村长急急跑过来，对杨老哨大吼道："你一个大人也不管管！"

杨老哨焦急得不行，见是村长驾到，哈着腰说："狗仗人势，我能让他们停下来吗？"

"你讽刺谁呢，杨老哨？"

"谁说我没管？我不正在拉扯他们吗？"

"嘿，"村长说，"你当我瞎了眼？好，好，都继续打，杨老哨，端把椅子来……到你家也不上支烟？"

人算是拉开了，两个小娃子站在那里。可杨老哨发起飙来，说："好久不见你村长，今天是时候，我家老婆正好要找你哩。"

一唤，那个疯女人就从门缝里钻出来，大喊道："还我女儿，还我女儿！"

这是啥事？这女人敞胸露乳，两个奶子像在灶灰里裹过的红薯，肮脏地蹦跳。不是你毒死了你的继女吗？你这个恶毒的后妈，还有脸来找我要女儿？

司徒村长憋不住扑哧一笑，一口烟呛得直翻白眼，差点噎死了，对杨老哨说："你老婆找你要女儿，告诉她，埋哪儿了。"

"她晓得。"话没说完，一笤帚就打在疯女人的头上，那女人顿时矮了一截。这时，杨老哨对司徒村长说："您别听她胡扯，您看，村长，您家的狗终于又赢啦。"

司徒村长看他讨厌，就说："你这人不懂感恩，我家司徒电被姚人杰那小子欺负成啥样了。你女人不是我从县城的汽车站给你追回来，你还有女人吗？结果我在车站给你找女人时，差一点被汽车撞死了。我是冒着生命危险去帮你追老婆的，我吃过你一颗糖吗？"

杨老哨在那儿像是学生被老师训话，低着头一声不吭。

批评完了，等村长和胖崽父子与狗都走了，姚人杰也准备走时，杨老哨让他先别走。"你把狗留下，我帮你看管着，狗又不让进学校。如果村长的狗再来咬你的狗，看我不打断它的狗腿！村长想敲诈我一包香烟，没门！"

姚人杰觉得杨老哨慈眉善目，家里穷，是个可怜人，在村长面前大气不敢出，也憋屈得很，就夹着自己的狗，让杨老哨来拴绳子。杨老哨把白蛋的脖子上系了个结，姚人杰觉得那结太紧，要把狗勒死的感觉，自己的脖子都难受了，就把绳结放松了一些。

"您可得给它点水喝和吃的。"

"负责给它吃喝，我今天正好吃腊肉，会有骨头的，你放心好了。"

姚人杰还是不放心，一步三回头。看到门口一担水桶，姚人杰挑上肩就说："杨爹，我帮你挑一担水去。"

杨老哨推辞了一下，还是被姚人杰夺走了扁担。杨老哨家的水源在一个悬崖边，是个小水坑，石头缝里渗出的水。姚人杰用放在那儿的葫芦瓢，舀了满满一担，挑上坡来，并且倒进了杨老哨厨房里的石缸，那石缸是祖传的。杨老哨要给姚人杰烧洋芋吃，姚人杰不要，杨老哨一个劲夸姚人杰"天才，天才，真龙天子下凡"，等姚人杰背着书包走下台阶，杨老哨又说了句："你身上咋这么大的尿臊味呀，未必狗尿往你身上撒的？"

姚人杰一阵羞愧，就飞快地朝学校跑去。下了一个石坎，有一个小水潭，他也不管天气冷不冷，水寒不寒，丢下书包，脱了身上的衣裳，就赤条条往水里跳去，狠狠地洗着自己的全身。那水跟冰块一样，可姚人杰也能扛着，不管那水像刀子割自己的皮肉，他今天要把自己的尿臊味全部洗干净，要真有一把刀子，他就要像杀猪佬的刨子，把自己刨一遍。洗了身子，又洗衣裳，在石头上摔打，发疯一样的。然后，爬上岸，在石头上摊开湿衣晾晒。因为太冷，他跑进一个小洞子里蹲了会儿，再出来，衣裳的水汽被吹干了，但依然是湿的，拿起来闻闻，没有了尿骚味，倒是有了一股溪水的清新气味。他套上衣服，总算能挡风。心想今天去学校也迟了，不如就旷课一天。但一想如果老师去家访告诉他爹，会引来他爹一顿好打，爹在外软弱，在家里可凶狠了，喝了酒就不管你是天才还是庸才，打归打，还说："不打你上树呀？"

姚人杰还是快跑着去学校，听见了下课的铃声，心想才上了一节课呢。他快跑，也让衣裳在风中吹干。跑到学校，一摸身上，衣裳果然差不多干了。学校在半山的一个坳子里，是几年前新建的，红瓦白墙，十分漂亮。姚人杰热爱学校，恨不得天天住在这里，这里没有坟墓，也没有胡姨婆和她的两个黑洞洞的窗子，以及从门缝里跑出来的红狐狸。

到了教室门口，姚文杰鼓足勇气，推开门大声向老师喊："报告！"但老师没有回"请进"，他只好站在走廊里。好在太阳不错，走廊的风也不大，身上半干不干的衣裳正好晒晒太阳。往教室里一看，黑板旁边那个肥滋滋的胖崽正站在那里，被老师叫上来训话哩。

"哈，你的文章念给大家听听。"

"嗯嗯……老师，我不敢念……"

"范文，还不敢念？你不要这么谦虚，不要这么胆小嘛。你用狗吓唬同学时，你的胆子倒是蛮大的哟。"

老师常用鲁迅的冷嘲热讽，老师声称是鲁迅门下走狗。胖崽在私底下不叫他老师，叫"鲁走狗"。

"老师……"

"念，念作文，《我家的趣事》。"

胖崽被老师逼得快哭起来，只好捧上作文本，念道：

"我、我家的趣、趣事。我爹是一个人民的好村长，他常常背着手叼着烟到村里巡视，爱到农民家里拉家常，到了村民家里就揭别人的锅盖，热情地说：你家的生活不错嘛，托改革开放的福，你要争取当十佳文明家庭啊！然后再补上一句：到你家不上支烟啊！他在家里横草不拈，竖草不拿，脱了臭气熏天的皮鞋，再让我家黑狗鼎锅给他叼袜子，有一次，因为袜子太臭，把我家的狗熏昏了过去。他在家都是我和我妈伺候的，出门穿衣戴帽，都是我们在门口给他套上的。然后，叼着一支烟，哼几声楚剧才出门。他厚颜无耻地教育我说：你狗日的没啥本事，长大了就要争取当村长，这是你唯一的出路，否则你只能跟狗一样吃屎。我爹的教诲，我牢牢地记在心里，从此树立远大的志向，我就带着我的鼎锅平时虚心地向我爹学习，跟在我爹后头，狐假虎威，为虎作伥，学他深入群众的作风。在村里，鼎锅咬死过几条狗，但是谁都不敢吭声，因为他们害怕我爹到他家里去嘘寒问暖搞巡视。我这条狗我深深地爱着它，就像爱我的爹。有了狗，天下无贼，好事成双，夫妻双双把家还……"

"好了！"

同学们笑得前仰后合，拍桌子打板凳。胖崽站在那里，手捧着他的作文本，想死的心都有，念着念着，竟然打起盹来。

"欧阳电！"

老师一声断喝，把胖崽从梦中吓醒。

"你说你是死去的你双胞胎哥哥司徒雷呢，还是活着的司徒电？这个问题你究竟弄清楚了没有？"

"没、没有。"胖崽喏喏着，看着自己的座位。

老师这才让他回到座位上去。胖崽从讲台上下来，头重脚轻，差点摔了个跟头。

姚人杰正在看教室里的笑话，腿子上有东西在啃，低头一看，是鼎锅在咬他的裤腿，把姚人杰吓了一大跳，就让开，捡起一块砖头，就朝这狗砸去，只听到山崩地裂的一声惨叫，立马惊惧了教室里的全体同学和老师。老师赶忙出来看，原来是胖崽的狗瘸着腿，因为疼痛，围着操场中心的旗杆绕圈飞跑。

晚上，村里的狗叫得很凶，是群狗叫。老辈子的人说，群狗叫要死老人，两只狗一起叫，要死年轻人。早上姚捡财起来就说："昨夜的狗叫得这么凶，还真不知道死什么人呢。"姚人杰的妈说："你清晨八早瞎说，养狗不叫，不白养了？别在早上放瘟屁。"

姚捡财说："狗嘛，紧咬人，慢咬神，不紧不慢咬生魂。咱也没说怕它，要死卵朝天，不死万万年。"

再看姚人杰的脸上，咋弄的？这么多的血藤子，昨晚回来晚，没细看。就问他昨天是怎么了？姚人杰就如实招了，说是胖崽的狗欺负咱家的白蛋，跟胖崽打了一架。

这回他爹破天荒地没骂他也没打他，站在门口抽了一袋烟，磕掉烟灰说了这么一句："狗那么贼，不是活该被剐吗？"

这一天，姚捡财决定跟表弟毛钢去嗡嗡谷。

嗡嗡谷可不是个地方，跟狗屎一样，是一片箭竹林，还有许多山芦苇。这里面特别多的石蛙，也有更多蓝色皮毛的肥壮竹鼠。因为听说竹鼠能治肝炎，连城里都来了许多人在这里下套子逮竹鼠，何况竹鼠的肉特别好吃，汤鲜香酽浓。这竹鼠不是鼠，学名叫竹䶄，咬合力强，两排牙齿只要咬到你的手，必不松口，咬断为止。且只要三两口，你的手指就折断了。那些逮竹鼠的人不知道这个，可吃了不少苦头，无辜地丢失了许多人的指头。问题是，竹鼠本来在地下吃竹根的，因为人的疯狂捕杀，它们在这里就疯了，疯狂地报复人畜。因为这里植物好，什么石蛙和竹鼠都藏在里面。竹鼠本来是不吃荤的，可盯上了石蛙。为了报复人类，逮谁是谁，就开始报复石蛙，疯狂噬咬。石蛙过去与竹鼠是相安无事的，完全弄不清楚如今竹鼠为什么跟它们过不去，又没有还手之力，但石蛙有一个特征，就是假死。竹鼠一来，它就翻出白花花的肚皮"死"了，并且从身体里发出一股浓郁的尸臭味，让竹鼠赶紧走开。因为每天都有数以千计的翻着肚皮的假死石蛙，整个嗡嗡谷臭气熏天，像死了几千只野兽一样，像个大尸场。野牲口也好，人也好，都不想进峡谷。

可是青麂在这里，青麂是神农架的一种灵兽，它们发现了臭味是石蛙假死带来的，把人熏跑了，于是就来到这里躲避。村里好几个人都说在嗡嗡谷出现了几只青麂，还有黄麂、明鬃羊。

两个人老远就闻到了峡谷里飘来的臭味，蹚进去一看，果然看到了许多假死的石蛙。见人来了，翻过身子就跑，跑得无影无踪。人比竹鼠更厉害，知道它们是假死，就会把它们捉去吃了。人可是躲不过的，人要吃石蛙，石蛙比竹鼠还好吃，当地人叫"绑绑"，用石蛙做火锅太奢侈，卖得很贵，吃得人五红六紫哈辣气。

这里虽然是峡谷，但在高处，听到嗡嗡的响声，那风就卷过来了，风跟千万条鞭子一样，铺天盖地袭来，天昏地暗，人要吹倒了，箭竹扑向一边，发出折断的咔嚓咔嚓声，就像一群野兽骨折。下铁猫子的地点是要有水，就在一个深坑边，那里有许多翻着肚皮的石蛙，臭不可闻。因为这个臭味，那些偶蹄类动物就藏身其间。

两只狗因为追过青麂，胸有成竹，静静地卧在主人的身边。这次下铁猫子没有下在石崖和树下，怕青麂自戕，至于青麂叫狗就不敢叫，这个原因姚捡财和毛钢他们都没弄清楚，也不必弄清楚，就算是卤水点豆腐，一物降一物吧。

他们下了两个铁猫子，不仅在周围撒了些盐巴，还各自屙了泡尿，青麂爱舔人尿，尿里有盐。今天姚捡财还把盐炒了，更香。因为风大，毛钢就掏出"麂子哨"来吹，吹麂子哨模仿小麂叫唤的声音，那声音是走失了的声音，显得很无助，很可怜，这时有母爱的青麂就会出现，以为是自己的小麂在求助呢。那些游荡的公麂听到小麂的声音也会来，来是咬小麂的。公麂虽是草食动物，可以咬死尚在哺乳中的小麂，咬死了小麂子，催母麂尽快发情好交配。

两个人躲在灌丛中，固执地吹着麂子哨，可除了轰轰的大风，没有任何回声，也没有其他响动。两只狗冻得筛糠一样发抖，把头扎进草丛里，身上像被刺扎着一样。

云雾又上来了，怕要下雨，天很暗。这嗡嗡谷一年四季都有瘴气弥漫，秽物横行，人来过这里大多会打摆子。这里像是有巨大的妖怪在峡谷里跑来跑去，恶风一阵比一阵猛，没有尽头，那些动物在这里活着，不冻死就算是奇迹了。姚捡财感觉自己身上的所有热量都被风搜刮走了，只剩下一个跳动的心脏。心脏也会最后停止，血脉凝滞，无法流动，就要成冰块。手上额头的血管平时像大蚯蚓一样的，现在全都没了，细得像几条小皮筋，趴在皮里，血管都吓傻了。

毛钢打着呵欠，让姚捡财吹一会儿，他说："好想抽支烟。"可是不能抽烟，野牲口的鼻子都灵，几里外的烟也能闻得到，还有汗味。姚捡财对他说："先忍忍。"姚捡财鼓足劲吹了一会儿，他睁大眼睛看到小水潭那儿有团黑影，以为是石头，可在动。一个野牲口的头和两只尖角出现了，那就是青麂。虽叫青麂，却是黑黝黝的，两个小獠

牙有亮光，头上的角插在冠毛两边，就像两个挂钩。这只公青鹿的冠
毛是靠两边长着的，中间像是被人修剪过，像是一个时髦的发式，白
下巴，黑唇，两只夜视眼。可它虽然支棱起耳朵听着这里逼真的鹿子
哨，身子却移动得很谨慎。凡是鹿子都胆小，也许是它们祖先的亡魂
告诉它们了，无论是人类还是野兽都会欺负它们，吃它们。可它们不
知，人类并不爱这些青鹿，它被称为"火闪肉"，就是一堆肉。火闪
肉是说它们像火一样在林子里闪去闪来，而且肉生火，肉质粗，只有
汤鲜，说它的汤是天下第一鲜也不为过。这只落寞的青鹿，是来喝水
舔盐，还是想来咬死小鹿子，不得而知，反正它来了。两只狗不敢轻
易造次，只等那青鹿踩上铁猫子，一切 OK 了。

在这只青鹿不远处，还有一只黄鹿，不过黄鹿不是姚捡财他们想
要的，他们只盯着青鹿，只希望黄鹿不要在青鹿之前踏上铁猫子。

可这时，那只狗白蛋不知是否在做噩梦，突然叫了一声，声音
有些恐怖变形，听起来像是单位的锅炉爆炸。轰的一声，并且开始抽
搐，估计梦中在受虐，在受那个叫鼎锅的狗欺负。这一声叫，棒打
一般，姚捡财转过头一看，分明是一只凶狠的竹鼠，从箭竹根部的一
个洞里爬出来，咬住了白蛋的爪子。这竹鼠见什么咬什么，因为狗没
想离箭竹远一点，姚捡财他们还是找没鼠洞的地方蹲下的，否则沾上
竹鼠你的脚就会没了。白蛋的前爪被咬得鲜血淋漓，嗷嗷大叫。姚捡
财和毛钢忙去摁狗，狗因为疼痛就顾不了这么多。青鹿是多么灵巧的
动物，反应神速，就奋力往安全的地方跑，可安全的地方早被姚捡财
他们控制了，青鹿几秒钟就踩到了沉重的铁猫子。那个挣扎的响声，
就像是狂风吹折了大树。可是，这只是求生的剧烈反应，毫无作用，
那铁猫子跟山一样重，就是钉在石头里一样。只见这青鹿猛力地拉、
拽、扯、上下摇撼，想全力摆脱。它的内心已经彻底崩溃了，像疯了
一样蹦跳，拉得叮哐直响。一只青鹿的绝望就这样在山林中突然发
生，但山林保持了沉默，忍看着一个动物陷入绝境，死亡就在眼前，
但命运就是如此，不管是谁安排的，老天总是缄默不言。

青麂到手了，姚捡财他们几乎先于两只狗跑上前去，两只狗也有强劲的爆发力，箭一样冲上去下了头口，咬住了想逃跑的青麂，这很容易。

青麂突然倒下了，一动不动。

死了？

两个人走近去，去试这青麂的鼻息，摸摸它的心脏处，好好的，跳得还很猛烈，麂子的确心脏不大，跟猛兽赛跑，缺乏耐力，有时会猝死，毛钢就碰到过。但这只青麂是假死，知道自己跑不了，或者干脆认命吧，随便你们处置吧。那好，两个人用尼龙绳子，将这只虽然活着却一动不动的青麂飞快地绑上了，这下你跑不了啦，然后再解开铁猫子。铁猫子掰开后，哪知这青麂又突然活了，一下子用身子蹦起来，竟然跳出几米高，又重重地落到地上。这让姚捡财他们惊吓得不行，这不是诈尸吗？好可怕，这青麂求生的欲望太强烈了。因为它的四肢被捆住，蹦跶是徒劳的，就是不想让姚捡财他们抬上。这一阵蹦跶挣扎，也是往死里去的，就是自杀，舍身成仁，非常决绝，并且发出跟狗一样号叫的嗷嗷声，只是喉咙细一些。

让它蹦跶，等它彻底疲软，服输。活捉这只青麂，花了太大的功夫，姚捡财就忙给表弟毛钢敬烟，开始商量着将它关在哪儿。青麂不可进村，只能将它拴到村外的哪个地方，还得让它先老实，免得再撞物自杀，这青麂性子真是太刚烈，如英雄豪杰一般，令人尊敬。

毛钢背着这只挣扎得气息奄奄的青麂，快到村里时，就将它依然绑着，放在自己田坂边的一个小洞子里藏起来，让它叫唤，给它放了些水和草，够它吃的。

"哇哇哇……"

青麂的怪叫声像小娃子哭，像老鸦子叫，像鬼喊，阴森恐怖，天都在颤抖，群山吓得退好远。村子里的狗哪还敢叫，除了两三只不谙世事的狗零星吠几下，那也是虚张声势，连鼎锅、白蛋都缩在狗窝里，生怕被鬼吃了。但有人说，青麂因为是山王爷的坐骑，这里天下众生不都该它们管吗？

村里的狗像死绝了，狗不叫，村庄就没了，等于没了，不存在了。狗叫是村庄活着的见证，狗叫是一种夜里最深沉的乡愁。

第一夜，是三两狗叫，稀稀拉拉，既不是一惊一乍的群叫，也不是要死不活的两狗一起叫，这样，死什么人呢，既不死老人，也不死小娃，最好最好。这次青鹿到，大伙多拜拜神农老祖，也就没事，时代不同了，老辈子人说的是屁话，吓唬大家的，至少如今青天白日，事情会变化。

第二天早晨，姚捡财弯了路悄悄去看这只青鹿。进得洞去，看到地上竟淌着一摊血，但青鹿是活的。未必有什么野兽进来了？再仔细一瞧，竟然看到这青鹿背脊上、肚皮上，全是伤，两只角在洞里的石头上磨秃了。原来这青鹿不服绑，在地上乱摔乱磨，想挣脱四肢上的绳子，完全是不顾一切，粉身碎骨在所不惜。姚捡财不禁心疼起这只青鹿，哪有这样刚烈的，老虎豹子也比不上它。姚捡财心一软，决定将它松绑。于是就对青鹿说："我给你把绳子解开，你不要发脾气了。"就过去，想摸摸它的头让它安静下来。可青鹿不是狗，是野物，是山野里长大的，再怎么吃素，血性也在那里。他一靠近，它就拿头来抵它，还伸出小獠牙。为什么这长蹄子的鹿子有獠牙，这不是肉食动物与草食动物杂交的吗？这青鹿是个怪种，怪不得这副烈性子的。山野里的一个癞蛤蟆也可以把人毒死，一只马蜂也可以把人蜇死，一朵蘑菇、一滴见血封喉树的汁也能要你的命，山野里全是狠家伙，何况这么大一只青鹿呢？想到此，姚捡财好想将这只可怜的青鹿放了，让它自由去。但他不会这么做，儿子的尿床得治，儿子那么聪明，都说是有龙来到降龙坪，不能让他这样。有时看儿子，是不是有云龙之相，也问过老人，龙有尿臊味吗？但老人说龙只有一股难闻的腥气，比鱼腥一万倍。腥气跟尿臊气是不是一种气味呢？只是有时突然想，不当真，儿子就是个尿床的小娃，山里娃子，哪来的真龙天子下凡，以后能考上个宜昌的大学，就是祖坟冒青烟了。

　　姚捡财越想越对不起这青麂，不过是想让村长的黑狗闭嘴，就绕了这么大个弯子，让一只活得好好的青麂弄成这样，逮了黑狗就赶紧将它放了，麂子肉因是火闪肉，怪不好吃，是想让它帮咱的，不能卸磨杀驴。甚至，看到这青麂，连打黑狗的决心都软了，怕不是要出什么事，而且青麂叫三天不是说要死人吗？这事儿弄的，想着后怕。好在姚捡财有刀子，就把手伸得远远的，去割绳子。

　　那青麂通人性，后来觉得来人不是杀它的，是给自己松绑的，就平静了下来，没挣扎踢蹬了。姚捡财先割前蹄的，再割后蹄的，那青麂因为没吃没喝，劲儿也没了，四肢自由了，还是没敢站起来，躺在那儿，相当虚弱。姚捡财慢慢退出石洞，躲在一边，悄悄观察。

　　好，这青麂见人走了，开始试着站起来，但捆久了，脚不得力。先爬起来，跪着，再站起，它用了很大的劲。可被铁猫子夹过的前蹄，已经废了，要长好得一两个月。也就是说，要放了它得养它一两个月，顿觉这青麂凶多吉少，可怜之至。唉，谁叫你是只青麂，你这么狠的，你一叫，狗就不敢叫，你究竟是何方神圣呀！

　　青麂因为闻到了盐的气味，就在脸盆边用唇触了触，但嘴都没张，还拿眼睛瞄着洞外，知道那个人躲在暗处看着它。青麂终是没有喝水，也不吃丢在地上的草。

　　这咋办？你还得叫啊，叫的声音越大越好。苍蝇阵阵，都赶到这里来叮青麂，喝它的血，啃它的肉。青麂摆着头，用尾巴挥打苍蝇。这山神爷的坐骑真是虎落平阳，龙入浅滩。但你不吃不喝得叫啊，你不叫，三天以后我们的所有努力都白费了。刚才摸了它心脏，心跳微弱，张嘴喘气，伤口遍体，咋办呀？就只有死路一条，唉！

　　毛钢到表哥家里一来，就得取腊肉喝酒，过去本来就爱蹭酒，现在因为帮忙，更是巴不得天天在姚捡财家搭伙，酒肉招待。毛钢在全村一表人才，长得像演员吴秀波，也是在双眉中间一颗痣，男观音的模样，找的老婆也是全村最漂亮的，只因读书少，一事无成。有人就说毛钢生错了地方，生在北京、武汉一定是个明星，就没必要到处蹭吃蹭喝，把人搞贱了。但他的确仪表堂堂，一脸正气。姚捡财也差不多，南人北相，蓄过小胡子后，也像个明星，阳刚伟岸，长脸上无一尖凸之处，刀削一般，英俊正派，只因老婆厉害管住了他，致一生胆小怕事。神农架这地界本来靠近陕西，有秦人之风，不像逃荒从鄂东来的天生的湖北人，低额角高颧骨，一脸狡诈无赖匪相。

两人吃着酒，就着炖锅中的腊肉与青菜，还有鸡油菌、刷把菌、硫黄菌，全是姚捡财老婆上山捡的，两双筷子将那炖烂了的食物翻来倒去，酒一杯一杯，两个人已经喝飘了。毛钢拉过侄子姚人杰说："人杰，你这小子是咋学会史丰收速算法的？什么是速算法？"

姚人杰眉清目秀，跟他爹一个模子造出来的。他伸出双手，也让毛钢伸出双手，告诉毛钢什么叫内凑，什么叫外凑，什么叫补数，什么叫反正。说："叔，这五个手指只能表示0—9，只能表示个位数，10的倍数只能由脑子记。我告诉你直加，很简单，加数不大于被加数的虚指时，直接改变虚指的姿势，屈的改为伸的，伸的改为屈的……6加3等于几？"

"这老子不知道，9啊。"

"好，这样6有4个虚指，由屈着4个指表示，加数4大于3，只要把这三个指伸开就得9的手势，看清楚没有？"直加就是加看虚指，移加直加；反手加就是加数小于5而虚指不够用时，把加数改为5，减去内凑……"

毛钢眼花缭乱，听得云山雾罩，吐着重重的酒气说："算了算了，你莫把老子弄成精神错乱了，你叔老子小学读了七年还是没毕业，天天打鸟，你狗日的太聪明，以后发财了要给老子提酒来喝的呀，最好是稻花香原浆酒……"

毛钢对姚捡财小声说："今天青麂越叫越弱，我去看看，表哥你在家喝茶醒酒。"

真的，青麂的叫声弱了，就像一个埋在地里的死娃娃在棺材里叫，闷声闷气，有一下没一下。青麂不叫，狗就叫了，以为青麂走了，狗们又神气五六地从门缝里钻出来，在屋场上对着大山对着夜晚一阵乱吼，刷存在感。

毛钢喝多了酒，心里像是有火烧，像用一个烤炉，将他的心肝当红薯烤。心肝快烤熟了，必须用山里的凉风灭火，就带了一把盐，也带了一壶泉水，一定要让这泉水能洗清青麂的喉咙，让它大叫，唬住那些下贱的狗。

毛钢一进山洞，就遭到了一刀猛刺，是哪个有这狗胆？毛钢当即疼得就闭气了。再拧开电筒，我的娘呀，这青麂明明四肢捆绑着的，咋就站起来了，而且候在洞口，看谁进来，就给他一击。正好让毛刚撞上了。这青麂比人还精明，知道要报复恶人，为自己的被夹被擒讨个说法，还以牙眼。

毛钢手膀登时鲜血如注，他捂着手膀就往村里跑。跑到表哥姚捡财家，几乎是破门而入，说："妖怪，妖怪，我碰上妖怪啦！"

已经睡下的姚捡财问是啥事，毛钢说："快给我止血，我的手膀被青麂的角顶穿了！青麂不知是哪个松了绑，老子背时倒灶哪知道……"

姚捡财赶忙铲锅底烟灰给他止血，并且承认说是他割了青麂的绳子。这下毛钢可毛了，指着姚捡财的鼻子说："你是想害我不是？我哪点得罪了你？我是在帮你！"

姚捡财说："不是不是，我忘了给你讲，我以为你回去睡去了，哪知……"

"给我端一碗酒来我止疼。"毛钢说。

姚捡财给毛钢端来满满一碗苞谷酒，毛钢一口气喝下了，过了一会儿，说："还是疼，不行，你再给我倒一碗。"

姚捡财又给他倒了一碗，偷偷加了些水，怕他喝死。

因为毛钢走了夜路，身上又有血腥，村里的狗一起狂吠。特别是他们两个人连夜去找村医，村里的狗叫得更凶。路上，疼得不行的毛钢说:"狗这么叫,该不会死我吧? 可我不是老人……"

姚捡财说:"狗叫你也当真,那是瞎说的,你还是文化水平低,天天唠叨这些,你的心态就是个老人,不读书人容易变老……"

在漆树坳,找到了马医生,马医生本来近视眼,戴的眼镜是地摊货,简直是在盲人摸象,看了半天说:"毛钢你手膀上有个洞咧,咋的了? "毛钢哪敢说是青麖顶的,只说是石头戳的。马医生说:"你肯定是跟人打架被刺的,你看你这嘴里的酒气。"

毛钢说:"求马医生别问了,快给我治疗。"

马医生这才摸摸索索地找碘酒,找纱布,找止血药。为翻止血药,翻箱倒柜弄了半天,这过程中还追杀了一只蟑螂,又耽误了几分钟。最后缝了三针,包扎好,血也止住了。

回去的路上,毛钢酒也醒了,就后悔说:"不怪你,表哥,青麖这东西不能轻易惹它,它本是山神爷的坐骑,不是它发怒,是山神爷惩罚的咱,啥都别说了。"

姚捡财说:"你说多了我只能信,人杰说书上讲的,谎言重复一千遍就是真理。宁可信其有,不可信其无。毛钢,我们怎么办? "

毛钢说:"你打退堂鼓我还咋办? 杀了这狗日的,一个分半边肉呗。"

正说着,一坨鸟屎落到毛钢的头上,毛钢一摸,一看,是白鸟屎,正好找到由头:"你看啦,白鸟屎落头上,要戴孝的。"

姚捡财大声说:"放屁放屁,哪个鸟拉的屎不是白的? "

"你说咋办吧,捡财哥,听你的。"

"我意三天后,将它放了,免得再出事……"

"所以你阳痿、前列腺炎。不是我说你,表哥你这一辈子过的是人的日子吗? 前怕狼后怕虎。"

"我不是这个意思,你伤了,我怕司徒村长发现了,咱们可要倒霉,常言说,祸不单行,福无双至,你不也是怕得罪山神吗? ……"

"我怕山神,我怕村长吗? 我怕他个鸡巴! 想当年,你家在建房时，在后面挖了不就一米嘛，挖的全是石头，是我帮你挖的，手上全是血泡，狗日的司徒完全可以睁只眼闭只眼，可来说你乱扩宅基地，说侵占集体土地，是土地吗？让县土地局的人赶一百里路来罚你的款，你放了一个屁吗？还不是我与他们交锋，老子农民一个，怕个卵呀！说要罚你五千，不是我与他们抖狠，他们才软下来，结果只罚了你一千五。我不是表功，我是说，你软，有的人欺软怕硬，正好成了人家的下饭菜；你硬一点，豁出去，他就软了，赤脚不怕穿鞋的，你怕啥呀，怕丢了农民籍？他司徒村长讲得起狠话吗？屁股下一堆屎，他把集体的药棚低价租了，再高价转租出去给人种蘑菇，一年少说多赚三万，这事他敢摊在阳光下吗？你越怕鬼鬼越缠着你……"

姚捡财说："算了，不说过去的事了，蚀财免灾。要说恨，他的人我杀都杀得下去，要说不恨，我一条狗杀下去都是罪孽，要不是人杰的事，我不会请你。"

毛钢说："这就对了，今晚我去伺候青麂，让它叫几声还不简单……"

姚捡财说："毛钢，等你养好伤再去。"

毛钢边走边说："伤算个屁呀，等你，等得黄花菜都凉了……"

还是姚捡财惦记着那青麂，他劝走了毛钢，一个人就去了那洞里。因为把绳索弄得很短，它撞不了石壁，但捆它的绳子处，毛都磨光了，血肉模糊，屎尿裹身，它没有了那份神秘和神性，就像一个疯婆子，跟杨老哨的女人没有两样。这青麂还是没吃没喝，但一双仇恨的、无助的、阴郁的眼睛看着他。青麂本是温顺动物，吃草的动物眼睛都柔顺，清心寡欲，只有吃肉的野兽才眼睛凶狠，寒光毕露。唉，青麂呀青麂，你总得像人一样，经过挣扎认命算了吧，咱从来遇上事都是认命来说服自己，不认命又咋样，你犟得过命吗？

"那你就等着死吧。"姚捡财心里说，给他新鲜的草，放在它嘴边，不动；端起毛钢给它的泉水，不动。这就是饿死的节奏，这就是宁死不屈，这就是知耻负气，有的人还没有野牲口这品格，难怪你是山神爷坐骑的。姚捡财对这只青麂生了敬意，出洞时，还向它敬了个礼，可怜的青麂，你得叫呀！又回来砸了它一石头。砸到肚子，它叫唤了一声。

姚捡财口袋里揣上了两个肉包子，里面放了马钱子，准备毒狗。毒狗得把死狗弄走，不让人看到，所以只有晚上，这就是为什么要老大不易地弄一只青麂来唬狗，而不让狗叫的原因。

他到岩上瞅了一圈，司徒家的狗窝，在屋场南头，下面是个大陡坎，放着些未锯的树筒，有许多醉鱼草和商陆，花序张牙舞爪，显得很凌乱。

那狗窝比别人的好，红砖红瓦，结实防风，连狗食盆都是不锈钢的，现在空着。低头一看，狗窝也是空的，难怪狗没叫。农民过日子不算星期几，没有这个概念，想了想，儿子今天是上学的，应该是周四或者周五，那就是胖崽把狗带走了，也肯定拴在杨老哨的家门口。学校是不准带狗的，原因是过去有狗咬过一娃子，得了狂犬病死了，校长撤职，学校赔了五万元。好几个月，学生的午餐都没了，因为学校穷。

姚捡财又去了杨老哨那儿，心想，毒狗的事让杨老哨和他疯女人发现就完了，除非他们两个都不在。走了一路想了许多怎么支走杨老哨，可到了杨老哨那儿，屋场安静，哪有狗的影子？于是就回家了再计议。

五月，高寒山区一到阴天或者下雨，还会十分寒冷，屋里的火塘还得让其燃着，在火塘上烤火，在火塘上烧茶，同时还在火塘上吊个鼎锅煮饭、煮菜。姚捡财向火塘里投了些柴，却见一根老朽的木柴发出啜啜的噐叫声，那噐声非常大，同时有一股金黄色的火焰，直朝他射过来，就像一条毒蛇朝他喷吐毒液，差一点把他的脸都烧着了。姚捡财避开火焰，这是咋回事呢？像是柴里面躲着个小妖怪，烧疼了在挣扎着出来，朝他喷射报复。这些柴都是从山里捡来的，有的老树里住着精怪，这不稀奇，但这两天惴惴不安，遇上这事还真有点怵。精怪住朽木里，你烧它，它使些阴术，你就难办了。只好再加几块大木，狠狠烧，把这精怪烧成灰。

晚上，青麂的叫声如期而至。它也许吃东西了吧，也许它哇哇哇的叫声，是想引来它的同伴救它，它一叫，村里的狗就全蔫了，全死了。姚捡财以为是嚓嚓谷里石蛙的叫声被风打到这里来了，但仔细一听，分明是他盼望的青麂的叫声。虽然这叫声有点惨，但毕竟是在叫。他心里一阵惊喜，好了，这青麂还是服了，那样就好。

姚捡财出门去，撞上了一个人影，走近才看到是杨老哨，从山坡上下来，戴着一顶帽子，手拿一把大砍刀，还背着一截新砍的木筒。是一根很稀少的小叶黄杨，剥了皮，非常光滑，闪着白辣辣的光，像是一根象牙。

"捡财，我这是做神龛去的，你可不要告诉村长哦，我家里缺个神龛。"

"你那老神龛呢？"

"被那个疯婆子砸啦，"他背着木头，转过身来又说，"哎，捡财，这村里是不是有青麂在叫啊？"

"你都听见啦？"

"是啊，青麂叫得凶，村里必死人。要赶快打死，你要你表弟毛钢去打嘛。"

"在哪儿呢？我也不知道……"姚捡财含含混混地说着，就快步走了。

他还是要去洞里看看。过了毛钢的苞谷地，苞谷都齐膝高了，一场透雨，苞谷苗就噌噌地往上蹿，叶子就展开了，绿得跟翡翠似的，煞是好看。

旁边还有一些鲜活的溪水，发出哗哗的声音。但那青麂的声音比溪水大，你听不清楚是从哪儿发出的，就在四山的山壁上来回激荡，被山撞得嗡嗡直响，在空中盘旋。

姚捡财还没进洞，就听见了异样的响动。往上面爬进去一看，表弟毛钢原来在那里发飙，像一个打手，用那只好左手挥舞着棍子在抽打那青麂。毛钢这人心硬，打它做什么，难怪那叫声又大又瘆人的，原来是这样。

姚捡财不敢拦，毛钢喝过了酒。人喝过酒之后六亲不认，没有同情心，心就跟蛇蝎一样，在家里施暴的男人，十个就有十一个是喝酒了发酒疯，醒过来又后悔。

一个人突然出现，把毛钢吓了一大跳，几乎像麂子一样跳起来八丈高，吓得双脚抽筋，头发一根根竖起来像钢针。这青麂被打得两边乱跑乱踢，还瘸着一只腿，姚捡财想，青麂真是完了，落到人手里就跟落到阎王爷手里一样，放到山里去也不行。为了儿子，为了治儿子的尿床，就狠心断了疼惜青麂的念头，就给毛钢递烟，想让他停下来。

毛钢仍在惊惶中，心跳得像打丧鼓，以为是什么野牲口来吃青麂的，那就要连他毛钢一起吃了，还只是宵夜的配菜，或者以为是森林警察发现了来查这个，会坏大事，就说："捡财哥，你可把我的苦胆都吓破了。"

姚捡财说："凡麂子是没有胆的，只有阴眼，晚上就用阴眼来看东西，所以是夜视眼……"

两人抽烟说着话，那青麂没了挨打，躲在石洞边一阵阵发抖，就像在冰天雪地一样，身上到处是伤。丢掉烟头，毛钢又捡起碗口粗的棍子，又准备抽它。青麂又叫了，还没抽就叫，是怕了，豺狼虎豹若吃你，三把两下就吃了，可人这样折磨它，人真是恶魔呀，把我一刀捅了不完事了吗？俺青麂又没得罪你们，这样凌迟俺是咋回事呀？青麂欲哭无泪，只有哀哀叫唤。这下好了，天下的狗就噤声了。棍子狠狠地抽，这青麂就快快地跳，后腿也大张开，好像站不稳似的。就见一星红光在后蹄上一闪，又消失了。这时姚捡财看得清清楚楚，就是红通通的东西哩。

"毛钢，它后蹄子上有啥？"姚捡财喊。

"啥？啥呢？"毛钢一脸懵懂。

"它蹄子上有个东西亮锃锃的。"

"这就有鬼了。"毛钢完全不相信，等他蹲下去把青麂的蹄子抬起来，什么东西也没有，就一些屎尿，蹄子已经磨烂了。

姚捡财相信自己眼睛："把它扳倒看看。"

怎么搬倒青麂是个大难题，这家伙少说也有百十来斤，就算它没死，因为生性狂暴阴沉，还动怒，不屈服，这阴暗林子里东躲西藏的野牲口，都会性情古怪。又是豺狼虎豹所有猛兽追赶的对象，活下来的都是精怪，心计不比人差。

毛钢这时趁青麂不注意，照它的后腿就是一棍，青麂没防备，一下子就倒下了。毛钢用那只好膀子死死压着青麂，喊姚捡财赶快来看。

姚捡财这名字取得好，活该捡财，他去看，发现它蹄子中间卡着一个东西，就去掰，是颗玉石样的东西，晶莹剔透，红闪闪的，他喜滋滋地说："这，这……"

"玉……宝石呀！"毛钢看了，跳起来，这真是意外之财，这青麂咋有这么个好东西在脚上？

"如果是宝石咱们就发了，多少钱，咱们一人一半就是了。"

"行，等这事完了，咱们去宜昌卖看看。"

"那就不打它了，这青麂给咱们带来财喜。"姚捡财说。再感激地看那只青麂，遍体鳞伤，可怜兮兮。

"就算没把狗打了，咱们有这个宝贝也不算亏啊。"毛钢说。

"狗不叫了，我们去把狗弄了。"

包好那颗红玉，毛钢硬要他自己拿着，说这事要保密，若让警察知道了，就会没收。你知不知道国家的规定，凡是山林里的东西都是国家的，连你的宅基地也是国家的，你建房挖了几块石头，还说你侵占集体土地咧，咱这个东西被发现了，不仅没收，还得罚款。姚捡财逮狗要紧，说你放着好了，我相信你。

毛钢去家里放玉石，还得煮腊肉包马钱子。他们煮了几块大肉，一块裹上马钱子，用一根细线绑好，剩下的肉两个人就喝了点酒，盼着夜深一点。

姚捡财不知为何每到有事时，会浑身发抖，上下牙齿发出机关枪一样的哒哒声，嘴里像跑马。毛钢说："表哥，你这是咋的啦，在火塘边上还冷？"姚捡财说："寒气病。""那你就多喝点。"毛钢给姚捡财用大杯子倒的，姚捡财也恨自己，就赌气一样地灌，脸却灌得越来越白，像个吊死鬼，嘴唇是乌黑的，像吃了马桑果。毛钢说："你顶一床被子去。"姚捡财摆手。

毛钢说："可以走了。"

姚捡财说："咱们再等等，要到十一点过后，等他们都睡了咱们再去，免得让人看见了。"

村里死寂一片，哪还有声音。到了晚上，这里只有山冈和森林漫上来，把村庄淹没了，所有的嗓子都被黑夜填得满满的，非常憋气，只好钻进被窝。今天，这里总算还有一只青麓在叫，它的声音荡漾在群山间，像乌云一样沉重。青麓是山里黑夜的控制者，叫声寒凉，像钢刺一样，在夜空里发亮。它在泣诉，在嘶吼，它有满腹的悲愤。可对于那些狗们，它就是恫吓，是铁钳，是一双掐着它们脖子的神秘大手。

"青麓又进村了。"有人在被窝里、在火塘边这样说。

夜晚给羊圈添草料的人，看到自己的狗居然在狗窝里蜷着，蒙住眼睛，有一阵没一阵地抽搐，青麓一叫，它就抽搐，这事真他娘的怪。添料人轻蔑地看了看自己的狗，就进屋里睡觉去了。门要关好，没狗叫有可能盗贼和野兽都来了。乡村是用狗守住的，狗的叫声就是防盗门和安全栅。

两条黑影从龙降坪东边的斜坡往司徒村长家走，司徒村长的家在柏岩上，姚捡财和毛钢两个人轻车熟路，不紧不慢地过了水沟，一前一后，隔四五步远，一旦前面的碰上人，后面的好躲，这是姚捡财的主意。姚捡财没有干过偷鸡摸狗的坏事，活得心安理得，堂堂正正。今天喝酒越喝越冷，用双手卡住嘴巴，里面的牙齿还在蓬勃磕打。做贼心虚，姚捡财心里只能这样安慰自己：就是一次赶仗围猎，那狗再凶，不也是个野物嘛，人总得说服自己。毛钢在前，姚捡财胆小，就随后了。两个人，一个可以放风，另外毒倒狗，可以换肩背一背，村长那只狗太肥大，少说也有百十斤。

村庄真的沉睡了，山里所有的鸟兽人畜都睡得很深。深夜寒冷，虽然是初夏，但山风吹来，寒意犹在，加上心虚，姚捡财是周身寒彻。这深山老林，到了夜晚，生无可恋，只好早睡。再说山路坎坷，不适合夜晚走动，有些爱闹爱玩的，半夜回家，最后不是摔下悬崖，就是脚踝骨折；不是遇上老熊啃了脸皮，就是遇上羀羚踢断肋骨。

过了一个茶园，就近了村长的家，他屋后的那两棵崖柏虬枝怪伸，像是勾魂鬼站在岩上。那凶恶的狗鼎锅不声不响，他们二人停下脚步，伏在地上。毛钢摸了块小石头，朝那个狗窝扔去，等回音。没有，太好了。再扔一块，还是没有声响，石头就像砸在坟上一样。为了保险，毛钢又捡了块大点的石头，让动静大些，叭！一下砸在狗食盆上，那响声就像砸中了一面锣，就像雷管爆炸，在这样的黑夜就跟雷管爆炸没什么两样，太响太脆，要把一屋子人惊醒似的。但好在有风，风一吹也有响声，特别是岩上的柏树，风一吹就吼，呜呜乱摆，就像疯子。他们两个人赶快紧紧地趴在地上，恨不得是两片树叶这么薄。看村长家里有没有动静？好，没有。仔细听，他家里有两个鼾声，一老一嫩，比着喉咙。老的是司徒村长，嫩的是胖崽司徒电。

夜空中，有杜鹃鸟划过的叫声："豌豆八果，爹爹烧火……"还有那垂死挣扎的青麂的哀叫，从村外传来。悲惨的青麂叫声就是冲着这个村庄来的，笔直到达村长家的屋场。你家狗再胆大还敢吠半声看看？毛钢把塑料纸拿出来，打开里面包好了马钱子的肉。腊肉是熏过的，煮熟后香喷喷的，对乡下的狗来说，就跟人吃鱼翅燕窝没有两样。只要它吃，只要吃进去，半小时内就会倒地，背上就走。

毛刚已经把那毒肉端在了手上，离得近些，再近一些，最好是喂到狗的嘴边。但狗不叫不代表它不会咬人，还是远离一点吧，狗日的狗！狗毕竟是狗！

毛钢把开路的开山斧拿着，神农架叫开山子。狗若咬他，对不起，就是一斧头。这斧头类似镰刀，但比镰刀厚，比斧头薄，还带着弯钩，一刀下去，拉一下，锋利无比，一条狗就会拉成两条狗，从中齐齐地划开，你又能怎样？反正你不敢叫，你就乖乖地送死吧。

毛刚趴在岩坎下，这里可进可退，狗不一定会咬到他，狗不敢跳下岩坎。狗有自己显威的地盘，这坡下一定不属于它。他看准，扔出了那肉块，还挺沉的，正好，准确地丢在了狗食盆边，正对着狗窝，这美妙的气味一下子就会飘到狗鼻子里。毛钢候在那里，可狗没有出来，狗压根儿就没见着，如果他毛钢在这儿出现，那鼎锅一定会出来的，狗很敏感，因为，有一次毛钢下地时碰见鼎锅，悄悄打了它一镢头，人记恨，狗更记恨。就算它不叫，不在乎这坨腊肉，有肉也会露个脸嘛。这就怪了，这狗去哪儿了？关家里了？可关在家里，听到响动也会叫啊。对对，它不敢叫，因为青麂在叫。

毛钢在暗中摇头，就用手势让姚捡财过来。姚捡财以为狗都倒了哩，就过来，毛钢告诉他，狗没见着。这可让姚捡财着急了："我去看看。"毛钢说："你不要去，我去。"

毛钢爬上岩，猴着腰慢慢靠近狗窝，他摸到了那块肉，捡起来，照狗门丢进去。

还是没有响动。狗这样坐怀不乱吗？这狗除非是皇帝的狗，天天吃人参燕窝。可虽然是村长的狗，也看见它吃过小娃子的屎。狗改不了吃屎，就是皇帝的狗，肯定也吃屎，因为狗认为屎很香吧，反正他看不起狗，不养狗，时常，有钱了就去镇上馆子里撮一顿狗肉补补身子。

毛钢再悄声过去捡起那块冷冰冰的肉，直接丢进狗窝。

窝里空空如也。

现在，两个人站在黑黢黢的屋场上，借着微弱的天光看四周。先到猪圈里看，猪也不敢叫，也在酣睡。再到羊圈，羊倒是来回在圈里跑，也没叫。这青麂的叫声咋这么大杀气呢？这真是古怪呀。司徒家的大门紧闭，里面依然是不间断的死猪般的鼾声。毛钢这时候胆子大了，走到大门口，掏出裆里的家伙，就对着大门撒了一泡尿。那尿盛大沸腾，姚捡财闻到了一股热噜噜的尿臊味。别人一尿，自己的尿意也来了，也弄出家伙，找盛尿的地方。好，看到了屋檐下晒在外头的一钵辣椒酱，他闻到了新鲜的辣椒酱味，晚上用斗笠盖着的，揭开，撅起屁股踮着脚，朝辣椒酱盆里尿去，很惬意，然后掸一掸，心满意足地拢裤带。姚捡财拢着裤子的时候，无意间一抬头，往上一看，那墙柱子边，咋有一个红圈在那亮着，像鬼火，一圈红点。这是个啥东西啊？像是嗡嗡谷里野兽的眼睛，但这是只独眼。未必是卫星电视锅上的设备？但咱们家可没有这个呀，村长的卫星电视设备高级些，接收电视信号好些？就招手来让毛钢看，毛钢看着，也不知道那是啥玩意儿。

"这个我也不认识啊！反正不是宝石。"

那东西蹊跷，分明幽幽闪闪像只眼睛瞧着他们。

"咱们快走。"

姚捡财的牙磕又叮叮当当敲起来，的确夜已深了，寒气降了，此处不可久留。狗没打着，惊醒司徒村长出来，可就要出大纰漏。

两个人就匆匆地走了。

回到家里已是半夜，娃子的爷爷和娃子姚人杰都还没睡，咋的？一问，姚人杰又梦中"下汉口"了，老少两个正在翻被子，找东西垫在床上。姚捡财就去问儿子："你今天上学看到胖崽家的狗了吗？"

"他说他家的狗不见了，鬼晓得，他没到学校去，找狗去了……"

　　姚捡财一听，今晚上白忙活了，便说："他狗不见了，你怎么不
告诉我呀？"

　　姚人杰说："又不是我们家的狗，我告诉你干什么？他家的狗不
见了，活该！"

　　也是的，司徒父子这么喜欢那条狗，不见了不是活该吗？活该活
该！但问题是，你这小子的病得要这条狗治呀。

　　"爹，不是你和毛钢叔叔打了吧？"

　　姚捡财火了："我哪儿打了？你这吃里爬外的家伙！"

　　一顿吼，儿子就不做声了。

　　没有狗叫，村里。

　　没有狗叫的村子，是个死村，鸡鸣狗吠才是热闹的村庄。

　　早上还没起床，就听见上学的儿子唤狗的声音。家里的狗也没
叫，一直没叫，早上也没叫。往常，鸡放出笼，猫出来晒太阳，白蛋
都要跟这些鸡啊猫啊打闹一阵子，叫一会儿。戏鸡，撩猫。狗却没
叫，但听得见狗在喉咙里发出难受的声音，像不敢哭的小学生，咕噜
咕噜。

　　只有青麓在叫，显然微弱了。姚人杰踏着早上的阳光，带着狗去
学校。但那狗也有点害怕的样子，左顾右盼，畏畏缩缩，好像后面有
野兽追它似的。在杨老哨家门口的时候，走过来了胖崽，一脸乌青，
垂头丧气，两只腿叉得很开，拖在地上，艰难跋涉，就像患了睾丸囊
肿一样。一个人因为没有了狗，就没有了精气神，就跟泄气的皮球一
样，嘴角都耷拉下来了，像死了亲娘老子。

　　"司徒雷！"故意喊他死去哥哥的名字。

　　"我不是司徒雷，我是司徒电。"

　　"你就是司徒雷，司徒电是带着狗上学的。"

　　"我家的狗不晓得被哪个黑心烂肝的人搞走了，我怀疑是你。"

　　姚人杰说："你家的狗不值得我搞，你家的狗多狠，哪个敢搞？

你家的狗我看是司徒电带走了，你是死鬼司徒雷，你的脸就是张死人脸。"

胖崽大声说："你才是死人，我只有吃'死人指'的时候才想到我哥司徒雷，我哥最喜欢吃死人指。"

"死人指"，野香蕉，黑黢黢的，比香蕉小，细，像死人的指头。姚人杰故意过去掰他的右手："这不是死人指是什么？"

"啊！"掰疼了，胖崽大叫。姚人杰想到平时胖崽狗仗人势欺负他，就掰着不放。这时白蛋也嗅过去，围着胖崽的裤腿呜呜叫，淌着臭涎，还用身子蹭他。胖崽害怕得不行，两只脚挪过来，跳过去，没有了鼎锅的嚣张，白蛋就称雄了，扬眉吐气了。

胖崽额头上冒着滚滚大汗，他央求姚人杰说："姚人杰，你把狗拦住好不好？它咬了我，我要打狂犬疫苗，那你可得赔五百块钱呢。"

一听说五百块，姚人杰赶快拦狗，抓着狗头。这时胖崽突然跑了，沉重的身子像石头一样滚下山坡，狗想追，姚人杰不让。

"狗放这里。"杨老哨就喊姚人杰。

当然放这里。姚人杰就把狗头抱住，让杨老哨来拴绳。狗还是拴在歪脖子树上。拴好狗，像每天一样，姚人杰拿起水桶去帮杨老哨挑水，再去上学。

他挑上水桶出来，问杨老哨："杨爹，这村里的狗咋都不叫了呢？"

杨老哨想了想，说："是不是青麂来了，我这两夜都听到青麂叫了，狗就不叫，狗跟青麂是一对生死冤家……"

"胖崽的狗是青麂吃了吗？"

"……哈，你这娃子，青麂是不吃狗的，青麂吃草，不过也难说，和尚还吃荤哩。他家那狗跑哪去了谁知道，也许是被熊叼走了……"

"我们家白蛋还好啊。"

"你家白蛋又没作孽，鼎锅作了不少孽，迟早有这么一天的。"

姚人杰跟杨老哨说话时，他的疯女人扶着墙过来了，直接往羊圈旁的厕所里跑，还一路放着嘹亮的响屁，噼噼啪啪像放鞭炮。姚人杰没在意，等他挑了第二担水回来，又看到疯女人往茅厕里跑。杨老哨不好意思，傻笑着说："狗日的拉稀，吃多了，难受。"

"吃啥哩？"

"你揩揩汗，没啥，没啥，咱们这号人家，几天吃不上一顿荤腥……"

姚人杰放学回来时，他的狗也不见了。老远就看到杨老哨屋场上没了狗，他飞快地跑去，看到那树上还有一截绳子，仔细的姚人杰，一看是割断的，不是扯断的毛口，他就猛喊："白蛋！白蛋！"

没有狗应。他冲进杨老哨的屋子大喊："杨爹！我的狗呢？"

那疯女人从黑洞洞的房里出来，像鬼似的，朝他龇着牙笑。也许没看见他，朝空气笑。

"我的狗，我的白蛋，你们看见我的狗了吗？"

那疯女人神经质地点着头，脸上蜡黄蜡黄，眼睛都凹陷进去了，就是个骷髅，手扶着墙歪歪欲倒。

"我的狗！"

这时听到屋外有响动，是杨老哨回来了，杨老哨丢下镬头，还把背篓放了一边下来，背篓是空的。

"狗不见了吗？"

"是啊，我的狗呢？"

"我出坡干活去了，这绳子都挣断了……"杨老哨说。

"绳子不是挣断的，是割断的。"姚人杰肯定地说。

姚人杰想到狗的种种好处和感情，就控制不住自己，跺着脚呜呜地大哭起来。杨老哨在那儿像个痴呆手上拿着空背篓，看这个少年转着圈，很可怜的样子。

那个疯女人又去了茅厕，浑身发臭。姚人杰想狗是不是回去了？也许真的是挣脱回家了呢？

于是就疯狂地往家里跑去，一路上边跑边喊："白蛋！白蛋！"到了家又喊，喉咙都嘶哑了。

没有狗了，只有鸡和猫，再没有两颗白蛋子的狗了，他的最好的伙伴。

姚人杰拿着一块石头，也不知道想干什么，就站在屋檐下，哭都不会了，就这么站着。这娃子遇到事就像个树桩这样站着，性格就是如此。

爷爷过来安慰他说，狗不见了，再抱个狗娃回来。也说不定在山沟里逮竹鼠去了，这狗爱在林子里逛，先找找再说。

他爹姚捡财放羊回来，说是村里来通知了，马上开会，是关于种地补贴的事，他得马上去，看咱们家能补贴多少钱。问到狗，说狗不见了，爹的说法跟爷爷一样，再找人家捉一只回来养就是了。他们这些大人的轻描淡写，仿佛这么大一条狗，还不如一只鸡被黄鼠狼拖走。

姚捡财去到村委会，看到了表弟毛钢。村里因为住得散，加上快到了做晚饭的时候，慢吞吞来了二三十个人。村委会门口放了一台电脑，这时村里的治保主任把电脑打开，电脑屏幕不是很大，大家就凑过来看是什么东西。这时村长出来了，说开会前，咱们大家看一个录像，是关于咱们村的，很有意思。就点击播放了，画面很黑，很暗，好像是在一家屋场上，一个黑影，提着蛇皮袋子就出现了，两只眼睛对着屏幕时，就像两只野兽在夜里的眼睛，闪着一种幽光。虽然有点模糊，大家还是认出了，这好像是杨老哨啊！这杨老哨咋进了电脑的录像呢？这是在哪里？再细看，有人就说出，不是村长家屋场上吗？

杨老哨看到了自己，就准备开溜，却被两个人架住了，是两个镇上来的，估计是便衣警察或者镇政府的人。电脑里，杨老哨鬼头鬼脑，径直到了狗窝那儿，因为狗不敢叫，那狗鼎锅冲出来，杨老哨操起一把镢头，狠狠地砸下去，砸住了头，那狗当即倒地。杨老哨麻利地将狗装进蛇皮袋，背上就走，前后不到两分钟。

原来村长的狗是被杨老哨打了，这是怎么把他拍到的？大家议论起来，乱哄哄的，说杨老哨要不得，你打人家的狗干什么，好端端一条狗，一镢头就没了，杨老哨可狠心了，平时看不出来。杨老哨说："不是我，不是我！"这时治保主任点了一下鼠标，定格，那就是杨老哨，是他的正面相。杨老哨这时候已经把头低到裤裆里去了，浑身不停地发抖。这可真掉价，半夜偷偷摸摸去偷狗，狗有什么好偷的？都是村里的人。正这么说的时候屏幕又一阵乱闪，又亮了，又出现了黑影。村长说："大家继续看。"又来了一个黑影，又是眼睛像兽眼一样亮，又是在同样的地方出现了。黑影趴在地上，又站起来，手上拿着什么，往狗窝里甩。这不是毛钢吗，不是那个长得像吴秀波的毛钢吗？这副鬼样子，在这个屏幕里面就一副鬼相，他要干什么啊？还有个人出现了，虽然有点模糊，大家还是一下子认出来了，是姚捡财。平时相貌堂堂，一脸正气的姚捡财，现在也变得鬼鬼祟祟了。这姚捡财看起来就是个贼，现在他不就是做贼吗？半夜时候到人家屋场上去是干什么？狗丢了他们不知，又来了一个打狗的，这青麓一叫狗就不叫了，狗不叫，就有人想到打狗的营生。这两拨贼都想着这条黑狗，因为黑狗是壮阳的嘛。杨老哨就别说了，这两个人毛钢和老姚，平时相貌堂堂，宽宽爽爽，现在却贼眉贼眼。看哪，毛钢竟然对着村长大门，撒起尿来。接着，更恶心的是姚捡财，揭开人家的酱盆子，也往里面撒尿。这真是恶心，这两个人好猥琐好无聊。这是什么仪器，都给记录下来了，村里的人万万没想到，你说杨老哨偷狗，是他家里穷。但毛钢和姚捡财做出这样的事，完全不可思议。哪个拍的？这是半夜拍到的，那不就是天神拍的吗？

村长说："常言道头顶三尺有神明，这神明就是现在的摄像头、天眼，你干了什么坏事，都会记录下来，记个一清二楚，哪个都跑不脱。毛钢、姚捡财，我得罪了你们什么，这样在我家撒尿，我的酱也没得罪你呀，有这样恶心人的？咱们有啥怨仇啊，让大伙评评理看。"

气氛一边倒，姚捡财和毛钢没有一句话，铁证如山，说什么呢？哪是来开会说补贴的，就是来羞辱咱的，全村人咋看自己呀，脸往哪儿搁呀，一个村里的人，低头不见抬头见，这可丢尽了八辈子人……

姚捡财听到有人说"人不做做鬼"，他快哭起来。

他们三个跟着派出所的人去了镇上。杨老哨拘留十五天，毛钢和姚捡财各拘留十天。

十天后，姚捡财和毛钢从派出所回来，还没走到村里，到了一处天坑边，姚捡财就跳进去了。毛钢一看，姚捡财不见了，就大喊："表哥，表哥！"

姚捡财死了。那天坑几百米深，还有活的吗？就算跳下去是活的，怎么弄上来呢？

办了姚捡财的丧事，毛钢就想到那青麂，还不知在不在，进洞一看，早死了，身上爬满了蚂蚁，苍蝇飞进飞出，臭不可闻。他就只好将这个洞封了，依然在它的头下枕了块石头，就这么葬了。

狗又开始叫，村里的月光明亮得紧。

一连几天，姚人杰在家里，也不敢去上学，怕人家笑话，就在村里找他的狗。怕它是踩上了别人下的铁猫子或者钢丝套，都没有。

那疯女人可怜，姚人杰虽然死了爹很悲痛，还是每天给她挑一担水，因为杨老哨还没有放出来。但疯女人天天拉肚子，已经瘦得像一张纸了。因为天天挑水，也不害怕这个女人了，就在家里拿几个馒头给她吃。

有一天姚人杰做了一个梦，梦见他爹给他说，咱们的狗白蛋藏在杨老哨的床底下，醒来他清楚地记得爹骑一只青麂，在嗡嗡谷里玩耍。

第二天姚人杰帮疯女人挑完水后，就想起晚上的那个梦，就想到杨老哨的床下去瞄一瞄。到床下一看，没有他的狗。他蹲下往床底歪着头一看，看到了一堆东西，有一些霉味和腐臭味从床底钻出来。那东西黑乎乎的，拖出来一看，毛茸茸的是啥哩，是一张狗皮，已经硝了，但没有晒干。那狗皮黑黑的，这不是胖崽的鼎锅吗？里面还有东西，再一摸，也是毛茸茸的。他慢慢拖出来，又是一张狗皮，黄色的，狗卵的袋子还在，白咧咧的，他一眼就认出是自己家狗的皮，原来，他的狗也是被杨老哨打死吃了。

姚人杰一下子心里崩溃了，他没想到天天给杨老哨挑水，自己的狗却被他杀了，有一种被欺骗的愤怒。他抱着白蛋的皮，冲出门朝路上狂奔而去，向着大山喊："白蛋！白蛋！"

白蛋永远地不在了。爹也不在了。只有水在，山在，林子在，村庄在，白云在。

第二年，姚人杰上初二，参加了全省的数学竞赛，获得一等奖。他的尿床不治而愈。

小半袋米

比如说，你到了傍晚才走到空无一人的乡政府；又比如说，你骑的那匹马你怎么唤，它还在坡下的水沟里饮水和吃草，对你不理不睬，像一个大机关的门卫，还挑衅地打着响鼻，你难道不想骂一句什么吗？狗入的！就狗入的吧。

李细鸪站在乡政府的走廊里，暮色渐暗，也不至于马上就黑。山里到了下午，就是这么一副昏昏沉沉、要死不活的天色，加上没有人，山影就重了，昏沉沉的，带着不耐烦的情绪，好像要将这无声无趣的世界急于出卖给黑夜算尿。

狗吠鸟叫都没有，几条晚风从田头吹过来，穿过一些歪七倒八的种木耳的栎木棒，让它们成为傍晚第一批怪异恐怖的影子。

李细鸪拴好马，马走得蹄子只剩下骨头，又细又黑，仿佛有恶兽将其肉全剔干净啃吃了。走这样的山路，沿着螳螂山的山颈子，没有掉下悬崖就是赚了，命在这里不是命，是狗屎。

看了看乡政府院门外的苏老鸛一家，也没个人影，大门紧闭，落了锁。猪跟他一样，饿着，在圈里的茅草中瑟瑟发抖，像是做噩梦，有一阵没一阵地抽搐，估计梦里碰上了恶鬼。苏老鸛到哪儿去了？下地也应该早回了，那就是到镇上他女儿家去了，上次来他女儿就腆着个大肚回娘家，可能生了。

乡政府前面，有广阔的高山草甸，满眼荒凉，摇晃着高高的开着白花的飞蓬、紫色的醉鱼草花和青蒿，没一个人影，就像这儿被世界忘掉了似的。

李细鸹开始拆乡政府的院墙。他找准了裂缝，往外一扳，砖就松动了，于是就起了拆墙的心。这当然不对，简直是恶棍行为，但他劝不住自己，谁叫你不给我换那十几斤米的？你他妈的乡长就是这么当的？几天不打照面，你不上班啊，你吃老百姓喝老百姓的，你不干一点儿正事儿啊？这么内心面对大野诘问，慷慨激昂，正义凛然，拆墙就有了正当的、坚定的理由。

刚开始，他只是百无聊赖地抠了抠，还真抠下来了一块，找准了缝隙，往外用力，就松动了。整块的红砖这么好抠，就抠了第二块，有第二肯定有第三。因为心里不平衡，就继续抠了十几块，这样心里就好受了些，就装进蛇皮袋子里，两个袋子正好架在马身上。

因为潮湿，砖缝的粉末像面粉一样没有了黏性，弄得手上到处都是。虽然做贼心虚，到处瞄着没人，也没有监控摄像。这几块砖也没啥尿用，可摆明了可以把整个乡政府拆了也没有人来管的样子，胆就大了，真是恶向胆边生，管它娘的，弄回去垫菜园子后头的泥巴路不正好吗？再比如，修猪圈、厕所等不也用得上吗？

李细鸹有些止不住，再等了会乡长，还是没来，就只有继续拆墙。砖袋子放到了马背上后，倒有些后怕，就想着赶快溜，逮住了是不会有好果子吃的，是要进派出所的，上个铐子挨顿揍也少不了。

天接近黑下来，李细鸹还伸长脖子看最后一眼，指望乡长从路的那边过来。其实这是扯淡，这么晚了，早就下班了，乡长跑来办公室干什么？李细鸹在坡下的水沟洗手的时候还洗了一把脸，嘴里发出吐水的呼呼声，就是壮胆提神。天有黑下来的征兆，光线越来越暗，他大声咳嗽，又进到院子里，在退耕还林办公室的背后往窗户里瞧，里面堆满了一袋袋的大米。窗户不紧，所谓不锈钢的窗齿，就跟篾片一样，一扳即弯，再用点力就能钻进去，然后背两袋米出来，就可以把两袋砖头丢了，甚至可以让它们物归原主，码到墙上去。但是那么多的大米，李细鸪没有动心思。这事是不能干的，他有底线。

　　李细鸪并不缺粮，不是来要粮的，只是，他家退耕还林补助的粮食，一亩地给三百斤，分几次领。这一次领的两袋米中，拿回去，有一袋的袋子底下，因为潮湿，有小半袋米发了霉，还结了壳，变黑了。他就寻思着有时间到乡里来办事，看把这小半袋米能不能换？这是第三次。本来不会有三次的，一次都想算了，淘洗了给鸡吃，或者干脆倒掉。可正好要到丁家铺买农药，还有生活用品，加上儿子要过生日，得割点新鲜肉办酒，正好顺道，就来到了乡政府。

　　刚开始，退耕还林办的陶主任倒是很爽快的，说这得换。称了一下，十三斤半，就算十三斤吧。李细鸪与陶主任吃了一支烟，陶主任说：我不是反悔，现在都要讲纪律讲规矩，你这米暂不能给你换，得乡长签个字，到时被人告到领导那儿，说我和村民一起合伙骗国家的粮食呢，你说得清楚？今天乡长不在，米就不放我这儿，放到苏老鹳那儿去，十三斤，我记住了，不就是十三斤吗，但你得写个三言两语的申请即可，米潮湿发霉，申请调换，行了。就从抽屉拿出了一张纸，让李细鸪写了。说乡长批两个字同意，这事就有个凭据，不然，现在非常严，要处分的，干什么事都得讲纪律讲规矩。为了陶主任不受处分，这事就按他说的来，虽然就十几斤米。

　　就等乡长的字，等了几回了，问题是，乡长总不在。这天又等到快天黑，还是不在，陶主任说他也不知道乡长会来还是不来，现在脱贫攻坚战，各管一村，哪个晓得领导去哪儿了。这个卵乡，太偏僻，在螳螂山里，拿乡政府门口苏老鹳的话，乡政府常常是他义务守的，鬼都没一个，孤零零地在这里。过去是一个什么学校的实验基地，搞药材种植的。

　　乡长不在，拿着自己写的一张调换大米的申请，找谁都没有用。平时乡里本来就只有三四个人，是个小乡，听说要合并了，现在又是扶贫住队，有理由不来。央求陶主任，能不能通融一下？陶主任说，你若是领米的时候，当场发现有霉，一下子就换了。你出了库，拆了封，必须领导批。李细鹄想，既然来一次，就死等，回去后再来，不划算。于是就这么，走也不是，留也不是，自己的马在咴咴大叫，催他回哩。

正当他踌躇不定的时候，天已经麻黑了，陶主任出来在野外小解，见到木桩一样竖着的李细鹄，这么树一样站着一定是个老实人，就喊他到苏老鹳家弄口酒喝。乡政府没厨房，不开伙，平时都在苏老鹳家搭伙。搭伙了也没有高桌子低板凳的，就一个火塘上煮一锅肉，加上香菇木耳青菜洋芋。就是县长检查工作来了也就这个接待，可问题是所有的人都很喜欢这么个吃法，酒就放在火塘边的石板上，还可以剥几个薄核桃下酒，吃完满头灰，但每个人脸上都吃得红彤彤的像杜鹃花开，酒上劲加上木疙瘩火一通猛烤，谁不是神清气爽焕然一新？

李细鹄不想进去的意思是，这个苏老鹳以为住在乡政府门口，就是乡政府的人，就是管全乡的，就是乡长，或者是乡长他爹。苏老鹳头仰得很高，就像一只鹳，又加上是个鸟嘴，就叫上了这恶名。平时对来乡里办事的农民都是趾高气扬、冷嘲热讽的，说话酸溜溜，好像不占点便宜就不舒服。李细鹄特别不想去他家，宁愿坐在外边的石头上。陶主任热情相邀，拉疼了他的膀子，他拗不过，就跟着从门边侧身进去。里面人很多，以为有什么大人物，不敢坐，加上苏老鹳没让他坐，他哪敢坐。这时候的苏老鹳却少有的好客起来，说细鹄，坐，你狗入的走狗屎运，口福好啊。李细鹄面前有了酒，也不知是不是别人喝剩的，杯子有点脏，根本不敢喝。先问乡长今天还来不来，苏老鹳就说，乡长晚上来你开加班费呀？人家上班下班都是有作息时间的。陶主任就说，也不是，也不是，是有事情，难道我们加班的时候少吗？有时一夜不睡值班你苏老鹳又不是没看到。苏老鹳的鸟嘴翘了几下，有点不高兴，说：山里养猪放牛的人是没有时间概念的，二十四小时想叫谁就叫谁。苏老鹳的口气有县级干部大，可他不也是拿条鞭杆放羊的黑老农吗？却跟陶主任一样，把个老气宽大的中山服衣领扣子扣得像铁箍。陶主任让李细鹋坐的，就挺直腰杆坐了，你苏老鹳狗人的还不是条狗看陶主任的脸色吗？你有个什么嗫瑟的。但李细鹋这样一个住在深山沟穿力士鞋的农民，陶主任让他与他们一起喝酒，总觉得有点虚情假意不自在。但还有两个人，却是不错，官民一家亲的感觉。经陶主任介绍，脸有浮肿的是土地局的什么王局长，李细鹋要记住，王，要给人家敬酒的；一个是县扶贫办的，胡主任。一个王，一个胡。王是大王，胡是二胡，胡眼睛有点雀蒙，就雀蒙胡，就这么记。两个领导已经酒上脸了，雀蒙胡更明显，白一些。浮肿的王局长脸带了黑色，但脖子又红又粗。两个都因为燥热宽衣解带，头上冒汗。苏老鹳说细鹋你不敢喝是怎么？你不喝你坐这里打鬼！李细鹋被噎在那儿，就硬着喉咙喝了一口，还是不敢下箸。苏老鹳盯着看他出洋相，给领导们说：他喝酒不吃菜惯了，领导们有所不知，他过去穷，喝酒炒一盘石头子儿喝的。这揭了李细鹋的老底，李细鹋脸没处搁，恨不得找个地缝钻进去。好在领导们说他们的事，没细听苏老鹳的，苏老鹳的话在他们耳里如放屁，不就在你这里搭伙嘛，你不就一伙夫，有什么资格跟他们讨论国家大事？

扶贫办的胡雀蒙爱在锅里扒拉，翻来覆去又不往自己碗里搛，就是用汤洗筷子。洗了筷子，又吮，又下去翻，专门择花椒吃。陶主任就说，这是野猪肉，细鹋你吃过野猪肉没？李细鹋就说我吃过，吃过不少。苏老鹳说，野猪现在是保护动物，细鹋你再打要坐牢的呀，要遵纪守法晓得不？李细鹋懒得听苏老鹳插嘴教训他，就搛锅边没人吃的白菜木耳吃。心想，这不是野猪肉，不是陶主任不识货就是苏老鹳骗他们的，就是一般的熏腊肉，在乡政府住了几年，就学会说谎诳领导了。但听说是野猪肉，两个领导吃得更欢。李细鹋含着烂白菜，咸死，吐不敢吐，吞不敢吞，就囫囵吞了，喉咙里烫得像刀割。

说到李细鹋换米的这事，扶贫办的胡主任就说，老陶，你给人家换了，不就十三斤米吗？土地局的王局长也附和说换了换了让人家回去。哪知陶主任说，你们这是不负责任的酒话，现在讲纪律讲规矩，你敢？你也不敢，我也不敢，我可不能擅自做主啊！就随便给你一个处分，你也担待不起，你们也是晓得的，现在管得多严。说到底，这不是十几斤米，上升到讲纪律讲规矩的政治高度，几斤米将你当典型，也不是什么稀奇事。衬衣领口也扣成铁箍的陶主任，讲话时上气不接下气，李细鸪担心他会因为领口的扣子把他勒死，他就不能解一颗扣子吗？

　　爱插嘴的苏老鹳也给陶主任帮腔说，陶主任好心肠，但形势比人强，不能怪陶主任。李细鸪有点烦这个鸟嘴苏老鹳，就说，我也没怪陶主任呀。就说，来来，我借花献佛，给各位领导敬一杯。他就干了。苏老鹳说，你一杯酒敬一桌人？有诚意一个一个敬。这么一说，李细鸪没了台阶下，也就拼了命，一个人一杯敬大家。这一圈下来，七八杯酒下去，肚子里全是酒精，没吃一口菜，烧得胃生疼，也没哪个在意李细鸪敬与不敬，大伙都喝得差不多了，李细鸪还空着肚子，马在叫，他的肚子也在喊。他想回去，喝点稀粥暖暖胃，家里最好。米没换着，胃喝坏了。按着肚子上马，天黑得像锅底了，风大得像老虎了。换米这么难受，这点米真的不要了，打死也不要。酒不是好东西。霉米又让马驮回去吗？不会，老子不要了。后头苏老鹳在喊，细鸪，你的米！李细鸪说不要了，你喂猪算了，喂野猪算了，是讽刺他。你他妈的饲料猪，还野猪咧！乡政府门口一蹲，你就变成了孬人。

　　摸夜路走螳螂山的山颈子是如何惊险，不用说了。回去半夜三更，米未换，肚子疼得打滚，呕出了黄胆汁，把苏老鹳的劣质酒全呕出了，找了些大龙胆草煮水喝了几天才有所缓解，等于大病了一场。

　　人好点后，这事就放下了。加上已经撬了些红砖回来，心里早就平衡了。田里的活还得干，一场雨一下，天一晴，茶得采，草得薅，自家吃的茶和苞谷，不能用除草剂。

　　李细鸹在家里干了几天活，闲了一点，就做了一个梦，梦见苏老鹳说霉米给他留着，并给他找乡长换好了，让他去拿，结果他打开蛇皮袋子，是些砖。

　　这梦怪，又是砖又是米，弄杂了。米抵了砖，砖抵了米，都不是个事，咋就进了梦里呢？杂交稻本身就不值钱，不好吃，娃都不爱吃，一两块钱一斤，总共二三十块钱，换三四斤苞谷酒，几次摸夜路回来，还费了几对大电池。但米终究是米，山里也不种稻子，种苞谷洋芋，十几斤米，咱这坡耕地，永远种不出来。

　　做梦的第二天，他正在家里修猪圈，就见山顶上有一个人喊他：细鸹，细鸹，细鸹！那个人背着东西，莫非是给我捎米回来的？定眼一看，是后坡的刘烂脚。刘烂脚一走一跛，满脸乱抖，又干又瘦，他被蛇咬后烂掉了几个指头，因为走路不稳，蹬得坡上的石头哗哗往下掉，好像有什么急事。天要变了，要下雨。可他气吼吼地下来，连水也没接过去喝一口，就给李细鸹说，听说你也有半袋米霉？老子背的米有大半袋是霉的，这些狗入的，这样糊弄我们啊！我们田也退了树也栽了，就吃霉米？刘烂脚一把一把把急出的汗往短裤上抹，颈子气得像钢筋那么硬，还露出鲜红的牙龈，像一只猴子。

　　"你是约我去找他们评理的？"李细鸹问。

　　"就是，捣他们狗入的。"刘烂脚莫非带着刀子，他扯着头发，裤带吊在前裆里，眼露凶光。

　　被刘烂脚激起的一些不满，这时候却压下去了，没了。这点屁事，再加上个人，去找乡里论理，不蚀人吗？而且刘烂脚有人陪着，这样的脾性，还不知会做出什么激愤的事来，这人老丈人都打的，在家里有暴力倾向，操什么砸什么，家里两个电视机都是他砸了，如今的娱乐只好听广播，半夜听莆田系的巫医诊前列腺阳萎不孕不育。

　　李细鸹的冷淡态度让刘烂脚很不高兴，见有狗舔他的脚，就朝狗一脚踢去，那狗明明是表示亲昵的，哪知这人不识抬举，差点踢断它的肋骨，嗷嗷叫着跑了。

"你是不想换了？我再找其他人，我们村少说有四五个，全是那些霉米，猪都不吃的，让我们吃，太坏了！"

"霉米是今年雨多，仓库里潮湿了，应该不是故意的。我不是不换，我的给苏老鹳的猪吃了，我拿什么换去？"

"哦！就是倒河里也别给苏老鹳，他是个什么东西你不知道？"

"我喝了他酒。"

"哈，他还有酒给你喝，你当了乡长吗？你不是瞎呱！"

"我真的喝了他家半斤酒。"李细鸪说。

"吹牛不上税，你买的吧？"

"还吃了他家野猪肉……"

"细鸪你不换就算了，你伙计忍了？跟苏老鹳一样当狗！"刘烂脚尖细的双颊往下淌着汗，喘不过气来，那是气的。

"我真的喝了他的酒！"

"你成了乡长！你成了乡长！哈哈哈哈！……细鸪你这搐包……"

刘烂脚不信，以为李细鸪怕了。刘烂脚嘲笑了他一通，笑声扑打着空气，还故意恶狠狠地往崖下丢了一块石头，峡谷里弄得像是炸弹爆炸。

雨就下了。李细鸪后悔没给刘烂脚一块雨布，看到雨砸在山上，砸在地里，砸在屋场上，看到鸡蔫蔫地往檐下跑，气就来了。是哩，是欺负人哩，就那么好说话的，不活该被人欺负？明明是他们的错，可你就是抓不到他们的把柄；明明知道是官腔，你还不好发脾气；明明是小看了咱，你还要感谢他……人贱无药医。咱当时连菜都没吃一口，连敬了七八杯，跟喝农药一样的，狗入的苏老鹳起哄，害老子差点倒在他家了……

雨声和风声呼呼啦啦响，全是白汪汪的雾，山呼海啸，离乡政府好远，离那些当官的好远，就像与他们毫不相干似的，不是这米，我真的与他们不相干，也不会去喝苏老鹳农药一样的酒，当然，更不会去拆那几块砖，净做噩梦……

李细鸪再次骑着马往螳螂山的山颈子走去，那天天还没亮。又做了梦，有人拿砖砸他，是霉米结成的块，方方正正……

老婆还在沉睡，如果老婆知道是不会让他去的。老婆说，李细鸪你眼很小眉很小，叫小眉小眼。老婆怕他又闹胃病，说算了。是算了，得买农具买薄膜去丁家铺。如果老婆赶上来，他也说丁家铺。去丁家铺不行吗？本来就去丁家铺，乡政府和苏老鹳，最好一辈子再见不到他们。

走在螳螂山的山颈子上，听到几声戴胜的"臭——姑——姑——"叫，后头就上来了一个人。这个人背着个蛇皮袋子，手扒着石壁在跛行。因为路太窄，李细鸪就下马来，让马先走，自己跟在后头。他以为那个人脚崴了，一看，是刘烂脚。

李细鸪想起他是经过了刘烂脚的屋，从后面走的，马叫了一声，这就让刘烂脚发觉了，就跟上了自己。这人缠上我，这不是好事。又碰上了棺材鸟戴胜，感觉晦气。

"细鸪，我可不是看你出来，我已经连续去了三天……"

看着刘烂脚像狗一样喘气，李细鸪很烦。如果跟很衰的人在一起，自己也会衰的。

"就为这十几斤米？"

刘烂脚说："就是，十几斤不是米吗？不吃上好几天？"

"你有病。"李细鸪说他。

"你才有病，软卵病。"

"你软卵病！"反击，这是侮辱，老子的蛋硬得很。

"你不也是换米去的吗？"

"给米老子都不乐意，我去换米？"

"领导说了，都得换，你不换，你去干什么？"

"哪个说的？乡长批了？"

等李细鸪在那儿扯着缰绳发怔，刘烂脚却急匆匆地在前头走了。

也许他说的是真的。李细鸹在那儿想。那就去看看。

磨磨蹭蹭到了乡政府，苏老鹳在路口一脸阴笑候着他哩。

"细鸹，你那米袋子生的蛐子把我家床上锅里爬满了，你搞破坏啊！"

什么米袋子？不是让他喂猪了吗？李细鸹进去一看，果然，那垃圾一样的米袋子还在门缝里，并且真的到处爬着米蛐子，看着就恶心，密密麻麻的。

"我姑娘和外孙这里待了两天，小外孙全身都红了，被蛐子咬的，你狗人的好害人，你看着办吧！细鸹，我杀人的心都有。"苏老鹳喊，让来往的人都能听见。

"米里的蛐子又不是蛆，能吃的。我说了给你喂猪，你还放这里，是你的事。"李细鸹小声地分辩说。

"细鸹，你说的？"

李细鸹转身想走，可被苏老鹳拉住了。

"现在公家讲纪律讲规矩，你就不讲一点规矩？你有啥本事啊？我外孙才满月，蛐子咬了一身的疱！"

蛐子是不会咬人的，苏老鹳瞎说。上次在你这儿喝的七八杯枯酒，胃疼了几天，还没找你，你倒找我了。

"由你，米扔了没事。"李细鸹说，抓起袋子想挣脱苏老鹳。可苏老鹳的手有劲，不让。

"扔米遭雷打，你没有饿过肚子吗？"

"给猪吃。"

"猪吃米也遭雷打。蛐子咬人的事……"

"那你要么办哓？给你家打扫，消毒？"

苏老鹳摇着头不表态。

"你说呀，赔你金山银山？"

"你这号穷鬼还金山银山……两包红塔山！"

"米值两包烟不？"

"那你就把你的蛆子吃进去啰。"

"你先吃。"

"你的蛆子你吃。"

"要吃不是我，要吃也是乡政府的人，是乡长是陶主任他们……"

"你讲横啊，可千万不要弄烦我……"

这时刘烂脚来了，听到陶主任吃蛆子的话，就替李细鸪抢过来蛇皮袋子，说："我背去给他们吃！"

李细鸪怕刘烂脚闹事，要拦住他，就大声说："苏老鹳你放手！"

苏老鹳像猪叫一样笑着："你家在林子里种了南瓜没？种了药材没？你复耕了，你还有粮食补助？有钱补助？想得美！等把你补的粮食全吐出来，你还刁七刁八的，有霉的给你就不错了。你能耐，有种你拆乡政府……"

莫非他知道我拆了砖回去？这是诈哩，就硬气说："老鹳我看不起像你这样的，以为你是乡长的舅子？你当了官了？你这个老鹳就是个尿罐……"

等李细鸪终于挣脱了赶去乡政府，就看见刘烂脚举起米袋子在哗哗往外倒，边倒边撒，像下暴雨一样，撒到陶主任的头上、办公桌上，边撒边说："是李细鸪让你们尝尝鲜，吃点米蛆子……"

满屋子都是那些霉米和蛆子，满屋子都见陶主任在躲。李细鸪感觉事情坏了，我不过是说的赌气话嘛，这狗入的刘烂脚闯祸了，这下要让我栽……

"哎哎哎，刘烂脚，刘烂脚！李细鸪，你们好匪！"陶主任躲着霉米，差一点绊倒在地，他跳出去，拍打着头上和脖子里的米，狼狈不堪，"刘烂脚，李细鸪，你们冲击国家机关，扰乱社会秩序，好大的胆！"

李细鸪一听陶主任的这话，喉咙就发紧，得赶紧跑，几乎哭着对陶主任说："我可没有啊！不是我！"

他在跑出乡政府大院时，看到有两个干部模样的人从一辆公务车里出来。

李细鹄策马奔跑在山路上，生怕后头有人赶上来抓他。

李细鹄在马上，想到自己的老婆在树苗的空地中的确种了些独活和重楼（就是七叶一枝花），这不是叫林下经济吗，政府是提倡的，又不影响树苗的生长，但如果就像苏老鹳硬说的是复耕呢？他说你复耕就是复耕，嘴在他们那儿长着。得赶快晚上全部扯掉算了，为十几斤米闹的，不仅每亩三百斤的米都没了，连每亩三十元的补助也没了，说不定还会被抓去……

其实，三十块钱，三百斤大米，现在根本不算什么，李细鹄可以用腊肉去镇上换大米。李细鹄的腊肉从来就是几家米店喜欢的，一斤肉换五六斤米，这样算，损失的这些米，就两三斤腊肉，多不划算呀。他这时候突然想起二十多年前，他欠人粮的事。是远房的一个叔叔，已经出了五服。那时候，他们家借了远房叔叔的三十斤大米。平常家里吃的是洋芋和苞谷面，吃大米是因为家里来了两个木匠，要给他哥哥打结婚的家具，爹让他去找这个叔叔借。

李细鹄那时家里还没有马，在山路上全靠步行。远房叔叔住在山下，种水田，吃的是米。他背着背篓，按着八九岁时的记忆去找叔叔借米，他走了一整天还没到，他走错了路。他在人家守秋的一个棚子里蹲了一夜，没有吃的，没有火。他那时只有十四五岁，他在黑暗中蜷缩在棚子里，准备了野兽把他吃掉。但他也找了几块石头，还有根棒子。他穿着一双哥哥穿坏了的皮鞋，又大又硬，比石头还硬，把他的脚打了好多血泡，血泡磨破后，血水全粘在鞋子里面，他因为脚的疼痛忘记了危险。

第二天的中午，他才在马鹿坳找到远房叔叔的家。他顺利地借上了三十斤米，本来说的是借十五斤的，可叔叔借给了他们家一倍。少年李细鹄背着这三十斤米，因为脚疼痛，就像背着一座大山。刚出门时还吃了一顿大白米饭，加上这么多米，李细鹄高兴地往回赶，生怕叔叔反悔把米要回去。可越走越沉，脚上血肉模糊，皮鞋里像有无数把刀子戳他的脚。他干脆把皮鞋脱了，拴在脖子上，这才好受些，可脚板心又在路上被石头划出了口子。渐渐肚子也饿了，就拔路边的草吃。那是夏天，野果还没成熟。

那一趟还不算生死路，等过了半年，他去还米时，可就遭了罪。先是，三十斤米叔叔死活不收，说是送给他们吃的。不仅如此，还给了他一刀腊肉，少说有十多斤。一共四十多斤东西在背篓里，李细鹄记着爹的话，说有借有还，再借不难，亲兄弟明算账。可叔叔说，你爹不容易，拉扯你们兄弟姊妹几个，一身的病，这点米还什么呢。还说你哥结婚我还没上人情呢，就等于上个小人情，送点米。李细鹄的眼泪簌簌往下掉，跪谢了叔叔，当即返程。

四十多斤的米和肉多么金贵，可就像石头一样，压在他的背上，回来的路，四十斤相当于一百斤，实在走不动了，在山林里这腊肉的气味又逗来了两匹豺狗子，紧紧跟着他。两只豺狗长得怪头怪脑，嘴里淌着涎，新鲜人肉的气味可能比腊肉更诱人。李细鹄听大人说过，豺比狼更凶狠，先从人的肛门动手，先不吃肉，吃人的内脏。如果他背不动了，倒下，那就成了两只豺狗的美食。好在出门时爹让他腰里插了一把小开山刀，一是开路用，二是防兽和坏人。他就把腊肉取出来，割了一小块丢给后头的两只豺狗，两只豺狗一拥而上去抢食，争斗得青烟直冒哇哇乱叫。李细鹄就是要让两只豺狗争抢而忘了他，赶快往前跑。以为终于甩掉了豺狗，在一个垭口休息时，后面又听见了咿咿呀呀的声音，一看，两只豺狗又跟上来了。李细鹄好害怕，再切了一块肉丢给豺狗。就这样，一路上喂豺狗，走到村里时，那刀腊肉正好割完……

想起这点霉米让他睡不着，还拆了人家的砖，心里的疑团终于解开了，十几岁时的两趟借米还米记忆太深，是拿性命换来的。米不是米，是命，是沉重的人情。

这一趟回到家，就惦记着刘烂脚是不是被派出所抓去了，是不是供出他，或者陶主任也连带了怪罪他？否则与他一起，落个聚众闹事的罪名，肯定吃不了兜着走。他于是去刘烂脚那儿打听，这家伙竟然大摇大摆地回来了。看他有没有伤，没有。嘴上还叼着烟，有凯旋的意味。

李细鹄本来不想见到刘烂脚的，可刘烂脚发现他并叫上了他。刘烂脚说："你小子好毒，跑什么咧，怕他们吃了咱不成？"李细鹄就说："你还不躲躲？""躲什么躲？老子躲他们？乡长和老陶，都倒霉啦，你不知道吧？"

"怎么？"李细鹄问。

"乡长双规了，老陶也捉走了，我看到啦。"

"就是你撒米时？"

"你没看上稀奇，两个纪委的人把陶主任带走了，腐败分子的下场，太解气啦……"

哦，是看到两个人和车，是这样的！刘烂脚如果说的是实，那么我就错怪了，乡长本来被纪委双规了，哪能来这儿签字换米？大快人心，大快人心，那我这砖就拆得无理。

李细鹄一夜未睡，想着将这砖物归原主，还得将砖砌上去，最好是弄点水泥砂浆，拆人的墙是不对的，当时太气，就干了这傻事，还驮回来，完全是混蛋。

几天后，老婆回娘家了，他一个人喝了点酒，想到自己拆公家的墙，折磨得人夜不能寐，提心吊胆，强烈地滋生了将那些砖还回去的念头，他不应该是这样的人。

下雨后的山路湿滑，他牵着马，砖跟当时驮回时一样叉在马背上，砖硌着马的骨头，让马难受，现在他更难受。把这些垫菜园的砖重撬起来，装进蛇皮袋子里也不容易。沿着咆哮的螳螂河在山颈子上小心翼翼地走着，他想只当是一个恶作剧，这样心里会好受一点。

在下山坡时，他谨慎地牵着马往下面走，希望马不要弄出任何声响。也许是因为没站稳，也许是因为胶鞋脚滑，也许是因为紧张，他手上牵着缰绳，在屁股着地的时候，牵带的马打了一个趔趄，他坐在了青苔泥水里，屁股全湿了。因为良心折磨着他，他只盼赶快了结，将砖放那儿就行了。可是当他在暮色四合时摸到乡政府门口，看到的院墙几乎成了废墟。那个他拆成洞孔的地方，已经成为一个大豁口，小孩都可以跨过院墙去。后面拆墙的人跟着第一个拆墙的人来，而李细鹄就是第一个拆墙人，第一块拆的砖就在这蛇皮袋子里……

好端端一个院子，砖都偷完了。他嘀咕了一句。因为他的生气，开了个坏头，这个院子就成了断垣残壁……

正当他把砖倒出来时，突然两个黑影一把压住了他，并且把他的双手扭到背后，一阵剧痛。他大声说："我是还砖来的。"黑影说："你是偷砖来的。"李细鹄还听见猪叫一样的笑声，是苏老鹳的鸟脸。"细鹄，知道你迟早是要来的，你偷上瘾了……"

他被摁在废墟上，什么也看不见了。

声　音

那时候，赵日红爱上了钱蹦儿的姐姐。钱蹦儿还小，当时在读小学，因为小，跟他姐姐睡一张床。赵日红有一天偷偷摸黑走夜路来到了钱蹦儿的家，翻窗摸上了他们的床，钻进了钱蹦儿姐姐的被子。听到姐姐被子里有响声，钱蹦儿就在黑暗中问："是什么声音，姐姐？"他姐姐吓得不敢说话，赵日红就别着一口怪腔说了："什么，蹦儿你睡你的，管哪样的声音，是大灵猫进屋来偷食。"钱蹦儿说："大灵猫能说人话吗？"赵日红说："大灵猫咋不能说人话？喵……"

那灵猫叫的声音很野媚，很荒远，很诡魅，让钱蹦儿再不敢说什么。钱蹦儿自小就相信这深山老林的野兽畜生是能说人话的。你问对了，畜生就跟你对话，没问对，畜生就不说话。何况这里老一辈的人说过，山里的畜生是有会说人话的，但大部分是哑巴。家养的常常会成精，像猫呀狗呀猪呀羊呀，有时真能讲几句人话，但因为它们懒，不爱讲，甘当哑巴畜生。

后来赵日红问过小舅子钱蹦儿，问他听到过几种畜生讲人话，钱蹦儿说只听到过一种，就是大灵猫，说这灵猫真是灵，还能叫他的名字哩。赵日红就提醒他说："蹦儿，以后野兽畜生喊你的名字，万不可应答，特别是在野外，在晚上，你应答了，你的魂就被畜生勾走了，你小命就不保……"

有一天，钱蹦儿到他姐夫赵日红家中去，突然听到他姐在唱什么"姐儿住在三岔溪，相交哥哥打铳的，听到山上枪一响，姐在房中笑嘻嘻，晚上又有鸡子吃"。他正是来叫姐夫赵日红打野鸡去的，心想他姐咋知道姐夫今天要打野鸡呢？一看他姐披头散发的，脸没洗，鞋没穿，自生娃子后就落下个产后抑郁症。娃子现在放在娘家，由钱蹦儿的母亲带着，这外甥不好带，总是在半夜啼哭，后来就写了许多"天皇皇地皇皇，我家有个好哭郎，过路君子念一遍，一夜睡到大天亮"的告示贴在路口，还是不行。找一个草药医生看，这医生不知是存心害人还是咋的，就给他们说，你给娃子搞野鸡汤喝一下，这很怪。钱蹦儿总算打到了一只野鸡，这娃子野鸡汤喝了，就不哭不闹了。再没有喝的了，就又哭又闹，钱蹦儿的娘说这娃子是吵闹星托生。

赵日红交代过钱蹦儿，到山上转悠时看哪儿有野鸡窝。钱蹦儿这就来了，说他前一天在对面的山上赶菌子（就是捡菌子）时，掏到了四个野鸡蛋，回去还做给外甥吃了，只吵闹了半夜。对面的那座山叫牛头山，这个牛头山，村里的人都知道，这山太硬。因为山太硬，上山会碰到很多怪事，有一次碰上妖风，硬是把他吹得滚下山来，如果不滚下山，他赵日红早就冻死了。那一次村里就冻死了两个人，是夏天哩。还有一次碰上了黑帐子精，赵日红在山里头迷路了两天才转出来，腿上被旱蚂蟥吸血细了一圈。这山上的山精木魅太喜欢整人，它也不整死你，就是逗着你玩，把你弄得精疲力竭。

山硬，所以这山上一般人都不去。听到老婆唱歌，心里发毛，赵日红记起早晨起来是摆弄过枪，他是偶然看到挂在墙上的这个枪和火药囊，想看潮湿了没有，就顺手捏了捏。这个火药囊是用牛卵子皮晒干，把它掏空，再放火药，用根绳子一扎，风雨啥都不怕了。他的老猎枪是祖上传下来的，要啄火。先放火药，再放滚珠，再用女人的长头发把枪口塞住，用无味的香签点燃啄火。你去打猎你千万别在厨房说，灶头上的司命菩萨听到了，它是要去抢你的猎物的，司命菩萨嘴馋。

牛头山呢，长着两个牛角，有人就说这是神农老祖的化身，神农老祖就是长两个牛角嘛。说是这么说，山太硬是大家都领教了的。比如赵日红那次没冻死，吹下山来，冻死的两个人找到的时候，已冻得硬邦邦的，每个人身上都裹着一层冰，就像两个玻璃人。

今天赵日红他们带着猎狗，叫过山黄。过山黄就是老虎，这狗比老虎还烈，经常咬陌生人，也会把赵日红打到的猎物咬得七零八碎，后来赵日红敲掉了它两颗牙齿，它才变得老实了点儿。

往山里走了，树越来越密，还有满山的竹林，地上苔藓非常深厚，就像踩在海绵上一样。大量的芒萁长在树上，树下有巨大的肾蕨、贯众、蹄盖蕨。脚一下去，腿上就像缠到一窝大蛇。赵日红惦记着蛇，浑身有冰凉腻滑的感觉。钱蹦儿在前，密匝的树枝要把眼睛戳瞎，就都弓着腰。因为光线太暗，像到了傍晚。这钱蹦儿是个鸡毛眼，就是鸡子上笼的时候，他就看不见了，只好把手机上的电筒打开，照着前面。并且一个人自说神一样嘀咕：明明是这儿的嘛，到哪儿去了？

赵日红说，是不是你拿着弹弓，到厨房里被你姐姐看到了？钱蹦儿说没有啊。赵日红说，你跟你娘说今天要去打野鸡吗？钱蹦儿说也没有啊。赵日红说，给外甥呢？钱蹦儿说外甥是个娃子才两岁哩，说了他听得懂吗？赵日红小声说，司命菩萨听得懂，今天可能是个"空日子"。

赵日红弯着腰正在艰难地择路走着，想空日子这事，空日子就是怎么打，到手的猎物都打不到，让你空手而归。这时就听到一阵沙沙的响声，像有人走近了你。赵日红给钱蹦儿说你关掉手机电筒，钱蹦儿关掉了手机就成了瞎子，但是他姐夫说的，他听姐夫的话，就关掉了手机电筒。这时候，那沙沙的响声就加大了，赵日红看到前面的钱蹦儿勾着腰走得好好的，却直起了身子，赵日红猛然抬起头不经意一瞥，我的个妈呀，一条大蛇正在他头顶！是条青幽幽的青竹飙，剧毒蛇！赵日红是个打匠（猎人），山上的事见得多，身手比较敏捷，一个仰面就倒在了蕨丛里，看到那条大蛇沙沙地滑下来，一节一节往下滑，吐着火一样的长信子，赵日红马上两个翻滚。这时猎狗过山黄也发现了那条蛇，为了救主，猛扑过来，用爪子去抓蛇的身子。那蛇一惊，重重地掉落下来，过山黄一跃，去咬蛇的尾巴，蛇只好回过头来与狗纠缠，朝狗咬来。狗与蛇较量的时候，赵日红才得以脱身。他爬起来闪到一棵树的后面，看到前面的小舅子钱蹦儿正在那儿笑哩。

明明这蛇是灯光引来的，而且你一站起来，就引诱蛇往下滑，我走后头，正好蛇滑到我的头上。钱蹦儿你搞的什么鬼？而且你我相隔的这个距离正好是蛇滑下来要咬我的距离，你算好了一样的。不是老子今天闪得快，还有命吗？

"蹦儿，你是咋搞的？"赵日红看狗与蛇打得难解难分，大声问前面的小舅子。

"没咋搞呀，姐夫，你刚才躺地上干什么？"

"你把蛇引来了，你是不是想害你姐夫啊？你姐姐的病可不是我赵日红造成的。"

"这是啥话，姐夫？"

赵日红一跳三尺高："你这灯打得好啊！你一抬头，蛇就来了，不是存心害我吗？"

"真不是，姐夫！"这钱蹦儿喊冤。

赵日红受了这个惊吓，就想快点走出这片林子，见到光亮。赵日红唤了狗不跟蛇纠缠，终于他们就跨出了这片林子，来到一个空地，钱蹦儿对赵日红说："看，鸡！"

赵日红先是看到了一只公野鸡，有长尾，一只灰不溜丢的母野鸡也跟着公野鸡飞跑。还没看太清楚，这钱蹦儿拉起皮筋就先射了一弹弓，好像打的是母野鸡，那母野鸡吓得一跳，神经质一样摇头摆尾，东跑西颠，又转过头来找公野鸡。赵日红觉得这小舅子完全没摸到打猎的门，要打野鸡必先打公野鸡，因为母野鸡是跟着公野鸡跑的。何况狗还没上哩，狗要先撵鸡，这是打鸡的诀窍，狗撵鸡也晓得先撵公的，公野鸡是领头的。他将香签早点着了，枪备好了。那狗准备撵鸡的，看钱蹦儿开了弓，鸡惊得失了方向，狗就呜呜叫着望着主人赵日红，像是在嘲笑说前面那小子不靠谱，狗都瞧不起钱蹦儿。赵日红马上示意小舅子别打了，同时唤过山黄，唉使狗上。这过山黄很有经验，开始撵鸡，先将它们撵一起，左拦右挡，两只野鸡就拢了堆。野鸡被狗撵，眼看跑不动了，就往上飞，最后终于喳喳喳地飞到了冷杉树颠上，先是公野鸡，再是母野鸡，双双上了树，公母野鸡一般是不离不弃的。鸡上了树，赵日红要的就是这结果，就是要把鸡先撵上树了再说。鸡站在树颠上，这时候基本就不会管地上的危险了，上树后就向天空瞄着，它们更害怕天上的鹰子，这是野鸡的习性。

鹰呢？哪有老鹰？只有几只小雀鹰在飞，根本逮不了野鸡。这时赵日红一屁股坐到地上，他在避蛇打滚时肩膀被刺棵刺了，一根刺还有半截没拔出来，疼。无论怎样，这两只飞上树的野鸡是下不来了，也不敢飞了，它们看见天空就再也不敢飞。钱蹦儿看姐夫赵日红没有了动静，就自告奋勇地说："我来！"

他打到第三弹弓才沾了点野鸡的边，将野母鸡的一只腿给打着了，这一弹不错，可力道不够。母鸡被打了一下，没有伤着什么，朝脚下看了看，竟斜睨着眼睛过来，将钱蹦儿鄙视了一回。那一眼剜的！反正鸡是不敢飞了，权当让钱蹦儿练射击。但这小舅子脑壳里一钵糨糊，怎么都学不会，还净玩些心机，不像正常人类。讲真话赵日红瞧不上他们姐弟俩，当初不知是怎样鬼使神差爬上了他姐姐的床让他姐怀上了。他家有抑郁症基因遗传，太过悲伤，属悲伤家族，什么事情都往唉声叹气上想。老婆生了娃子一天到晚要跳崖，照顾娃子的丈母娘一听到外孙夜哭就拿头撞树。打野鸡吧，野鸡都是待在温暖的地方，在这牛头山，夏天一阵妖风上来就入冬了，啥都冻硬球，树皮上树叶上包一层冰壳，这两只野鸡把窝做在这里不是找死吗？小舅子还发脾气说打野鸡他又喝不到一碗汤，还不是给你娃子吃了，还埋怨我使坏，请我我还不来哩。你娃子呀，前世是当官的，只爱吃野鸡野味，这不是个贪官坏子？日他的！

好吧，都是我的错，你尽管打，反正鸡上了树就是个死鸡。可这小舅子偏偏是个鸡毛眼不说，还有一只眼是有一次到山下的田畈里打椋鸟，从树上摔下来，一根树枝刺到他的鼻孔里，没几天一感染，让一只眼睛瞎了。山里有一种说法，凡是打鸟人最后都会瞎眼睛，早瞎晚瞎都是一瞎，早瞎还好些，反正是打鸟人应该有的命。万幸如果没瞎，就是鸡毛眼，或者雀蒙眼，就是白内障，但山里叫雀蒙眼，专指打过雀儿的白瞎眼。只剩下一只鸡毛眼的钱蹦儿，还怎么充硬气好汉来打猎呢？但小舅子是来给自己娃儿打野鸡的，有气不敢说。这个时候钱蹦儿直摇头，鸡却没飞，狗也没叫了。在赵日红细心盯鸡的时候，又听到了那由远而近的沙沙沙沙的响声，就像有人绕着他们，在跟前行走。他摆了下手意思让钱蹦儿也听，完全是在落叶上行走的、轻脚轻手的声音，像是在前，像是在后，又像是左，也像是右。

赵日红知道，这声音就是打匠们说的司命菩萨的声音，这位"福德正神"就是来抢猎物的，抢到就先吃了，打野鸡的事让他知道一定会黄，这声音总会响起。神农架的打匠们都知道这种声音，就是有个神秘的人跟着你，上山出坡干活没有，只要你打猎，这声音就会在你的周围鬼鬼祟祟出现，沙沙、沙沙……

你想喊，想呵斥"他"，你不敢，喉咙就像被人掐住了。你就是任由这声音来骚扰你，来折磨你，来捉弄你，你根本没有办法。你向四面八方去射击，你吓唬"他"，那是徒劳的。"他"会固执地、亦步亦趋地、寸步不离地在你的跟前走动、发声，而且总有办法抢去你的猎物，让你一无所获。

赵日红是无法战胜这个"正神"的，他只有一双世俗的眼睛，看不清那个东西。狗呢？狗的眼睛是能看见鬼神的，但在这山区，从没见狗能逮住这个"正神"，听到在周围走来走去的声音，狗也干瞪眼。

而且，就算听觉灵敏的狗，可能根本就听不见，那个"他"把狗的鼻子耳朵给屏蔽了。

谁知道这是个什么鬼神啊！

好吧，赵日红就只好像所有打匠一样忍受这响声的折磨，只当没听见，找到打那对鸡最好的角度，慢慢靠近。藏在一丛灌木后头，瞄准了，麻利快速啄火。他的视角是一枪崩一对野鸡的地方，这下狗日的野鸡是跑不了了。一声"嘭——"，那威力可大了，就是直直对着没有多远的鸡，枪一响，两只野鸡噗噗就被钢珠火药给端下来了。两只鸡一落地，过山黄立即箭一样跑上去，在草丛里去找鸡。

钱蹦儿也啊嗬啊嗬赶了过去。赵日红正在收拾猎枪的时候，看到小舅子跑到山崖那儿站着，雷打痴了一样，也不说话。赵日红跑过去一看，过山黄叼着公野鸡拼命地往石头上掷，摆着头狂甩，将那野鸡甩得羽毛纷飞，鲜血四溅，在石头上连鸡肠小肚都摔了出来。哪还是一只鸡啊，就是一团鸡毛。再转眼一看，那狗就叼了个小小的鸡头，滴着血，连长长的五彩尾翎都不见了。

钱蹦儿冲上去就朝过山黄猛踢了几脚，嘴里恶骂道："狗日的狗，给老子把鸡吐出来！"

那狗被踢狠了，哐啷哐啷地乞叫。赵日红看那狗，狗嘴里并没有吃鸡的迹象，也未必是狗在那儿猛摔狂甩，好像有个无形的人在与它争夺着鸡一样。还有一只鸡呢，野母鸡呢？明明打中了，却没见着。赵日红和钱蹦儿两个人在草丛里、石缝里到处找，恨不得挖地三尺找，哪儿找去？

回去的路上，那狗被钱蹦儿踢得瘸了条腿，一路恶狠狠地盯着钱蹦儿的耳朵，钱蹦儿就紧紧地拉满了弹弓，随时准备对付这狗的反扑和报复。

到了家门口，好像闻到了炖野鸡的香味，好像鸡汤里还放了野菌天葱花椒子。赵日红进去，看到厨房里老婆在灶前添柴烧猪食，司命灶头上，煮着一锅清水。这鸡的香味是猪食发出的？这猪食是些野菜，灰灰菜、鸭脚板、荆芥等。自己太馋了，想象的吧？

想起林子里听到的神秘沙沙声，又想起老婆在屋里头唱那首歌，什么“晚上又有鸡子吃”。还有一个怪事，自从老婆生了娃子，你现在挨近她的身子，她就嘿嘿地发笑。儿子两岁，加上怀孕一年，等于三年都没有那事儿了。晚上赵日红试着靠近老婆，她又是一顿怪笑，像个老处女，又羞涩又变态。

一宿无话。第二天赵日红想去看看儿子，晚上刚下过雨，好在天晴了，但路不好走，天上的乌云很低，好像还要下雨似的。浓雾像铁网罩在头上，身上出门就湿了。不下雨，身上也湿，这叫下雾。雾也是湿衣裳的，高山上的雾就是雨，但不叫雨，叫雾。要么是大雨，要么是大雾，没有小雨之说。

这一路有些地方出现了泥石流，路都断了，到哪儿搞野鸡去？山鸦子叫得慌，山鸦子一叫，不是下雨就是下雪，或者死人。到了丈母娘的家，四处喊小舅子钱蹦儿，但见很远的坡下爬上来个泥人，还背着只泥羊。那个泥人跟他打招呼说：“你家的娃子终于有吃的了。”

扛着一只死泥羊的是钱蹦儿。赵日红问：“是野羊还是你养的羊？”

钱蹦儿说：“我的，驼子下雨——背时（湿）。”

赵日红问是咋的，钱蹦儿说：“哪个知道！也不晓得是啥东西，将它撵下崖摔死了。好不容易从崖底下把它背上来的，滚了他娘的一身臊泥。”

那死羊被钱蹦儿狠狠丢到屋场上，溅起一股难闻的气味，摔死的羊子都有一股特别大的腥膻味。

“你看见鹰了吗？”

“没有啊。”

“没有？鹰不吃死羊吗？这羊是不是你打死的？”

“一只羊一千多块，我打死了给你娃儿吃？只怕真以为你娃子前世是个什么官员哩！”

"娘亲舅大，舅舅不疼外甥还别个疼？"又问，"昨天打鸡时一路你听到什么声音了？"

钱蹦儿烦了："干脆你自己一个人去打，你别怨人，也别怨鬼，你娃子哭得眼睛充血，你听不见心不烦，你娃子吵得我们睡不了，你到底还打不打去的？"

"打，当然要打。"

他就给钱蹦儿说，今天不带过山黄，还是和钱蹦儿一块去，但得想办法把他姐诓回娘家，免得她在灶头司命菩萨前说打鸡子的事，把事情给弄黄了。"咱们悄悄出去兴许能弄几只野鸡回来，我还是相信我的枪法。"

赵日红一顿吹，钱蹦儿就去喊他姐姐回了娘家，说他去帮姐夫地里挖红薯，两个人就悄悄地上了山。

山真的是硬，人心就虚，赵日红给钱蹦儿说，这山硬的原因，有说是夺了神农老祖的威仪，有说是过去这山上埋过张献忠一部下，也是个杀人如麻的人。往山上走了一段，翻过了两个垭子，钱蹦儿的手机就响了，铃声是一段秦腔，神农架的人都喜欢听秦腔，这里本来就是秦岭余脉嘛。那秦腔跟哭丧似的，像鸦群叫。钱蹦儿一接，没有表情，林子里听得清楚，又是推销武汉地铁口商铺的广告。钱蹦儿接听的全是广告，像他这样的人，这世界没谁找他，连鬼都不会找他。赵日红也是，每天接到的电话都是推销武汉地铁口商铺、别墅、贷款的。把你表扬得天花乱坠，说通过调查你信誉度良好，可以贷款两百万元。但武汉在哪个方向，赵日红都不知道，他比小舅子强点，还去过宜昌，小舅子只去过县城。可这钱蹦儿还一本正经地跟推销员扯起经来："你那商铺是多大的？多少钱一平米？"赵日红烦了，将他的手机一把夺过来就给挂断了，说："蹦儿你还真以为你去买武汉商铺啊！"钱蹦儿说："你管的！"手机又在他手上响了起来，秦腔声老鸹声一顿乱叫，马上头顶就来了几只大嘴乌鸦应和。这山真是太硬了，赵日红大声说："蹦儿把你的手机调成静音不行吗？你整天接这样的广告电话不烦？"

两个人找到了先前到过的地方，钱蹦儿就一路撒着苞谷粒儿，这是引诱野鸡来啄的。这样果真引来了野鸡，钱蹦儿刚蹚进草丛，一只公野鸡就扑棱棱飞了起来。这是昨天的野鸡吗？公野鸡压根儿就没打死？又发现了一只母野鸡。如果是昨天的野鸡，那狗嘴上叼着的鸡头又是谁的呢？这事儿搔脑壳解决不了，野鸡明明就在眼前。狗撵不上树就人撵，两个人"哈起哈起"大吼着撵鸡，鸡终于上了树，站在一棵棠梸树上，那棠梸结了许多红果。两只鸡又开始瞪着天空了，就等于把赵日红和钱蹦儿两个全忘了。

雨雾四合，看东西费劲，赵日红都看不清楚，雾一上来那些红果和公野鸡的彩尾就混淆了，何况只有一只眼睛的钱蹦儿。钱蹦儿是不是举着弹弓，反正他就低声喊了一声："蹦儿！""噢。"钱蹦儿应答了一声，赵日红的声音是告诉他别玩弹弓，别惊吓了野鸡，果然钱蹦儿就不吭声了，手也放下了。等雾气稍微散去一些，赵日红终于看到树上的野鸡，至少看到了一条长长的尾巴，彩色丝巾一样从棠梸树上垂下来，少说有两米长！这么长的野鸡尾翎，赵日红从来没有见过，这野鸡毛拔下来放在家里也挺好看的。真的是很少见这么长尾巴的野鸡啊，简直成野鸡精了。它平时在草丛里、刺棵里是怎么拖曳着走的，又是怎么能飞起来的？不被野兽吃掉，不被打匠打掉那真是侥幸呢。

赵日红先躲到一棵橡树的背后，树枝又密，正好架着枪。不怕野鸡跑，躲开雾后找准了再开枪不迟。这次是实实在在地瞄准，心平气和，做了几下深呼吸，就往干净处想，不想肮脏的、秽气的东西。正在调整思绪和呼吸，那沙沙沙的小心翼翼踩落叶的声音又出现了，像是一个人走过来，在对面瞅着他，又好像要瞅着认一个人跟他打招呼。一会儿，好像这个人绕道了，到他背后准备看着他打出这一枪。赵日红猛地回过头去，没有人，没有影子，什么都没有。但那沙沙行走的声音走走停停，总是不慌不忙……这雾，这牛头山……他的心跳就加快了，究竟这缠绕了打匠几千年的声音是个什么东西哩？就跟着了我，又不好骂，如果只是司命菩萨那正神，那是不能骂的。他在瞪着两只树上的野鸡，死死地锁住目标，不能分神。

雾越来越大，视线太差劲，又看不清什么了，眼瞎了一样，世界全被雾淹没了。过了一会，雾薄了，看到那鸡毛眼的小舅子钱蹦儿乜着一只眼，挥舞起弹弓，他又要乱射又要充好汉？赵日红喊："钱蹦儿！""嗯！"钱蹦儿答应得很快。可是听自己喊钱蹦儿的回声，很不像自己，像是另一个人，像什么，他没想清楚。再喊了一声："钱蹦儿。""嗯。"那回声在雾里穿梭，也不是自己，越来越不像自己。

雾有一阵飞了，那只母野鸡转过头，盯了他一眼，像是有话要说，又像是一个读书人对挑粪人鄙视。这让赵日红很气愤，管他的！说时迟，那时快，就稳住手上的枪，把香签上的火往引信上一碰，火就哧哧着了，一枪射过去，那硝烟钢珠就像喷雾器一样冲上树颠，发出嗵的一声爆炸声，打中了一大片。赵日红眼睁睁地看到两只鸡和打断的树枝，一起呼噜噜泥石流一样往下掉落。

那么大的两个家伙，五颜六色，飞旋着往下掉的，好多鸡毛都打飞起来了。

"钱蹦儿！"他喊小舅子快去抓野鸡。

应答了："噢噢！……打中了，怎么打中我了？！"

小舅子刚开始的应声还柔和，后一句就像是杀了人一样惨叫，声音含混。他看见他的小舅子跳起来，血光飞舞，在林子里疯狂地转圈，乱跑乱跳。血溅得到处都是，树上，草尖上，溅上了赵日红的身，并且有一滴飞到他眼里。人的血黏稠，进了眼里就像沙子一样磨人。赵日红忙去揉眼睛，眼睛红通通的一片，红得像过了火的林子一样，呼呼地在眼前烘腾。他看到过来的小舅子钱蹦儿满脸是血，下巴脱了臼，一扇一晃的，像是挂在脑袋上的一个血袋子，汩汩往外漏血水。

"姐夫，你打着我了！……"

　　不是打的野鸡吗？明明是两只鸡掉下来的，莫非钱蹦儿上了树，披着野鸡的毛？……

　　"蹦儿！蹦儿！"

　　怎么喊，钱蹦儿都没了声音。

屠夫老马

　　话说神农架这地界，山民的肉食以腊肉为主。因为山高路远，赶一趟街不容易，吃鲜还不现实。农历冬腊月将猪杀了腌制后在火塘上熏好，就是一年的肉食。一般人家喂猪散养，三五头猪很正常，所以每家杀的猪会有两三头甚至四五头也不稀奇。屠夫因此成了季节活，一年中少有活干，跟村里装神弄鬼的法师、端公们一样，平时看不出有什么唬人的架势，也不杀气腾腾，都是慈眉善目，老实寡言。

　　有一天老马提着一袋子砍刀，一个人往银杏坳去杀猪，一条恶狗跟着他狂吠，跟了有三里多地，还拦着他不让走。过了香溪河，又翻过老鸦岭，这事邪乎了。老马看那狗，龇牙咧嘴，眼神中有很阴怪的算盘子儿扒拉着响。老马有胸口疼的病，就是心脏不好，遇到这样的事就心动过速，气急如死，脸会煞白，像遭了吸血鬼一样。老马平时脸色亮堂，略有浮肿，耳廓坚挺，牙齿雄健，脖子粗壮，淋巴结包生来就大。看身板，厚实有力，长期擒猪的缘故，一双大手像铁爪，指甲沟里有永远洗不去的紫黑色，那是猪狗的血。往常，凡猪与狗见了他就会撒丫子飞跑，知道他是拿魂的无常，那种血腥气人闻不到，猪狗闻得到。就是进了老林扒子，野兽也得躲他。杀孽太重的人，鬼都怕他，老马外号就叫"鬼见愁"。但此刻，这条狗是咋回事呢，追着他咬，难道不怕死吗？屠夫老马用手赶着狗，今天他没有杀意。就对狗说：你追着我咬是为什么？心想怕路上有凶险，这狗跟着我也是个伴。狗想说什么它说不出，是不是想要投胎转世了，想让我给它一刀？老马兜里揣了壶苞谷酒舍不得喝，就等下酒菜了。再一想这恶狗莫非鼻炎，没闻出我马云身上的血腥味，活得不耐烦了？可他心中也有一怕，是不是身上有秽物附体，让狗看见了？

走到白雾岭，天上地下全是雾，像满山烧草沤肥，那雾真的还呛人，又听到一声声狼叫，老马倒不在乎，没有兽敢惹他，就寻思将这讨厌的狗剁了。在狗围着他裤腿咬的当儿，一刀背砍过去，那狗就瘸了一条腿。狗有几次差点咬到了他，都被他躲过了。这下被打断一条腿的狗哪还有力量跟老马作对，估计回不回得去村里还是问题，弄不好就死在了老林扒子里，成为老熊或豺狼的美餐。

可是，这狗被敲断了一条腿却不后退，晃荡着左前腿，依然朝他咬。老马愈加迷糊，这是咋回事咧？后退时绊到了一块石头，那狗就咬到了他的裤腿，没有咬他的皮肉，只是叼着他的裤腿往后拉。正在诧异时，听见背后一阵哓哓的吼声，转头一看几头红眼野猪正站在后面，向他围来。他看那猪，一头头嘴尖毛长，獠牙寒利，浑身披着刺稞，眼睛像红灯泡，射出一道道电光。为首的却不是长嘴野猪，分明是一头家猪，秃着嘴，眼睛里有跟人类交流的东西，耳朵上有个孔，系一条红布。这是什么猪？老马脑子里过电影一样想自己是否杀过一头这样的猪，这猪为什么要害他？可脑子一时混乱，想不起来，杀了太多的猪，哪记得这事。但这猪有点蹊跷，是主人挂条布做的什么记号，因为散养，怕自家的猪与别人的弄混了。不过一般会在猪身上用红漆涂上记号，不会给猪耳穿个孔什么的。好在这时，那条断腿狗对着那些猪狂吠起来，虽瘸着腿，可气势如虹，冲向了猪群，把老马与猪隔开了。趁这工夫，老马从袋子里抽出一把最长的砍刀，准备与猪决一死战。看到那断腿狗一跳一跳地狙击野猪，歪歪倒倒，就心生巨大悔意，原来这无主狗是来提醒我的，被我打折了腿还要保护我。这狗的来头怪，我又不认识它，想不起来是哪家的狗。也同时琢磨这野猪群中咋有头家猪，还像是头领？我与它们有什么仇呀，今天要找我复仇？但深山老林里的事情大多是没有道理的，你只有承认现实。此刻的现实就是，被他打断前腿的狗向那些劫道剪径的猪反击，而猪是想把他老马撕了。

一条狗和一个人无法逼退那些野猪，常言道，一猪二熊三虎，深山老林里，野猪最狠。那些猪不急不躁，一步一步，步步为营，将老马和断腿狗逼到一处悬崖边。老马往后一看，怎么就到了无路可退的绝境？心想明年的今天是我的祭日，暗暗叫苦道："完了，就此完了。"又对那狗说："狗呀狗，我以为你是条恶狗，哪知你心肠这么善，你为什么要帮我？你想今日投胎是吗？请我帮忙补上一刀？"那狗无法说话，只是狂吠，摆动着身子和尾巴，像一条疯狗，前爪趴地，伸出一尺长的舌头，牙齿像是钉耙，不让猪们靠近。那头耳上系布条的猪，半闭着眼睛，似乎根本没朝那狗看，嘴拱着地，像是在找食，又像指挥着那几头野猪。突然伤狗纵身咬到了那头家猪的耳朵，那猪被咬疼了，顿时嘶叫起来，几个摆头，想将狗甩下。那狗却是死死咬住不放，这时另外三头野猪一起向狗扑去，狗在猪头上上蹿下跳，躲避野猪的攻击，还是被咬得鲜血淋漓，伤痕累累。但狗就是不松口，拖曳着那家猪，往悬崖边去。猪有劲，狗不是它的对手，常言说身大力不亏，但还是架不住狗的拼死劲，硬是一点点将猪拖到了悬崖上，再用了最后的力气，生生把那猪拖下了悬崖，狗与猪同归于尽了。其他的野猪看它们的头领和狗一起跌下了悬崖，吓得拔腿就跑，一会儿就跑入老林中没了影。老马抓着石头，站在崖壁上，惊魂未定，恍如梦中。

经过这次事件后，老马大病了一场，浑身无力，拿刀子就抖，双手抖得像筛糠。过去杀猪他一个人搂猪捅刀，一刀进入脖子，就是气管，抽出刀，血直飙，流了一盆，不到半分钟，猪再大的力也就软了，再粗的喉咙，也就偃息了，服输了，走了，投胎转世了。这样双手乱抖，他就想要收个徒弟搭个帮手；另外，有个徒弟，胆就大一点，不再一个人山林里走路独往独来，去杀猪的时候有个伴。人老了，胆就薄了。

只有杀猪人知道，猪的后胯里，有些黄斑点。一个黄斑点代表它轮回了一次，猪一般要轮回六次，要杀六刀，才能投胎转托人身。只要猪进入猪的轮回，是一定要杀六刀的。所以，老马下刀都力求干净利索，一刀一个，让猪尽快脱离苦海。

找了很多人，一听说是杀猪，没有想干的。找到秋上，终于有了一个。这娃子十七八岁，大头，大耳，黑皮，厚唇，宽嘴，敞鼻，一看就是个老实人。也没问他识不识字，再说一个杀猪的识不识字，与杀不杀得死猪关系不大，学好操刀就行了，只是看他有没有力气。这娃一进来，靠着门板，呆头呆脑的，喊了声："您家哪。"

"你叫我马师傅得了。"懒得跟他啰唆，没心的娃，"叫啥哩？"

"毛骡儿。"

证实了半天，还是这么个污糟的名字。这娃子穿着歪歪扭扭的旅游鞋，拉链夹克敞开，露出半个黑肚，就像个土匪。

"哪个村子的啊？"

"野猪岭的。"

"杀过野猪没？"

"没。打过几次锦鸡子，捋的毛。"

"我说的是拿刀捅。"

"没有。"

"杀猪没啥技术，就是下得了狠手，把刀磨快，往猪喉咙里塞，不当它是猪，就是块土布，不是生命，找准位子就行了。"

"就是狠啊。"

"就是狠。"

"我姐说狠心的人都没有好报。"

"唉唉，这活儿的确不好使。你父母双亲还健在吗？"

"不在了，就一个姐姐。"

"这也是个狠心的姐姐。"老马小声嘀咕道。就备了些酒和熟猪下水，让他给神农老祖敬上。

偏厦里面供着一尊长角的神像，戴着皇帝帽子，帽子上一排排珠串是木头雕的，应该是崖柏，有一股特别的香味。点燃了香，供的有卤猪心，还有一只腊蹄子，都熟了的，老马让毛骡儿跪在那尊小小的神像前，说这就是保佑我们的神农大帝。"那……师傅，这观音是哪个雕的？"老马没回答。在神农大帝旁边还有个观音，也是木头的。神农大帝是个根雕，两只脚就是两根枝丫；观音菩萨也是一截崖柏，有瘤疣。可观音菩萨的头脸雕得圆润安静，闭目沉思，像有什么心事一样的，跟真人没有差别。因为是神，毛骡儿不敢摸。拜完神仙菩萨，老马就给了他一个小观音，也像也不像。老马说："大大小小都是我雕的，你戴上了就算是我的徒弟。干咱们这一行，是折寿的事，你戴上观音就会好一点。能好多少，我也不知。"

另一个旮旯里，堆着杀猪的腰盆，椭圆形的，以后毛骡儿就要帮师傅挑这个大盆走村串户了。还有铤杖，铁的，很长，捅猪的皮肉让吹气的，以便刨毛。各种大砍刀，全是重家伙，这都是毛骡儿肩上的东西。还没有开杀戒的毛骡儿看到的全是凶器，全是血肉横飞。这些刀夹在芦苇壁子上。它们的旁边，又摆着些小刀，很小，很窄，也有刨子、锛、锯子。有一尊雕出了轮廓的观音像，师傅说："我自上次遭遇野猪后，双手抖得不行，有个狠郎中说最好的压惊药就是雕观音菩萨，他说的有点道理，我就试着雕看看，果真可以治手抖的毛病。观音是神，你总不能把观音的脸雕成搓板是吧？那你就得平心静气，雕得跟石头结冰一样的光滑。那郎中给了我这截黄杨木……"他交代："一边杀猪一边雕观音，你以后也跟着我学，没有猪杀的时候你就雕观音，雕好了可拿到街上去卖，雕观音是增寿添福的，这样就抵消了咱们这一行的杀孽。"

他看着毛骡儿一脸的蒙逼，就安慰说："也没什么事的，猪本来就是杀了吃的，我不杀它总有人杀它，猪生就是阳间的一碗菜。你说不会雕菩萨，你不雕也行，倒是，我看你生就是块杀猪的料。"

这是哄他上路，好好鼓励他。

老马说这些的时候，坐下来，拿起一把雕刀，给毛骡儿示范。他雕观音的脸，轻手轻脚，跟细瓷上做活一样。他说这是黄杨木老料，现在没有这大的料了。使这种刀跟杀猪的感觉完全不同，要完全变个人，不是杀猪的马云，也不是杀猪佬马云的徒弟毛骡儿，是镇上木雕厂的毛骡儿。不可使蛮力，要用心琢磨，心地善良，不沾血腥，就像是庙里念经的和尚尼姑。不过也没那么复杂，你用一把刀和一块好木头打交道，你自然就细心了；你用一把刀和一头猪打交道，那你就得狠心，就是白刀子进红刀子出的营生。猪天生是挨刀的，不是养着玩的。你看那猪，神农大帝就是安排让它浑身滚泥巴，整天站在粪水里吃糠咽菜，憨吃哑睡，然后过年一刀毙命。还别说，神农大帝也把它的味道调好了，你说猪身上的东西哪样不好吃？粉蒸肉好不好吃？带皮的，五花肉。那脏猪嘴卤过后好不好吃？红烧肉好不好吃？猪耳朵好不好吃？脆嘣嘣的。猪肝好不好吃？猪蹄子好不好吃？就是装屎的大肠，煨了煮面条，叫肥肠面，我每次去镇上必须吃上一大碗。但谁听说人肉好吃的？过去这儿的大土匪王大牙好这口，传出的话是人肉酸，跟泡豇豆一样，酸得尿裤子，咱不是土匪，没尝过……

毛骡儿觉得这事儿有趣，本来跟师傅杀猪的，却到这里拿雕刀雕菩萨。村里知道这事后，都来看稀奇，果然，老马的菩萨雕得真是有模有样。这不就是老话说的，放下屠刀，立地成佛了吗？"老马你可是入错了行，你应该去木雕厂当师傅，你浑身是艺术细胞啊！"

师傅雕菩萨的刀子有二十多种，都是光灿灿的，不像他的杀猪刀，涂满了污血，杀猪刀也就十来种。这雕菩萨的刀有锉刀、圆刀、斜刀，还有自制的羊毛刷。他说心中有观音，才能雕出观音，心中有什么样的观音就雕出什么样的观音。这些各种各样的刀具，雕刀也好，杀猪刀也好，都是师傅设计让村里的张铁匠打的。毛骡儿看着他师傅一杯酒放在木墩子上，那个他吹嘘的观音像好像也蒙了灰，很久没动了，估计是去年或者前年的木头。师傅是这样说的，这活儿是磨性子的，慢慢来。又说，有猪杀的时候，我们就出去干活，咱们的主业还是杀猪。说个不欺菩萨的话，咱还是喜欢杀猪，有吃的，东家杀了猪，会把多的心肺呀肠子呀什么的一大堆给咱们，所以吃你不担心，干咱们这行的别的不行，但油水厚，挑回来一筐下水，那就有事做了。心肺煨汤加上木姜子、鲜花椒，再添些萝卜，比吃肉有味多了，常言说吃肉不如喝汤，就是这个理。还有辣子肥肠面、肥肠粉，不说也罢，说就流清涎。虽然肠子有点臭，哪个人不爱臭？吃香的我还吃不来哩，一碗牛肉面和一碗牛杂面摆在这里，我肯定吃牛杂面。人在世上，其实就是吃饱喝足，有苞谷酒喝，有心肺汤喝，说个丑话，让我去京城当皇帝我也不干。杀猪虽然是杀生，也就是为了混饱肚子，吃碗肠子，过个日子，然后睡几块棺材板子。

来蹭酒喝的是挖药材的吕老崽，师傅马云的酒友。老崽只要闻到老马家炖出的香味儿就会不请自来。随便找出师傅家盛酒的碗或者杯子，不洗也没关系，就用手在杯子里转上一圈，再撩个衣角在杯子里转上一圈，筷子咧也不管洗不洗，先用虎口一抽，再将筷子挟腋窝里这么一拉就干净了，先前在外头闻出的味道就知锅里煮的是什么。这人跟野兽一样，可以闻风五里，而野猪可以闻风十里。神农架这地方很小，客人不请自到并把别人的餐桌当自己的家，这事非常正常。见又是心肺，先喝碗浓汤，油厚，味重，老马是他的菜。心肺厚而不实，煮久了吃进嘴里像棉絮，但到了嘴里，加上酒，还是有嚼头的，有点像猪肝，比猪肝味短。可是一旦连汤带水捞到碗里，加上葱蒜、花椒、木姜子，汤又浓酽，可以放开肚皮吃，一副心肺就是一顿大餐，管吃饱，不像猪肝香肠那么一点点，在人家桌上吃，根本下箸就是挑花绣朵。但是吃的幸福也不就是这样大碗喝酒、大碗喝汤吗？吃了心肺，吕老崽也不白占便宜，将他采到的好药比如金钗拿出来，丢一根到老马的酒坛里，还有头顶一颗珠，再加两颗，老马知道价格,比他的心肺汤贵多了,又有强身健体活血补肾的功效。老崽说:"老马,你这观音要雕到猴年马月呀?"他把酒放在嘴里回旋,然后吞了,然后放下酒杯,然后抹了下胡碴子,鼻了往上揪揪,眯着雀蒙眼,等老马的回答。老马哼了一声,沉浸在心肺汤的热噜中,说:"这个嘛,你操啥子心,你个牛鸡日的你采你的药,心急吃不得滚粥,烫着自己,那可难办。再说,我这尊菩萨,自雕自用的,还想送与你不成?"吕老崽吃了人家的嘴软,说:"老马,你跟这尊菩萨很像,大慈大悲啊。"老马听了呵呵一笑道:"你个牛鸡日的会说话。"可吕老崽话锋一转说:"不过嘛,我左看右看,你雕的菩萨手上不像是杨柳枝,就像是拿着把杀猪刀。"老马一听,脸就垮了,头上青筋一跳老高,发起脾气来:"老崽,你这是日谶我呢,还是日谶菩萨?没有老子杀猪,有你的心肺汤喝?观音菩萨的眼里就是要普度众生,杀猪也不是普度众生吗?那些蠢猪,让它们早点投胎,转世为人不是积德行善吗?"老马虽然生气,还是给吕老崽的酒杯里倒酒。吕老崽就逗他说:"猪不蠢,外国的猪还画画,成了全世界知道的画家,一张画卖好几万,你卖画能卖几万吗?"老马说:"猪再聪明,它永远是猪,能喝酒不?能睡床不?能搞女人不?它不蠢它怎不逃跑,想挨几刀好受吧?我给它们一刀,就是助猪为乐,咋不是做善事?咱一辈子杀猪就是一辈子做善事,就是活着的观世音菩萨,你牛鸡日的不信吧?你不信小心没有酒喝。俺不杀猪,今天你有汤喝?喝足了给老子滚。"吕老崽哪会滚掉,每到这时,吕老崽就笑着用筷子头点了一下师傅老马大声说:"天天来,就想你狗日的大善人。"

可徒弟有疑惑,毛骡儿有天对老马说:"师傅,你说杀猪是做善事,添福添寿。我咋听老人说,杀孽太重的人,都不得好死咧?我们村有个专门逮雀子的,后来背上长了一个大疮,周围几十个小疮,大疮小疮都像鸟,叫百鸟朝凤,后来烂死了。还有一个打家狗的,人家的看门狗,全给打了,打了狗,就在山洞里下菌子煮吃。有一次煮的菌子中有一种食肉菌,是细菌,因菌子没煮熟,食肉菌就钻进了那人的体内，开始吃他的肉，每天吃得沙沙响，就像蚕虫吃桑叶。肚子里五脏六腑全吃空了，又吃他的脸，脸吃成了骷髅，就剩一张皮，包着个骷髅，后来就躺在床上，像一张纸那样死了。"师傅说："你讲的是狗屁，我们是人家请了去的，请去杀猪不是我们的主观意愿，我们只是帮忙补一刀，你以后就懂了，相当于城里的安乐死，与杀生没有关系……"

话说有一天，林子里传来了动物的嚎叫声，像狗，也像狼。老马给徒弟毛骡儿说："你听下是什么在叫？"毛骡儿说："是狼吧？"老马说："八成是狗。"那叫声有点凄惨，就像要发生什么大事一样，叫声往天上飞，又拖得很长，山林里有人下了套子或"铁猫子"，反正套住了东西。下套人早忘了，也许是很远的盗猎者在这下的。那声音停了一会儿，到了晚上，叫得更加凄惨。老马说："也保不定是狼，咱们若去看个究竟，狼会唤来同伴，等明儿白天再说。"

那叫声嚎哭了一整夜，到了早上，师徒二人的眼圈都是黑的，还肿，都没有睡好。毛骡儿拿着刀子准备学雕观音，老马叫上了他，说："拿把大的。"指着那些杀猪刀，上前去取了一把，交给毛骡儿，自己也拿了一把。毛骡儿拿上师傅给的刀，刀柄又腻又沉，举起来像一块大石头。因为猪是大牲口，需要用力，所以这一把刀可以改二十把三十把雕刀。捅跟雕就是不同，摸摸刃口，就像是悬崖一样让人胆寒，刃口上还浮着一些细小的蘸水磨过的铁锈。

师徒二人一前一后往叫声发出的山沟里蹚去，路上，师傅老马叮嘱徒弟毛骡儿看着脚下，也看着四周，防止有狼跟上。狼是很鬼的野牲口，跟上了你，再邀上周边的狼，你就只有死路一条。师傅说，遇上狼，就是咱们师徒两个在一起，在狼面前都不是对手，何况狼后头还跟着狈。狈更鬼，因为前肢短，只能趴在狼的背上。有的狼懒惰，背一只狈让它们先去攻击猎物，狈无论是吃人还是吃猪吃鹿，都是先抓眼珠子出来。因为前腿短，但抓力强，掏出眼珠子先给狼吃，这是感谢狼背了它。猎物被掏吃了眼珠子，基本就成了废物，只有让狼、豺吃掉。

师傅老马的话说得徒弟毛骡儿两只腿瑟瑟发抖，浑身汗毛倒竖。老马观察这个徒弟，也没把他说的当回事，憨头憨脑的，还带着笑意。蹚进灌木丛，拨开荆棘往下走，就看到山崖的凹处，有个东西被套着了，是条狗，不是什么狼，就是条野狗或是哪家里来野外撵兔子竹鼠的饿狗，一不小心踩上了猎人的铁猫子。

"是狗哩，师傅。"徒弟毛骡儿就过去，要为那狗解套，却被师傅老马一声拦住了。

那狗哀哀地叫着，身上的毛没有光泽，寡瘦的狗头上两只眼睛有着诡异的求情，嘴角因为嚎叫全是干结的涎沫，长长的舌头都发黑了，像是吃过煤炭，呼呼地往外冒着火。

"这狗可怜。"

"可怜是可怜，你等着看看。"老马就拿着树棍子，慢慢向那狗靠近。狗看到这是村里杀猪屠狗的老马向它走来，这人一身的猪狗血，狗就挣扎得更厉害，拼命想跑，可后腿被夹，已经拉脱了皮，血肉模糊，像这样一定会挣断，看到老马手上的砍刀又更猛地挣扎。只见那刀，寒光闪闪，前尖后秃，刀背宽厚，敲过多少猪狗脑壳，刀锋又捅过多少喉咙。今天没死在铁猫子手上，定会死在老马刀下。于是恐惧逼疯了那狗，又扯又撕，又蹦又跳，又叫又嗥。喉咙已经哑了，夹着那条又脏又黑的尾巴，就像一个人害羞捂着裤裆。

老马不急，伸过去树棍去拨它的后胯。那狗见树棍过来，龇牙就咬，咬着不放，怕这棍子上身。老马与咬棍的狗拔河，竟然拔不出，他就嘿嘿笑起来，旁边的毛骡儿也被逗得呵呵发笑。

看那个夹它的铁猫子，已经锈得不成样子，像是从古墓里挖出来的。这铁猫子下在这里，估计几年都没有夹到东西，这只狗咋踏上去了？但这铁猫子沉，有五六斤重，两边的夹片有牛脚大，是夹老熊和草鹿的，这条狗运气太孬，夹住了认命，就哭。一会儿哭嚎得像个死了亲人的妇人，一会儿又尖叫得像挨了揍的小娃子。老马终于用棍子戳开了它的后胯，但狗乱动乱摆，毛骡儿不知道师傅戳胯里是干什么，这么近，一刀捅过去，不就了结了吗？他以为师傅在研究夹狗的铁猫子，怎么把它掰开。师傅好像没有下手的想法。看那铁猫子，太大太沉，又锈蚀了，师傅一定掰不开，毛骡儿就说："师傅，你把狗头压着，我来掰行吗？"老马还是用棍子横着不让毛骡儿动手，说："毛骡儿，你听这狗是咋哭的？"

毛骡儿不明就里，摇摇头，不就是个干号吗？狗和狼都是这样的，叫像哭。

"一会儿是妇人哭，一会儿是小娃子哭，这事儿蹊跷。你知道周围有没有要生娃子的人家？"

"昨日听说漆树坳有个女的要生娃子，今天还没生出来哩。"

"喔！好了。"师傅说，再死死别开那狗的后胯让毛骡儿看，"你数下它胯下的黄斑。"

毛骡儿依然不明就里，蒙蒙眬眬地俯身下去，看师傅用棍子指戳的地方："三个……师傅，怎么了？"

"按说猪要轮回六道，才能投人胎，狗少两个轮回，也要杀四次，这狗到了投胎转世的时辰，却还困在这里，生不能生，死不能死，咱要渡它上岸。这么叫了两天，让人家的妇人难产受罪，它也受罪，只有结果这狗的命，才能救那漆树坳母子的命，明白吗？"

说完师傅迅雷不及掩耳，一刀朝那狗砍去，狗来不及腾跳挣扎，好像还送上了脖子，高仰着头，正好迎上了师傅的刀，将那喉咙齐齐砍断，狗头耷拉，立马倒地，抽搐了几下，淌着热血，就不动弹了。然后师傅老马再去取那狗腿上的夹子，小心翼翼，不是硬扯，而是让毛骡儿帮忙，师徒二人狠狠地掰，又恐夹到自己的手。那铁猫子的力量真大，夹断一只熊掌也是一秒钟的事。毛骡儿就对师傅说："把狗腿砍断算了。"老马说："使不得，使不得，如果砍断一条腿，人家家里生的娃子说不定就会有腿疾的。"

师徒俩费了好长的时间，终于将铁猫子给撬开了，死狗就由毛骡儿背着，经过漆树坳时，正在路上走着，突然听到了寂静的坳子里有婴儿响亮的哭声，就像是弹洋琴，清脆高亢。老马让徒弟毛骡儿放下死狗，说："我们去那家人家看看。"

两个人将死狗藏在了路边的树洞里，循着婴儿的哭声，走到那家人家门口，一看，是徐窑匠的家，这徐窑匠在给别人打窑烧瓦时窑塌下来，把腿压断了。看他门上已经贴了红纸，告知村人这家生了娃子。他们在门口就看到徐窑匠用大红花小被子抱着一个婴儿，这时一个姓赵的乡村女医生从屋里走出来，一问，才知徐窑匠的媳妇已经动胎了两天，因为胎儿不是头先出的，好在赵医生手很小，伸进产道将那小孩儿胎位给弄顺了，此刻，刚好生下来不到一个时辰，还是个男娃，徐窑匠高兴得直打喷嚏。老马就去看这娃子的脚，看到脚脖子那儿有一道深深的红迹，心里就明白了，便让徒弟毛骡儿看，可徐窑匠说这是赵医生给拽红的。"不管咋的，只要母子平安就是天福了。"老马说。徐窑匠的妈给了老马和他徒弟每人两个红鸡蛋。老马要毛骡儿接着，说："这红蛋要吃，一定要吃。"

师徒二人吃着红鸡蛋，又上了路，老马说："事情就是这么的，万事都是相连的，你信还是不信呢？"

毛骡儿说："人家医生拽的，干吗扯上这条狗哩？这样说来，咱们都是猪狗托生啰？"

老马说："不是是咋的？你就是头猪！"

到了腊月，火塘的火红了，山里就没事可干了，地里的苞谷洋芋都收了，苞谷挂在梁上和墙壁上，熏猪肉就成了比较重要的事。这么说吧，农家的火塘顶上，不挂些肥滋滋的猪肉，这火烤得就没有什么滋味，这么好的松木烟子不熏猪肉未必熏人的眼珠子吗？头上有一排排猪肉，就相当于秋天钻进了穗子挤挤的高粱地里。再者，到了吃饭的时候，站上椅子手拿刀割下一块熏好的肉来，肥瘦相宜，切好，丢进炖锅里，再到菜园里砍一蔸白菜，一并煮好，酒杯一端，活色生香的日子就开始了，人生的幸福就不过如此嘛。

徒弟毛骡儿挑着木腰盆和一堆刀具，虽然天寒地冻，但头上走得热气腾腾。师傅老马拄着铤杖，叼着烟。路人遇上了，说："马云哥，去杀猪呀？""嗯啊。""这徒弟是哪儿的？""野猪岭的。""一把好力气。"

老马对徒弟毛骡儿说："杀猪本来是个力气活，猪也是完成它的生命，虽然反抗一下，也会乖乖地受刀。但猪毕竟是猪，有些发蠢，送它转世它还扭七扭八的不肯就范，会发些横劲，你就必须心狠手辣，快刀斩乱麻，当断即断，就是为了快快送猪脱离苦海投胎去。"

说的是腊月初八的这一天，老马和徒弟二人来到了马嘶岭，这一家杀猪要杀的有两头。第一头拖出来，被几个人摁在了两条板凳并成的猪案上，主人紧紧抓着猪的后腿，张着阔嘴，蹬着弓步，拉拽着捆猪的绳子，大喊着，不要松啊，不要松手压住它呀。那猪被捆绑了四肢，嘴里喷着白沫，声嘶力竭，同时奋力射出污臭的粪便，叭叭叭地把压它的人喷了一身，扇着大耳，吼着粗气，猪眼望着天空，像是知道了自己的死期来临。但它心里也许在盼着这一天，好结束这吃糠咽菜喝泔水的日子，寻个好人家做人去。猪在挣扎时老马已经看好了猪的胯下有五个黄斑，它假模假样地嘶叫了几下，老马就让毛骡儿上去操刀。毛骡儿接过师傅的刀，那刀柄粗、凉、莽，像一块石头攥在手上。毛骡儿抓着猪的鬃毛，毛死硬，戳手，猪还发抖，三四个人压着猪，作墙倒众人推状，巴不得杀猪人赶快结束猪的命，让它早点咽气。加上师傅指点，捅刀之前毛骡儿已定下了心，斜着刀果断插下去，进入了猪皮，切割声利索。可毛骡儿毕竟是第一次杀猪，刀进去不猛，猪皮又厚又软，脖子上皱巴巴的，刀尖滑了一下，没有对准喉管和动脉，猪血出不来，只是小股滴到盆子里，猪劲儿依然挺大，在垂死挣扎，竟然有腿从绳索里挣扎出来了。老马想，这徒弟手软，于是发出啧啧的惋惜声和提醒声。毛骡儿既然已经出刀，手软心不软，开弓没有回头箭，就将刀狠狠地挺进去不退缩，那刀正在进入时，突然一头大猪跳出猪圈，直直地朝他们冲过来，像犯了疯病一样用猪嘴全力朝他们攻击，毛骡儿双腿被撞开，又紧紧压在猪身上。那疯猪见人就拱，把人拱得东倒西歪。疯猪又去拱板凳上的伤猪，是解救它。果然，伤猪有了救援，回光返照，四肢在绳索里乱踢蹬，终于成功，后腿钻了出来，想翻个身，用力一踢，正中老马的下怀。那老马本来有胸口痛，立马，心脏一阵锐疼，呼吸窒息，人就倒地了。他捂着胸，看着那伤猪跳下板凳从他的身体上跨过去，脖子上还插着刀，淌着血，气吼吼地就往后山的林子里跑去。

猪的主人和帮手们见猪喉咙上插着刀跑了，就去追那头猪，顺着血印子。后头的疯猪，因为救了它的猪队友，在屋场上手舞足蹈，摇头摆尾，癫狂乱跑，见什么拱什么，拱翻了腰盆，拱倒了桌子和开水壶，拱得鸡飞狗跳，人仰马翻。毛骡儿这时护着师傅，把他扶起来。老马说："快去追那猪！"毛骡儿放下师傅跟着人一起去追伤猪，但那猪已经跑得无影无踪了。

垂头丧气地转回程后，那些人迁怒于屋场上狂暴的疯猪，见它还在那儿撒野，挥舞棍棒便将它逼在了角落里，将它五花大绑结实地捆住，主人说快杀这头！等老马去看那头猪的胯下，只有四个黄斑点，这猪咋这么急？你牛鸡日的还差两次。

老马捂着胸口坐在屋场上，没有接主人的话茬，一捶一捶地砸自己的胸。徒弟毛骡儿拿着刀站在老马身旁等指令。你急还不是投猪胎吗？如果今天有哪家生娃子，一定是凶多吉少。那头猪带着刀子跑了，这不是让生娃子的受罪吗？主人催促说："马师傅，开宰呀！"老马闭着眼睛说："今天不能宰，最好将那头跑掉的猪找回来先宰。"主人说："先宰后宰不都是个死吗？到哪儿找去，山这么大，林子这么深，马师傅看你手抖得厉害，是不是猪踢得撑不住啦？"毛骡儿凑过来小声对师傅说："师傅，还是我来。我保证宰好。哪头都一样，都喂肥了。"老马却骂道："你个小杂种坏事，今天是你闯下的祸，你若手脚利索一点，不至于如此，猪死活不算什么，出了人命要不得！这猪抢了那头猪的好事，能宰它吗？"

那些摁猪的人气喘吁吁，等着杀猪匠操刀，急得不行。这老马看来老了，被猪踢一脚就废了，找个徒弟也手脚笨拙。主人就去倒了一杯酒给老马，并对毛骡儿说："小师傅你上呀，你又没被猪踢！我们按紧就完了。"主人这么一说，毛骡儿就管不得师傅的意思，就想把面子挣回来，再不能失手，一定要一剑封喉。此时老马喝了几口酒，胸口依然疼痛难忍，看着裤子松松垮垮的徒弟毛骡儿，提着气，两个腮帮子鼓得发紫，像冻伤了一样，比划了几下就动手捅刀了，这次他出手快，老马来不及说什么，就见刀子在毛骡儿手上短了一截——进了猪喉，那刀在猪脖子里游刃有余，下手忒快，还搅和了几下，期待已久的血，一下子就喷涌而出，老马放心了，端起剩下的酒，一饮而尽。毛骡儿抽出刀，在猪身上擦着，就听到师傅喊："捅深些。"毛骡儿听到师傅的指令，心里说你没看见，血不是出来了么？可他不知道猪垂死挣扎的力气，那猪本来疯狂了，血流尽时，突然一阵狂嘶乱扭。毛骡儿有点慌张，就用刀背去敲猪的脑壳。只听到师傅一声断喝："不可！不可！"

猪的脑壳一砸，它就昏死过去了，免得再踢到人不正好吗？可师傅说不可就是不可。毛骡儿把挥到空中的刀收回来，再用了吃奶的劲来跪住猪身，朝冒血泡的刀口再进了一刀，哈，这一下补得好，终于畅通了，最后流出的血是黑血，朝盆子里直淌。猪的气泄了，气短了，几声小哼，身上绷紧的皮肉松软下来，终于没了声响。

刨猪时，老马给徒弟毛骡儿讲："你可记住，不得用刀背敲猪头，如果敲了，这猪若是投什么别的胎那我不管，投了人胎，生下的娃子脑子就会不好使，那你不是害人一生吗？所以做任何事情都要留一手，给别人留个后路，也等于给自己留个后路。这世上的万事万物，要讲关联，可以扯得很远很远。前世今生都是因果。你师傅杀了这么多生，越杀心里越胆寒，越是有怕惧。没有怕惧，你杀猪的刀那不去捅人呀？人一辈子不可逆拂天意，万事逆天，必有恶报啊！"

"师傅，就算你讲的这些迷信是真的，也不定所有的猪都投人胎呀，嘿嘿。"

"你这娃子是抬杠的，你也没关心国家大事，也不看看手机。现在外国人的研究说，三年内，猪的心脏就会移植到人的身上，猪的腰子也能移植到人的身上……"

"猪的腰子移植到人的身上是什么？"

"是肾呀，你这娃子读书少啥都不懂。我们叫腰子，书上叫肾。如今吃了污染食品，得尿毒症的人多，都要换肾的，排队要排好些年，有的没有排到就只有换血，就是透析。每周都要到县城以上的医院透析换血，这下可好了，医学太发达了。你没想下，为啥是猪的腰子能移植到人的身上，而不是狗的腰子牛的腰子羊的腰子，这是啥道理？所以呀，人跟猪，有千丝万缕的联系，它与人离得最近。猪投人胎最方便，你要它去找老虎豹子投胎，到哪儿找去？得等到猴年马月，那不永远在地狱了吗？你这娃子，你要设身处地想想。猪再怎么也就一年的寿命，如今养的猪放了激素，三个月就出栏，一头猪就三个月的寿，可怜可怜……"

杀了猪，吃了酒，师徒二人往回走。这天，月光如水，恍若白昼，连树上的瘿瘿瘤瘤都看得清楚。走到岩包冈，老马因为胸口被猪踹痛了，多喝了两杯，有些恍惚发飘，看到月光突然被雾遮了，眼睛像上了翳子。冬天的山林万木枯干，森林像披着荆棘的怪物在他们眼前爬动。这时，老马看到前面隐约有一户人家，屋场上有一个白衣人提着个篮子在那儿转悠。老马顿时酒醒了一半，把毛骡儿拉住，对他小声说别声张，别动，让他躲到树背后，然后老马就看那个白衣人这么晚了想做什么。

他瞪大眼睛细看，是个女子，那女子放下篮子，就从窗户外钻了进去。老马慢慢靠近一看，那窗子是关着的，这女子定是个邪祟之物。这儿深山老林，总有些怪人怪事怪物。老马听到屋子里有女人的呻吟声，声音怪吓人的。老马想着这不是采药的酒友吕老崽的家吗？上次两人喝酒就听他说他儿媳妇快要生了。这精怪定是个产难鬼，让孕妇难产后用篮子把婴儿提走的。于是他提起来篮子，拿出一把杀猪刀，把篮子给插到了猪圈旁的粪凼子里面。那女鬼一会儿从窗户里钻出来，一看，哎，篮子哪儿去了？就循着篮子的气味，找到了粪凼那儿，看到了自己的篮子，咋跑到凼子里了？一抬头，见凼子边立着一个黑乎乎的影子，一个身上散发着血腥的大汉，像一筒大柏木，手拿着一把长长的尖刀，嘴里喷着浓浓的酒气。

"师傅大哥，你能不能用刀帮我把篮子挑上来？"

"你是做啥的？"

"不做啥，我想到田里去摘些菜回来。"

"半夜三更的摘菜？哼！我知道你这个妖怪，还不快走，这家是我的朋友，三代单传，你还想拿人家的娃子提了走的？你好大的胆，你吃得起我这把杀猪刀啊？"

"大哥啊，你这把刀……"

"老子杀了九千九百九十九头猪，就差一个野鬼头来祭这把刀了。"

那女鬼顿时跪下来，双手作揖道："大哥想要我怎么办？"

"一个字：滚！三个字：滚远点！越远越好，别让我碰上了！"说罢，用刀挑起臭烘烘的篮子，扔到崖下。

那女鬼爬起来，就飘下崖去了。

这时，吕老崽屋里传来婴儿的啼哭声，娃子顺利地生下来了。

徒弟毛骡儿躲在树后面，看得真真切切，看到那个妖怪果然怕他的师父。等那妖怪飘走，他跑出来，看到师傅老马竟然瘫坐在地上，嘴里喃喃地说："咱也是接生婆，咱也是接生婆啊……"又说："老崽呀，我今天又是被猪踢了一腿，又是帮你赶邪鬼，你个牛鸡日的命好呀……"

正在那儿坐着，雾突然散了，只听见一阵呼呼声，有一群野物跑过来，是一群野猪，那野猪们是从吕老崽屋旁的茶园跑的，似乎没有发现老马师徒。跑着跑着，一个铁家伙当啷一声掉在石头上。是猪身上掉下的，老马要毛骡儿赶快去看看是个什么家伙。毛骡儿跑过去俯身捡起来一看，大叫道："师傅，是那把刀子！"老马的酒完全醒了，眼神也正常了，再往猪群那边看，领头的猪头上有个显眼的红布条！他陡然想起他遭遇野猪的那次，咋又碰上了，而且猪身上还掉下一把今天插着的刀？一摸，刀上有血，血是热的，黏糊糊的。老马心惊肉跳，痴痴地看着月光下挑着腰盆和工具袋的徒弟毛骡儿。那徒弟像一个老树桩站那儿，一动不动。老马攥着那把失而复得的刀，大声质问徒弟道："你这把刀是哪天插进猪身上的？"

恶狗村访友

到孝子方四儒家去，是十月下旬。方四儒说，来呀，有柿子、核桃和板栗吃。神农山区到了十月，所有的树都红了。鸡爪槭、黄栌、红枫、红桦、乌桕，甚至日本落叶松，金黄耀眼，红得淌血。也有坚持不红也不准备落叶的树，常绿乔木和灌丛，什么虎皮兰、马醉木、青冈栎、土槲、扶桑、冬青、杜鹃，还有更高山上的针叶林子，巴山冷杉林和秦岭冷杉林。

方四儒邀我们去喝新酿的苞谷酒，看红叶。走进神农山区，是一个红叶的世界，整个山冈都有着一种蓬勃向上的精神，没有什么悲秋的意绪，糖分充足，到处流蜜，蜜蜂与苍蝇齐飞，浆果一沟沟红得发紫。如果当年楚国的宋玉在神农山里来，不会搞出那个悲秋的意象，什么萧瑟凋零，缭悷有哀，影响了国人几千年。

方四儒家在赤龙坪，那儿有一扇巨大的老砖墙壁，是徽派建筑的马头墙，屹立了一百多年，当年就是方四儒家的。方四儒在祖父那辈就是本地殷实之户，所以他父亲才能留学日本，但也资助过革命，这屋子是当年地下党的联络点。可"文革"时说他剥削农民，克扣长工工钱，经常被拉出去批斗，不堪忍受，后来跳崖死了。现在他母亲尚健在，且身体硬朗，快九十岁的人了，除耳聋外，背不驼，眼不花，腿脚灵便，还出坡干活，种菜挖笋采野菌，是个闲不住的人，家里还养了两头猪。他母亲跟他妹妹住在一起，妹妹招婿，当年也是为了照顾他母亲，他们兄弟姊妹个个是出了名的孝子孝女。

方四儒现在退休了。退休了在城里有大房子，有老婆孙子，可他什么都不管，一个人回了赤龙坪陪伴老母亲。老婆跟他吵，他不在乎，问题是方四儒大家都知道他是个孝子，他老婆儿子也拿他没有办法。

我们到了赤龙坪，看到那扇大白马头墙，只有这扇墙了，还列为神农山区文物保护单位，是红色教育基地。可刚解放时，分给了农民，后来住破了，农民就拆砖瓦盖厕所，盖猪圈，结果只剩下这扇墙了。

还没进村，就传来了几十条恶狗的狂吠，都是对着陌生人的。好家伙！这些狗一条条都是德国狼狗和中华田园犬杂交的后代，有一条站在最中间的、打头的，是一条纯种的老德国狼狗，眼睛阴鸷，眼皮耷拉，是条公狗。有来过的说这就是方四儒从城里带回的狗，其余全是它的子孙，与中华田园犬也就是本地菜狗杂交的杂种。当年带回这条狗，就是为了陪伴他母亲，也是为了保护他母亲安全的。因为他母亲耳聋，有条狗一可防贼，二可防兽，三可防鬼。方四儒虽然是个知识分子，可他信鬼神。他说人到老了，阳气不足，会逗些阴秽之物，深山老林里总有这些东西。

我们每人为对付赤龙坪的恶狗，都拿了一根树棍。这些恶犬，是一个庞大的家族。其中方四儒家有两条，一条就是那十三岁的纯种德国狼狗叫冲子，一条是他的儿子，杂种，叫弹子。两条狗气势磅礴，狗毛蓬松，冲子虽然十三岁，但老当益壮，不仅繁殖了一村的恶狗，还有高寿征兆。因为在山村里空气好，吃绿色有机食品，喝山泉水，长得油光水滑，精神抖擞，任何生人胆敢大摇大摆地进村，那一定会遭到冲子和它的儿子弹子以及它们整个家族的抗击。因为它们，这个村有十多年没有出现过偷盗事件，也因此被咬过十多个路过村里的采药人、税务员和盗伐者，全都鲜血淋漓，有的缝过几十针，惨不忍睹，也因此有了恶狗村的恶名。

方四儒不像养狗的人，又瘦，又闷，不爱说话，还结巴，但写得一手好文章。他原来在市文化局上班，当文艺科长，但因为每天打卡坐班，还时不时加班，周六周日也不能休息，这样就无法回山里探望和陪伴母亲，于是他要求调到了清闲的二级单位戏工室，挂了个副主任，当了一个内刊《戏曲研究》的主编，一年四期，闲得身上长满了青苔。方四儒十分开心，终于解脱了。可文化局长很惋惜，摆明了说马上提他当副局长的，可方四儒不想当这个副局长，赶快要求到二级单位去。那个单位说是研究戏曲的，实际上是养老，在一个老办公楼里面，五六个人，毗邻一家餐馆，炒辣的味道弥漫在办公室，上班的人整天咳嗽。那份刊物每千字三十元，找不到稿子，送给别人上厕所嫌纸硬了。有几个人给他发短信，求他不要再寄了，说没有时间看这种刊物，你这种内刊邮寄一本要两三块钱，给你节约，你就把它寄给最需要的人吧。可谁现在需要看戏曲研究？戏曲是什么？朋友还酸他说，甭说是研究戏曲的，就是研究范冰冰我也没时间看，又要看微信又要搓麻将，没有时间学习戏曲。方四儒不在乎，这正是他想要的，又不坐班，编的东西又没人看，正好让大家把他忘记，他就可以溜到山里去陪伴老母亲，给老母亲尽孝。

我们进了村，狗们就将我们堵在村口，它们站在高坡上，我们在坡下，狗眼看人低，因此它们十分亢奋，十分雄壮，十分得意，十分嚣张。同行中有来过的，说别怕，狗就是这样，虚张声势，你越怕它，它越猖狂。甚至不用什么棍子，用棍子，它以为你是个叫花子，狗都是嫌贫爱富的。你不用棍子只管走，它反倒怕你了。不能退缩，也不看它，轻视它，视它为无物，它就会自讨没趣。如与它纠缠，把它当棵葱，它不怕你。因为是狗，有流氓习气。同行的有人说，遇狗吠咬你，你速速地蹲下，装作捡石头的样子，狗以为你要还击，捡石头砸它，它会拔腿就跑，比兔崽子跑得还快。不管你捡没捡到石子，只要一蹲下，狗就怕了，对狗不能软，要硬，狗就是这么个贱东西。

　　说是这么说，可我们往坡上爬去时，挥舞木棍，捡石头，呵斥，吼，蹲下，没有一点用，几十匹狗站成一排，密密麻麻地与我们对峙。心想这事闹的，恶狗村果然不是浪得虚名啊！束手无策时有人说赶快给方四儒打电话，让他出来接我们进村。我拨通电话，给老方说我们在村口，进不去了，被狗拦住了。方四儒说，好好，你们别动，别怕，我马上就来。

　　那些狗卷着粟子般的长尾，昂着脑壳，扭动身子，狗爪刨地，刨得尘土飞扬。哇哇啦啦，有的冲了下来要找人肉开荤。我们用棍子击退了它们的进攻，我们一起大喊，但是我们势单力薄，只能扯起喉咙狂喊方四儒，喊冲子弹子退回去，我们是你们主人的朋友。狗听不懂人话，才不管你是谁的朋友，先咬了再说。后来我们就不客气了，打狗看主人，但也得保住自己的命，拿起大石头就砸。砸中了狗，狗嗷嗷哀叫，咱就是要把这些狗砸死，太不像话了。可这些狗不是一般的狗，是些杂种狗，砸中了，跳起两米高，不服，不惧，被激怒了，龇着更加凶狠尖锐的牙齿，毫不退缩，向我们扑过来。我们捡石头都来不及，连连后退。这群狗褐黑色的毛，全竖起来，越砸越猛，没有一个孬种，吊着尺余长的舌头，淌着恶臭的涎液，把我们逼到一处岩坎下。这时候，只听一声断喝："狗！"救星方四儒就屁颠颠地出现了，他用手轻松挥着，就像撵一只小猫，又喊了几声"狗！狗！狗！"狗就散了，队阵一乱，气也泄了，呜呜哇哇摇着尾巴退到后头去，那些狗都服他。

　　我们在那儿还操拿石头和棍子，惊魂未定，方四儒哈哈笑着说："你们领教了吧。"遭到瘦丁丁的方四儒一顿嘲笑，我们这些人无地自容，埋怨说，老方，你这口酒可不好喝呀。问题是那些狗还余兴未尽地被拦在他的背后，还有跃跃欲试的冲动。我们只盯着狗的一举一动，没有看方四儒阴险的笑脸。方四儒嘿嘿地挥前挥后，帮我们退狗。狗开始分散了，往各家的门口退去。它们对外惊人的一致，就是咬，不管不顾地乱咬一气，为这个臭名昭著的恶狗村增光添彩。

还没走到方四儒家的屋场，在一个菜园的篱笆小路口，又蹿出两条慷慨激昂的狗，大家又吓个半死，一看这两条狗，正是刚才打头围攻我们的狗，冲子和它的儿子弹子。这个冲子高大威猛，都一把年纪了，还充少年英雄，真不是玩意儿。没等方四儒注意，它从篱笆后头冲过来就一口咬住了我们文化局刘科长的腿子，好像它前世与老刘有仇似的，咬了一口就开跑。它的儿子弹子也像弹珠一样跳起来准备咬我，被方四儒拖过一条棍子一棍夯去，打着了狗头。方四儒说："邪了！连我们的陈作家也敢咬吗？不知道他写过《太平狗》和《狂犬事件》？小心他将你的脊梁骨踹断。"

被咬了的刘科长卷起裤腿，有狗齿印，还出了血。这得要打狂犬疫苗，我们说。好在只有一点点血印，因为科长天生怕冷，经受不住神农山区高海拔的秋寒，出发前穿上了厚厚的秋裤加绒裤，狗咬得匆忙，下口浅，想是教训一下初来乍到的我们，没有下毒手。方四儒连连说对不起，对不起，赶忙拿来肥皂，帮科长到沟里去冲洗，还说要划开伤口，就找了把小刀，烧过后划开他的伤口，让血流出来。刘科长也不恼，也不喊疼，笑嘻嘻地说："这是啥欢迎仪式啊？见面就是咬。"我们就开玩笑说："谁叫你级别最高，正科，我们还不够资格被它咬哩。"方四儒说："不好意思，有几次都是这条狗闯祸，不过我的两条狗没有狂犬病，都带到城里打了针的，有几个被咬过，回城里去没有打狂犬疫苗还活得好好的。但狂犬疫苗必须得打，不打不行，这个费用我出了，对不起了。"刘科长笑着说："你出个卵啊，都是公费医疗，不要紧，不要紧。想给我点颜色看？我照样喝苞谷酒。"

正说着，方四儒的老母亲出来了，说："听到狗叫，就有贵客到了，还不进屋去坐。"

怎么？出了什么事？我们都知道方四儒的老母亲不是聋子吗？是我们所讲的"门板聋"，就是彻底聋掉的老人，咋说听到狗叫？

"你母亲能听到狗叫了？"

"正要告诉你们好消息，昨天晚上，我母亲就说能听到了，好像有狗叫的声音。昨晚还打了几声秋雷，可邪乎了，把屋顶上的瓦打得直跳。后园打断了一根大树丫，折断的地方出现了一个大蜈蚣的印子，怕是蜈蚣精，修满了五百年上天了。这几十年，蜈蚣精把我母亲耳朵堵住，跟我母亲开了个玩笑吧？"

我们都说他迷信，哪有这回事。方四儒就说讲笑话的，但老母亲听到了却是真的。

"这五十年想想是怎么过来的？吃的药可以用汽车拖。这次吃的这个耳聋丸，整整吃了五年，还加上每天的按摩。你们说，这都是用时间慢慢盘的，如果我在局里上班，我哪有时间给我母亲按摩？终于把她的任督二脉和全身经络打通了，聋了五十年，唉，太难太难了……"

真的不容易，我们大家都佩服方四儒的孝心和恒心，并祝贺他的母亲恢复了听力，也向他母亲竖起大拇指说，方四儒是天下第一孝子，苦孝之人啊，天下难得，我们都要向他学习。怪不得方四儒满面红光的，颧骨红得像火炉里的刀子，这真是功夫不负有心人啊。一直以来，我们都听到方四儒喝醉了酒就是忏悔治不好老母亲的耳聋病，涕泗横流。方四儒只有二两的量，但好酒，每喝必醉，每醉必哭，都是哭老母亲耳聋，哭老母亲怎么背米到他上学的镇上给他吃，回去的路上饿昏了。这些我们都听烦了，觉得他快成神经病。方四儒回到山里，其实就是想陪伴他老母亲，跟她说说话，可母亲什么都听不到，母子两个就像哑巴无法交流。为此，他一年四季就是求医问药，对全国任何一个地方治耳聋的医讯都不放过，要写信或电话询问，或者亲自带老母亲前往，大包小裹的药弄回来给母亲吃。但效果几乎没有，甚至越吃越差，有一次吃一个河南神医的药，还吃出了黄疸肝炎，住院了几个月。

前些年的一天，他把他母亲接到市里，在市医院测了听力，说要给他母亲配助听器。可医生看了听力测试表，认为方四儒的母亲完全丧失了听力，说你就是佩戴什么样的助听器也是白搭，方四儒说试一下嘛，我愿意花这个钱，说不定通过助听器治疗一段时间能激发听神经恢复呢？医生说你是想得诺贝尔医学奖的，但给你说，助听器可是要自己掏腰包的，不进入医保。方四儒说多少钱也掏，最好是配西门子的。西门子助听器稍微好点的要三千多，贵的五千多，他要医生配五千多的。医生看他穿的一双皮鞋，前面张了个口子，还散发劣质塑胶的恶臭，一看就是在淘宝上买的。上帝保佑，但愿这个方四儒给卖家打个差评。医生也没法，就给他配了一个五千多的。方四儒母亲戴了这个西门子的助听器，耳朵里本来清净无声的，现在好了，嗡嗡嗡直响，又听不明白，就好像耳朵里安了台柴油发动机，跟拿石头砸她的脑袋没有什么两样，这一个难受啊。戴了半天，耳朵的嘈杂轰隆声把她的胃弄翻了，吐了一地。方四儒阻止母亲将助听器掏出来，比画说您戴一段时间就习惯了，就能听清楚了。戴了半个月，戴成了神经官能症，睡不着觉。后来他又给老母亲配了一个国产的助听器，九百多块钱，有线的。这两个助听器被他母亲视为两条恶狗，见着就害怕，瑟瑟发抖，现在就搁在她母亲的抽屉里，成了他母亲给村里人夸耀方四儒孝顺的证据。有一天，她老母亲夸着方四儒，竟将助听器塞进那个狼狗冲子的耳朵里，冲子受不了，一下子就疯了，大喊大叫，又蹦又跳，围着屋场转圈，把一棵柿子树皮都啃光了，还跳下了门口的悬崖，自杀未遂，摔断了一条腿，至今冲子的一条后腿还是瘸的，成了村里人的笑谈。估计那个助听器塞进狼狗的耳朵里，就等于把狼狗捅了一百刀。

我们祝贺方四儒的母亲终于能听清了，我们一人喊一声"方妈"，方四儒的母亲一口一个"哎"回应，甜蜜的温馨的"哎"的回应声，将这个秋天烘得暖暖的。"哎哟，你们可真是稀客哟，我终于能听见我乖儿子四儒的朋友喊我了……"

这简直是奇迹，这是怎么办到的？二十四孝中有王祥卧冰，孟宗哭笋的故事，现在有了二十五孝：四儒治聋的故事，这都是因孝而感天动地啊!

方四儒把我们迎向他住的屋里,是在他妹妹家的下方,靠近悬崖边,搭了个两间小平房,石棉瓦,方四儒住,有时他老婆孙子来了也住。屋子里面空空荡荡,一张床,一床被,一张桌子上有几本破烂的戏剧研究书和他编的杂志,垫在烟缸下,烧得千疮百孔。还有就是几本很厚的非法出版物,什么《老年性疾病的治疗》《经络穴位按摩》《老年养生》,这些书一看就是为他母亲准备的。

他搬了几把椅子出来,泡茶,上烟,我们就坐在门口,门对着对面的峡谷,秋山白云,他在门口还刻了一块小木牌,叫"对云斋",真是太有情调的生活,秋山灼灼燃烧,白云袅袅升腾,树上有鸟叫,门口有鸡犬。他的老母亲,手上提着木炭烧好的"火伴",火伴就是火钵,这都是方四儒烧好了给她提着的。是陶的,非常暖和,不仅可以暖手,还可以踏脚。身上也穿上了棉袄,脚下是大绒棉鞋,不是方四儒妹妹做的,是方四儒在城里买的,淘宝上淘的,还有帽子。方四儒小到母亲的内衣鞋袜,大到棉衣棉裤,基本网购,他自己说,十次就有八次为母亲淘,网购成瘾,都是因为给老母亲挑吃穿。他其实有两个姐姐两个妹妹,但有的嫁到外地,有的在乡下还没脱贫,老母亲的吃穿从来都是他操持,其细心的程度,让他的姐姐妹妹们都自叹不如。他老母亲每见到他回来就说,我的乖乖儿啊,我的孝顺儿子啊,把他当小孩儿喊的。当然了,儿女再大再老,在老母亲的面前永远是小孩儿。

我们喝着他妹妹家种的高山云雾茶,吃着核桃,望着四面山冈的红树,对方四儒说,老方,你成仙了,不谓堪舆今未改,好峰依旧对门前。对云听鸟,行到水穷处,坐看云起时,超然物外,这可是神仙日子啊!方四儒只是笑笑说,呵呵,重新做人吧,重新做个山里人。感谢我的母亲,是她的虔诚念佛,才把我从危险的文化局给拉回到戏工室。你们没看到文化局的班子,前些时不是一锅端了吗?我是菩萨保佑,若不是想逃离,好照顾母亲,我不也双规进去了吗?所以说尽孝也是避祸的一种方式啊，如今这年月，求个安逸不容易。大家都赞方四儒有先见之明，大智若愚，塞翁失马。不是老母亲聋了五十年，哪能有他如今的平安无事？等别人都出事了，他母亲的耳朵也通了，这事儿简直可以进入神农方志中，成为一桩本时代发生的祥异之事。

方四儒的妹妹给我们做饭，方世儒也在门口架起了巨大的蒸锅和蒸笼。方世儒的外甥又给我们去摘柿子。柿子树就在坡下，挂了满满的一树红果，我们这些人就呼地跑过去，也上树去摘柿子。方四儒说，大家多摘一些，多带一点回去吃，能背多少就背多少，尽管背。还有柚子，是用苹果树嫁接的，叫苹果柚，个头不大，但水分足。方四儒要我们每个人带四个回去，把包装满为止。方四儒说，明年春天四月杜鹃花开的时候你们一定要来啊，满山都是杜鹃，也是我母亲九十大寿，你们来吃个酒，热闹热闹。我们说好呀好呀，你母亲的耳朵也能听见了，看起来精神更好，活一百岁没什么问题。方四儒纠正我们的话说，哪里哪里，肯定不止一百岁。我母亲一生勤劳善良，一个乡下妇女，抚养我们五个儿女长大真不容易，人还得勤劳善良为本，母亲的长寿也是因为她吃斋念佛，她吃的是花斋，初一、十五吃素。方四儒说，不能让她吃长斋，就是完全吃素，这样缺少营养，是一定不会长寿的，老年人消化功能又弱，吃什么都难吸收。方四儒说，我老娘她敬菩萨是因为她耳朵听不见，没有人同她说话，她每天就花一两个小时跪在菩萨面前跟菩萨说话，现在肯定也是在菩萨面前说话去了。

我们就去看看她母亲怎么同菩萨说话的，我们走进一间专为他母亲给菩萨烧香磕头的屋子，烟雾缭绕，用电灯点的长明灯，因为长期烧香点烛，屋顶和四壁都黑漆漆的，像铺了一层沥青。我们听到他母亲在那儿念念有词，吐词清晰："……恭请孔夫子菩萨、孟夫子菩萨、观世音菩萨、文殊菩萨、神农大帝、黎山老母、王母娘娘、土地公公、老子菩萨、财神爷菩萨、太上老君、无量菩萨、祖师爷、药王菩萨、弥勒菩萨、龙王爷、地藏菩萨，托请你们，方家儿孙一个个都要保佑,给你们烧大香,烧高香。天和地,地和天,保佑我们方家子子孙孙一帆风顺,人人活到一百二十岁,人畜兴旺,梦想成真,财源茂盛,百病不生,无灾无难,不搞斗争,工作顺利,学习进步,今天来的人都要保佑,人人是好人,个个是善人,保佑我儿的这些朋友,大家平平安安,不贪不占,成为好官清官,给你们烧大香,烧高香。天和地,地和天……"

啊,孔夫子、孟夫子、老子都成了菩萨,真是一套一套的。老方的母亲不愧是校长的老婆,海归的媳妇。方四儒说,他母亲年轻时是爱讲话的,聋子听不见人讲话,就只能跟菩萨说了。人老了也很可怜,我妹妹都不跟她说话,用吼叫说也听不见,他说他妹妹性格很好,因为吼着大声同她说话,声带长了息肉,去年动手术割了两个,后来再不跟她说话了,于是母亲就拉来孔夫子、孟夫子、神农大帝、黎山老母、观音菩萨说话。"我母亲这五十年真是可怜哪,现在可好了……"方四儒说着眼睛都泛红了。我们说:现在真是好了,你和你妹妹全家,全村人都跟她说话,她多好啊,多开心啊。

我们都知道方四儒的尽孝是苦孝,也知道他的家世,慢慢地大家都能理解他。方四儒的父亲在"文革"时遭到"造反派"的批斗,他是这个村唯一的地主,只要开批斗会斗地主,就会扯到村口的台子上,他父亲本来在镇上的学校做校长的,后来被遣返回乡,还让方四儒的母亲陪斗。他说那时候批斗,父亲头发全被扯完了,两个膀子绑着用冷水浸过的麻绳,越动越挣扎越紧,绑着跪在地上,还用杠子压他的手臂。每次回来,凡是绑过的手臂,毛孔就会渗出血来,一只手臂就这么断了。母亲是地主婆,剃了阴阳头也站在凳子上,吐她的痰,满脸都是。母亲是农村妇女,更加胆小害怕,什么都不会说,"造反派"就说她装聋作哑,负隅顽抗,不打不招供,"造反派"就轮流抽她耳光,两只耳朵就抽聋了,从此以后再也听不见了。他父亲无法忍受批斗,有一天就跳了崖……

这种外伤性耳聋,比老年性耳聋还难治,耳膜已经陈旧性穿孔破裂，加上听神经的严重损伤，想恢复听力真是天方夜谭。可我们在方四儒妹妹家看到方四儒的一片苦心，给她一堆堆买来的药，还有按摩器，还有中药泡脚木桶。更难的是他每天除了催督母亲吃药，就是帮母亲按摩，雷打不动每天两三个小时，什么涌泉、合谷、足三里，也是听了医生的。他说最后吃这个药的医生那可是名副其实的祖传秘方，在大洪山里，发明了"耳聋丸"。还是通过大洪山的熟人找了去，带着他母亲进山。这个医生除了他家祖传的秘方，还加上自己的研究，湖北中医药大学毕业的，制成了这种药丸。一个疗程一个月，吃了六十个疗程，整整五年，锲而不舍，终于见效了。

方四儒跟我们说着话，在门口架的蒸锅里忙着。方四儒是有名的蒸菜大王，我们就是想吃他亲手蒸的菜。他戏工室有个游手好闲的同事是荆州人，会做蒸菜，蒸菜适合老年人，再加上老母亲消化功能不好，方四儒就学会了做蒸菜，蒸得烂烂的，有肉有蔬菜。方四儒母亲最喜欢吃的是蒸野菜，有野茼蒿、豆瓣菜、革命菜、马兰头、山茴香、鸭脚板等，方四儒和他妹妹、外甥每天到山里采野菜，剁得很细，加上米粉掺和了蒸，蒸好后再淋一点香麻油。后来，为了换胃口，增营养，方四儒又发明了用野菌剁碎蒸菜。今天，因为我们几个老哥们来了，方四儒大显身手，不仅蒸了他的野菌蒸菜，更有蒸腊肉、蒸扣肉、蒸豆腐，蒸笼格子码在锅中有六七层。

蒸笼格一开，整个屋场都是香的，方四儒真是蒸出了水平。除了蒸菜一大桌，还有新鲜野菌煮的腊蹄子火锅，有青头菌、刷把菌、松菌。粉蒸扣肉是方四儒专门在镇上买回的带皮土猪肉，一寸的膘，肥而不腻，又有嚼劲，恰到好处。后来他在蒸锅中放上茶叶，蒸出的蒸菜有了高山茶叶的奇异清香，连肥肉都带着山水的灵气，简直太好吃了。还有用剁椒拌的木姜子和藠头，吃这个怎么说呢？做皇帝也不过如此吧。苞谷酒是刚酿的，七十多度，神农山区叫刀子烧。刀子烧下喉绵滑，但火力十足，就像老婆骂你，打是亲骂是爱。度数高，不打头，回味有板栗香味，越喝越想喝，越喝筋越软，半斤的量一定要冲八两。"快活,快活!"我们大家一杯一杯往嘴里盖,祝贺方四儒的母亲在方四儒无微不至的长年照顾下恢复了听力,频频给老人敬酒,老人说:"听到你们的声音好亲切,你们讲话的声音咋这么好听咧?跟唱戏一样的。"方四儒说:"妈,好听吧?您明年九十大寿,我一定请戏班子来咱村给您唱三天三夜。"老人说:"好啊好啊,这可享福了。鸡呀狗呀,声音都像唱戏的。"我们祝老人长寿健康,说明年春暖花开,一定都来给她做九十大寿。我们喝酒,瞎扯,干杯找理由,谈到当前的反腐,都说人要孝顺,说方四儒是个长了后眼的人,为了尽孝,官位不要,躲过了一劫,现在优哉游哉做了赤脚大仙,养一群恶狗,好潇洒。又说起山里的许多奇闻异事,说塔坪有一个单身老头活了一百一十五岁,我们给方四儒说,你母亲现在耳朵也通了,一通百通,一定能够活过塔坪的那个老人,因为那个老人是一个老鳏夫,没有人照顾。我们还说方四儒,你可有长寿的基因了,听说现在发明了一种长寿药,要等到二十年后进入市场,那时候咱们要好好活,活够二十年,把长寿药一吃,活个两三百岁不成问题。方四儒说,活那么长,那不成了妖怪吗?不成不成。活长了,小孩嫌弃,现在的小孩谁还有我们这代人孝顺呢?他们只管玩他们的,跟我们的生活观世界观伦理观都不同,以后能像我照顾我母亲一样吗?不可能的事,所以,咱们大家就活个一百岁收手吧。我们说可以,就是一百岁了。但没有山里的空气和有机食品,你能活这么长?八十岁就不错了。有人就提议,咱们就搬到方四儒这里来,找个地方垒个小窝,大家一起来这里养老,天天吃蒸野菜喝苞谷酒。方四儒说,欢迎啊,欢迎大家来啊,然后跟我的母亲做个伴,她老人家爱热闹,该会多高兴!你们看这蓝天白云,天蓝得就跟贴了块蓝玻璃似的,PM2.5为零,茶叶瓜果野菜都是有机的、绿色的。谈着谈着,我们就想起刘科长要回市里去打狂犬疫苗,就起身告辞了。

我们满载而归。背着又是柿子,又是柚子,又是老方妹妹送给我们的茶叶。我们离开赤龙坪时,村里的那群恶狗态度明显放好了,认识了以后就好了。方四儒说，不好意思，这些恶狗都怨我，当时因为照顾母亲，就想搞一条凶点的德国狼狗来，哪知这狼狗太凶，凶过头了，可它年岁又大了，十三岁的狗相当于一个人七八十多岁，还不安分，只好哪天让它安乐死。他一个劲向刘科长赔礼道歉，左一个对不起，右一个对不起。

华灯初上，我们刚回到城里，突然接到方四儒的电话，说她母亲走了。这是咋回事？这么幸福，他母亲好好的，刚刚恢复了听力，还跟我们喝了两杯酒，是什么原因？

方四儒在电话里号啕大哭，说不清楚。我们就安慰他，要他慢慢说，慢慢说，究竟是怎么回事？说明天早上我们一定会赶来。后来他情绪才平静了一点，缓和了一点，跟我们说都怨我啊，好事办成了坏事。原来等我们走了以后，村子里有几个闲人，就在那个村口大声吆喝，喊"斗地主！斗地主啊！"他母亲一听，又要斗地主了？这不是要抓她去受罪吗？顿时浑身发抖，跑进屋里，就在菩萨面前，系上一根绳子，就这样上吊走了……

方四儒哭着说："哪知道啊，哪知道啊！这个斗地主不就是打牌吗，打斗地主的牌，可她受不了，突然惊吓过度，一时想不开，就这么稀里糊涂地走了，聋还好些，是我害了她，是我害了她啊！……"

方四儒在电话里不停地忏悔，这个苦孝的孝子，哪能怨他，几个打牌的村里闲人，硬是将一个刚刚恢复听力的老人给活活吓死了，她以为这个世界还停留在五十多年前哩，事情就是这么凑巧。好在，老人家也活到高寿了，走的是顺道。唉，老人走好。

铁疙瘩

　　就在那个地方，连夜晚都把天空照得通红的地方，那个鬼地方，月几是要诅咒它的。是那个铁厂吗？是的，就是那个铁厂，在镇的东边，一片污臭的大水塘子旁边，有座山，不是山，是矿渣煤渣。还有一座山，堆着破铜烂铁，她男人裴和尚就死在那里。

　　"吃饭了，裴和尚……"她从来就是直呼其名的。刚开始不能接受他，连名字也不接受，后来越来越亲切了。现在成了死人的魂。她唤魂，唤得泪眼婆娑。

　　月几从沟垄拨开草丛去后面菜园子里，那儿给裴和尚搭了个草棚，算是他的暂居之所了。一块大铁疙瘩，至少有千斤重。他就死在里面，埋在里面了，也就是一口铁棺。

　　屋和菜园子都是男人留下的，算是月几和两个女娃子有了个栖息之所。可她要的不是这个，她要的是真裴和尚，活着的裴和尚。

　　噩耗传来的时候，月几哪还能活？也就死了，是要跟男人一起走的。刚好有个家，刚好安顿，刚想过几天舒坦日子，一下子全没啦。是做了一场梦吧？那个哭，就跟天塌下来一样。全身麻了，嘴唇都是麻的，浑身颤抖，昏死了几次，真正是死去活来。

　　她本来在家给男人准备晚餐的，这是一道很复杂的工序，做粉蒸肉，下面是干豆角。干豆角是自己晒的，但五花肉要带皮的，皮不能薄也不能厚，粉子以米粉为佳，最不济用苞谷粉。但无论怎样，月儿要自己磨米粉，籼米磨的粉最好。再是调味，再是蒸。蒸的讲究就大了，用的专门蒸笼格子，不大，也不小，两个女娃子也爱吃这。这可不行，没有这么多肉吃，就吓唬娃子们说会变胖的，胖了会没有男人要的，还会得病的，你老爸不是一身的病吗？高血压，高血脂，胆结石。可是，如此美味挡不住娃子们的嘴巴，偷吃也要吃。还有垫底的干豆角，一身的肉味，有嚼头，渣渣粉粉都掉在它身上了，油汪汪的。就为这，三天一顿的粉蒸肉，男人会叮叮咚咚地大步回来，没一点劳累相，手上还拿着一瓶散装荞麦酒。就这么，裴和尚吃得满面放光，黑胖油亮的，有了高血压和气喘。但是，一个每天流了一箩筐汗的炼铁工，戴着鬼子帽，大皮靴，皮手套，连头上也烫得没一根毛了，有什么乐子？他不就爱点五花肉干豆角再加两瓣大蒜吗？

月儿拖着两个女娃子，被狠心的丈夫一脚蹬出了门。丈夫是个赌棍，房子输掉了，人不见了，要债的还要三天两头找住在桥洞里的她。有人就给裴和尚撮合。裴和尚是个瘌痢。小时候，他爸见他头上瘌痢累累，流脓滴水的，就把他一个人丢到芝麻田里暴晒，说可以让瘌痢自然好的，到了半夜才想起他，去芝麻地里找，这孩子还没死，还有一口气，头上、身上爬满了蚂蚁和癞蛤蟆。瘌痢没好，越晒越多。四十好几了还光棍一条，说话还口齿不清，还聋。外号和尚、聋子、癞丁光、嗑巴。就为这些，裴和尚整整自卑了四十好几年。天上掉下个女人，左看右看还经看，就是后头还跟着两张嘴，嗷嗷待哺。加上他自己，一共四张嘴，那就要靠他在铁厂的一点工资活了。思忖着可不可以养活，却向介绍人问："会不会做干豆角粉蒸肉咧？"介绍人当即满口应承会做的会做的，这不是小菜一碟嘛。

哪里会做！好在聪明，一次二次就会了，按照裴和尚的口味，越做越会做。晚上还能陪他睡觉唠嗑哩，哪儿找这等好事！

过去，单身时，自己不会做饭，吃镇上胡大碗的粉蒸肉，里面肯定放了罂粟壳的，不然哪会越吃越想吃？可人家祖祖辈辈就叫"胡大碗"，就是这么做的，要带皮的，皮还不能太薄，有嚼劲，糯性，吃胖了十里八乡多少人多少高血压高血脂的！

看男人裴和尚吃粉蒸肉，那可是享受。一个人咋会这么能吃？刚开始看不惯，酒滋下去，咬着牙闭着眼品的，牙齿吃肉，发出比猪吃食还响的叭叭声。一个人的生活，如果不这么夸张地享受，咋过啊？狗窝似的屋子，狗窝似的床，狗窝似的碗柜。月几来了，买来鸡鸭，买来扫帚，让屋里有生气，让你叭嗒叭嗒吃肉，还晚上叭嗒叭嗒吃奶。酒喝了，倒头就睡，你一拢身，他就来了，嘬着你的奶，像喝茅台啥一样的，往你怀里拱，小猪崽子似的，嘴里还哼哼唧唧……

胡大碗卖肉，连碗一起卖的，粗瓷，裴和尚总是一次买回它几碗，年深月久下来，家里没富，碗富了，后园子里，门旮旯里，堆了几百个碗。现在，这些碗洗了每天给裴和尚上供饭。死人吃饭是要将碗打破的，打破了，就表示亡者吃了。裴和尚呀，这一堆一堆的碗，敢情是你为自己死后准备的。

月几来一次，哭一次。上一次饭，砸一个碗，就哭一回。话一出口，泪就飙了。吃你的，喝你的，你咋说没就没了呢？好想为你留个后的，有几次，想是怀了，后来是空喜欢一场。

跟前一个男人，太遭罪了，未老先衰，还怀什么呀，停经的征兆。她弄了些药偷偷吃，吃着吃着，男人没啦。男人对她的好，那哪是好，是还债来的，对两个娃子，视同己出。有了钱，给她们买衣服，买鞋子，买书本买笔，娃子们也喜欢他，当亲爸爸，骑在他头上满屋里玩耍。想过去的男人咋就对她这么凶狠呢？以为天下的男人对天下的女人都是这样的，没比较啊。这一比较，原来世上还有这么好的男人，还会被人疼，还会被人爱，爱得像流氓二流子一样。会说，我含你的妈妈（奶），你含我的小和尚。你这个大坏蛋，癞丁光！可是，含着含着鼾声如雷，太累了，每天加班，想多挣点钱为咱娘仨生活得好些，做牛做马地干活，好几次，抱着男人癞癣闪闪的光头，泪水就掉下来，浸醒了他，睁着迷迷糊糊的眼睛问："月儿，咋的啦？"……唉，好人咋就没好报？为啥不砸死那个黑心的老板呢？

那一罐子铁水是怎么浇下来的，怎么把他吞没的？月儿一到，见到的是一块还在冒热气的泛着青光的铁块，一块大石头。她在家等啊等啊，等来的竟然是这。当即月儿就要朝铁疙瘩一头撞去，跟他去了。

这如何是好，一个人被铁水化成水了，一个人要撞死，老板还不出面，躲起来？还不叫救护车，把铁疙瘩砸开，看人还活着没，赶快处理。等工友们用龙门吊把铁疙瘩吊起来，从下面砸洞看究竟，掉出来的是几块白森森的骨渣子，还有几颗锃亮的五彩石子。这就是裴和尚！

月儿哭昏过去，月儿疯了，抓着铁疙瘩和骨渣子不放手。有人说赶快拿东西把铁疙瘩锯开，可月儿不让，护着那东西就像护着睡去的男人，大喊大叫说："不要动！不要动我的和尚呀！"

没有谁敢动了，搬来的切割机切了两下也停了，因为月儿哭疯了，哭得不讲道理。就这么在铁厂哭，所有五亲六眷都来了，还有乡亲们。堵了厂门，不让开工。老板又不出来解决问题，就那么多人在厂里头支锅吃饭。铁疙瘩就是裴和尚的灵位，还有那些骨渣和彩石子，用红绸铺开放着，点烛烧香，工厂成了吊唁室了。

到了第五天，突然来了十几辆警车，砺心的警笛声中，下来几十个手拿警棍的警察，对着这些人一顿推搡，抓走了十几人，月儿也被抓进去拘留了十天，说是犯了聚众扰乱社会秩序罪。

人死了，还要被拘留。强迫要她签字，赔钱，不签就不放出去，关你一辈子。还有两个小娃子在外头，没吃没喝的，不知是死是活，就赔你那点钱，行也得行，不行也得行。我不要钱，我要男人！我要裴和尚，我要铁疙瘩！好吧，铁疙瘩可以送你，只要你不闹，与政府保持一致，同我们和谐，你的条件可以商量，还可以给你一个"低保"指标，可以一个月有一二百块钱，两个孩子读书可以免一年学杂费。手拿不住笔，几个警察扶着她的手签字。在拘留所里，月几也清醒了，知道男人永远走了，唤不回了，现实面前只能低头。

把骨渣子、彩石子和铁疙瘩交给了她，运回屋里。月几整日以泪洗面，天天做梦梦见男人。做的粉蒸肉不许娃子吃："你爹吃的！"粉蒸肉堆在草丛中，让野猫野狗吃了，让蚂蚁吃了，可梦中的男人还是青面獠牙，还是掐她的脖子，还是喊，我热啊，我热啊，把皮扒下来扇风。还有一次梦见男人穿一身红袈裟骑一只仙鹤升天了。醒来说太好太好！和尚你成仙飞走了可不要再吓我们娘母子三个啊。灵牌前烛火闪闪，摇出的影子全是鬼，全是男人要吃肉在厨房寻东西的影子，晚上还听见那些他吃过的空碗的响声——他在翻看有没有粉蒸肉哩。

乡亲们也急。这女人月几，思念成疾，两个娃子也不管不顾了。还说家里天天闹鬼，这如何是好？有老人说要请道士先生吊冤科起煞超度，裴和尚生前本来就很呆气的，躲在路边吓女人。看来他的冤魂不散，要害月几和两个女娃子。再说别人也劝不了她，道士也许会有办法。

道士带着筛盘、红黑墨水和黄表纸来了，摸着那个大铁疙瘩，叹气说，这些年，吊冤科的越来越多啊，冤死的不少。铁疙瘩有尖锐的毛刺刺得他跳起来，血流出了，道士先生吮着指头，围着铁块转了几圈，又看了那骨渣子，拿起那几颗五彩宝石样的石子，眼睛倏地瞪直得像狗卵一样，说，这是亡者身上的？这、这……我可超度不了啊！这是什么？舍利子呀！只有佛和菩萨、罗汉高僧火化后才会有的。佛对咱们道士来说虽是外道，可你也不得不信啊。问月几裴和尚跟常人有什么不同？月几说没什么不同的，就是心好，打破砂锅问到底地问出了月几梦见他穿了一身红袈裟坐鹤飞天。那更是神了，道士说这就应验了，分明是菩萨。而且他生前就叫和尚，这就是菩萨的征兆。

菩萨？道士一来死者变成了个菩萨？菩萨心肠还差不多。裴和尚癫丁光裴嗑巴是个啥人还不知道吗，咋成菩萨了？

其实这是在安慰月儿，是道士先想好了的，这么悲伤，也只能这么哄她。也不排除道士有几分突来的惊诧。在场的乡亲听道士一番诡辩，也就疑疑惑惑地都来看裴和尚身体里的什么舍利子，就是那几颗碎玻璃珠子样的石子儿。不会是铁水里面的吧？不会就是地上的玻璃碴？就算是裴和尚身体里的，不会是结石？胆啊肾啊还有前列腺上长的。

道士先生假装不写度牒通关牒了，说我一个乡下道士，给天上的菩萨超度，做不得的，得罪神了不得好死。好劝歹劝，死劝活劝，总算让他写了些牒文，烧了些纸钱，把骨头埋了。五彩珠子则留下装进一个玻璃瓶子里，放在灵牌前，让大伙观看。

他是个菩萨？我男人是个菩萨？

不是菩萨是什么？我见得多了！

那来世我还能跟他在天上见面吗？

那当然那当然，他是以化身来帮你度你的，这还不清楚吗？

那就好，那就好。看起来他是个老单身汉，穷苦人，却是救苦救难的菩萨，我碰上个菩萨了！

因为有人嘀咕，说裴和尚犯结石病多年，石子儿火化时化不了。道士哼了一声，怨人们没有敬畏。他自己遇鬼寻仙，一辈子鬼混，还在神农架山里乱窜去学法，被一头老熊啃过脚后跟；因为迷路遇"鬼打墙"在一棵大树上待过三天。他围着这个铁疙瘩，这口铁棺走来走去，对大伙也对月儿怂恿：

"切开这个可能还有惊人发现。"

有什么发现？菩萨会留下东西在里头？看多了巫书，见什么都有鬼。

切铁疙瘩，这事试过。当时因月儿叫嚷抢救，工友抬来的切割机切了个口子，有了一条缝，正是这缝勾起了老道士的好奇心，再说这事本身就奇，一个人死在这么大块铁砣子里面，总要有个结果。道士又不怕鬼，画了许多符的，抚着铁疙瘩就像抚一块金矿或是大璞玉不想走。

"切呀！切了！"也有好事者开始帮腔，吵吵嚷嚷的。

是的，月几当时叫停，是看人没了，心乱了，加上那撕心裂肺的切割声，火花，就像是要往男人身上切去，要把男人切成两半。自己的男人分明就藏在铁疙瘩里，不要切，不要啊，不要碰到裴和尚啊，他会疼啊！就吊起来，下面打个洞，让裴和尚爬出来。后来，吊起后，就从里面掉了这些骨渣彩石子等东西。

道士试着推铁疙瘩，用了吃奶的力气，撼不动，就像推一座山。道士太瘦，一辈子的慢性肠炎，吸收功能太差，虽长期做法事在人家屋里吃鸡喝酒，却胖不起来。加上快七十岁的人了，力气都在一辈子驱鬼赶魂的工作中耗尽了。

"不是这么简单的，"老道士说，"我在陕西法门寺和九华山庙里都看到过舍利子，哪有这么漂亮的，你家的男人不是简单的菩萨。哪里见过这种石头，跟宝石有啥区别？再者，还有什么在里头，也要一并入土为安，在铁疙瘩里面是不好的。"

这一吓唬，就说动了月几，她也好想看看铁疙瘩里面藏着的男人，男人是不是在里面跟她躲猫猫？

"那你就让开点吧，不要在这里。"

道士把他的做法事报酬拿出来去叫了镇上做五金的师傅，让月几回避。切割机一开，太瘆人。月几对他们反复叮咛可要小心。

终于切开了。却是空的，全是空的。轰隆一响，一剖两半，什么也没有。道士先生盯着两只斗鸡眼搜索了一遍也没发现什么。裴和尚化成水了，水又被烤干了，几千度的铁水，一个人，一下子就消失了。

月几又一次扑向空空的铁疙瘩号啕起来。这回是真正没有了，一个人消失得干干净净，还以为他葬在里面呢。

道士劝不住月几，着急想办法，果然看出了名堂，那个铁疙瘩里空掉的地方，分明是一个人，裴和尚，有鼻子，有嘴巴，有耳朵，有手有脚，还有光头，且是坐着的。

"你哭啥哩！"道士把她拉开，"我说是裴和尚升天了哩！你看刮风下雨打炸雷时，把老树炸开，那些成精的蜈蚣啊蛇啊不是这么留下形状的？"他指点那个巨大的空心。

按照道士的指点，月几的眼睛定下神来，把两半的铁疙瘩串连起来看，果真看到了她的男人，男人胖胖的身子坐着，肩膀宽阔，胸前也宽厚，跟生前没有两样，就是双脚因为穿了大翻毛皮鞋，有些模糊。

在场的乡亲也说看到了，看到了，这太蹊跷了！道士的红眼珠子一转，说，用黄泥巴填填不就可以复制一个活人了吗？月几妹子给你复活一个人，这可真是咱这辈子见过的稀罕事儿！这就跟翻砂一样的，它不就成了一个模具！

后来月几说不上话了，完全由道士指挥，弄来了黄泥，填进去，再搬动另一半盖严实，再揭开，再用电扇呜呜地吹干，将黄泥倒出来。大家看到，面前真的活脱脱坐着一尊庙里的菩萨！老道士跳起来，他喜疯了。

"……结跏趺坐，坐化的高僧都是这样的。趺坐就是佛坐。也叫莲花坐，最为圆满坐化之相，月几妹子这你该满意了吧！大家还不跪拜啊都是些没信仰的二货！"

在场的人稀稀拉拉没几个向裴和尚的黄泥像跪下，因为他们知道裴和尚的过去，再怎么说也不像。跪吧跪吧，就是哄月几的。但不一会儿，消息就传开了，村里的乡亲闻讯全来了，挤得屋里和菜园里人山人海，水泄不通。来看裴和尚复活并变成了个坐菩萨。本来是村里几百年都未发生过的一件悲惨的事儿，一个人被铁炉子的铁水化成水了，可得到这样的结局，成了桩喜事，这也是一种安慰吧。这道士太有才了。

这跟庙里供的菩萨有什么两样？道士唾沫乱飞侃侃而谈，越说越像。大家七嘴八舌附和。后来说的不是像不像的事了，都在说裴和尚生前的种种事情。他们把黄泥的裴和尚抬到堂屋里的神龛上放着，挂红，看他亲切的、慈眉善目的面容，说到他不结婚，最后跟寡妇结婚，说到他为什么要去铁厂上班，说到他吃粉蒸肉，说到他被父亲丢到芝麻地里暴晒一天一夜不吃不喝竟没死，说到他平时的节俭和助人为乐好心肠，什么事都给月几倒出来了。

月几过去听到的可不是这样，男人裴和尚在村里哪有人理呀，说他呆气，爱揩妇女的油，女人见了他绕道走，绰号一大堆，把他当活宝耍的，一个可怜虫呀。

神龛那儿过去贴过天地国亲师，烟熏火燎看不清了，桌子底下堆着些舍不得丢的瓶瓶罐罐和破鞋，旁边还有一个鸡笼，里面一层层的鸡屎，笼上面一个鸡窝，鸡们生蛋的。屋子里坑坑洼洼，被一些泥鞋几十年踏的。屋子因为低矮潮湿，窗子又小，弥漫着一股子鸡屎和霉菌和陈年杂物的混合气味。现在却有了檀香味，香烟袅袅。而且裴和尚回来啦！……

晚上，烛火摇曳。一尊黄泥就成了她一个人的，跟她唠嗑的对象。这下，有了说话人了。屋子里的气味还是过去的气味，鸡还是在笼里打架，羊还是在菜园里叫。她盯着男人看，可她看到的分明是被一罐铁水浇下去给压趴了，跌坐在地的冤魂。和尚，我分明看到你在铁水里扭曲号叫，双手拘挛，紧紧攥着，好难受呀和尚！你那脸上大难临头的恐惧，你那被铁水罩住跑不开的挣扎，一下子，你就化成一摊水了，没了。你咋不躲？说是你肚子疼得难受，头又晕，没看清头上的铁水罐子。你想跑，来不及了，你已疼得在地上打滚，这不关厂里的事——那个老板就是这么推脱的，上面的人还帮他说话……你这个样子他们还说没一点责任，赔点钱是出于同情。你真是救苦救难的菩萨，咋不给他们一点报应呢？

"……和尚，那铁水浇得你疼不？你是菩萨，不也是肉身做的吗？浇你时是不是另一个人，是你的影子啵？……其实你疼的时候，

有好几次，疼得冷汗直冒，那未必是假的？分明是你。你总是舍不得
为自己花一分钱，从不上医院，疼得地上打滚都不去，硬是把钱都花
在咱娘仨身上……"

望着模模糊糊的男人，想到那些让人心疼的伤心事，有时忍不
住，手就去抚摸黄泥巴的肚子，就像过去摸男人一样。给他揉，慢慢
揉。慢慢靠近，找他身上那股熟悉亲切的气味，汗味，睡觉从被窝里
出来的味……

月几的情绪好多了。还是给男人依然做粉蒸肉供着。有上香的老
人反对她，说菩萨只能供瓜果的。可月几说他生前只爱吃粉蒸肉，不
喜欢瓜果。白天不敬，到了晚上，就端出来，让他吃，看他吃，还有
一杯荞麦酒，两瓣大蒜。陪着他唠嗑，夜夜如此。

这年的秋天两个月没下雨，空气干燥得常吱吱冒火花。有一天，
月几从田里捡棉花回来，那泥巴男人突然叭的一声炸裂了，就像炸棉
桃一样的，声音很沉闷。没等月几想出办法，用绳子捆扎都来不及，
泥像就倒了，砸在地上，四分五裂，成了一堆真正的泥巴坨和粉末。

"和尚呀！我的和尚呀！……"

再塑一个男人吧，谁又能搬得动它们？没个帮手了，村里对这
事不再当事儿，年轻点的在打麻将，懒得理月几。几个信这个的爹爹
婆婆，都是快入土的人，手无缚鸡之力。有人就说别塑了，倒了就
倒了，当着你的面倒肯定是有用意的，你也省得天天看到他心里受折
磨，这事就搁下来了。

泥像没了，偶尔那几个老人来上点香的也就不再来了。锯开的
两爿铁疙瘩，放在菜园里，盛了些雨水，哪天不知爬进了一只大癞蛤
蟆，在长苔的水里咕咕叫着。撵走了，第二天又来了。月几惊诧，莫
非，瘌痢男人是癞蛤蟆变的？不管它了。男人留下的那些装粉蒸肉的
碗也基本砸光了，再说也不能供一只癞蛤蟆，也就没再做再供。可有
一天月几和两个娃子走亲戚没回来，第二天回来，两爿铁疙瘩，不知
哪个该死的强盗用车给偷走了。

赵日天终于逮到鸡了

我们几个人决定进山里抓鸡。因为快过年了，我们几个耐不住寂寞的老伙伴也想去山里玩玩。又下了雪，拍些雪景在微信里抖音上显摆。另外，山里有许多土鸡土猪肉土特产，搜罗一些回来过年。特别是赵日天，这位老兄说他几个晚上梦见吃土鸡。他说他炒的土鸡忒好吃，姜是用刀拍的，不可切，切的姜不出味。少放水，甚至不放水，将鸡炒干加点南泉豆瓣酱一焖，那个味道，喝酱香型五十三度酒就成神仙了，个斑马的。我们都知道赵日天喝不起五十三度的酱香型酒，何况到了年关市场上已经没有五十三度酱香型酒了，有钱也买不到，有的店一瓶两三千还指不定是假的。淘宝上八百块钱一瓶买了，到店里两三千卖你。就问赵日天你喝的什么五十三度酱香型酒？多少钱一瓶的？赵日天说老子在网上买的，茅台镇的，买一箱送一箱，一瓶只花二十六块钱。开车的孔瞟眼说二十六块你喝酱香型，你喝酱油去吧。

我们一路说说笑笑往田架山进发，对土鸡的渴望让我们在风雪中飞驰。我们有三辆车，有几个还带上了老婆。老婆们穿得花枝招展，作少女状，准备在冰天雪地的山村摆 pose，回城便上微信抖音。

我们坐的是孔瞟眼的车，我和赵日天，还有马夹头、杜老眯。有点挤，但也只能如此了。马夹头的头很扁，像是马夹过的。杜老眯眼皮撑不起来，老是眯睁着犯困，他老婆要他去割了松弛的眼皮，再做个双眼皮，又怕他花心。孔瞟眼是个瞟花眼，所以眼睛不好使的杜老眯特别担心孔瞟眼的车，很揪心，时常提醒孔瞟眼开车向右。夜壶哥，你咋老往左偏咧？孔瞟眼说，你眼不好使。事实上，孔瞟眼开车很稳，虽然有时会偏左。孔瞟眼爱好收藏，顾景舟的紫砂壶就有三把，也不知真假。他还收藏湖北的马口窑黑陶，有中国最大一把夜壶，可以装七十斤尿，说是长工用的，"文革"时他这把夜壶出尽风头，到处作实物参加批判"地富反坏右"分子，揭发地主阶级是怎么剥削和欺压长工的，这把壶就是罪证。改革开放后，这把壶他报了吉尼斯世界纪录，竟弄来了一纸证书。所以我们介绍他时不提什么顾景舟，提中国最大的夜壶，这永远是一个超级话题而且可以挖掘出源源不断的扯淡的话题，因此我们不叫他瞟眼，都叫他夜壶哥。

一路上赵日天在叨念他的拍姜炒鸡，他说拍姜之所以好吃，在于把汁拍出来了，再就是不要放水。他还说土鸡爪虽然没肉，但喝酒的人啃的不是肉，是意境，喝酱香型啃土鸡爪，是最高境界的喝酒，可以从酒盅里听到古琴声。孔瞟眼说，赵日天你真可以日天了，你肯定要上"舌尖上的中国"，他学着《舌尖上的中国》解说：赵氏土鸡的做法，食材取自田架山土鸡，姜拍出的神秘的香味与土鸡独特的肉质强烈地碰撞，产生了奇妙的融合。马夹头说，那还放豆瓣酱呢？孔瞟眼说还不是豆瓣酱神秘的香味，与田架山土鸡独特的肉质强烈地碰撞产生了奇妙的融合。反正赵日天上"舌尖上的中国"上定了。赵日天说夜壶哥你上央视的鉴宝节目也应该有谱。孔瞟眼与赵日天见面就会打嘴巴仗。赵日天虽然说得玄之又玄，见我们兴趣不大，又说出了一个惊天新闻，他说那些肥得厉害的像野人脚的饲料鸡爪，都是从美国进口的，美国人从不吃这些鸡爪鸡翅还有猪脚。凡是肥的大的，都是从美国进口的，而且你们不知道，美国专门培育出口到中国的鸡爪猪脚，都是一种畸形的鸡畸形的猪，鸡长六只爪子，猪长八只脚，全是转基因。他这么说我们都不信，杜老眯眯着眼慢条斯理地说这都是

"黑"美国的，爱国粉干的事，我国进出口肉类食品是经过严格检疫检验的，不要信不要传，是谣言。

赵日天喝劣质酒后脸是浮肿的，还有一块是黑的，表明他身体的一部分已经死了，赖在他身上。他满脸堆笑，围着老婆给他网上买的假巴宝莉围巾，方格绒线帽。因为有痛风，脚有点瘸了，像被严重的鸡眼折磨着。不管怎样，那就是瘸了，那就是老了。喝酒满面红光一时，浮肿黯淡已成常态。

走到郊区，田野没有一点绿色，满目萧瑟，雪下得纷扬，河流曲里拐弯冻上了凌，白茫茫大地一片真干净。前面的对讲机在说婆娘们吵要停下来拍照。孔瞟眼说我们进山了有好景，比这好一百倍，现在雪下得很大，赶路吧。前面的车说婆娘们要拉尿，好吧好吧，拍照吧，这些老妖精。前面的车里已经在向他们摇自拍杆了，等不及了。下了车，河上的冰很厚，有人试了试，蹬不破，人上去没问题。有人就踩上去了。赵日天竟然也跑上去了，一拐一拐，瘸了还胆大，赵日天作溜冰状，竟很轻盈，在冰上看不到瘸。他年轻时一定风流倜傥不痛风，滑过冰的。赵日天的老婆与他一样很会搔首弄姿，一声召唤，一群老娘们就跑上了冰面，栽了跟头，更加嘻嘻哈哈，手上高扬自拍杆，开始做动作，扮笑，找角度，咔嚓，自拍完成。再来，再照。还有老头们，也凑上去，大家一起笑，一起搞怪，来张合影，OK！孔瞟眼和马夹头都拿出单反，装好长镜头，给他们抓拍，咔嚓咔嚓！赵日天坐到冰上，仰头，脸承接雪花，一副陶醉状，这家伙会摆 cool，娘们肯定也要这么照，闭上眼，仰头，雪花给拍出来啊。绿围巾，红棉袄，白茫茫中，强烈的反差就出来了，这样的雪景简直千载难逢啊！可孔瞟眼还有更好的创意，有更好的道具。他从车的后备厢里拿出了他随车携带的一整套茶桌茶具，让大家搬到冰河上。这是什么意思？难道要在这冰天雪地里烧水煮茶？不是不是，给你们这些老妖精拍照哟！大家一片欢呼，夜壶哥太有创意了，烹雪煮茶，白首天涯。煮雪问茶味，当风看雁行。夜壶哥老子服了你！马夹头是武昌区楹联学会会员，转了个文大赞孔瞟眼。来来来！摆好茶桌茶具，盘腿坐在冰雪上，雪花飘落，手捧茶盅作品茗状，气定神闲，到哪儿找这样的照片上微信？今天你不是微信抖音之王谁是？谁与争锋？让那些只会在小角落拍咖啡拍热干面拍盖浇饭拍地铁拍小花小草的家伙见鬼去吧，让他们嫉妒去吧，让他们把咱屏蔽拉黑吧，旷野气势，雪花漫天，山川河流，盛大景色，就是比你那区眉小眼的滥片子好。还有这白茫茫中一点红，一个女子在冰河中独自品茶，简直太壮观了，太壮美了，太壮丽了，太壮阔了，太壮怀了，太壮举了！好好好，一个一个来。问题是老娘们都想穿赵日天老婆的红棉袄，赵日天老婆怕冷，不让脱，那些姐妹就强制给她扒衣。扒好衣，表演开始，都是在微信抖音上久经考验的老戏骨，年纪大了，照远不照近，镜头一对准，迅速入戏，拍了长镜头还要自拍杆，不相信你们的相机手机，看见别人的照片好，故意不发给别人就悄悄删了，你若要，就说拍坏了。好了好了，赵嫂子快冻得不行了，让她穿上棉袄咱们快出发吧，不能耽搁了。

进山的路上雪积得很厚，有的地方已有十厘米，前后的对讲机叮嘱大家车要跟上，要小心驾驶防车轮打滑。但车内的坐车人高兴，前面的对讲机里传来婆娘们的歌声，北风那个吹呀雪花那个飘，雪花那个飘飘年来到。一忽没有人家，全是山；一忽又有了人家，有了柿子树，满树的红柿子，还有橘子，在白雪里红得像灯笼一样，真是好看啊。赵日天说不知老婆感冒没有，大家说你老婆的棉袄买得好，赵日天说老婆的底裤都是我买的，在打扮女人上我还是有一套的。马夹头说你给小三呢？赵日天说没有小三，自从住院后都戒了，保命要紧。他说他刚才耳朵冻了，说夜壶哥你怕费油，就不能把暖气开大点吗，这鸡巴冷的。孔瞟眼说老子开到最大了，你咋这娇嫩呢。赵日天说让大家说说，是不是冷，你小气。赵日天与孔瞟眼一开口就要互掐。但今天赵日天估计是真动了气，因为冷，血压升高，有中风危险，就迁怒于孔瞟眼，开始酸他。夜壶哥你今天为什么不把夜壶带来拍照呢？

你举着夜壶，一群婆娘围着你，那不是皇帝的做派了？马夹头说，风雪夜归人就成为风雪夜壶哥了。赵日天说什么夜壶茶壶，你老孔哪有几把顾景舟的壶，我到宜兴紫砂壶博物馆去看了，人家那么大个博物馆，才有两把顾景舟的壶。孔瞟眼也不恼，说，日天你晓得个卵子，那两把是顾景舟的阳春壶，还有一把提梁壶，都是几千万的，老子没有，说壶你说不赢我。马夹头说讲夜壶你也是世界第一。孔瞟眼说我是武汉大学兼职教授，专讲中国的夜壶文化，这有假？我说你们别影响夜壶哥开车了，没看山高了吗？赵日天还缠着说夜壶也是顾景舟的？孔瞟眼说，我的梦想是建一个中国夜壶博物馆，你们的臊夜壶都给老子送来。

刚才还是丘陵，路也不险，眼前路就险了，窄了，弯道也多了，山也大了，就是盘山公路。雪还在下，好像比山下密集。孔瞟眼说快到了，他打开了导航，说还有十公里。这山里没有什么过年的气氛，也许是山深人稀。赵日天说他们那儿的乡下，就是前一二十年，到了腊月，就是过年了，进入冬月也就热闹了，开始杀年猪、写春联。小寒大寒，杀猪过年，最迟不能迟过小寒。挖藕的、打鱼的，还有炸鞭声，叭叭叭叭，现在叫什么过年！马夹头说，我们小时候下多大的雪，这样的雪简直不叫雪，有什么可高兴的。孔瞟眼说我记得那时候河里跑汽车。赵日天说那时候有汽车吗？孔瞟眼说，汽车有了，雪没了。赵日天说，你这叫车！孔瞟眼说，下去，赵日天，你下去坐客车去。

沿途到处都是村庄，为什么要到田架山抓鸡？这是孔瞟眼搜索百度的结果，加上过去到过这里拍过片子。他给我们发了田架山的介绍，田架山的土鸡非常有名，田架山的鸡下的蛋全是双黄蛋。田架山还有一个怪事儿，这村里有许多双胞胎，不仅田架山的女子生双胞胎，嫁到这里来的媳妇也生双胞胎。可要到这个村太烦，差不多要到了，路变窄了。路是按"村村通"标准修的，不到两米，就一个车宽，不能会车。路途有车来咋办？只能一个退，或者会到沟里去。好在没有车，我们的三个车长驱直入，孔瞟眼喊菩萨保佑，千万不要来车。还有杜老眯的老婆开车，杜老眯就不犯困了，对讲机里连连提醒开慢点，开中间。说着说着来了一个车，一个农用车，车孬，宽度不孬。前面一停，后面就明白了。为啥不修宽点。就笃定农村没人买车吗？这是在山区，在平原现在哪个农民家里没车？当官的就没长只后眼？孔瞟眼说当官的只顾眼前，管一届，有条路就不错了，一半还是农民集资。赵日天焦急，说想吃个土鸡看样子是吃不成了，个斑马养的！我们下车去前面查看，杜老眯的老婆和一车婆娘在骂那个农用车司机，你不能往旁边开点让我们过去吗，故意挡着不让我们走啊！我们一看，还真不是故意挡的，农用车轮子快掉下去了，旁边的路肩离路面有至少一尺深，掉下去就爬不上来了，要用吊车。那农用车司机是个农民，急得大声争辩，农用车声音太大，烧柴油的，听不清。这路真是的，村长干什么去了，两边把路肩填起来，一边填五六十厘米宽，填实，不就能够会车了吗？春节一定会有大量车回来，那这条路不就堵死了？村长一定是吃干饭的混蛋。我们看了一下，前面有一个宽点的岔路口，就给农民商量要农用车退。那农民被一帮城里老女人骂得狗血喷头，头都大了，先犟着，后来我们做工作他只好退。退也不容易，不像我们的小车，但还是接受了现实慢慢退。终于成了，我们的车可以过了，皆大欢喜，上车，再走，是石子路，虽然更窄，更烂，坑坑洼洼，但再没碰上车，田架山就到了。

哇，老树，池塘，石屋，炊烟！这是个沉静的村庄。进村抓鸡开始了！口号是赵日天喊的，拍打盹的杜老眯，杜老眯一个激灵就来了精神跟着下了车。池塘里有厚厚的冰。哇，有水埠，还是条石，长长的几块条石伸进塘里，塘冻了，村民在冰上砸了一个圆圆的大洞在那儿淘洗，条石上堆一大堆青菜，绿茵茵的上海青。这儿的房子依山而建，有的像古堡，有的像兵寨，有的是豪宅——至少建造之初是很用心的，很有气派的，是准备住一千年的，是光耀祖宗和子孙的。那个洗菜的男人在这个古老村庄的水埠，多少有点不协调，如果是一个村姑，一个红衣少女，那意境就更美了。何况还有静静落下的雪，银白的世界，好美好美呀。那些婆娘们都大声叫嚣着停车停车！车一停，门就开了，大伙一窝蜂往水埠跑下去，去拍池塘、水埠和洗菜人。那真是一幅冬日山村的静谧生活图啊！题目就叫《冬日村庄》！我们进村了，我们要抓鸡了！老乡，你洗菜啊，冷不冷啊？我们是从武汉来的，来看看山里雪景，请问你们哪家有土鸡和双黄蛋的鸡蛋，我们想买一点，你们这儿听说有许多双胞胎是吗？

那个洗菜的男人有四十多岁，说洗菜是今日他们家请村里人喝猪血汤。赵日天说，那就是杀年猪啰。因为喝猪血汤就是杀年猪的一种风俗习惯。我们就说太好了，太妙了，赶上杀年猪！我们这些摄影发烧友各自挥拳猛砸同伴表达我们的惊喜，互相祝贺运气来了，这可是绝妙的机会让我们撞上了！杀年猪杀年猪，老乡你家的猪是土猪吗？当然当然，我们这儿喂猪都是山上放养的，没有饲料猪，我们的猪叫百草猪。那个人姓田，叫田建成。我们就问猪肉卖不卖呢？田建成说不卖，自己吃的，腌腊肉的。那你家的鸡呢？鸡卖，鸡也不多，自己吃的，你们要买可以买几只去。那其他老乡呢？其他老乡呀，我们村里没有其他老乡，喂鸡的人少。那你们村里的人呢？都出去打工去了。过年不回来吗？回来的不多，都到外头买了房子，最差的在镇上住去了，我们村长就在镇上开发廊。那你们村现在还有多少人？全村有八十多户人家，三百多人，现在剩下十一人，基本是老人。那你不老啊？我四十五了，还不老！我也是在外头打工的，脑梗塞在武汉动了手术，不能再外出打工了，我女儿在外打工，老婆照顾我也没出去。

我们说着跟田建成进了村，这村里真没人了，都是比时间更老的房子，全部条石台基，端端正正，门框门楣门槛台阶都是条石，雕得精巧讲究。有一些墙是干打垒，却因为无人收拾居住，被一种土蜂蛀得千疮百孔，触目惊心，令人肉麻。我们兜了一圈，大约看到两处新楼房，夹在那些破碎不堪的老房中，呼吸困难。田建成说新房子都是老人守的，一家一个老人看家。田建成的房子在斜坡上，用石头砌的屋场，工程很大，但这已是多年前的事，现在房子也破旧了，好在有人住，有点生气，加上猪喊鸡叫，还有炊烟冒出。其他的，他左邻右舍都没了人，大门紧闭，阁楼敞开，堆放着陈年农具、家具。往屋里瞄，黑咕隆咚，阴气袭人。走到田建成屋场，旁边屋山头避风处，两个屠夫正在磨刀，咔嚓咔嚓。猪已经牵出来了，肥壮油黑，估计有两百斤以上。田建成的老婆在哄猪，将它往屠凳那儿赶。猪虽然是猪，也有灵性，看这阵势知道自己的死期来临，就挣扎着不肯往那儿去。这真是让我们赶上时候了，我们的摄影家伙包括手机到哪儿能捕捉这好的画面，创作年俗大片，输送微信大图，还有第二家吗？有的还拍视频，记录下这一历史场景；有的自拍杆伸出，要与猪来一个最后的合影。

屠夫让田建成的老婆走，因为他老婆在那儿假装唤猪拖猪，却在那儿抹泪，想是与这猪有了感情。喂养了一年，朝夕相处，就是一块石头也焐热了。我们几个就悄悄走近，去拍流泪抚猪的田建成老婆。田建成老婆穿着廉价的胶底厚棉鞋，棉衣上戴了两个绿袖套，还有污脏的围裙，还戴着一个老年人的毛线帽子，就是一个老年人，其实年纪不大。老公脑梗武汉住院，想必欠了一大笔债，也不能外出打工，家里不富裕，还守着个空村。

我们拍了几张田建成老婆的照片，她发现了，不好意思就不流泪了，就起身去了屋里。这时一个屠夫拿着挠钩一把钩住猪的鼻子，一个屠夫抄尾，猪要做垂死挣扎了，我们见状一拥而上，帮他们制服猪。猪怎敌这么多人，三把两下就将猪摁到杀凳上，这时屠夫大喊让开让开。田建成端来盆子，里面放了盐，是接猪血的。我们让开正好要拍照，看屠夫怎么进刀捅死一个庞大生命。说到底，我没见过，其他人也没见过。饥渴的相机和手机，准备留下一头猪死亡的瞬间。

猪的叫声太惨，太悲伤，太绝望，在这漫天飘舞的雪花中。因为是杀年猪，大家也没觉得惨，倒是很喜庆。那些老娘们，假装很害怕，躲得远远的，又忍不住要往这边看，露出了嗜血本性。猪在杀凳上嘶嚎，腿踢蹬，想摆脱死亡。可猪这么肥，就为这一刀。年关一来，猪只能去死，任何挣扎都是徒劳的。刀捅进了那个脖子的柔软处，斜着进刀。屠夫经验老到，千百次地捅刀，练就了一剑封喉的本事，一刀下去，血就来了。这样，大光圈，1/60 秒，200 毫米长焦用 1/1000 秒。微单用 1/30 秒，喷溅出的热噜噜的猪血就在空中飞舞时定格，片子就有了，这真是好片子，不要摆拍，不要美颜，不要 PS，来源于生活，片子叫《杀年猪》，或者叫《血花与雪花》，等。赵日天老婆要拉着他，与嚎叫的猪一起自拍。赵日天小中风过，面对这场杀戮没有反应过来，糊里糊涂走近了。赵日天老婆做动作造型自拍时还要哆着念念有词：哇，个斑马好漂亮！好一头大、肥、居（猪）呀！因为猪在咽下最后一口气时也要挣扎，每挣一下，血就飘很远，赵日天与老婆自拍时没防备，那飘出的血就溅上了他的羽绒服与他老婆的牛仔裤。这可晦气了，赵日天就在猪嚎声中骂他老婆。给他们抓拍的孔瞟眼就说，开门红！开门红！我们也就都说开门红开门红。赵日天那黑了的一块脸也溅了血，看起来很滑稽，脸上挂着猪血，面无表情，我们就一通笑，有的拿出纸巾来上去帮他们擦，可赵日天老婆不让别人擦，好像是恼怒别人取笑他们夫妇的意思。

有乡亲们来了，也就三五个，大多是老人，估计村里的活人都来了，来喝田建成家的猪血汤，说是喝汤，其实菜不少。我就给田建成说，我们也想体验一下在乡下喝猪血汤的年俗，吃个中饭，一个人给你五十元怎么样？田建成说，就是不给钱，撞上了，也要喝这猪血汤。这哪行！我们一共十一人，给他五百五，他就收下了，说你们太客气。我说一是一二是二。我又说你有多少鸡卖给我们？他说就十多只，全部给你们，你们太好了，我还有些土鸡蛋，要的话全部拿出来给你们。我问鸡多少钱一斤，鸡蛋多少钱一斤？他说鸡平常二十六，今天还是二十六，昨天来的人要出二十八一斤我都没卖。鸡蛋一块五一个，是不是双黄我不保证。我说好的好的，不讲价了，快过年了。我觉得患了脑梗的田建成也可怜，这么冷还砸冰洗菜，这样会再脑梗的，不讲价等于是扶贫，何况也贵不到哪儿去。大伙一商量，特别是几个婆娘，天天进菜场的，一听就说不贵，跟武汉差不多，武汉菜场卖的不一定是真土鸡，鸡蛋还不一定新鲜。这里不仅新鲜，还没有假，货真价实，可得可得。至于鸡嘛，田建成说鸡在外头，鸡逮着了就是你们的。那么肉呢，猪肉呢，也卖点给我们吧，这么大的猪你们也吃不完，腊肉腌多了不能老是吃，吃新鲜的才不会得病。你们要多少？一人一刀行吗？田建成说这不行，我还要给我姑娘准备一些的。那一人五斤行吗？可得可得，一斤要三十元。好好好。我们就与田建成谈妥了。田建成说，天气冷，各位领导进屋喝茶。我们说，茶喝了，我们先去村里转转，雪也不大。田建成说你们别走远了，一个小时喝汤。

好吧好吧，正好。村里那么多老屋，那么多老树，山上有泉水，村中有池塘。老树有乌桕、银杏、木梓树、枫杨树，还有松杉，几个人合抱。我们进入的人家，有太多好看的红漆门、铜环、锁。锁不好看，弹子锁，生锈了，有的没锁，大门敞开。真是的，好歹生活过一家子，好歹总有些东西。我们进了一个没锁的院子，屋是破了，墙倒塌了，进去就是曾经的厨房，有好多坛坛罐罐，有木蒸笼，有碗柜，有木箱子，有盆，有水桶，有装苞谷的大黄桶。有毛巾，有挂在墙上的棉鞋，还有一株冬天也没死的绿油油的土大黄。孔瞟眼打开一个坛子，里面竟有着半坛发臭的酸菜。锅生了锈，还有锅铲，有土灶台，这可有年头了。孔瞟眼发现了一个好东西，一个青砖筷篓子。看啊，他喊，这东西好怪。这样的筷篓子是头一次见到，里面装有十几双筷子，一个铝瓢子。这是个文物，马夹头说。孔瞟眼已经牢牢地将它攥在手上了，任何人休想夺走。他把筷子倒出来，用纸巾将里面的蛛网擦了擦，左看右看，翻来覆去看，爱不释手。挂绳是一根电线，结实，孔瞟眼喜滋滋地提着了，这是第一件战利品。我们又来到敞开的堂屋，墙上牵的绳子还搭着衣裳，灰尘蒙面，也没人要。另一面墙上挂着许多夹小兽的"铁猫子"，都生了锈。孔瞟眼说这也是文物啊，他自个取下一个，要我们也各自拿一个。我们认为这捕兽夹在腊月拿着不吉利，都没有拿，这破玩意儿也没什么用，我们也不搞收藏。孔瞟眼进了一个房门就不见了，我们走进去看，孔瞟眼趴在地上了，朝床底下搜寻。那床有蚊帐，床上是些农具。嘿！嘿！我们看见壁虎一样趴着一动不动的孔瞟眼，就知他又发现了好东西。他开始往床底下爬，我们很好奇，看他从床下拖出一个物件，竟是一把黑乎乎的夜壶。夜壶哥又找到文物了！

这是一把好夜壶。想建一个中国夜壶博物馆的孔瞟眼是不会放过任何一把夜壶的，何况这真是一个老物件，釉上得非常好，尿垢金黄，晃一晃，干的。孔瞟眼一只手伸出大拇指，不说话，他激动得话都说不出了。走出院子，孔瞟眼说，到处都是文物，都是好东西，全村都是，都丢了，我好想把这个村买下来。他对我们说，我们可以租也行，反正没人住了，我们在这里搞个艺术家村，摄影驿站怎么样？整旧如旧，然后在这儿养老该多好，这儿山清水秀，为什么他们要跑出去？个斑马的搞不懂，我们买下来搞民宿也赚钱啊。马夹头说你说的有道理，但要人投资啊，你卖几个宋代夜壶投资？投资了谁又来这儿住？鬼？鬼住？这村子阴风惨惨的，老子是不会住的。赵日天说，土鸡是不是文物？你看什么都是文物，看雪呢，是不是文物，几年没下雪了，这雪是哪个朝代的？孔瞟眼说，你们不住我搬来住。赵日天说你是来偷文物的。杜老眯说，你那夜壶给收破烂的都没人要。就要拿石头砸孔瞟眼手中的夜壶，孔瞟眼连忙笑着躲开说，莫疯哟！

走进另一家，门口有一棵大泡桐。进去就看到一口棺材，上面盖着一个破床单之类，好不瘆人，看上去就像里面躺着死人，我们赶快退出。可这时黑暗的屋里有一个活物动了，孔瞟眼的脚下，竟卧着一条狗，他以为是一堆破絮什么的。他踩着了那狗的腿子，狗连叫也没叫一声，站起来，是条瘸狗，后腿的一个爪子没了。狗啊！马夹头惊慌说，他吓了一跳，以为是个鬼。还真是个狗，老狗。你个狗日的狗，你叫一声啦，柴门闻犬吠，你这狗不是白养了。这狗是个野狗，不然，是这家人家的狗，陌生人进屋就得叫，你不吠不叫的，是什么狗呢！细看，狗很衰弱，刚才卧在棺材头前，身边一个狗食盆，是个石头凿的，很厚的盆，盆里两根苞谷芯子，没一颗籽粒。石盆里像生了苔，水也没见一滴。赵日天踢着狗食盆说，夜壶哥，这又是一个文物。孔瞟眼在研究棺材头上的一个大红"奠"字，被叫看狗食盆。一看，果真斜眼亮了。又看那狗，撵狗，咄！咄！感到没有威胁，不会反抗，就抱起那个石盆，到了光亮处，再看，不是太大，也不是太小，不是太重，也不是太轻，青砂石凿的，圆圆墩墩，一件少见的好器物，连连惊呼道：有点味，有点味，回家养一盆铜钱草，绝对有点味！那狗呢，见人抢走了自己的饭碗，不急不恼，大家看它，骨瘦如柴，四条腿像四根篾片，一根还是短的，歪歪倒倒，就是条死狗，夹着尾巴，先我们跑了，也没跑远，躲在泡桐树下，踩着雪，瑟瑟发抖。赵日天看不过去，说夜壶哥，再怎么不能抢别人饭碗好不好。孔瞟眼抱着狗食盆就往外走，手上还叮里哐啷提着夜壶、筷篓、兽夹。那条狗呢，站在风雪中，瞪着愤怒的眼睛，看着一个陌生人抢走了它的食盆，大摇大摆地走了。狗终于从喉咙里发出低低的"噗噗"声表示了自己无可奈何的抗议。这群进村抓鸡的城里人，无辜地"顺"走了它的饭碗。

对于贪婪的收藏家孔瞟眼，你是没有办法的，他如果看见了一泡屎，也可能鉴定出是宋代的。我们回过头望了一眼那狗，它仍在风雪中，它好可怜，它快死了。

旁边有一个真正的大宅子，高高的木头门槛，但门没了，窗棂的木雕花却完好无损。孔瞟眼说这没有保护，没人给挖走吗？上了七八级台阶往里一看，屋顶开了天窗，堂屋落下厚厚的雪，但有一扇巨大的屏风，有四个浅雕的大字：耕读传家。这四个字敦厚、饱满、自信、张扬，虽没有留款，一看就是至少清末或者民初的字，写字者有儒风，笃诚、豁然、大气。屏风脚已腐烂，穿孔，但基本完整，有气势。马夹头问孔瞟眼说这个东西好吧？耕读传家久，诗书继世长。孔瞟眼说这东西要是弄到武汉古玩市场，最少值十万元不止！赵日天说，夜壶哥，咱们动不动手？孔瞟眼说去你的，老子又不是强盗。几个老妖婆一挤进来，就要在这四个大字下照相。孔瞟眼说慢，慢，要找一把椅子。杜老眯果然从里屋找到一把圈椅，只是坐垫木没了，腿也只剩三条。我们先绑上腿。赵日天找来一根木头和绳子就绑椅子，孔瞟眼蹲着看了看说，这是黄花梨，绝对是黄花梨。我说这不是，黄花梨木的比黄金还贵，敢丢在这里腐烂啊？孔瞟眼说黄花梨的也分海南黄花梨和越南黄花梨，越南的不值钱。我看了看说是楝树的。孔瞟眼说这个造型就是明代的。赵日天说，你夜壶哥的造型还是秦代兵马俑的呢。孔瞟眼说，老子是活生生的兵马俑？个斑马！我是讲真，好了好了，大家坐在椅子边上假装耕读传家吧。老妖婆们自拍他拍，一派大家闺秀气息。有人又找出一本书，是小学《数学》课本，让她们翻开，假装读书的样子。还是赵日天老婆的中式服装出彩，大家又要她脱，她又是被强脱了，冷得在门口打喷嚏。赵日天就催婆娘们快照，不要摆姿势了。头上开了天窗的屋顶有雪落下来，落到他们头上，每人一张，手捧小学课本，耕读传家。这照片真好，真好，在这村里随便照都是好片子，都是怀旧情绪和怀旧场景。问题是，到哪儿找这么绝的道具去？而且是实景拍摄。道具越来越多，有人拿来渔罾，有人拿来山里的挖锄，还有背篓，有蓑衣，有一大串生虫的红辣椒白蒜头，有斗笠。可雪越下越大，雪涌进了屋子，涌进了耕读传家的屋子。等大伙都照了，孔瞟眼对马夹头说，你明晚回去把你家儿子的卡车弄来咱把这些拆了拖回去，反正也是没人要的东西。杜老眯说夜壶哥，你真这么做啊？马夹头说我是不敢半夜来，小心被村民捉了打死。孔瞟眼说，我给大伙真的建议，咱们老伙伴们可以吆喝些人来买这儿的房子，修整一下养老种菜，又没有雾霾，又没有噪声，简直太舒服了，不是神仙的日子么。赵日天说，夜壶哥你买下来是要拆里面的东西，谁不知道你心里的小九九。我认为孔瞟眼是真爱上这儿了，他的建议很好，老哥们在这儿养老，就等于是到了桃花源，远离城市，回归自然，这是趋势，也是一种觉醒，我表示举双手同意。

我们往山坡上趔回，边走边看时，看到迎面走来一个老头，背着一捆从山上砍的枯树枝。马夹头说欲投人处宿，隔水问樵夫。樵夫穿着臃肿，胡子拉碴，朝我们友好地笑，砍刀别在腰上。老妖婆们就要跟樵夫照相，她们见谁都要照，主要是想让那些皱了吧唧的山里人衬托她们的光鲜高贵。有人还抽出了老汉腰上的砍刀，高举着，与肮脏的老汉勾肩搭背作亲昵状，把老汉喜得咧嘴傻笑。好，好，一二三，OK！OK！太好了，太好了！老哥你贵姓啊？田。这里是田架山，都姓田。老汉说虽然都姓田，有土家族的田，也有汉族的田。老田你家里有几口人哪？生活还好吧？过年物资准备得还丰富吧？孔瞟眼当过几天学校汽车班班长，会转官味，有省长派头，问田老汉。田老汉说有六七口人。田老汉虽然眼睛糜烂，但盯住了孔瞟眼怀里的狗食盆，欲言又止，后来就指着喏喏说这个盆子是不是三九老汉家的？孔瞟眼说三九？怎么三九？孔瞟眼故意装蒜，拿了人家的东西，心里发虚。田老汉就说我昨天还给狗放了两个苞谷的。孔瞟眼很不好意思，田老汉就说这是我家里的，给那狗拿去的，有大泡桐树的那家是吗？有一口棺材的。为缓解孔瞟眼的尴尬，马夹头就问那狗是咋回事？田老汉说，三九跟我同庚，他到城里去了，给工地看场子去了，听说死了，死人运不回来，就在城里火化了，这棺材也就没人要了。狗呢？狗啊，丢在家里了嘛。这狗可是条忠于主人的狗，哪儿也不去，就天天守着那口棺材，谁知道中了什么邪。又没有人给它吃的，到处蹭食，可能是棺材有三九的气味，它还以为棺材里头睡着三九呢，就这么守着。村里的人有记得的就给它一口食，不记得就让它饿。早年它不老实，偷鸡，发现了总是一顿打，它就上山逮鼠逮野鸡，有一次山里逮鼠被别人下的"铁猫子"套住了，在后山哀嚎了几天，没一个去帮它解套，大家想让它死了好，后来它挣断腿又回来了。三条腿逮不了什么，眼看要饿死，我就有时给它拿个苞谷拿碗剩饭来，有时人老了记性不好，忘了，它就只有挨饿，它快不行了……

我们听后心情沉重，都拿眼睛去看孔瞟眼抱着的狗食盆，太不应该，一条残疾狗，饿狗，你还抢走它的饭碗，良心上说不过去。孔瞟眼也很不自在了，丢下不是，抱着也不是。好在马夹头又引开了话头，问田老汉这儿双胞胎的事，田老汉说他就是生的双胞胎儿子，再往下问，田老汉说一个儿子在温州打工，成了家，有小孩；一个儿子在武汉读大学后上了班，但后来就没跟家里联系了，说是失踪了，好久未回来。失踪？这事儿！怎么失踪？一个男孩？田老汉听说我们是从武汉来的，来了精神，就说起这个儿子。说当时一胎化，但田架山就是生双胞胎的地方，好多外地来的人偷偷住这儿怀孕，也大多是双胞胎。双胞胎是可以上户口的，不能把多出的一个掐死是吧。他说我老大比老二大一个小时，但很懂事，打工帮助他弟弟读完高中再读大学，读的是光谷软件学院。是光谷软件学院？是的是的。巧了！那我们的孔教授就是那个学校的老师。孔瞟眼这下成孔教授了。

田老汉说啊孔老师你一定认得我这娃，你一定帮我找找我娃子！我娃叫田二春，我老大叫田大春。孔瞟眼说不认识，学生太多，哪能都认识。您一定教过我娃的，我这娃不爱说话，戴个眼镜，不像有些娃嘴花。大学毕业后在光谷一家公司上班，蛮好的。可我娃突然不在公司上班了，不见了，打他电话是空号，有人说在网吧里看见过他。他哥专门从温州回来与我一起到武汉找过他，找了整整一个月，找了几千家网吧，所有武汉的网吧找遍了，寻人启事贴了不晓得好多，还受了不少骗。杜老眯说这娃怕不是染上网瘾了？赵日天说你们报警了吗？报了报了，问了几次警察，警察就定为失踪人口了，就要下户口的，现在离下户口还有几个月。我后来又去武汉找了几次，在武汉边捡破烂边找，都没有找着。我家里还有些寻人启事，我待会儿给这位……孔老师，麻烦老师帮找找，我全家对您感谢不尽！孔瞟眼说好的好的，我们在田建成家喝猪血汤，您去吗？我不去我不去，他叫了我，我没有还礼的，不好意思喝人家的汤。我是准备去温州大儿子那儿过年的，儿子也打电话要我去，我怕二春回来，春节家里没人，我就在家等他。

唉，原来是这样啊，可怜天下父母心啊！终于明白了他给那狗添食，害一样的病啊，同病相怜。这样这样，那到时您把寻人启事拿过来，我们的孔教授一定会帮您找的，赵日天对老头说。好的好的，孔老师是好人，大好人！田老汉恨不得给孔瞟眼磕头，作了一串揖，背着柴火一溜小跑往村里去了。

山里的景色很好，可有人很悲伤，狗也很悲伤。树林里有落叶乔木，有不落叶的常绿乔木；有落叶的灌木，有不落叶的常绿灌木，都与山与村庄共存着。石头房子、青瓦、白墙，还有炊烟，有山脊，有叮咚作响的泉水和封冻的池塘，有弯弯曲曲的田畈，有庄稼，有蔬菜，在冬季如此美妙，在春季、夏季、秋季还不知美妙到什么程度呢，简直藏着当代人生活的所有幸福元素，藏着安宁、温暖，藏着城里人所有的想象。这个村要买下来，要买下来，孔瞟眼抱着狗食盆对我们说。

喝汤啦，喝汤啦！我们像禾场上的鸡一样飞奔到田建成的家。那猪已被大卸八块，收拾成肉的模样，不再是猪。屠夫在洗大肠，鸡在啄食猪粪中的食物，它们也将被抓到城里去，成为鸡肉，不再是雄赳赳气昂昂的鸡，它们的好日子也快到头了。屋里已经摆上了两桌，我们一桌，村里的人一桌，火锅热气腾腾，热泡咕噜。新鲜的猪肉炖萝卜、心肺煮海带、辣椒炒肉、炒蛋，当然少不了猪血豆腐汤。还有一些我们最爱的乡村坛子菜，什么泡辣椒、酱萝卜、酢冬瓜、尖椒豆豉。还有自酿的苞谷酒，饭是土灶锅巴饭，那个香啊。田建成的老婆端菜，田建成用一个大锡壶给我们倒酒。他老婆说，您们莫要客气，山里也没个好招待的，尽管吃，尽管吃。好的好的，不客气不客气，这酒好，好酒。人们都喜欢吃野食，野食就算是一泡狗屎也是香的，酒是酒精勾兑的也是香的，天下第一好酒。我们就给村里的几个老人敬酒，给他们拜早年。菜是真好吃，全是土菜，辣，辣得有模有样。塘里洗的菜是青嫩青嫩的，绝对的绿色蔬菜有机食品，猪是有机猪，蛋是有机蛋，这儿的水好，这么想，那双黄蛋双胞胎就是与这儿的水有关系。赵日天见了酒就忘记了抓鸡，说今天终于吃到地道的土猪肉了，而且是田架山的百草猪，这肉是甜的，萝卜可以生吃。来来来，喝喝喝！夜壶哥来祝贺你得到了一个狗食盆！第二杯是祝贺孔瞟眼得到砖筷篓，第三杯是铁猫子，第四杯是夜壶。他老婆过来夺他的酒杯，说你这个痛风鬼、高血压，喝死的！赵日天说我吃了药没事，不关你的事，跟我夜壶哥喝酒。正喝着，田老汉来了，手上拿着一沓纸片，很薄很薄的花花绿绿的纸片，另一只手上提着一只鸡，鸡绑住了脚。田建成见田老汉来了，远远地就打招呼说田爹来喝酒。田老汉说他已经吃了，就径直找到孔瞟眼说，孔老师，这是我娃子的寻人启事。启事上印着他儿子的头像，印得模糊，像是乡镇印刷厂印的。他儿子看起来很端正，斯斯文文，戴着眼镜。孔瞟眼正在与赵日天干杯，已经喝得神魂颠倒了，就接过那摞纸片放到椅子的屁股后头，说好好好。田老汉将土鸡塞给孔瞟眼说，我是代儿子孝敬老师的一点心意。孔瞟眼说这不行这不行。田老汉说那有什么不行，学生孝敬老师天经地义，天地君亲师，一日为师终身为父，这就拜托孔老师了。孔瞟眼再三推辞，我们说就拿上吧，盛情难却。

等田老汉走了，田建成说田爹可怜，他在武汉找了他小儿子大半年，大儿子他老婆是个二婚，有个孩子，后来又生了个孩子，负担重，也没管他老父亲，他就在村里等小儿子回来，天天在路口盼。因为婆娘们不喝酒，我要代孔瞟眼开车我也不能喝，气氛就上不来，加上两个杀猪师傅还要到别处杀猪，天又冷，几个婆娘想抓了鸡割了肉快点回家，雪还在下，就说吃饱了。田建成说没有喝好，往年村里哪家杀年猪，都要接七八桌客喝汤，肉要吃几十斤。我家吃了吃你家，冬月、腊月吃两个月，到了正月，又请春客，又要闹一个月。往年到了这时候，狮子龙灯采莲船蚌壳精都出来了，村里热闹得要命。好吧好吧，你们抓鸡吧。

鸡们吃过桌下的残羹后，都在禾场的雪地上唱歌消食，公鸡雄壮，母鸡肥壮，但怎么抓是一个问题。田建成说我来唤鸡，他准备了两个网兜，网鸡的。他抓了些米，就把鸡往隔壁没锁的红漆门屋里撵，米撒在那黑暗的屋里，那里原来成了他的养鸡场。咯咯咯咯咯咯……鸡见了米，就像见了亲娘，撒腿就往那屋里跑。等鸡们都进了屋里吃食，田建成将门关住了，喊我们过去抓鸡。我们悄悄进了门，再把门掩上，立即动手。鸡发现我们的意图，就拼命往外面跑，但有网兜伺候，鸡就成了我们的鸡。门是破门，鸡可以钻出，有的鸡就钻出了，撵鸡的就开始到处撵鸡，屋里屋外，到处是抓鸡的男女。有的老娘们用自拍杆打鸡，有的飞身扑地抓鸡。我抓了两只，孔瞟眼也抓了一只。杜老眯、马夹头和赵日天因为年纪大了，手脚不利索，抓得满脸污渍还是两手空空，加上吃得太饱又喝了酒，眼神也不济，跟着鸡满村跑。鸡飞上了石墙，鸡钻进了草垛，鸡跳上了竹篱，鸡在逃亡。抓到鸡了的交给田建成老婆过秤，再去称猪肉，再就没事了抓拍那些抓鸡人，还大喊：鬼子进村了！鬼子进村了！武汉"鬼子"完全是抗日神剧，鸡把他们带到雪沟里，带到断墙上，他们张着网兜嘴里骂骂咧咧就是逮不到。赵日天喝太多，摔了一跤，手上只有一根鸡毛。他老婆瞎指挥，说这里这里，那里那里，光动嘴不动腿，一网兜下去，网到一坨干牛粪。他老婆大骂他废物，个斑马的把兜子给我！赵日天毕竟是个男人，有自尊，痛风也有自尊，就是不给，霸着网兜，再网。人本来就蹒跚，但拗着劲了，要与鸡一争高下。加上有酒精烧脑，血往上冲，我们都怕他绊在石头上摔下去中风就坏了。

那鸡与他周旋了十几个回合，不分胜负，他碰上了一只狠鸡。那鸡不只跑得快，还展翅高飞，又飞进了那个破屋里。赵日天紧追不舍，进得门去，只听一声惨叫，鸡被擒获了。赵日天手上抓着一只大母鸡，从红漆大门里伸出头来，脸上露出胜利的微笑。孔瞟眼就抓住了这精彩的一瞬间，拍到了赵日天抓鸡的经典镜头，后来获得了中国夕阳红摄影大赛银奖，题目就叫《赵日天终于逮到鸡了》，自是后话。

杜老眯就喊，赵日天日天了，赵日天日天了！马夹头推了赵日天老婆一掌，要她去迎接逮鸡英雄。我们几个起哄道，嫂子过年我们到你家去吃土鸡。赵日天老婆说好好，没问题没问题，留着你们喝酒。

好啦，满载而归啦，又是土鸡又是土鸡蛋又是土猪肉，还有人有了别人送的鸡。我们逮鸡时，田老汉一直在远处看着我们，等我们把账结清了，他又跟着我们到村口停车的地方，一再嘱托孔瞟眼帮他找儿子。孔瞟眼说了一句话安慰田老汉，说万一找不到了，你还有一个儿子两个孙子，只能往好处想。我们都觉得他这话说得不妥，我们看田老汉凄伤失魂的表情，不想插话。田老汉给我们小声地说，建成那儿哪有土鸡，他的鸡都是从山那边养鸡场买来的，他一年在这里要卖几百只鸡。我们想不会吧，我们的后备厢里全是叫唤的鸡，怎么会是养鸡场的饲料鸡？算了算了，我们不会再去问田建成，天色晚了，雪在下，鸡也没几个钱，我们要赶快返程了，山路险。

走到半途，因为赵日天喝过量了，再加上这日怪的苞谷酒度数高，山路颠簸弯又多又急，还加上撵鸡吸了太多冷风，就开始呕吐。第一口没止住，就吐到了车里。然后我们停下来让他吐。他吐了再上路，上路后又要吐。这可咋办，赵日天太老啰，下次不能让他出来折腾了。我们停下车看他吐，把胆汁都吐出来了，他身上全是秽物，各自身上带的纸巾都擦完了，遭罪啊。孔瞟眼在车上找了半天，翻箱倒柜，没有了，最后拿出一些纸片来，是田老汉交给他找儿子的寻人启事。他说只剩下这个了，日天的赵日天呀赵日天，用这个擦吧。寻人启事全部擦完了，那些沾上了难闻的呕吐物的一堆纸坨儿，就丢在了北风呼啸、风雪弥漫的荒野上，丢在了我们车的后头。天气真冷。天气真冷啊！

蕹村十日

第一天

火车站像雨前的蚁穴，穿梭来去的人和广播就像有大事发生一样，很扎心。仝大喊根据指示牌去买票，他再一次问自己，我是回家去吗？当然，回家，被关的老虎豹子放出笼肯定会跑向山林。他怀揣刑满释放证，监狱给了他一百元路费，说动车七十元，吃个盒饭二十元，加上你回村叫"摩的"，十元，给你一百吧。还有劳动报酬结账，竟给了他一千七百多元。他背着监狱发的双肩包，揣着钱和证，出了监狱大门哭了一场。旁边是个小餐馆，专为探监的人开的，里面有两个年轻警察在打电子游戏，他买了一包烟，给两个警察敬了烟，警察专注自己的游戏，向他点点头，他就走了。想想劳动报酬应该有两千多元，他爱吃辣，辣椒酱买得多，抽烟也不赖，抽五元一包的红金龙。酒是不让买的，监狱小超市没酒，逢年过节也不让喝酒。他的消费较高。他坐上火车想，天冷了，要给老娘买一件羽绒服，母亲跟姐姐住。还有姐姐，还有丫头小倩，得轧点钱，他想轧一千，至少八百。

他揣了这些，当然，还揣着一些种子。什么孢子甘蓝、乌塌菜、秋葵、养心菜、红叶甜菜、紫背天葵、羽衣甘蓝，还有监狱所在地唤鹰山特有的木耳菜、高山血背菜、田七（吃叶子）、紫苏等。紫包菜算稀罕的，有人不敢吃。秋葵说是植物伟哥，在山里种出来的拿刀都砍不动，这个道理他没弄懂，其他的都懂了。政委给他的种子，分别用塑料袋装好了。占地几百亩的监狱，有几个大棚，是很现代的智能恒温大棚，光、水、湿、温全自动控制。他是怎么被选上去种菜的，他忘记了。别人叫他，也许他说过种过菜，于是就让他种菜了。他也没什么学历，更没艺术细胞，有的同改参加监狱的管弦乐队，到处演出；有的同改学刻纸；有的学木雕；有的学布艺。前天刑满释放的一个同改出狱就被温州的一家企业接走了，买的飞机票。他是三年半，也就是刑满倒数两年，每个犯人必须进行职业技术培训，还要拿证，这是国家规定的。他说，我就种菜吧，他就种菜了。但种菜没有技术等级证。

县城通了火车，这是他进去后才有的，感叹时代变化太快，他要把这三年半的损失补回来。但县城火车站是新修的，空无一人，两边是菜地。走出站，有几个"摩的"。问一个老头去薤村多少钱，那老头竟说不知道。仝大喊告诉他就是种意杨的那个村，半天才把意杨说清楚，就是意大利杨树。"噢，杨树，全县都种杨树啊。"这老头是个聋子，还神志不清，坐他的车危险。走了几步再问，有汽车直通薤村，有班车啦。他很兴奋，坐上了一辆破公交车。车上的人一个都不认识，都垂头丧气地想自己的心事。司机也不知为何很烦，到了一个村就吼说："××村下车了！快点，想在车上过年呀！"一干人马提包携裹的慌张往车下跳，救火去的。

是冬天，初冬。庄稼没了，但田野壮阔，村舍峭然，鸡鸭的叫声和狗的奔跑都坚强有力。我是回家来的，他说。看到水渠中的倒影好新鲜，一漾一漾的，突然想起在电脑上进行网络学习、考技术等级证的同改，他们还在监狱里，也许准备吃晚饭了。现在，他也要在电脑前点击"浇灌"，于是所有喷灌设备就自动开始工作。喷灌时大棚的水雾会出现彩虹，那是非常神奇的。

　　河。河堤和树。意杨。那么多意杨。他没有饥饿感。倘使在三月呢，满是油菜花的堤坡，像瀑布一样漫向四面八方，一望无涯。现在，田野依然美丽，因广阔坦荡而美丽，美丽是一个巨大的心灵震撼，美丽不是小眉小眼，荒凉也是美丽，譬如现在，此时此刻。还有房舍，楼房，做得越来越好，欧式的设计，欧式的门窗，多讲究呀，还有人家门口的汽车。我应该有的。我一定会有！拐了两个水湾，越过一片枯死的芦苇荡，就是薤村。芦穗在空旷的寒野弯腰摇摆，一蓬蓬苍耳和野蓼在田埂灰头土脸。还有荻秆，高壮胆大。电线杆和电线像拉皮尺的土地丈量员在分地。路边的包菜鱼鳞一样闪着亮光。喜鹊窝摇摇欲坠地挂在纤细的意杨上。路边有小伢们燀野火焚烧的痕迹，黢黑残破。水草有青有黄，野猫湖的枯荷浩荡向前，或站或欹，把下午的天空都抹黑了。

　　老房子只能是老房子，草垛无人收拾，估计里面成了黄嘎郎子（黄鼠狼）窝。几棵橘子树上还挂有橘子，被鸟雀啄空了。有人喊他的老婆卞如花。卞如花有肥胖症，鼠眼贼圆，走路哮喘，整天气吼吼的，好像谁都欠她八吊钱。全大喊当初找这个胖女人，可以改他或者他娘他姐两三个，像一截千年乌木。彩礼还花了五六万，不还价。村里人说，大喊，你咋找这么个胖子？全大喊说就是称肉也划得来。人家说，大喊你又不是娶回来杀了吃的。大喊说，就是杀了吃的。可这女人生性暴虐，爱惹事，常扇他耳巴子，还拿大奶甩他。他有时候睡在大奶上，就像睡在粮堆上，有股实感，胖女人给他生了个胖瘦适中的女儿。但大喊在与邻居吴二瓢争一个门口的粪坑时，把吴二瓢打断了三根肋骨加别的伤，比如卵蛋挫伤，定为轻伤一级，就去坐牢了。那时候，他时常发闲，不喜麻将，就在门口抠着脚丫子看风景。监狱里服刑没事，也在大棚门口抠脚趾，那就是神仙。家虽然房子不好，但后门是秧田，吹着穿堂秧风抠脚，门口有喜鹊白鹭，水青岸碧，有几棵苦楝，躺在树荫下打鼾，还有什么比这更美的？树都是野生的，无论在门口和水边，都恰好长在该长的地方，不像现在，人为划行栽树，看起来整齐漂亮，实际上没一点卵意思。乡村就是自由散漫的，树是自由散漫的典型代表。

"我一有酒，你就回了。"老婆喘气说。老婆还是那副死胖样子，提着酒，也不知道是给哪个男人喝的。她说是打麻将一个老头输给她的，今天手气好。"老子十打九输，你一回来老子转运。"她说。她又说："哪个婊子养的亲热老子，老子有酒把他喝？喝了翻瘟去死的！"

全大喊耳中听着这些叮叮嗡嗡的咒骂声很亲切，就像昨离今回。他的身心一下子就回到了村里。

"村里有人字形拖鞋卖吗？"他问老婆。

"你要死呀，这么冷的天买拖鞋？洗澡又不是没有拖鞋。"

他就去买拖鞋。家里没有了他的鞋子。他买凉拖鞋，人字形的，吊儿郎当、油子哥儿的那种。他渴望那种。

"垄上公社连锁小超市"。秋秋家的。秋秋过去就是开小卖部。现在的小超市什么都有，好像还是卖品牌。还卖棺材，门口有棺材，黑漆漆的，一口价，三千八百元，有牌子，有条码。"曹氏棺材"。日，这还小超市咧！棺材铺！

总之，琳琅满目。他给小倩买了两包垃圾食品，还买了一块肥瘦相间的肉，有老婆赢来的酒，必须配上肉才有味，今天开酒戒！

他想和吴二瓢瓢哥喝一杯，那日子就回来了。过去他与瓢哥关系很好的，一翻脸就成了仇人，可是他怀念与瓢哥一起喝酒的日子。瓢哥早搬走了，去县城了。

老婆让他去学校接女儿小倩。

全大喊进学校门就被拦住不让进，问是干什么的，全大喊说是接小伢。但守门的老头眨巴着眼睛对他从上看到下，这让全大喊明白他没有换衣，穿的是监狱里发的衣，他穿习惯了。是那种蓝色的棉袄，前胸和背上有一些特别的竖条纹的，就是囚服，还有囚头，头发没有长起来。他胡乱找了一下，没找到过去的棉袄，也就忽略了。"到外面去等。"继续切菜的守门老头挥着菜刀说。

这很不吉利。按说，出狱当天是要换新衣服的，或者戴个假发，叫重新做人，还要在宾馆住一夜，以去掉晦气。他没想有这种讲究，同改还提醒过他。

很多人都进校去了。他趁老头不注意，也就混了进去。他发觉衣服穿得不对，接下来又出了更大的问题，当然，他可以戴一顶帽子，不过他都忘了。

放学就是放一群疯子出来。他在二年级门口已经看到了自己的女儿，每年女儿都会跟着她妈去探监。最后一年没去，去年他的地就没了，这是他不知道的。

"小倩！"他喊。

这伢，衣裳没扣好，书包没背好，跑出教室就听到一个陌生的中年光头男人在喊她。她站了一下，又准备跑，但被全大喊一把抓住了。难道她真认不出我了吗？监狱的床头有张亲情寄语连心卡："爸爸，我和妈妈等你回来。女儿小倩写。"那歪歪扭扭的字难道不是我女儿一笔一画写给我的吗？全大喊好一阵伤心，这就把小倩抓得更紧，生怕跑了或者飞了似的。小倩好像抓疼了，"呀"了一声。不过女老师早就盯住了他，一个穿囚服的陌生男人。责任感让女老师挺身而出，勇敢地把他和全小倩隔开："你是接哪个的？"

"全小倩呀。"

"你是她家长吗？"

女老师的眼睛非常毒，长着一张梯形脸，两只眼睛像安在脸上的监控摄像头，鼓着高分辨率的强光："我怎么不认识你，我认识所有家长。"

"家长还有假的吗？小倩，我是你爸爸，你妈要我来接你，你不认得我了？"他俯下身对小倩说。

小倩却摇摇头，一脸的困惑，往梯形脸老师怀里挤。但全大喊分明感到是老师的那只长指甲手把他的手掀开，尖尖的指甲把他抠裂了一块皮。他看时有紫钳印和血痕，下手狠啊！这时，他讲话时希望找一个证明人，可惜他没找到，这是两三个村的学校，接小伢的全是老头老太太。有一个面熟，又记不起老头的名字，姓也忘了。"哎……您郎嘎好，我是大喊……"他又用手示意，但手语不清，显得慌张。那老头看他囚服，还有寒光闪闪的光头，拉着孙伢闪了。

一个犯人会让整个学校打寒噤。狗东西，探监见面那么会喊爸爸，今天不会了？

"我是你爸爸，小倩！"他声音放重了，甚至想跺脚。

小倩被这个男人粗壮的嗓音吓傻了，警觉敬业护犊的女老师赶快叫来一个男老师，他被拉拉扯扯弄到一间办公室里，有几个人看着他。他摊开手两眼发怒："我、我干了什么？我接小伢的……我叫全大喊，我的女儿全小倩，是薤村三组的……"

他怎么说也没用，现在要一个人来证明他就是全大喊，是全小倩的父亲，是坐牢回来的，求他心理的阴影面积吧。他的汗都要下了，而且是滚滚而下。这个季节，他还奇怪地穿一双人字形拖鞋，这是个什么人？越狱出来的？他感觉他快要崩溃了。

围来的人就像看一个怪物，看一个小偷、人贩子。那个女老师的梯形脸上好一副大获全胜的表情，那张脸难看死了，从来没见过这么难看的脸。你这丑老师说家长都认识，就不知道全小倩也是有父亲的，有个即将服刑期满的父亲？好在他终于在人堆里用眼珠子扒出个熟人，就是村里的前任村长文爹。文爹很消瘦，很干净，始终穿中山服，头发梳得一根不乱。是有人找到的，看认不认识你们三组的这个人。

"噢，大喊。"他说。他点头。

这事就解决了，他就领女儿回家了。他有点生气地扯着小倩走，回头看了下木杆上高高飘扬的旗帜，好难受。

"连老子都不认识了吗？跟妈妈去看过老子那么多次，个臭狗日的！"他骂背上的女儿。

认识的人出去得太多，也死得太多。几年好些新坟，也不知是谁的。好像村里人也不关心这些，把一个死人埋了，这个人就处理完了，大家都接受，不再哭泣。世界是由许多活生生的人轮流转的，转到哪个头上死了，就钻进土里去睡一万年，都很公平，都不吭声，一人死一次，所以田野比学校安静。学校的老师你们把人间问题都没搞清楚，办个什么学校哟！

瓢哥的菜园子就像火葬场，好恐怖。他只想跟瓢哥喝酒。瓢哥报的是民事案，让大喊赔他几个钱了事。可瓢哥的亲戚不愿意，说还是让他坐牢，兴许死在牢里呢。这话是当时的副乡长曹炎告诉他的，听说现在是乡长了。曹炎是大喊老婆卜如花的表哥，这案子他帮过忙，也送了他不少。大喊为人冲动，激动起来说话是喊。父母取什么名字，长大就是什么人，乡下有这种说法。后来报了刑事案，这事就成了。瓢哥村里待不住，就去县城拓锅盔卖；他老婆往面里包肉，擀面成形，刷油，瓢哥就往炉膛里贴。这几年，锅盔涨价，从他进牢里时两块钱一个，变成了三块五一个。春节五块。听人说，现在锅盔越做越薄，是放了明胶，所以再薄也扯不断。如果是工业明胶，就是回收的塑料鞋底做的，就等于是吃破鞋底。恶人有恶报，因为卫生不佳，包死猪肉，又被城管砸过好几次炉子，放塑料破鞋拓锅盔的瓢哥就跟老婆有荣分居了，有荣在超市扫地，他捡荒货。

晚上独斟独饮。吃辣椒。吃大荒果和酱萝卜。监狱里天天吃鸡骨架。鸡骨架萝卜汤，鸡骨架番茄汤，红烧鸡骨架，鸡肉呢？警察和守法公民吃了。

他问戚妈的坟还在没，后来他拿着一杯酒去找坟。是与瓢哥家交界的标志，坟包很小，过去就是用草垛盖住的，现在还加上棉梗。问题是，瓢哥将养母葬在两家分界处，也不犯法，只是让全家人瘆得慌，这是结隙的开始。好在瓢哥没对养母感恩，坟没培，一年一年小了，长着一些苍耳、狗毛烧，也就看不到了。不挡也没事，看久了就习惯了。人鬼共居是乡村寻常景色，魂幡飘摇也是田野风光。坟就是一个土包，人死骨头烂，还能有什么？

仝家吴家谁先来此居住，说不清了。房子都修过，屋界也没细分，之前都住杂草里，土坯房。就算砖瓦房，譬如瓢哥的房子上了锁，几天就锈了，门缝很大，窗户也破了，黄嘎郎子钻进钻出，门口全是狗尾草和蒿子。狗过去一趟，沾了一身奇怪的臭气难闻的什么果实，疼得哇哇叫，走路歪歪倒。门板像是涂了牛屎，像畜圈的门。

祭完戚妈，找棉袄、帽子，都有了，帽子印有"野猫湖农村信用社"的字，很好。可是心里是对那个梯形脸女老师的愤懑："你说，小倩这么矮的个子咋让她坐倒数第二排？"

"夏天墙旮旯里全是夜蚊子，咬的大包小包，不是我送几次瓜还调不到倒数二排，坐老后一排。人家有钱的送爽肤水防晒霜……"

"臭狗日的！"

趁着酒意上床，老婆卞如花一上来就咬住他的下体，像吃冰棍的发出噗嗞噗嗞的嘲吮声，再骑上来就摇。这一座山把他压的。卞如花下身像沙漠，口里有气味，还没射精就开始想监狱。老婆翻下身来喘着气厚颜无耻地问："梦见过老子没有？"仝大喊想死的心都有。

"……你晓得二瓢家是怎么搬走的吗？"老婆得意洋洋地告诉他，"老娘天天朝他门上泼粪。哪个叫你把老子男人搞坐牢的……他不是又生了个女伢嘛，三个月，老子就朝她嘴里塞花生……"

"你要杀人啊！"仝大喊跳下床来吼。

"去你娘的！老子拿你没办法，你改造得像无卵太监了，看来还是得坐几天牢……"

这么报复人家三个月大的婴儿，不是畜生不如？瓢哥比他小，都这么叫，连他养母也这么叫。养母可怜，生下八个伢，一个没活。她丈夫吴爹在镇上挑"八根系"，码头工人，常常回来扁担上挂一副猪心肺。有了心肺汤，肯定叫他们姐弟去喝。但戚妈吃得好，却不会带伢，有两个伢是在月子里被棉被压死的。一对双胞胎，聪明可爱，七八岁时，一个发病另一个也在家发病，两个同时死了。听妈说，戚妈在田里车水，带去的一个在田边玩，突然高烧，口吐白沫倒在田埂上。家里的一个也突然高烧倒地。背老大回去，两个伢儿一会儿就没气了。戚妈丈夫后来也死了，就她一个人。对大喊他们姐弟很好，视同己生，到她家去就跟自己家一样，有什么好吃的都给大喊他们吃，听说大喊一两岁时还是她带的。每到春节，大喊妈就把她接过来，在他们家吃团年饭。她也不会空手进门，提几包酥食给全家孩子，还有一块两块的压岁钱。她手上有戒指，腕上有镯子，耳上有耳环，还悄悄给了大喊妈一个玉镯子，镯子里面有一条龙。有一次大喊家失火，大喊妈在田里做事，把大喊锁在家里，是戚妈将门踹开，救出了大喊。说白了，大喊这条命，是戚妈捡来的。他与他姐"出肤子"（麻疹），娘下地干活将他们锁在家里（总是锁在家里，怕在外头出事），他们发烧，眼睛肿成一条缝，又渴又饿，扒看窗户哭喊，是戚妈从窗户外给大喊姐弟吃的。还有犯疟腮时，戚妈给大喊用母牛尿煮了五个鸡蛋，先在鸡蛋头上用针戳几个眼，鸡蛋熟了，吃了就好了。后来，村里人看戚妈孤苦伶仃，在镇上捡了个豁嘴伢儿给她做伴，就是二瓢，瓢哥。长到读书年纪，戚妈将瓢哥带到荆州，将豁嘴缝上了，可讲话还是听不清，呜呜曦曦的。后来读书不行，就给他找了个媳妇，敲锣打鼓娶进门。戚妈什么都给了瓢哥，临死时瘫痪在床，天天头疼喊叫，喊得下巴都脱臼了，也没人送她去医院，就这么死了……

第二天

"什么，地是我同意让拿走的？"

"他是这么说的，二村长。"

"二村长？"

"黄古啊。"

"为什么是黄古？"

"那时候王法住院，他代理村长。王法病病恹恹的，都是他舅子黄古帮他管理村务。你真没说啊？"

"老子的魂说了？见都没见到过他，鬼在说，还魂了说的？钱呢？"

卞如花先是不说，后来吞吞吐吐地说，去年的用了，小倩当时黄疸肝炎，住院全用了。今年的有两千多"用"在麻将室了。村里人将来福公司付的土地流转金都打麻将摇骰子输光了，过去的种粮补贴也是这样，连赌带醉，乡下人存不了钱。一亩地的流转金是八百五十元。另外每亩补助三十斤大米，两斤菜油。

全大喊看了看合同，甲方是自己，卞如花代签；乙方是村里，黄古代签；丙方才是来福公司。

"没有不签的，人家又不是白要。不签也给你把地平整了，坟也给扒了。先同意移坟的免费给墓还有碑，后来的就抢了。不迁的，人家半夜挖开你的祖坟放蛇进去，你说迁还是不迁？……"

"那你不是糊涂吗？你不问问我证实一下？"

"那天……我、我是被人灌醉了，就这么签了……狗日的黄古，他把我灌醉了……"

"莫非你跟他上了床？"

"反正醉了，签了……"

说是害羞，其实是炫耀哩。全大喊目不转睛地瞧着这女人比大腿还粗的脖子，她这身虎背熊腰，一堆囊膪，还有人盯着？黄古呀黄古，你竟跟我一样就这个欣赏水平，吃相太难看了！不会吧，老婆打牌输了自己代签了，赖在治保主任、二村长黄古头上？给自己贴金哩。我又没有委托书，这个我懂，违法！我找他去！

不要起那么早了，他一夜未睡，还是起来了。本来想给她谈谈搞稀有蔬菜大棚的打算和美好前景的，告诉她什么叫高产能，什么叫全自动恒温，全泡了汤。喝杯早酒，吃早堂面。荆州的早堂面是天底下最好吃的面，今天吃进嘴里像吃死蚯蚓。这时候监狱里电铃早打了，起床快，拉屎快。揉着惺忪的眼睛，不管有没有食欲，排队去食堂打稀饭、领馒头，拧开老干妈瓶盖，拼命往馒头上抹，用辣解蒙，给早晨提神，想那个喝早酒的家乡，一个人一杯早酒，慢慢韵神，日上三竿了再说干活的事儿……

寒风旷野，意杨遍地，像鱼栅遮挡了一些视线。没有了黢黑的棉梗、披头散发的甘蔗，没有了田埂上一排排的高粱秆，也没有了收割后的荒凉疲惫。村里也没有晒棉花的老婶子，坐在门口，一边剥棉花桃子一边扯闲。偶尔会有一个老头背锹经过，锹上的鱼篓里会有活物，一只甲鱼，或者几条鳝鱼，随便转悠，随便有收获。还有乌龟，见了人，拿出乌龟来让人看，研究是不是放生的。村委会前面的堰塘过去是庙里的放生池，有百年龟无数，庙没了，原址盖上了村委会。政府盖的，每个村都一样，好看，而且村委会背后一大块地方盖了个农庄，就是村招待所，宾馆。不过荒破得严重，花坛栽种的一些什么花，和毒蒿、拐芹、大蓟一起疯长。池塘里的水都绿了，鱼在浮头喘气。阳光很老，世界很疲倦。有衰冬感。如果你关了三年多突然出现在这个自己生活的村庄，塑料垃圾增多，满地扔着那些不能腐烂的塑料袋、食品包装袋和空瓶子，遇到的人也不爱搭理你，拿一双陌生的眼睛看你，心情会很难受。又突然没有地了，老婆还被治保主任睡了。虽然别人瞧得起你老婆，但睡了就是个问题，就是私闯民宅。他还没想好。他死寂沉沉的心有点胡乱翻动。

村委会的门是锁着的，今天是村长王法的乔迁之喜，做了新房子，大家都去吃酒。他没有找到大村长、二村长。君子报仇十年不晚，我得忍。找秋秋买了一包萨其马和一挂香蕉，去了姐姐家。妈摔了，腿疼，抱着拐杖在门口拐柴火。他给妈点心和两百块钱。姐姐对给她的一张一百元的没看一下，却提要求说，你回来了，得把妈接过去呀。姐姐有心脏病、高血压，吃药给他看。

一只鸡啄他的脚。他一动不敢动，也不敢说话。他没有底气。说什么呢？他一无所有。鸡又去啄他放在椅子上给姐姐的那张钞票，他起身去撵鸡，趁姐姐去厨房他就赶快离开了。

村长家是另一番景象，热火朝天，热气腾腾，热闹非凡。鞭炮炸得天昏地暗，就像庆贺解放似的。路上全是鞭炮屑，大礼炮放过的硬盒一层层码在门口。现在风声紧了，听说请客限定桌数，领导也不来，但村民挡不住。支客说不收钱，但来的人要登记，以后暗中给就行了，这个谁都懂。全大喊手上拿着别人敬的烟，他想找到黄古。他荡了一圈，没见着，村长王法在里面跟人聊天。王法新剃了头，把黑脸全露出来了，还肿，笑的时候将脸上的肿肉艰难推开。他是乡党委书记的高中同学，书记今天没来，城里的乡下的高中同学都来了。过去王法不是村长，可人家高中同学硬要将村长栽给他。怎么将老村长文爹撸掉呢？这事儿好办，栽树。因为是全国绿化先进县，就让你栽行道树，美化乡村。来检查，说树栽小了，存活率低，就把村长给撸了。王法当上了村长，一切就听书记同学的。书记说，你要争取完成五百亩土地流转的栽树指标，就是新增绿化面积，于是王法就流转了五百亩给来福公司了。来福公司是县里的投资大户，栽树，还有木芯板厂。王法因为是在县城读的高中，人脉关系足，经常请人到丰收宾馆（就是村招待所）住，吃甲鱼火锅，吃萝卜炖鳜鱼。只要来的上级领导，走时都有伴手礼，当然就是几条刚打上来的活蹦乱跳的鳊鱼啰。这几年村长常年在医院，他的舅子二村长黄古就把公章揣裤兜里了，粗看就像裆里的勃起物。因为是治保主任，听说家里警棍手铐都有。

换了棉袄戴上帽子，手上拿着支客递的香烟，有人喊"大喊来打牌"，他和大伙点头。会问的不问，不会问的问"回来了？""狗日的放出来了？"一个村几年不回来的多了去，有的十几年没回来过。他一个将别人打断了三根肋骨的人回来，多少有点凯旋的味道。不与他们啰唆。他去了后院，院子里全是烧菜做饭的。在炉子大锅里蒸煮着各种菜肴，香味扑鼻。蒸菜多，也简单，蒸肉、蒸鱼、蒸鱼糕、蒸藕、蒸肉丸子、蒸豆腐丸子、蒸茼蒿、蒸芋头。各个大铝锅里盛满了红烧肉、干子、芹菜、千张、辣椒、洋葱、甲鱼。甲鱼一看就是很次的饲料甲鱼。屋檐下一口大缸泡的是萝卜、球白菜和凤爪。一只只饲料鸡大凤爪趴在臭水缸里像死人惨白的手。咋这么臭哩？那个熏人，眼睛都会被熏翻，人们绕道走。还有鱼冻，就是荆州人说的冻子鱼，将鲫鱼提前一天做了，鲫鱼炖萝卜丝，晚上一放，因为有胶质，加上气温低，就冻住了。就这么吃，一块块的鱼汤冻子进口爽滑沁心，味道不可言说。冻子鱼呀冻子鱼，想你好久，今天是我的菜！

"辣椒！辣椒！"掌勺的大师傅喊。

端红辣椒的二村长黄古冲了进来，找辣椒救急来的。

"亲自下厨呀黄主任！"全大喊有方有寸地问候。

"啊啊啊。"他笑。一筲箕尖辣椒差点全倒进锅了。

还敬烟。说话不方便。他得瞅个时间。敬酒吧。敬酒也不是时候，那得郑重其事地说，这是大事，是咋回事，这得说清楚。这不是小事，关乎他后半辈子的生活，还有面子。他要地。酒不能说明我与他，与村委会和谐稳定。要弄清楚。老婆的话也不能全信。

"你过来。"老婆拉他。要他去抢席。人太多，先抢先吃。

一个托盘上菜的人差点撞上了他。

一个小伢哭着喊："我要喝动脉，我要喝动脉呀！"

有人说："个苕货，哪来的动脉，是脉动！你又没上人情你还喝动脉，喝静脉去吧！"

抢席如抢火。全大喊一坐定，背后就站了两三个人，等着他吃完了抢席的。支客老头嘶哑着喉咙说："大家按先来后到的秩序不要乱抢，一切听安排！……"没有人听他的，谁先抢到谁先吃。

珍珠丸子。泡凤爪。凉拌粉丝。炝球白。扣肉。沔阳三蒸。爆鳝丝。湘妃鱼糕。冻子鱼。爆毛肚。干子炒肉。花生米。甲鱼火锅。云豆肚片汤。弯骨藕汤。撮了个泡凤爪到嘴里，果然臭。闻起来臭，吃起来更臭，跟吃屎一样。不能吐，用酒吞下去，再吃冻子鱼。先下手为强，在冻子最多的地方一筷子铲下去，就是自己的了。还得快点吃，放进热碗里就化了。

几个老头喝慢酒，不是他的对手。要喝动脉的小伢现在抓住了一只香喷喷的鳖壳，啃它的糯裙边。筷子拿不利索，却紧紧不松手，与鳖壳展开了殊死搏斗。他感到一阵腹痛。

想到小倩得过黄疸肝炎，也要多吃甲鱼，就找来个空塑料碗，不管别人高不高兴，捡了几块甲鱼在碗里，打包带回去，那些人侧目而视也不敢说什么。

吃过后有人喊他去喝茶，村里有茶室，还有麻将室，都是武汉知青当年的房子，破烂不堪，坑坑洼洼。吃茶的人不讲究，只要有个地方咳嗽扯闲骂人就行了。一杯茶一块钱。

他想给大家讲讲家常，重新建立感情，还有稀有蔬菜和全自动大棚的事。端上茶来，有个不晓事的愣头就问他："大喊，听说人一进去了就坐电椅？女的用竹签穿乳头？"

好在有明白人说："瞎侉，现在还那样，不是旧社会了！"

"怎么网上还有那么多屈打成招的？什么佘祥林、赵作海、聂树斌……"

"听大喊说！"

全大喊不好说，不愿意说那些事，这些人只对坐牢的事感兴趣。

"没有的事。"他按着肚子说。他肚腹疼痛难忍，怕不是昨晚凉了肚子？"村里昨天又运回了三四台自动麻将机，这钱如果搞全自动蔬菜大棚，该多赚钱啊？没人想这个事吗？"

"大喊那我问你，监狱里可不可以叫小姐咧？不叫小姐，不就跟当和尚一样的？"村民老苟问。

"你扯鸡巴蛋吧老苟，如今有几个素和尚？不全都是荤的！当和尚是最赚钱的行业，比咱们种田好一万倍，个个开奔驰宝马……"

"种恒温稀有蔬菜大棚的话，一亩少说赚两三万，最高可赚七八万……"

"男的跟女的是不是关在一起？"老苟缩着鼻子抽烟，满口黑牙齿，不依不饶地问他。

"就是关在一起的，而且不准穿衣服。"一个老头逗老苟说。

"还这么？"老苟一脸的憧憬。

"你赶快犯事进去，比村里强多了，天天与女犯人打炮，一夜一百次都没人管你。老苟艳福，等你精尽人亡光荣归来……哈哈哈……"

"哄我老苟开心，"老苟抹着哈喇子咧嘴笑着，"你说监狱里女人的毛都没一根你是怎么熬过来的大喊？再怎么找只母狗捅捅也行呀……"

"我去趟厕所……"

他溜了。

全大喊摇摇晃晃从意杨林里系着裤子出来，肚子还是疼，快受不住，冷汗直冒。心想是不是在监狱里头吃惯了味淡的，这么辣的菜肠胃消受不了？还有火锅，过去一个桌上一个火锅，现在吃饭至少上三个火锅。

回到家腹中搅痛，去老村长文爹家开的小诊所买药，一看，有许多人在那儿买药，都是腹泻，都买泄停封。不都是在村长王法那儿吃了酒的？问题一定出在臭凤爪上。老婆不心疼他，说："还不是吃多了，饿牢里放出来的。"

全大喊腰都疼弯了，肚子抵着床沿，不想跟她打嘴仗，见着这一堆不讲感情的肉，问："我问你实情，你的合同究竟是么样代我签的？"

"我劝你不要问了，你问老娘也签了。"

"为什么不问？坐了四年牢，地就没了，三四千块钱你就卖了啊？"

"老子卖了？卖了你不感谢老子，你娘的鼾！你种一亩地一年辛辛苦苦能赚八百多吗？种水稻的话一年赚两百就不错了……"

"我种稀有蔬菜的！"他爬起来找出带回的种子摔在床上，"一亩我精心种大棚至少可以赚三五万晓得啵？"

"种金子啊！见你妈的个洋绊！老娘睡不睡的？"老婆将那些装种子的塑料袋子扒下床，身子像一块水泥板压到床上，接着呼噜轰隆。

第三天

全大喊一夜拉了七八次，起床的时候像一只风筝飘飘欲倒。他知道黄古有个女儿也与小倩同班，想赶在第一时间将黄古逼在学校是最好的。黄古是三婚，前两个老婆一个给他生了个弱智，另一个也生了个弱智，两个伢都丢给他老父母了。后来与一个在乡村演出团跳甩发舞的演员搞上了，生了个如花似玉的女伢，听说经常参加县市电视台的演出，乖巧得像是狐狸精投胎。

没有碰到。原来来福公司要搭个防火瞭望铁塔在一个土坡上，村民老苟为补偿跟来福公司的人干上了，黄古在那儿处理。全大喊赶去的时候，架已经打了，黄古满脚泥巴，估计调解时遭了误伤，一只耳朵在流血。老苟举着一颗牙齿在问："打了？打了？""打了。""牙打掉了？""掉了。那还不掉！"老苟哇哇地哭起来："来福公司打掉老子的牙齿呀，警察叔叔快来呀！"老苟举着连根拔起的牙齿，眼睛充血，浑身泥泞，手舞足蹈。施工的老板背着手，不屑地说："哒，就一颗，再闹老子打得你满地找牙！"老苟说："你们就欺负农民，小心我烦了把你们与村干部勾结的事告到省里，不信搞不臭你们这些黑社会。"老板嘿嘿一笑说："你这鸡巴恶人！你要惹黑社会的嘛。看着老子，不像黑老大是吧？黑老大非要手臂撸出来有几条龙就是的？敢跟老子玩？你想当这个出头椽子，呵呵。跟老子对着干，也不掂量自己有几斤几两，个苕货！"老苟把自己的牙齿丢到地上踩了一脚说："是我的牙齿我和泪吞，不惹黑社会，五千块钱两清。补牙齿，还要去买消肿药吃的。"老板说："老子是二包，水都干了，一包才三万，你要五千，老子捅你死娘，不让老子喝口水？老子坐了十年牢出来学雷锋？"最后老苟非要三千，说儿子是个精神病，也要吃药。老板一脸痛苦，像痔疮犯了："把你个狗日的全家买药去吃！村里的荒坡你竟敢敲诈老子，老子又没招惹你，找死！"给了五百，用发臭的涎水一张张点，然后撒到地上，老苟的苕儿子立马笑嘻嘻地扑上去抢。

旁边的人都不敢吭声。有人低声给大喊说，老苟胆粗，惹黑社会，还有亏吃。

老板给看热闹的村民分好烟，还上火，说："呔，可怜之人必有可恨之处。"

是呀，必须以流氓对流氓，你流，老子比你更流。

"黄古主任，你先抽支烟。"全大喊说。

"大喊你派出所报到了吗？"黄古边走边问。细看他腿有点瘸，是他大老婆用石头砸瘸的。

"第一天就去了。回来就知道我老婆代签了合同，你也代村里签了合同，你看到了我给老婆的委托书吗？"直截了当。

"委托书？什么委托书？"

"我老婆代我签土地流转合同怎么会没有我的委托书咧？户主是我呀。"

"我又不是搞法律的，委托书，你问你老婆不就得啦。"黄古用手按着流血的耳朵显得不耐烦，急匆匆地走。但全大喊不会错过时机，他要讲清楚，到一个水闸那儿他拦住了黄古。

"你老婆两年的钱都领了，还说么事吵！"

"话不能这么说，主任。记得走的时候你教导我，忍字头上一把刀，左邻右舍的，没有杀死冤仇。今天再难受的事，恨不得捅他十八刀的，明天睡一觉再一想，就不算个事了。的确退一步海阔天空，不然就毁了自己，我就是典型呀。可三年多回来，想脱胎换骨重新做人，学了技术回来搞大棚蔬菜，结果地没了，你说这事咋搞？"

"问你哩，继续说。"黄古坐在闸上，知道走不脱。

"我简单地给你说吧主任……是这样的，我不求真相，只求一个说法。我再说一遍，不求真相，只求说法。你给我老婆说是经过我同意的。我家里的女人，是你把她灌醉让她稀里糊涂签的？……"他说出后一句就感到头皮一阵发痒。他抓。

"噢，大喊，你不知道我是不喝酒的吗？我提个壶将她灌醉？你……信吗？她说是我说的，说你同意了的？拿证据来，我哪天说的？"

"你说呢？"

"我看还是你说。"黄古不安地扭动身子，到处找烟和打火机。

"你说。"全大喊说。

"你说。你怎么说老子也认了。"

"行行行。但我还想问……你果真敢跟我家那肥货上床？"

"是上……船啦还是上……床？这个得说清楚。"

"说上床是给自己脸上贴金，说上船是给别人脸上贴金……"

"此话怎讲？"

"你明白。"

"喂，大喊，少绕些圈子，我还没说明白吗？我也不想与你打嘴仗，是这样的，你女儿得肝炎，你老婆也没有什么收入，几亩地一个人，又是田里，又是家里，耕田收割，打药治虫，全是她一个人，还得运回家去呢？还得卖掉呢？一亩地刨去种子化肥农药，能纯赚几个钱？下如花东拉西借给你女儿治病，医保很多报不了，就借钱，借的钱还没到医院就打麻将输了。她急需钱，只有赌，想赢，还是输了，又想买码赚回来，整天抱着一些书猜晚上开码。第二天去田里撒化肥，将借来的一袋米当化肥撒了，看到满地的雀子啄米，她哭得稀烂，就跑到湖边上了船，想一死了之……接下来呢，我救起了她。我不想说我是什么鸡巴英雄，我可不敢跳下去拉她，那么胖的一个人，我就跳上船伸给了她一把桨，将她拉上来了。她很感激，就这么，上船，签了。加上青苗补偿费有好几千，不是这个你家女儿能活到今天？……”

“喔，这样看，我要感谢你。不过这签字也是乘人之危呀？不是别的，这几亩地，你没有想过，我回来，几亩地就是我最后的脸面了，我虽然感谢你，合同我是不会认的！不管是你讲假话还是我老婆讲假话。”他说。他又说：“地我要定了，没有地，我下面想说的就没有用了……”

“有屁快放！”

“我给主任你讲的就是，我不是无理取闹。说你不信，我种的蔬菜，如果能达到最先进的管理水平，又有好设备，还有销售渠道，一亩最高可赚八万到十万。”

“抢钱喔，棚子里全是种钱？莫吓我！”黄古将烟头吐到水渠里。

“所谓种菜是工厂化的操作，工业流水线的生产，制冷、通风、浇灌，全是自动化的。大量是无土栽培，空中菜园，大棚里一层层的架子，可以搭五层八层的，一亩地能种出五亩八亩地来，泡沫里种菜，液体养分。智能温室大棚，光、水、湿、温全自动控制，自动调节，完全模拟蔬菜生长的环境。如果没有钱投大量设备，可以一样搞空中种植、无土栽培，不过多投入劳力就行了……”

黄古早走了，甩下话：“无土嘛，你要地干什么？空中种植，你空中搞去哟！……”

回到家里，仝大喊亲了小倩两口，又揪着老婆的耳朵说，再怎么困难也不能寻短见。没有了老婆，家就没了，一袋子米算什么，再不赌博不买码不就行了嘛，我也不计较是你说的假话还是黄古把地骗走的，只要地要得回来，不愁翻不了身。终归没有委托书，所以签字无效，这地是有希望要回来的。两口子夜里商量到两三点。

早晨起来直奔曹炎家，只见到了曹炎的父亲，卞如花的表叔。表叔是个历史悠久的棺材匠，三代做棺材，大半个野猫湖乡一百年的死人都是睡他家的棺材。生前呢？生前归他们的子孙曹炎管。大伙儿生是曹家的人，死是曹家的鬼。有一阵子，曹炎父亲做水泥棺材，那时野猫湖木材奇缺，后来恢复了做木头棺材。老婆讲，她们小时候死活都不愿往曹家去拜年，虽然大人说表叔有压岁钱——当地叫牙酥钱，牙酥钱也抵挡不住对那黑漆漆棺材的害怕。有一年，这里发生过一件惨事，几个小伢躲猫猫，一个藏进棺材里，另外几个将那小伢盖上了，那小伢就闷死在棺材里了，表叔披麻戴孝才了结。不过曹炎争气，会读书，成了乡里的干部。

表叔一脸酒红地接待他们，进门就问提的什么酒。他说："我只喝散装酒，赵五锭槽房里亲自接的头道酒，七十度，打火机点得燃的。"噗的一下，拿起桌上的打火机就点燃了杯中酒，"茅台我都不喝，跟喝酱油一样。"表叔喝早酒，吃鸡杂，一根皮包骨的土鸡爪啃得像铁一样光溜。

"你们不要去找曹炎了，他昨晚一夜没睡急得一头的疱，今天乡里要开专题民主生活会，县委组织部和纪委都要来人监督的……你看你，大喊，大冷天穿拖鞋，这个样子，哪像遵纪守法的公民？来喝一杯？……"

老婆埋怨他，可是换鞋来不及了。说不去找曹炎的，走了一半，全大喊还是想找曹炎，卞如花强迫他去买了双十元的布鞋，把拖鞋装进塑料袋里，寄放在卖鞋的那里，就趸到乡政府那条僻路上。路两边是水洼和水杉，乡政府有一阵子是个恐怖的地方，狗都不朝那边咬。是在十多年前，乡政府喝的水有臭味，一查，楼上水箱里泡着个死人，一个上访户在里面溺水自尽了。

他们在曹炎办公室门口的楼梯上坐着等，果然听见会议室有很大的说话声和争吵声。因为腹泻，一天没敢吃，没东西可拉了，头晕，心慌，想吃块锅盔。等到下午五点，全大喊出去吃了块锅盔回来，会议室的门才打开。与曹炎打了照面，但人家要送客人。又过了一会儿，曹炎拿着一堆书籍和文件，眼睛都睁不开的样子出现了，说："今天水都没有喝的。"全大喊夫妇连忙说，我们不喝水，不喝水，刚喝了的。卞如花说去了他家，给叔叔拿的酒叔叔说他只喝散装酒，不喝茅台。曹炎说哪儿有茅台喝，他自己吹牛。然后说，现在从严治党，按照要求查找理想信念、政治纪律，要讲政治规矩，要实事求是、发扬民主、畅所欲言，敞开心扉，要真刀真枪刺刀见红……

仝大喊夫妇像听天书，也没听懂是什么意思。

"要动刺刀啊曹炎哥？"卞如花叹气地问。

"是比喻，就是互相揭短嘛。哦嚑大喊，我去上个厕所……"曹炎抽开几个抽屉找纸。后来抓到一张报纸就急匆匆去了厕所。

两个人又坐在那里枯等。等了一会儿，发觉曹炎是在躲他们，天色都晚了，回家要天黑。卞如花说，我们是不是走？仝大喊说，既来之，则安之，未必他在里面数蛆？卞如花说，人家知道我们是来找麻烦的，坐在这里就不是表哥了，你没听他说，现在谁都怕事……

躲了半天还是躲不过的曹炎就进来了，大喊把想好的话简单扼要说了。还没说完，曹炎就不耐烦地说："这事你找王村长。你找过他吗？没有找过，你到我这儿来还不是解决不了。"他不坐下来，一副要走掉锁门的样子。

"当时签字是他舅子签的，找过没用，王法又到县医院去了。"

"大喊，你刚回来不了解形势，一是政治形势，一是我们县里的经济形势。县里的产业升级，土地流转是必然的，流也得流，不流也得流。是流转，不是流产。过去政府管流产，现在政府管流转。我们是全国的绿化模范县，全县要进行产业升级。"

"当时的情况想你知道，女儿小倩得了黄疸肝炎，这地就被强迫流转了，的确没有我的委托书……"他把那份流转合同拿出来给曹炎看，曹炎不想看。"曹炎哥你说的产业升级，种树成不了大气候，还是要搞别人没有的，像是种稀有蔬菜，我在里面学的就是这个……"

"你的产业升级是你个人的升级，我讲的产业升级是全县大战略，是政治任务。我们现在全县的森林覆盖率是百分之五十二，这在平原县算相当高了，但新增绿化面积要有三万亩，森林活立林蓄藏量要达到一千五百万立方米，木材工业木材经济是我县的命根子。这是全县各级政府进行调研论证制订的产业升级计划，县人大一千多人会议通过了的。莫非这么多人研究的计划敌不过你一个刚回来的人？我说话蛮重的。"

"问题是我没同意呀。"

"那这样，这事啊，这流转的事不是我抓的，是书记，"他压低声音，又看看门外，"他马上调到县里搞副书记，这几天就走，上访的不少，反正我不管。"他用指头点着桌子说，"不是我管的事我去管，你们想想，不说我是故意搞他吗？这些忌讳你们也懂……现在的形势是什么形势？纪委用一百双眼睛盯着你，不要说以权谋私，就是花公家一张卫生纸，也有人暗中举报你，这不正常啊。不是我不帮你们，现在一岗双责，我不是一把手。上面有想让我当一把手的，如今当一把手有卵意思，没有好处，只有责任，送我当我都不当。电视问政时，像个小丑被别人询问，连起码的尊严都没有。天天开会学习，问责，有表不敢戴，有烟不敢抽，有酒不敢喝，跟犯人似的，唉，不说也罢……"

只好走了。

第四天

仝大喊清晨坐班车去县医院，没有找到村长王法。他像热锅上的蚂蚁四处乱窜，被保安逮住了问他是干什么的。人在监狱久了，眼神和动作都有点慌，不与常人同。他说清楚了，一个科室一个科室找了，连妇产科都找了，没有狗杂种王法。又接身去中医院，也没有见着。电话关机，打了十几遍。他在县城大街上啃一口锅盔喝一口早酒大喊道："狗日的瓢哥，跟我出来喝酒！"

瓢哥呀，再见到你再打断你三根肋骨，让你卵蛋开花！过去我们是多好的朋友哥们呀，现在我没了地，你没了老婆。可瓢哥的老婆有荣多孝顺呀，比瓢哥孝顺多了，有荣常把戚妈抱到有太阳的禾场洗澡。老人就剩下几根骨头，可是洗澡像个小伢笑眯眯的。有一次，大喊远远看到在美丽的夕阳下，在草垛旁，有荣给她婆婆洗澡，夕阳通红，雀孾子乱飞，田野上雾气蒙蒙。戚妈虽然像干尸，但咧开没牙的嘴笑得灿烂辉煌。一抹金黄色打在她的脸上，给人生出无限感慨，可惜大喊不会写。

瓢哥喝酒不耍赖，喝酒看出一个人。瓢哥喝酒呜呜曩曩的爱说话，平时不说话，呜呜曩曩的不知说啥。瓢哥嘴唇缝起后说话还是不利索，让喝就喝，脖子一直，就喝下去了。平时三杠子打不出个屁来，一脸冷若冰霜。喝上酒，脸上桃红柳绿，与他勾肩搭背像兄弟俩。有几次大喊感动了，说等我有钱了帮你找亲生爹娘。这事不是说说的，大喊还在码头上调查过。后来为粪坑动武，这事就不存在了。

"吴二瓢——瓢哥——"

"哪个狗日的喊我？"

一转过身，看到蓬头垢面穿油光闪闪棉袄的瓢哥，正在路边翻垃圾箱。是瓢哥吗？远看是个艺术家，近看是个叫花子。

"你个狗日的。"按照他的骂法骂。

瓢哥看起来像个神经，其实没有神经。当瓢哥认出他来后，拔腿就要跑，被大喊一把薅住了。

"喝酒去！"拉着他就近进了一个路边餐馆，点了个牛杂锅仔，两杯散酒。瓢哥就是不喝，双手夹在腿缝里，要走。

"个狗日的。我走！不走你打我。"瓢哥嘟曩着坚持说。

"保证不打你。我只想与你喝酒。你说说，个狗日的，你的地呢？你堂客有荣呢？"

"你去江边公园找她。"

"她不是在超市吗？"

"个狗日的，你江边公园找她去。"他坚持说。

"你拓锅盖的吵，个狗日的！"

"拓鸡巴。"

"钱呢？"

"被个狗日的女的骗了，城里的女人好恶躁。"

趁他不注意，瓢哥起身就跑，霎时无影无踪。

全大喊只好去江边公园。

这冷的天公园没有什么人，江风吹得呜呜响，江水瘦得见了底。在一栋老仓库边看到了一些自带凳子打牌闲坐的老头，一些三四十岁的乡下女人有的坐着有的帮老头们按脚，有的干脆把脚伸进按摩女人的怀中。有的女的把手伸进了老头裤裆。这是做么鬼的？全大喊往回走，就见一个女人往防浪林里闪，样子极像有荣。他就跟上去，在后面喊："有荣！"

有荣看跑不掉了，转过头来故意吃惊地看着他，说："……是大喊哥？"

"那还有错。"

有荣被江风吹得干黑，但画着眼圈和眉毛，穿很红的毛外套，短裙。这是有荣吗？奶还是那么大。

"正要找你哩。"全大喊说。

有荣像做贼似的低声对他说："这里说话不方便，到一边去。"

跟她来到堤坡下的一个高大破船厂，往里走，堆的全是生锈的机器。打开门，一股子从半截砖墙外扑过来的废柴油味，黑咕隆咚。一张小床，一个矮床头柜。就坐到床上。刚坐下，就听有荣石破天惊地哭起来："大喊哥呀，你是从天而降，天兵天将，救我来了！"

大喊蒙了："咋的啦有荣？你不哭不哭，你这一哭就说不好了。"

"呜呜呜……我给你点钱，你再把二瓢打残，打得他躺在床上起不来最好了，我求你了大喊兄弟！"

"怎么怎么的呀你这是……我刚才见着了瓢哥，他很可怜，捡荒货哩，我打他？"

"他搞了个破鞋把我们娘仨撵出门，我都不想活了准备抱两个伢儿一起跳江的。把家败啦，我好后悔来县城，可我现在回去，地也没有了，能干啥呀！呜呜呜我的个娘老子呀……"

劝不住。哭得倒在了床上，哭得快噎气了。脱衣。只好去抱抱她。手就伸进大喊下面了，哭着说："我给你找个套子……"大喊也不知道咋回事，下面就让她套上了，在她身上鼓捣了一会儿。反正隔着橡皮，不痛不痒，床又薄，摇摇晃晃、吱吱呀呀的。各自匆匆穿衣收拾自己。

"有荣，你可以回去。如果要回地，可以种大棚蔬菜，我给你们当技术顾问，一亩地再不会种也能收一万元吧。"

"有这好的事？"很惊喜，但又黯然叹气，"唉，要不回来了。"

"要得回来。我在里头学了不少，这几年专门种高科技蔬菜大棚。地跟娘一样，没地，那地方就不亲了，也没牵挂了。再怎么辛苦，那地还是咱的，心里有个踏实处，眼睛有个张望处。我回来是要地的，我希望我能要回地来，你们也能要回来，在外面漂不是事啊。"

"人家拿了好处，你要不回来。王法村长在县城买了好大的房子，不是人家公司拿的钱吗？听说是别墅哩……"

"村长在县城买别墅？……"仝大喊惊诧地看她。小屋里的柴油气味和人的酸臭味熏得难受，细看还有一地烟头，垃圾桶里全是卫生纸和安全套。走出去的时候看到废弃的车间里有许多敞开的油桶，是些废柴油。他站住了，说，没人管吧，我搞两瓶回去。有荣就帮他找了两个矿泉水瓶子，灌满了，擦干净，用塑料袋提着走了。

仝大喊在江边坐了一会儿，看大江东去，船舶航行，江水碧蓝，远岸迷蒙，鸥鸟凄叫。想去找王法揍他的念头都有了，后来他喝了一肚子冰凉的江水压了自己的情绪。你不在村里住还刮村里百姓的油水，让你舅子继续代政，家天下啊！还谎说是生病，原来住在县城。怪不得村里的新房才一层，普通村民都是两层三层的，是在想村长王法咋这穷？障眼法啊！不是有荣说哪知道这些，黑呀！他曲曲弯弯地边找边骂。找不着，就算找到了他又能咋样？

到处都是楼盘，水泥路宽阔无比，叫新区。高层楼房、别墅与农家与意杨林与废弃的沟渠和垃圾山毗邻夹杂。到了过去城郊的蔬菜大队，基本没有什么大棚了，大棚改成了小区和树林。那个叫江郎的不是这里有名的种菜大户嘛，墙上怎么写着"江郎出售奥运祥云火炬"？事情好蹊跷。

江郎不是全县唯一的奥运火炬手吗？人人都知道奥运火炬手江郎，种菜种得好，全县大棚王。

进了江郎的院子，人家开门见山地问是不是来买火炬的？仝大喊说是向你来讨教大棚技术的。一只狗朝他恶声恶气地猛咬。江郎瘦瘦丁丁，就那么一点脸全铺着笑，说："我哪还种大棚，哪来的地？我准备在林子里张网捕鸟的，警察罚了我三百。"果然院子里堆着混乱的丝网，网上有鸟毛。

"你的地呢？"

"征啦，国家要发展，不征地哪行。"

"所以你就卖火炬？"

"我这里是个指标，我只要一卖火炬，县委书记就调到省林业厅当副厅长，呵呵。"

"你现在种菜种什么？"

"冬天还不是老三样，不会亏的。萝卜、莴笋、土豆。夏季嘛，黄瓜、番茄、茄子，这都是最好卖的。"

"你种过紫背天葵、高山血菜、孢子甘蓝、红叶甜菜吗？"

"那些洋玩意儿卖不了，现在化肥也贵……"

"用猪粪……"

江郎抢着说："你去猪场拖猪粪看看，比化肥还贵，还不一定能长菜。你一年不搞三季，你就划不来……"

"你搞自动喷灌吗？"

"我们打井，一口井打三五百米是常事……"

全大喊跟他对话没一点意思，这个曾经的蔬菜大王落伍了，得亏去监狱，监狱是个大学校啊。他感叹。

他踩着星星的影子半夜回家，月亮不错，看到瓢哥和有荣的房子趴在月光下，就像一蓬野草在疯长，孤魂在那儿游荡。有荣尖锐的哭声一直跟着他，跟进了村子。

第五天

村委会那儿聚了一堆人，吵吵嚷嚷。都是背着洋锹的村民，等着来福公司来叫人挖坑栽树或挖树。他们将流转的地种了许多观赏树木，这些天都在挖樟树和栾树。大卡车在村里的道路上来来往往，把路碾得凹凸不平，灰尘弥漫。

"……大家听好了，今天只要五个，年轻的男劳力，年纪大的就在家休息，大冷的天休息保健康！你、你……你，还有你……"

点到了的，站到一边，没有点到的炸了："为什么我不能去？我天天在这儿等，半个月都轮不到我们一次。"

"我一个月没轮到了，个鸡日的！吃啥哩？"

"活儿就这么多，大家熬熬，春天事就多了，包你们做不完的活，还要加工资……"

"一百五啊？"

"我只要五十，今天让我去做吧老板？求求你了，我没钱买米了……"

公司的人带着五个年轻村民走了，留下吵嚷的人在那儿挂着洋锹蔫着气发牢骚骂人。

风一直在刮，冬往深处走。村子又安静了，仿佛在说，你要不回来的。这里有一股巨大的否定力量。树在冬天的阳光里非常自信，站得笔直，影子很美，落叶也厚，好像长了很久，是这儿当然的主人。这片土地，是专门长树的，过去田野里的记忆是假的。

　　剃头铺比较热闹，村民们准备褪村长王法的裤子。他在剃头铺刚焗过油，因为还未到半个小时，他围着焗油的围裙，耳朵上戴着耳护，染发剂直往脖子里淌，脖子黑了一圈，像是从煤窑爬出来的。黄古陪着他在嚼槟榔，吐了一地的渣子。有人说村长不老，村长说不老老子焗油干什么，卵毛都白了。于是有人提议将他的裤子脱了，帮他卵毛染几刷子。村民要褪，村长不让褪，被摁住了，剃头师傅乘机放倒了刮脸的躺椅，几个人按住王法的四肢就开始解皮带。王法挣扎，染发剂弄了满脸，杀猪一样喊。黄古在一旁看戏。

　　这时候，他们看到全大喊折了一枝苍耳进来，几个苍耳果长着歪歪扭扭的褐刺。他脸色很暗，长眉毛高扬起。

　　"开了，开了！好臊臭！"有个妇女拽住了村长王法裤裆里的脏物，但王法急中生智，将头发上的染发剂抹到那妇人的嘴巴上。那妇人就松了手，王法踹过腿爬起来，捋起裤子往外跑，差点与全大喊撞了个满怀。

　　手拿苍耳枝的大喊让了一下，他有很大的阴影。他没有说话，脸色是拉过肚子后的恍白，好像血管里的血全拉走了一样。

　　"他要地的。"黄古说。众人止住了打闹。他们看着大喊一步不离地跟着村长去了二楼的办公室。

　　他们有争吵。有激烈的争吵。大喊说看不惯这样。王法说你不是拉肚子吵赔你几个钱。他因为有糖尿病，脚肿得厉害，两只脚不停地在脱下来的鞋子上拍打，这样舒服些。还有，裆里显然是被刚才的野蛮村妇抓疼了。但遭到了一个刚刑满释放的家伙批评，这让他很窝火。

　　"你想怎样呢？"

　　"把地要回种地过穷日子。"

　　"哪来的地，你刚回来就这大的火？是黄古签的，我也不知道内情。"

　　"那你们就是推啰。我也不是恨你们，我只想说一下，没一个人听我说完。我说我没有签字，必须有委托书，不管谁代村里签的字，还不是村里吗？有村里的公章，你们跑不脱的。再说据我所知，有不少人想拿回地。王法哥，像我这样的人，有火是必然的。我没想去黑道上当跟班当马仔打架，我一把年纪了，我只想种点大棚蔬菜。过去之所以我们不种蔬菜了，不是地种薄了，是种不好。像土豆，必须每年到外地进种，本地的土豆只会退化，一年不如一年……"

"回来个技术员啊。"

"那还真是。你不在乎，我很在乎，王法哥，几亩地对我意味着全部，后半生的幸福与不幸福都在这里了。你现在，全村流转给别人，地还是你的地，因为你是村长，一方诸侯，薤村一霸。"

"你说远了，大喊。你在外面几年，嘴皮子练利索了。"

"王法哥你话里有刺，我不说这个。瓢哥和他老婆有荣记得吗？他们也想要回地，绝不止我一个人要，后悔的人多了。你有工资，我们有什么？"

"不说工资，那是转移支付，你不懂的，一年就几千块钱。有蛮大个油水不成，你想搞你来搞大喊。"

"我没有这个野心，也没有这个能耐，我只想种大棚，有自己的地。"

"搞这个鸡巴村长，搞出一身的病。过去我有吗？吃出的病，睡起的疮——老话讲的。为什么吃？求人呀。建水塔，要钱，人家说，先喝三碗再谈钱。一斤的碗，三碗一口干，菜都不吃一箸，喝了直接去医院住院。为什么住院？一口气喝三碗酒。第二天找修路的钱，也是一个鸡巴腔调，先喝三碗再说话。三碗，一斤一碗，再去住院。倒在马路上，不是被人发现，早轧成肉饼了……"

"您郎嘎是村里功臣啰。"

"我不是跟你表功，你又不是我的领导，给你表功卵用。我现在糖尿病、高血压、高血脂、高血糖、痛风、脂肪肝，这叫村长职业病。还说老子们一个个涉黑，黑社会头子，有这样的黑社会头子吗？

当时也没说让我搞村长，就是去省里学习治虫技术，背回了一块'青年文明号'牌子。后来让我治稻飞虱，我找到了治这个虫子的门道。是泰国那边趁南风飞来的稻飞虱。联合用药，我用的是稻飞虱吡仲和卷叶虫毒死蜱配合，这样县里看上了我，非得让我搞村长。当时县农业虫情测报站让我去当技术员我都没去，还是铁饭碗……我说大喊，你没事干，打工，或是到来福公司栽树也行啊，一天少不了一百。"

"王法哥，实话给你说，监狱的全自动蔬菜大棚还留我哩，说让我继续在他们的大棚种菜，一个月几千块钱我都没干，我就指望出来后自己搞大棚。我真的不知道，我知道我就留下来了，也不麻烦你们了，我确实没有委托过任何人。我晓得你住院，不是你搞的，但事情出了，就得解决，我老婆说是你舅子黄古说了假话。"

"我是在住院，一个说有委托，一个说没有，又无文字又无录音，两年前的事了，合同已经签字生效，我撕毁合同人家公司要我赔，我用什么赔？用命赔？我说大喊，八年很快的，过了两年，还有五六年一眨眼就过去了，你等等。三年不一晃就过去了吗？"

"你还是腾几亩地给我吧村长，委托书没有就是违法，我不想把话说深。在法律上，每个人都是法律人，老婆不能代表我，就算是口头委托，没有文字也是无效的。"

"地不在我手里了，在来福公司手里，钱也给你老婆了，她也收了两年，成为事实。我没有一分地，给你什么？再说，你哪儿有钱搞大棚？一个大棚一两万。土地流转哪个不喜欢，坐家里拿钱，风吹雨打一年到头脸朝黄土背朝天，你能赚多少？人心要知足啊大喊。"村长艰难地起身说，"好了，我要去洗头了，染发剂是有毒的。"

"不，"他说，"我不这样想，三四年前我可能这样想，现在我不这样想了。"

"大喊你喊什么！不扯横皮。我晓得凡是像你们从里头出来的人，心理会出毛病，认死理。"

秋秋的小超市门口，大家看到仝大喊与村长前后出来。一个人问他："村长答应了吗？"

大喊摇摇头。

"你想买点什么？"秋秋问。

"我想搞把椅子坐坐。"他就坐在了一把柳木椅子上，坐在棺材那儿，棺材把风挡了一些。大伙都窝在那儿躲风，也有背着锹还没散的。

"唉，一说流转，就有人盯着老子们这几亩地了，农民手上就这么点东西，迟早是他们的菜，今天不搞去，明天也要被他们搞去。看还要搞我们农民什么东西，就是命啦。"一个人说。

"农民伯伯的命不值钱。"

"听说当初我们村没有这么多，一百亩的任务，后来加到五百亩的。"

"村长是书记提上来的，又是同学，肯定要听他的。"

"所以流转得好，就升官了嘛。"

等人散了。秋秋给他敬了支好烟，说："大喊，消消气。"

"我没有气，有气做汽油？你这里不卖汽油啊？"他来了这么一句。这句话秋秋听得真切，那是气话。她朝他瞥了一眼，看他在拖鞋上抠着脚。她连连说："不卖不卖的，在加油站啊。"她指了一下。

"棺材不打折吗？"他又问。

好怪，这个叫仝大喊的好陌生古怪。几年没在村里，坐牢放出来的人估摸不透，简直像从山洞里钻出来的一样。

"能忍则忍，"她说，"我弟弟，不是也进去了吗，这个春节估计也出不来。还不是为生活所迫，在汉口抓进去的。给人家赌场照场子，我老公要不是公公生病回来，也一样抓了。他现在到处找人，一点用都没有。家家有本难念的经。我表弟，一表人才，父亲死得早，骑摩托贩猪娃被汽车撞死的，他老娘拖着他两姊妹，做小餐馆养大他们，表弟招到中央警卫团，哪知训练时脑壳撞在石头上，抢救了好久活过来，天天打激素，比如花姐还胖，他母亲说这不行，弄回老家找中医吃草药，这两年竟然吃好了。找了个城里的女伢，搞房地产的。表弟的岳父在省里的开发区拿了一块地，几百亩，工业用地，想改成商业用地，找他战友，是市长公子，说事成后给表弟一百万。我问给你战友呢？表弟说，人家开口就要一个亿。一个亿呀，搞成没不知道。想想，人比人，气死人。我门口摆棺材卖，一口棺材代销才两百块钱，一个亿要代销多少口棺材！充五十元的话费才赚八分钱……"

"你有这大的超市，我在城里见到瓢哥两口子了，过的不是日子。他们还不是想要回地来，回来有地种，总饿不死。"

"我表弟说，他最恼火的是他老婆，总是提她前男友，前男友怎么怎么，在床上都说，我前男友床上功夫怎么好，不像你，上来就射……"

"地不是我一个人的事，我只是公开站出来说了，其他人胆小怕事。当然我的是有问题的，我没有签字我当然有权要……"

"你不晓得城里女人好贱，老提前男友，这事讲得的吗，还不是仗着她家有钱……"

拖树木的汽车经过时卷起一股烟尘，他讲他的，秋秋讲秋秋的，秋秋不听他的。没有人听他说。他把椅子拖到棺材旁，秋秋在后头说："你要买汽油到前面加油站，可以零卖，你买了辆摩托车吗？"

大喊路过茶馆，有人叫他。几个老人在吃卤菜喝酒，卤菜没了，只有一些辣椒炒的焌死豌豆。这里将蚕豆叫豌豆。老头们牙口不好，将那难嚼的豌豆在嘴里滚来滚去。本来他不想在这些地方坐的，没心思，但瞄到了有文爹在那儿，他就进去了。

"有眉目吗大喊？"文爹问他。

全大喊摇头说哪有这么简单。老头中有人埋怨他老婆下如花的，开始骂买码，骂抢钱抢地的来福公司，骂书记，骂王法没有王法。"地拿不回来的，好多人试了。"

"过去文爹是有立场的，维护咱们农民的利益，真是跟村民一条心，没有外心，真正是全村人的家长。"

"想想文爹那时，村办企业有渔场、打米厂、榨油厂，村里一年纯收入几十万元，又没有接待开支。文爹自己站得正，不为自己牟私利，接待费封顶，文爹自己一年五千元，副村长三千元，吃完了自己掏。到了春节，还分肉分鱼。现在毛都没有，鱼让关系户全吃了。还有几百万的债务，光利息听说一年就有十好几万……"

"这个没有夸张。"文爹说。

"渔场还在，鱼我们吃不到了。池塘呢，还有田埂路呢？连水坑里的甲鱼乌龟都不是我们的，不准捉，螺蛳螃蟹也不准捞，树上的知了都不准逮，落叶树枝也不准捡，以后只怕自己的鸡也不让吃，老婆也不让睡……"

"胡呲个什么！老村长在这里，文爹未必心里没数。大喊的地让文爹帮忙说说去。"

"好吧，"文爹说，"我都知道了，按法律来说，大喊是有道理的，我说不一定有用，但该说的我会去说，大喊，"他拍拍大喊的肩，"你要冷静，不要大喊大叫。"

妈说的要他们去吃饭，姐打的电话来的。可妈明明快吃饭了，又拿着竹耙子和背篓，想是去打点落叶烧。全大喊去后，妈给他说："你来一下。"

妈把他叫到屋山头，没人的地方，说："你姐说，屋是当年我给你做的，住你那儿去。"妈的袜子一只红，一只蓝，鞋子是解放鞋。"你是儿子，我拖累你们了。"

全大喊无言站着。妈说吃饭就是为了说这个？他在监狱里不是没想，他那五亩地，拉些贷款，一年纯收入不下十万元吧。这几年的一身技艺都要用上，自己辛苦点，全家就有好日子过了。再做一栋楼房，肯定要将妈养着，请个保姆伺候妈也不是没有可能的。在监狱真是在心里感谢瓢哥，不然，他能学到那么多大开眼界的技术？直接从农业部弄来的项目，国内绝对是最先进的。

姐姐的后园有妈莳弄的蔬菜，上海青、卷心菜、芫荽、甜菜。甜菜人不吃，是专门让鸡啄的。

远远看见肥胖得像一袋棉花的老婆牵着小倩来了，老婆一见到他就怒气冲冲地说："要你去接，你忘了，让她一个人在学校过夜的？"

"我不是说了我不想去学校，不想见她那个老师，太丑。"

"你是相亲啊？个婊子养的！"

"你不要当着我妈我姐骂。我想问你，你就连给我妈买双袜子都没有的？"

"有钱？"

"这是钱的问题吗，你一天输几百。我还问你，这些年，你喊过我老娘一声妈吗？"

老婆的口气软了些，理亏："能给你把小倩带成这样就不错了，你还能要我怎样？老子不跟男人跑就是你福气。"

仝大喊火在喉咙里烧，满口的牙齿都因为愤怒而发酸。

"想跑是吧，跑！跑！跑了老子清静！"他大喊。

哪知老婆果然说风是雨，丢下小倩的书包就开跑。小倩一看，哭喊妈妈，去追。仝大喊也觉不好，抢先几步就拉她，她一把推开他，手抓到了他的肉。他又不松手，两个人就动了手，抓，打，拉，扯，挣，揉，拽，撕，骂。

大喊的姐姐闻声从屋里跑出来，看到弟弟两口子在她的屋场上你来我往，激情争斗，骂骂咧咧，旁边小伢在哭喊着。仝大喊因为几年牢狱生活，水煮盐拌得没了雄性荷尔蒙，卞如花因为得天地灵气积蓄了一身的力量，等拉开时，仝大喊牙齿跑血，毛衣的袖子也撕散了。又听见门口的沟里有人呻吟，仝大喊去看，妈在用镰刀割自己手臂。

仝大喊望着墙上挂着的囚服棉衣，还有背包，他真正地开始想念监狱里的大棚，甚至监狱里的生活。他想监狱。

卞如花没吃没洗裹着被子睡了。他要照管小倩做作业，盥洗。但小倩不洗屁股，不脱裤子。"妈给我洗的，不要男的洗，男的都是流氓。"

那就不洗，去睡。他给她盖被子，她一把打开他的手。他坐到堂屋里抽烟，里面小倩咳，就到了门口草垛边。一只野猫闪着两颗鬼火眼从瓢哥屋前直朝他过来，怕倒不怕，这样的旷野五心哀鸣。好陌生，鸟在树上拍打翅膀，在梦中打架。什么样的仇恨犯得着半夜动手较劲？星星薄小，在村子上空闪烁游弋。

第六天

曹炎来卫生院找他，这简直是不可能的，再怎么是亲戚，人家也是大乡长，全大喊感动得一阵哆嗦。他还是个服刑刚释放的人，别人对他避之不及。也许曹炎是看病来，得知我老娘在打针。全大喊激动了一会儿还没反应过来，曹炎就将他叫到走廊上，大喊以为是退地有消息了，哪知他问："大喊，听说你在到处买汽油？咋回事？"

问得很严肃，有居高临下的凛冽，刚才的笑脸不见了，黑着一脸的怒气怨气。

"我没有呀。"他否认。

"没有人家不会瞎说，我跟你不是来对质的，我是问你是不是想把我的饭票子搞掉的？你究竟如何恨我？"

莫非曹炎有神经？我恨他干什么？他看着眼前这个官，不拿他当亲戚。一代亲，二代表，三代四代就拉倒。根本不亲了，老婆卞如花只是自作多情，表哥表哥的。他还在说："过去给书记配合搞招商引资我是搞了，每个人都有任务，我们乡就是三个亿，交给政府保证金。那不是哪一个人的责任，还有绿化任务呢。现在是我管维稳，你要是对村里对政府有意见，你搞汽油，那我就不客气了！"

大喊觉得他就是个神经。"你听哪个说的？满街跑的车不都是汽油吗？不都加油吗，你为么事不问别个？"

"你没有车，另外你是刚释放回来的，再是，你在闹事。"

"我闹事？"仝大喊好震惊。我是怎么闹事的？我闹了什么？我不就是让村里把我的地怎么流转的搞清楚吗？我哪一点是无理取闹的？难道刑满释放就是坏人，一直是坏人？就跟过去的五类分子一样？

"我要问秋秋，那个臭娘们为什么要将这点笑话告诉你们呢？监狱有打小报告的，未必村里也有了？"

"不管是谁，你还是老实一点，现在形势这么紧，你不明白，你还是老老实实按法纪来，走法律程序，不要想歪点子，拆我的台……"

曹炎又转回输液的病床给大喊妈塞了二十元钱，说是买点什么吃就匆匆走了。大喊心里好不是滋味。

狼把草。狗尾草。猪秧秧。羊蹄蹰。我日你死娘的。铁筷毛艮。苍耳。都张牙舞爪。野构树。垂杨柳。都灰头土脸。荆棘只剩下老来无人情的刺，火棘只留下红光满面的果。

垄上公社连锁小超市门口，庞大的棺材边有几个人在窃窃私语，见大喊来了，突然嗓声窥伺着他。好像要下雨，寒潮似乎来了，云霭灰溜溜的，风刮得草垛呜呜响，几个枯葫芦在垛尖上左摇右晃，像癌症晚期病人，痛得不肯死去。

秋秋在给买甘蔗的人削甘蔗，她戴着手套用刀嚓嚓将甘蔗砍成一节一节时，就像砍人的手臂。大喊改变了主意，那么多人。他去买烟，钱又没有了，但来了总得要买点什么，不是来找这个告密女人扯皮拉筋的，他要快走。

"赊包五块的烟。"他说。

秋秋很乐意，给他柜子里拿烟。"火呢？打火机不要吗大喊哥？"

"好，来一个，最好是防风的。"

秋秋说早没进货了，防风的多一块钱，基本没人买，我给你找找。在屉子里面乱翻，给他找出了一个，试了试火，果然是防风的。"两块的，村里人消费不起呀。"

"好吧，七块。"他说。

路上有燂野火的小伢们在点火，烟雾拖曳成浓浓的一线，并且倏地蓬勃到天空，在路边翻滚。好在只是路边，没到林子里去，林子围了些铁丝，拦住了人与畜。他在兜里捏着火机，好想燂一把野火。日他娘！世道贱人多！

晚上很静很黑。就说晚上。晚上老婆没理他，他还是要说，就说了。这次老婆完全站在他一边，把秋秋臭骂了一通，关起门来骂，说秋秋是婊子，黄古的姘头，肯定是跟黄古讲的。现在村里人都不到秋秋超市说是非，只要说了什么，马上就会让黄古、王法他们知道。骂了一会儿就睡了。

火是从老远的意杨林烧起来的。看到那边起火，全大喊也不惊奇，林子里落叶不让人耙，那么厚的落叶，雨又没下下来，不出事吗，一个烟头就完了。

全大喊已经睡了。梦里有土地，惊醒时土地变成了一团火。听到人喊"救火"，全大喊恍惚在监狱宿舍里听到集合指令，翻身即起，穿衣开门。漆黑一团的村庄和田野里，有了亮光，火光在奔腾挣扎，火生风，风朝村民的屋场刮来，又热又干，卷来的热风像是一些鬼魂。

大喊找水桶，一把被老婆喊住了："你个狗婊子苕东西，瞎眼看不见？树林烧起来的！"

人声很嘈杂，村民都惊醒了，路上跑着人。就算恨来福公司，我为么事不去一下？他说完就跨了出去，穿上老婆的套鞋，有点夹脚，在门口操了一把竹扫帚。

火头从意杨林里蔓延过来，一条或数条大大的火线，逶迤卷来，好呛人，热气撩人，一阵热风一过，像要把脸烫伤。火头不高，但宽阔，照得那些树影千军万马似的，而且透亮。没有人敢冲进火场，有人在用手机拍照，发微信和抖音。有人在叹息喁语，有人大声在给119火警讲地方。听说有三辆消防车赶来了，来福公司的人在火场里扑火。拿着桶和扫帚的村民大多袖手旁观，抽烟咳嗽，不过还是有一些人在打火。看不清有谁，他跑了过去，和大伙一起扑打，用洋锹掀土打，用扫帚打，用水泼。水很远。火到处钻，此起彼伏，像一些金光闪闪的蛇。一个人的裤腿烧着了，一阵惊叫。有人朝那人腿上乱打，喊他快脱快脱！整个田野上都是火光，人都往后退，口腔里像吞了生石灰一样不舒服。

路上又有一群人来了。是一些干部，他们远远地看着火场，讨论着什么，嘀咕。听见有人大喊："刺猬！"一只带火的刺猬就爬到了一个干部的脚上，另外的人就挥锹去打，几下就将刺猬打死了。一些鸟在林子里乱窜，扑腾，掉进火里。从一垄树打灭到另一垄树，灭了好几个火头，就有消防车鸣笛来了，夜空中到处是手电筒的光柱，汽车车灯的光柱。高压水枪射过来的时候，救火的人躲着水跑。有的跌倒了，被人扯起又跑。又一个小刺猬从洞里烧出来了，有人尖叫着去捉。仝大喊感到脚底生疼，跳上大路，赶紧脱鞋，原来套鞋的右脚底熔化了，穿了一个洞，脚底疼痛的那儿好想有冷水浇，就去找消防车水枪浇的水，踏在水里有了缓解，有冰凉的舒服。但疼痛处鼓出了一个水泡，他抱着脚哈凉气，太疼。他站起来，丢下竹扫帚，扫帚成了光杆。他瘸了，也没人顾他。鸟被火烧，又被高压水枪打，池鹭、夜鹭、乌鸦、八哥、喜鹊，在烟火里水花里哇哇叫，不停地栽倒在地。

仝大喊想抽支烟，一摸，火机没了。

第七天

先是黄古。他站在门口的屋场上，再是一个警察，喊仝大喊。快到中午时分，大家都在做中饭。有人喊他。一看，就很沮丧。黄古说，派出所的找你问个情况。大喊说，就在屋里问不行吗？警察说还是去所里吧。全大喊穿袜子穿鞋，脚底起的燎泡挑破了，没有抹药，垫了些棉花。老婆问黄古找大喊有么事？黄古说我也不晓得。全大喊不在乎，没有什么慌乱，给老婆说帮我去给秋秋还七块钱，老婆骂了句什么。他迎着太阳走出去的时候，路上没有人。他一只脚轻，一只脚重地跟着他们。车停在村委会门口，黄古跟警察握手就转身了，车把全大喊一个人拉到了乡派出所。

一路上有草木焚烧过后的焦煳味。派出所前面有一块油菜地，另一边也种的是树。门口当街，很乱，自行车摩托车排满了。一个面摊黑乎乎的，炸些面窝油条之类，有人在吃面。

派出所过去应该是乡棉花采购站的房子，空间很高，窗户也高。他被带进一间房子，望着高旷的屋顶和顶上的老梁老瓦，想着在窗户外头是一个乱葬岗。小时候他们随大人卖棉花时，这院子里放着一台人工压水的消防车。两个人坐在两端压水，跟跷跷板一样。

现在他在一间办公室，屋里有浓重的宿烟味，烟头堆满在一个大玻璃杯里。

"你叫什么？"警察坐在他的升降椅上问他。没有表情，公事公办。眼睛像熬夜之后的红艳，也像醉意蒙眬。

"全大喊。"

"你有打火机吗？"

"没有。"

"你昨天不是买了个打火机吗？"

"是赊的。"

"打火机呢？"

"那哪个晓得丢哪里了。"

警察从抽屉里拿出个打火机，被火熏得黑不溜秋的，有点像他昨天买的那个铁红色打火机，是防风的。"是这个吗？"

"我不知道啊。打火机多的是。"

"你想想吧。"

全大喊脑子绝对发炸了，他的心硌在石子尖上。他看到墙上有一件雨衣也被焚烧的火灰和泥巴裹得乌七八糟，他突然有绝望的感觉。

"你们看我不顺眼，我刚回来，是不是不顺眼呢？"

"哎哎哎，老全，不要这么说啊，与你从哪儿回来没有关系。"

"扯我头上了？"

"现在我们不是在排查嘛，你要晓得昨晚过火面积超过一千亩，来福公司损失惨了……你有一说一，要说实话。"

"我晓得是黄古搞的鬼，那个小超市的老板秋秋，给你们告密的就是他姘头，这可不是我说的。我找他要地，他想害我一下，让我重回监狱，不就是这样吗？心好黑呀！好在有我老婆做证。火烧起来半天我才醒，然后去救火，我虽然不是什么救火英雄，我是救了火的。你们调查看看有多少人看到我救了火。我脚负伤了，被烧伤烫伤了这是假的吗？"

他脱下鞋，让警察看他的有血水的脚板心。

警察揪捻着下巴上的一撮痣毛说："哎老全啊，你不要激动。你这样，你先把昨晚上做什么的经过写个材料，要真实，说假话要负法律责任的好不好？"

几张纸，一支笔。

就按警察教他的，昨晚怎么赊烟和火机以及晚上救火的经过。就晚上的经过吧，不说救火，没卵意思。他看手机上的日期，是个旧手机，在秋秋那儿补的一张卡。他不记日子，在监狱让自己稀里糊涂地过。刚进去半年，心急火急的，天天掰着指头算日子，有人跟他说，这样算会算出神经病的。真是度日如年啊，后来老天保佑，让他种菜，几乎就是自由的菜农，日子就好混了，一日三餐也吃顺口了，一晃就到了，可现在比在监狱里还难受。这种难受袭来的时候，浑身突然冒汗，发热，脑袋要爆炸。没写几个字，就想跳起来，踹门。"我是救火的，不是放火的！"他心里大喊，但是门已给反锁上了。他得紧紧扼住自己愤怒的呼吸，因为他快疯了。他颤抖着笔，一字一字。撕了一张纸，平静了许多。世上有不少恶人，专门盯着你的，天生是你的仇人。你也没招惹他，与他无冤无仇，他就盯上了你，跟你杠上了，要置你于死地。

把我的地夺了，还不能有异议，否则就整你。这么好的地方不让人活呀，这里都晓得是楚庄王的龙脉之地，往西四五十里，就是熊家冢子。那么大的坟冢，冢子前九九八十一个陪葬坟清晰可见。这地儿皇气浩荡，太阳明亮，山清水秀。土地肥得冒油，花红柳绿，连绵千里。那时候的田野要稻子有稻子，要莲花有莲花，要小麦有小麦。还有一些不见记载的童年记忆：野生小金瓜特别好吃，一口一个；甜鸡梗子清甜，野桑葚酸甜；六月雨水漫道后一些退水的小水坑里会有许多大鲫鱼；稻子成熟的晚上，你去田埂上踩乌龟，一个晚上踩一篓上百斤。晚上乌龟爬上田埂吃下垂的谷穗……如今这田野里没有一垄庄稼，没有一条播种时节会流淌得哗啦作响的清悠悠水渠，没有背锹在田头瞎逛的农民，没有冬天大片沼泽上起伏的芦花荡。大地上的事情太单调，大地是要有一个季节挤走一个季节的热闹，要一个季节全部被农民砍伐和收割的欢欣。要有冬日翻耕时群鸟在犁后的疯狂抢掠，泥垄像大地粗壮的辫子呼啦啦甩向远方。燂野火的小伢们是季节派来的剃头匠，将那些枯黄的、披头散发的衰老植物一股脑儿给燂干净，将大地收拾得清清爽爽，也是大地的施肥员，一瞬间让不易腐烂的杂草变为火灰肥料，让火把这个季节撩拨得温暖如春，烟雾腾腾。让村庄和田野有一些放肆的野意，让被北风欺凌的日子有一些激动和光芒，让烟火烧出大地植物的清香。大地本来是狂放的、散漫的、随意的、吊儿郎当的，也是稀奇古怪的，大地是金粉世家，是白银门第，也可以烧得乌黢麻黑，成为原始部落。可现在它被彻底地算计了，死了，村庄和一些老人给它守灵。不再佯装打扮成野花、兔子、土獾、锯拉草、鹤草花和坟冢，成为人们感情的寄托和释放之地，不再滋润得冒油渗水，不再有春雨绵绵中的犁耙水响、秋风飒飒里的抢摘新棉。没有苦楝树攀爬，就没有了童年之乐，没有野桑喂蚕，就没有了春天之趣。没有了背锹游荡的老人，就没有了田野风景。没有牧马放牛割青草，就没有了少年的暑假和晚归。只有一茬连一茬的庄稼，一季赶一季的时间，匆匆忙忙，时光才会过得飞快，大地抓住人们，心思全在地里。就如家庭的牵绊，忙碌才忘记痛苦和命运，一日三餐才有滋有味。麦浪摇晃像是摇篮，稻谷沙沙就是枕头。枫杨树下的清风才是真正地活着，田塍上抽烟小坐才是充实悠闲。春秋往返，雁来雁去，蛙入池塘，莲涌暗香。穿过垄上细雨，走入清晨薄雾。每一颗种子都恰到好处地长出它们应该达到的样子，有落照，有黎明，有牛相守，有月相伴。有田就有存在，没有任何厄运。如果知足，我会活得很久，与土地共用身体，视若前世夫妻。除了那些能让种子生根的泥土，一无所有都不怕。繁星如盖，鸟声微蓝，橘子落地的声音噗噗感人，虫吟蛙鸣都是亲人的问候，一片落叶砸在头上，你被一年的幸福砸中了……

没喝，没尿，人跟死了一样，内心的潮湿拧得干巴巴的。他有时心狠地想：你们怎么收拾我，我就怎么收拾你们。主要是冷，脚伤疼痛。他放出来主要是因为警察要下班了。他坐了一个"摩的"到学校，学校空无一人，都放学好久了。他沿着学校的一侧往村委会走，那儿有个稻场，不知是谁，用拖拉机拉着一个石碾在碾土，准备铺水泥的。稻场旁边停着一台生锈的"洋马"牌多用收割机，半喂入式的。听说这些机械只是到了五六月，被组织到河南去收割小麦。除这之外，这里只收割得到星星月亮鬼火和荒草。

焚烧过后的意杨林，有一种大荒气势，鹰飞得格外黑，候鸟的叫声像是送葬，野猫带一身寒霜从林子里出现。

"打你没？"老婆问。

"我准备去接小倩的。"

"你好可怜。"

"坐牢的人还不可怜。"

老婆猛虎下山吼："不晓得打死二瓢吃颗枪子完事，早打死他你早解脱了。"

"我还是去犯罪？"

"老子是你老子要杀人。"

"好吧。"

不等全大喊行动，卞如花舀了一盆猪粪，兴奋着就冲向了"垄上公社连锁小超市"，泼粪她是一把好手，动作专业神速。秋秋老远见到一个从黑暗中冲向她的披头散发的妖怪，一盆猪粪就到了她柜台上。

"个婊子养的骚尻贱货，臭死你！看你还害人的！老子的老公不会干放火之事，偷你这个偷人精的尻还差不多！"

"泼妇啊！泼妇啊！"哭声如雷的秋秋赶快打电话。

可也苦了门口跳广场舞的婆婆妈妈们，粪水溅得到处都是，臭气熏天。婆婆妈妈们手上拿着红绸扇子，躲到路那边去了。音乐还在放："苍茫的天涯是我的爱，绵绵的青山脚下花正开。什么样的节奏是最呀最摇摆，什么样的歌声才是最开怀……"

全大喊踮着疼脚赶到的时候，看到有个男人揪住了他老婆。老婆再胖也不是男人的对手，像一个南瓜架子噗地坍塌了。手上的痰盂盆子叮叮哐哐地滚向广场舞演员们的腿缝，大伙避之不及，大呼小叫，纷纷溃逃。黄古旁边还有个刚考试选拔来的小文书用手机拍照，大约是向上级邀功请赏的证据。最后的造型是脚踩肥猪卞如花，还叉腰亮相。

"黄古呀你这个不要脸的嫖客！你们这对狗男女来害我老公的！狗男女，狗连裆！……"卞如花在地上抓挠，可是她几次都没能抓到黄古。黄古喝令她老实点："你这肥猪由不得你在这里发疯！"

"治保主任打人哩！来人呀，看治保主任护他的二奶打人呀！"地上的人喊。

"打的就是你，一点不懂规矩！就是省长的表妹老子也打定了，你看人家商店全臭了，你几恶心呀！服不服？"

"不服！不服！"卞如花的声音浑浊像含着猪粪。

就是，猪粪塞进了她的嘴里。

全大喊远远就看到老婆受辱，但他走得太疼，到了跟前，只能饿狗扑食地猛冲过去要将黄古撂倒。他先是想撞开，又拉又撞，等于空袭，黄古倒了。卞如花虽然胖，几番挣扎就起来了，两口子将他摁住，下暗脚，二人的流星锤一顿猛砸。黄古吃了拳头，头有些晕，好不容易爬了起来。小文书忙拉开他们，说不要打了，不要打了，有话好好说。

"大喊，你们回去了，我就不要叫警察，只当你是喝醉了。"

"主任，你别欺人太甚，老全我是坐过牢的，不怕第二次！"

"你想怎样？"

"杀人。"他的话在青色的夜空里清脆地回响。

那个晚上，卞如花记得黄古的皮鞋踩着她的脸，并且揪着她的头发，这种羞辱是不能承受的。你没动过老娘吗？只因老子不如秋秋那婊子漂亮风骚就这样嫌弃老子欺辱老子吗？找人报仇。晚上连夜就电话叫来了她所有不怕鬼的兄弟父母，尽管大喊不停地给这些人递烟倒茶，这些人也不理他，认为他没卵用。老婆的父亲是个热血老头，鼻子高大，眼鼓如球，决定去棺材铺直接找乡长侄子。但凌晨回来的情况不妙，乡长曹炎反发了他们一通脾气，要他们按兵不动，说不要上当。这是非常时期，问责制，有人在背后拱他。"你们不用脑子想事的？不想想黄古是个什么货，就是个二百五，你们跟他一般见识？这段时间就是打死也不出声。打死也认栽，综合治理一票否决制。他闹他的，看他跳好高，这种人会遭报应的。他这么搞，其实非常危险，搬起石头砸自己的脚，害人终害己，玩火者必自焚。但他不知，愚蠢至极。等过了这阵，老子再慢慢收拾他。"这话是曹炎亲口说的。

第八天

窗外的鸡叫声湿漉漉的，从窗户可以看到瓢哥门口的破脚盆里枯萎的野豌豆在摇晃。风很大，山河怒卷，哀吟之声低回旷野，贴地飞翔。

"狠人一出现，村庄会变样。"一个人说。

大喊说："我不是狠人。我只是想告诉你们……"

有人不听他说，打断他："现在的维稳，有点风声鹤唳，大喊不可能放火。"

"动不动就给村里乡里报告，人品有问题，我看泼点粪能醒脑。"

"嘻，那不跟清凉油一样的？"

大伙七嘴八舌。说的是茶社。

"村里差英雄，这年头。"说这话的是一个"文革"时候的薤村造反司令。那时不叫薤村，叫中阿友好大队。是阿尔巴尼亚还是阿尔及利亚，他们忘记了，说是吃过古巴糖。

"那你去当英雄。"有人讽刺老司令说。

老司令竟然无言以对。他现在口眼歪斜，中风偏瘫。他坐在门口，一块钱的茶水钱也不想出，身边有一台东方红504旋耕机，刀片都是秃的。地上一堆旧刀片，他拿着一个刀片刮汗毛。

"大喊你胖了。"司令竟然这样说。

"胖不胖关你卵事，你只说想不想当英雄。"有人取笑他说。

"末路英雄，"司令叹息说，"这些刀子都是换下来的，又不能杀人。准备卖掉，没有田耕了。前几年村里办养鸡场，地里砖头多，打一季田，换七八十把刀子，一把刀子十块，要多少钱？还要请焊接工呢？村里瞎折腾，不是王法当初搞的吗？那时不叫土地流转，叫什么种植合作社，要办养鸡场屠宰厂，说一年养鸡杀鸡，达到一千万只，一只鸡赚两块就是两千万，大家分钱用麻袋装。这等好事啊，都把田给村里，村里给人家屠宰厂。结果一场鸡瘟，全死了，每户分一百只快死的鸡，腌了吃，哪个吃鸡嘴巴没吃出血泡……"

有人说："司令，你还是拉队伍吧。"

司令连连摆手："不是往年，现在哪个敢动弹。当年老子上访，文爹还亲自提白云边去求我。后来形势变了，不讲客气，你上访就来人提绳子将你一捆，进去就一顿好打。我是将绳子挣断了的，截访的人说你有气功哪，抓住头发几转几旋，旋得天昏地暗，我还是站定了。截访的人说你有定功呀，对我的肚子一顿好踢，我鼓着气，不让把肠子踢断，结果打腰，腰打歪了，我老子是不敢跟政府作对了……"

大喊今天就是故意换上监狱出来时的那身行头，头发也刮光了，眼里有寒冰，拒人千里。有人就对他说："大喊你不要听挑唆，自己留心眼。"

"我没做什么？我救火反成放火了，有这种恶人……"

大伙看他起身，在村委会门口踢了一脚野狗，径直上了二楼。

有村民在找村长王法，全大喊插进去对王法说："只跟你说一句话。"王法把那几个人轰走了。"你坐下。我还要去打针的，我先给你说一下，听说你老婆往超市泼粪。这几年我们没少照顾你家里，过年还给你家一百块钱的补助。"

"我不想讲那些事，你舅子下手狠。又说我放火又说我买汽油，我没啥说的，恶有恶报。我只想村里给我开个证明，证明在签合同时没看到我的委托书，我不扯皮，我冷静好了。"

王法摇头摊手："这咋开？你不就是反悔要几亩地吗？多大个事呢！"

"我压根儿没有给你们，也就不存在反悔。"

"合同我不可能更改，法制社会。地的确没有，地不是可以再生的。"

"那你给我开个证明，我不找你行吧。直接走法律程序……"

王法一时无话，脸色有变，浮肿的嘴唇在颤动。

"这个，这个，大喊，你威胁咧。"

"通过法律威胁什么？"

"打官司？这可是个大事。给你说，不管谁放的火，还没查清，你还是待在家，不生事。那些事，群防群治，这反映广大人民群众的思想觉悟水平提高了，共同维护安定团结的大好局面。另外，我想给你说说，你想种菜，你没有调查下大棚种植行情吧，我发现你一无所知。一个大棚竹木的，最次一万块钱，贵的，钢结构的，三四万。农产品种植是当前风险最大的产业，你能保证不遇到风灾洪灾虫灾？哪一样你有能力抵抗住？农药化肥的价格你弄清楚了？你抽什么烟？红金龙的，五块。我抽黄鹤楼的我也不敢搞大棚！你说生态、有机，这概念炒了二十年了，有几个是真有机，全部用农家肥的？不用化肥你长个屁。不用生长激素你抢什么季节？用，一亩三百多。好，生物农药，低毒的，你用德国的，现在都用的是德国的，国产的杀不了虫，虫的抗药性超强了，德国拜耳的杀菌剂普力克，还有德国生产的二氧化碳气肥，确实好，施了很少有根腐烂病、双霉病，可那个贵呀，你用得起吗？可现在的害虫只服外国药，你现在灭鼠拌谷子米饭鼠都不吃，要拌三明治肯德基，胃口刁啊。国产有啊，便宜啊，像敌克松，多用一点就残留，你敢用？所以，种田没有种得起的，一听说土地流转，哪个不高兴？不说百分之百吧，至少百分之七八十，百分之二三十的人骂我这是难免的。你要多想想，多问问，多看看，把事理想明白，三年的牢饭不能白吃……"

"我的大棚不是你传统种植的概念，我在里面种了三年多全国最先进的大棚蔬菜，是农业部的试验项目，全部的设备是农业部免费提供的，包括技术，花多少钱也学不来的。到海南，到山东寿光，那还是传统种植。"

"地呢？"

"你们给我。"

"还是这个问题,你托谁都没地。你托了文爹,托了乡长,托省长都不中,没地,办不了。"

"那逼我上访啰。"他说。

"你吓我!我再念个今天的新闻给你听,我也是刚看到,"他打开手机,翻屏,将手机放老远念道,"云南一贪官潜逃十三年躲农村种地,租了七十多亩地,农忙时凌晨三四点钟就起床到地里干活,但到了最后,不仅钱没赚到,还欠下数十万元的地租和化肥钱。今年十一月十二日,他选择了投案自首……看看,这地是人种的吗?"

村委会门口正好有个体户面包车在喊去县城的上车了,全大喊招手朝下面的车喊"等等我",跑下楼就跳上了汽车。可是等车要开时,上来了两个人直接到他的座位上,要请他下车。王法在车窗外对他说:"大喊,你借刀杀人去的?"

大喊说:"借什么刀?剪刀?典刀(杀猪刀)?"

无论怎么也得下车。全大喊被那两个人弄下了车,再陪他回家去。全大喊笑了几声,一说上访就有人来,这事怪。这两个不认识的人是从哪儿跑出来的呢,天上掉下来的?

"哎,守犯人啊?你们是干什么的?哪个要你们来的?"卞如花问门口那两个人。

"你们村里啊。"

"你们又不是我们村里的,你们是哪里的?好像在赌场帮忙的?"全大喊诈他们。

那两个人就认了,说:"你么样晓得?"

"看见你们帮人放码。"

混混。村里请的混混。

到了下午,卞如花给她表哥发了三个短信,才有通知来把两个马仔撤了,回信的条件是全大喊不能去上访。

事情是这样的。这天的傍晚太阳才出来,一出来就是夕阳,夕阳中有金子。村庄的房舍也从灰土里竹笋一样拱了出来，还有雀窝和鸟，鸭子鸡子羊子欢叫，好久紧锁的云层松动了，让出一条道给天空。天空重现很干净的蔚蓝，枯草闪闪发光。全大喊的目光追逐几只喜鹊在过火后的林子里啄虫，就看见一个男人带着一个小女伢出现了。

风吹芦苇花，满目皆风景。女伢手上的芦穗是她父亲摘的，他们在一路芦花的田埂上边走边说话。大人喊，小伢嚷。小伢的声音尖，大人的声音重，但风是往更远的田野里飘的，全大喊没听清什么。声音很怪，像轻烟一样在田野上飘，就好像田野上有什么好吃的东西在前面吸引她，让全大喊有些贪婪地看。那个小女伢太好看了，像手机上的图片。后来他发现是黄古和他的女儿，他就僵在那儿了。

第三个老婆的女儿才真叫女儿。前两个伢是废人。当时第二个老婆不同意离婚，黄古准备与甩头舞演员私奔的，甩头舞演员才二十多岁。可他的二儿子虽然弱智，还偷鸡摸狗撵女伢，关了进去。老婆要他把儿子捞出来，他的条件是签字了就捞出来。老婆为了弱智儿子，只好被逼着在离婚协议上签字。签完字老婆就不能言语，神情痴呆，又哑又疯了。

夕照的光线下有重重的暗黑，但田塍的轮廓明亮细长，一条水渠里有厚厚的水草与高高的岸坎。水渠蜿蜒，一直伸到不知名的地方。小女伢的声音还在断断续续地飘，就像一块块明亮的瓦片在水中飞舞。哦，这个村庄和晚上都好美，这让他一阵心痛。好像这个村庄只属于村长和治保主任，他们才是这儿的主人，并且他们会安宁愉快地在这里生活一万年，世世代代。

他心如刀割，越来越难受，不知为何，一种深深的屈辱感从心灵很深的地方翻出来。他想让自己不想这事，把它们压下去，用水泥将它们灌铸。可是他遭受了什么样的生活？恨狗日的瓢哥？恨谁，找不到对象。每天天蒙蒙亮就起床，就在手持冲锋枪和盾牌的警察看守下吃饭，电铃像催魂一样一次次把他们从梦中惊醒，排队上厕所。拉屎都在监控之下。对任何人毕恭毕敬，永远是高墙、电网、排队、立正、稍息，必须大声回答，必须防止做错，防止被人告密，必须不停劳动以争取减刑……啊，你盼呀盼呀，回家了，出狱了，回来却一无所有。连夕阳、野草、落叶都不属于你，你怎么表现都会遭人误解，永远是个坏人，天下的坏事都是等你回来干的。

他抹泪。一支接一支抽烟。

有地种，不与任何人相干，一瓢粪、一把汗、一杯酒，一天日子就这么过了，这样的生活也没有吗？当然我内心是有雄心的，谁不想出人头地？我有这个本事了，可英雄无用武之地，生活遭到了阻隔。

他坐在自己的田头，法律上讲土地还是他的，只流转八年，但这里已没有了自己劳动的痕迹。他用眼睛划大棚的位置，朝向，宽窄距离，十几个大棚就这样在眼前矗起了。他在这里，有他的生活。多晚回家都行，睡在大棚里也行，大棚门口是一条黑狗，白狗也行。但现在是烧得死去活来的意杨。遭了什么难呀，土地？

"算了吧。"他说。他站起来。"算了吧。"他说。

月亮像一把镰刀出现了，天色还有亮，天空红黑各半，在朝黑暗快速滑落。无论何时，村庄总有一线时隐时现的亮光，从村子房屋的上方划过，隔开了最远的天空和漆黑无声但厚实的大地。那些渐次亮起的灯火将各家的生活和一小块地方画出了轮廓，还有狗的叫声，不高不低，不大不小，恰到好处地守护着它主人的那块场地。

一个摩托的灯光像一柄利剑把村庄的黑夜一刀刀分割。

那天如果我烧死了，我也许会成为英雄，也许会成为死有余辜的纵火犯。去你娘的，个臭婊子！牛鸡巴撸的！这条命怎么也不能落下个清白。

"是哪个？从湖里捉鱼才回的？"一个路人在黑暗中问他。

他含混地回答了一句，算是走夜路打个招呼。

小女伢的笑声一直在他的耳边，跟风一样忽大忽小，像妖怪的笑。这地头，就是他们的，难道我就不能笑出声吗？

第九天

老婆卜如花的眼睛被踩后肿得像两个青番茄。

不赘。

第十天

他跟小倩一起迎着早晨冬阳的光芒向学校走去。他没有什么异样。他喝了一杯早酒。后来又添了半杯。但他把两瓶擦得干干净净的柴油放在了棉袄的荷包里，这两瓶废柴油放在鸡窝上，没让老婆发现。

路过文爹的屋时，在菜园掐白菜薹的文爹，听到有人喊他，见是全大喊。

他说："文爹，知道您郎嘎给村长说了，感谢呀。"木槿夹的园壁子，旁边是一个水塘，有一条小道。钓鱼的人会坐在塘边，但太早，还没有人来钓鱼。他气色不好，牵着他的女儿，失魂落魄的霉样子，与这个村子格格不入。

"我说话不灵了。"文爹说。他想的是这个人近年走的运不好，人总有这样的时候。大凡这种人要恢复正常，得有个过程。比如不想事，多打麻将，多吃几次婚酒，丧酒也行，做一回"八大锤"（抬棺人），唱一夜丧鼓歌，这样才能与村里的气氛融洽。他穿拖鞋是对的，大冷天要这样，千万不可再对人毕恭毕敬，给人让路，不可将身子站得笔直，最好是葛优瘫。要与村里的姑娘婆婆开玩笑，最好是荤玩笑，顺手摸她们一把最好，书上叫打情骂俏。大喊的荷包里鼓鼓囊囊的，文爹后来才明白是些废柴油，简直是疯了。疯了也不会干这种傻事，只能说人想窄了自己的路也窄了，最后没好结果。

"得慢慢谈。"文爹说。但那个人已经走了好远。

拿着芦穗欢笑奔跑的女伢，又与学校和老师开始了新的幸福的一天。

他现在耳朵里全是那个奇怪的笑声。昨晚这个笑声在他耳边响了一夜，像是从瓢哥黑黢黢的门缝里跑出来的。但女伢就在面前，没有笑，声音却在。阳光很好，再噩的梦在新一天的阳光下都抹平了，一切重新开始。他已经是第二天看到那几支芦穗依然风采不减地插在教室的窗台上，插在一个玻璃瓶子里。

据这位女老师回忆，这个头发剃得光光的胡子拉碴的男人，学生家长，并没有将他的小伢带进教室。他在学校门口突然站定，给小伢说是今天放假，上午去奶奶那儿。小伢有点疑惑，迟迟不去，他就撵了。小伢就站在学校门前的路上，看着她的满嘴酒气的爸爸走进了学校。

学校没有铁门。雾气有点浓，甚至诡异，就像自动喷灌后大棚的情景。他恍惚走在大棚里，恍惚还在监狱的高墙里。大棚有一种淡淡的、暖暖的霉味儿。所有栽培的蔬菜都是水灵灵的，红的、绿的、紫的、黄的、金的；黄的金的是以色列彩椒和袖珍南瓜。

上课铃声响起，老师走进教室，师生互相问候之后，开始写板书，是一篇关于秋天的课文："梨树挂起金黄的灯笼，苹果露出红红的脸颊，稻海翻起金色的稻浪，高粱举起燃烧的火把……"老师边写边想诗人真会形容啊，听见背后一阵骚动，转过头来，看到教室的暗影里站着一个高高的男人，愁容不展，满脸蜡黄，手上还抓着一个学生，是薤村黄主任的女儿。老师觉得不对，思考了一会儿，感觉是出事了，人在有事的时候反应很慢，她终于反应过来了。电影电视上的绑架估计就是这样，于是她的脑海里蹦出了"绑架"这两个惊心动魄的字。

"您郎嘎是怎么回事呀？"她一改过去对他的态度，和颜悦色地说，她的心里像摔下八十层高楼一样空。但是那个男人还比较冷静，瞄了瞄窗台上的芦穗——那些白白的、下垂的芦穗，两只通红的眼睛像找她求救似的，手举着一瓶红色的液体，拧开了盖子，说："你让她父亲来。"

她是听清了，但她仍不知道发生了什么，为什么会这样，会是她的班上。女老师与仝大喊对峙着。女老师不知道应当先做什么，她完全傻了。"让她的父亲来，黄怡的父亲？"她问。她想了好半天才想起这个学生的名字。

"呃对。"

教室里鸦雀无声，那些小伢的亮晶晶的眼睛一共有二十多双，他们还是坐着，一动不敢动，望着那个男人手上举着的晃动的液体。那个黄主任的女儿被他紧紧抓着，女伢不知所以，不明白这个陌生人为什么要抓住她，不让她坐下。

"我没有她爸爸的电话，怎么通知呢？"老师说。

那瓶液体就像一颗炸弹悬在学生们的头上。她第一时间怀疑是硫酸，她没有太多的化学知识。

"快一点。"那个人显然有点紧张，他将瓶子倾倒过来了，他泼出来了，洒在地上，溅到课桌上，还有他的衣服和女伢的衣服上。气味马上飘来，是柴油，这个她懂，汽油是浅黄色的，气味不同。柴油，她心里说。

"大哥大哥，大人们的事不要牵扯到小伢身上，与他们无关呀！他们懵懂无知，天真无邪，您郎嘎千万不要动他们啊。"

"行！我找她父亲，我也是被逼。"他说。他感到冷，抽筋，口里干燥，脚还疼。

"她叫黄怡。"老师也发抖。她说。她闻到了那个人嘴里喷出的旱酒的气味。这地方的男人早晨都爱这口。

"学生伢子不准出去。"他抹着嘴说。

"你是要我叫黄怡父亲吗？我得出去叫？"她说。

"可以。快点！"他不耐烦地说。

"我要去办公室翻家长电话。"她说。

"快点！"他迟疑了一下，说。

小伢们感受到了什么，一个个龟缩在座位上，有的在抽泣，不敢出声。有的是哭相，但还没哭。

他跺了跺脚，想把抽筋的那只脚抚平。抽筋很疼。手里的女孩乱动，想挣脱他，却被他吼说："不准动！"他看见她眼睛的睫毛好长。

女老师出去没见回。其实大约也就十分钟，但这个时间像是熬了一万年。全大喊不知道，事情闹大了，乡里、县里的领导都在火速赶来，手持 95 式突击步枪的特警和警察也快速集结。薤村小学有一个刚刑满释放的歹徒劫持二十多名小学生作人质！

我只是吓唬他，你把我土地拿来换你女儿。你为什么要对我老婆下狠手？你赔个礼道个歉，把合同作废，地还给我就行了。

女老师再次出现时门口有了另外几个老师。

"不好意思，不好意思，黄主任马上就来，很不好找，打手机没接。您郎嘎喝水吗？"她现在肩负着将此人稳住的重任，她尽量让自己能走稳。

没有水。全大喊没说喝也没说不喝。这提醒了他，他感到口渴，非常渴。他瞄了瞄手上的柴油瓶，又眼巴巴地望着外面，只等黄古那狗东西一来，给我个说法。那些陌生的老师倚门或在走廊站着，气氛有些滞重。

"您郎嘎究竟有什么事不能跟我说吗？"女老师说。

"你解决不了。"

"我可以给您郎嘎反映呀，何必这样呢，您郎嘎说呢？"

有警笛声响过来了。许多警车陆续地靠近了学校，停在学校门口，还有 120 急救车。出警很快，二十里地，不到半个小时就到了。刚才女老师一出去，这里就成了全县有史以来重大治安事件的发生地。对全大喊来说，他什么也不知道，他依然等着黄古来论理。但是，某一刻，他在与女老师闲扯并等待的空隙抬头看时，教室外已是黑压压的人。他一个人与之对峙的，是一个庞大的群体，是整个政府和专政机关。他们与他面对面站着，准备一决雌雄。

事情是真的，果然有一个光头男人，手上握着柴油瓶，也许是别的液体，还有一瓶放在桌子上。一屋的学生伢，小学生，成了他的人质。

"大喊，你先把我姑娘交给老师，一个村里的人，有什么话不好说，犯得着这样？"黄古来了，焦急地对他说。

早晨太辣的牛杂面和苦荞酒从胃里翻出喉咙，辣得他难受。他只是摆手，喉咙发噎，噎住了说不出话。他不相信这个人，他见了还是不相信。他对这个人和这个村都不信任。警察、乡里的领导、曹炎，还有更多陌生的人，这么多人，他都不敢相信。因为不相信，所以噎在那儿。

"你有什么要求当着县里的领导说不行吗？"黄古快哭起来。他被这场面吓住了，来这么多人，就是来解决要他拿土地换女儿的事。他直瞪瞪地看着女儿和那瓶好像要爆炸的液体，他非常沮丧，绷着脸，汗顺着脖子往下淌。他脱不了干系，事情是冲他来的。村里公章在他的裤荷包里像一块大石头，坠得难受。一双死鱼眼看着前面的挑衅者，后面的各路大神。他掉以轻心，灾难临头。其他算他娘的，宝贝女儿可不能有一点闪失呀。女儿虽然没哭，但脸上挂着几颗晶莹的泪水，这让他心惊肉跳，心痛欲割。心里大喊：姐夫姐夫啊，你撒手不管，可让我管出了大事。

"……那我问你，"黄古听到全大喊在大声质问他，"我没有土地流转的委托书你为什么逼我老婆签字？你说我同意了的，我是怎么同意的？领导们看，他这不是知法犯法吗？这不是明签暗抢吗？有没有腐败你心里清楚，老百姓心里也清楚。你还把她灌醉了，有没有这回事你心里更清楚。你为什么打我老婆为什么报告派出所怀疑我放火？不干别人的事，不干学生们的事，是我两人的事，我只找你，拿我土地换你女儿。农民只有土地，你把我土地黑走了我不跟你拼命啊！"

他说这些的时候，有两个警察正打算推开窗户进来。他迅速掏出打火机作出揿燃状，指着他们大喊："都给我离远点！不要在这里！不干你们的事！"他将柴油往空中洒去，落到学生们的头上。"离远点！"他继续大喊。

他的脸变形了，两腮在搐动，牙齿外露。他受到了惊吓。

他看到黄古十分委屈地哭丧着脸在向县里来的领导解释。你也有今天啊个杂种！

曹炎说话了："大喊，事情是可以得到圆满解决的，要相信政府。你不要冲动，冲动是魔鬼，放下瓶子和打火机！"

全大喊却更加紧紧地攥着不放。

"这样，我说大哥，我来问黄主任，黄主任，你能过来吗？"

黄古在众目睽睽之下，畏畏缩缩地环顾左右，不敢靠近。他没胆了，这让曹炎很开心，心里一掠而过的开心。

"黄主任你说一句话，你表个态行吗？"曹炎说。这话里有幸灾乐祸的成分。

黄古只是死死盯着他的女儿，有人扒了他一下，他才说："啊啊啊，我、我们要研究。"

"这个时候你还打官腔，你是什么人？"一个县里的领导问他。

"我就是个治保主任，我们村长住院了……"

"他是村长的舅子！"全大喊高声说。

"乡里呢？曹乡长！"领导横着眼睛问。

"村长长期病假，具体情况才知道，事先他们没有给我们反映。但看来村里应当可以解决，此人是想走极端解决得快些吧。"曹炎对领导说。

"既然问题不大，何以至此？"县里领导再问。

曹炎无言以对，但他故意装着没听见，对全大喊说："大喊，你想让哪个跟你谈？你是要解决问题的，不是发酒疯的！"他啐了一口唾沫，他想降低事情的严重性，他定为"发酒疯"。

"我找黄古。伢的这个老师做中间人！"全大喊知道曹炎想推脱，他也就省略这位表哥，不给他为难。事情肯定让他为难了，哪个叫你推三阻四不讲感情的，你也不是什么好东西。

他此时只有信赖这个女老师，她是他的救命稻草。她不那么冷漠，在情在理，梯形脸也不那么难看，至少年轻，皮肤可以信赖，年轻人没有一肚子坏水。

女老师再一次面对他，她示意全大喊坐下，隔着一张桌子说话。但两个人都没有坐下。

"我没有其他的要求，我只要地。"他急切地说。他于是给女老师说到当前蔬菜因为化肥农药难吃，好吃的蔬菜很多，也不贵。他在监狱学到的蔬菜种植真的是国内最先进的，一亩地种好了，设备投入到位了可以赚七八万，十万也可能。没有那么好的自动喷灌和全自动化电子监控的，就算是人工，也可以赚两三万一亩，最低一万吧，总不至于就来福公司的八百多块钱，打发讨米佬啊。无土栽培，空中菜园，电子屏上鼠标控制，点击"光照"，大棚顶就全部慢慢打开了；点"通风"，两边的排风扇就转起来了。"……你没有吃过孢子甘蓝和乌塌菜吗？秋葵你一定见了，紫背天葵和羽衣甘蓝呢？还有高山血背菜、田七叶子，下火锅太好吃，以色列彩椒、荷兰辣椒、太空南瓜，都是口感非常好的绿色食品，价格比萝卜白菜高几倍，都是一块地种，不知比种树好多少……"

女老师在看着他说话，看着他两片嘴唇啪啪啪地像是放鞭炮，看着他手上摇晃的打火机，害怕他往下一揿。她连连点头，不停地说"是、是、是"……

"应该允许给您郎嘎一块田试验，说不定全村因此就富了，如果您郎嘎的试验在村里成功，这是一条很好的带领乡亲们致富的路。毕竟您郎嘎是见过世面的，见过大世面……"

这话他很感动，这个女子，虽然面相不中看，但善解人意，谁娶了她谁有妻财运。他突然放下瓶子，从很深的荷包里取东西，女老师和在场的人一阵紧张惊慌，他掏出了一包一包的东西，一小包一小包，用塑料袋装的，不是炸药，不是雷管，不是刀枪，是种子，蔬菜种子。他一包一包往外面掏，像变戏法一样，掏出了十几包，放在课桌上。他的荷包真大，真能装。

他对所有的人大喊着说："这不是假的，我不是说得玩儿的，这全是珍贵的蔬菜种子，政委送给我的。我老全就像电视里说的，撸起袖子加油干！我过去在村里就摸索过'土豆—黄瓜—苦瓜'的立体栽培模式，有假的吗，村里都晓得！还有'土豆—豇豆—秋土豆'模式也是我搞的，我种苦瓜好多人说会失败，说苦瓜卖不出去猪都不吃，猪有我的苦瓜吃吗？全卖光了！"

他像背书一样这么说着，吸入太凉的空气，他想呕吐，酒有点多，在胃里翻滚作祟。

"大喊！"他的老婆焦急地在外喊他，"放下打火机！"

老婆和自己的女儿也来了。他在人堆里搜寻老婆和女儿，看到了。老婆的眼睛还是青肿的。他惊恐绝望的眼里有了一丝温情和心疼。他有点醒过来，有一点后悔。悔意滋生的时候，门口的那些人像噩梦中出现的走马灯似的人物。脸薄薄的，不真实。但愿这是一场梦多好。不是噩梦，是现实。怎么有这样的现实？他还是在梦游。所以他要不停地说话以证实他是在现实而不是在梦中。但现实比梦中可怕，他骑虎难下……

他没有放下打火机。他又拿起柴油瓶攥在手里。他必须孤注一掷，开弓没有回头箭……

门外的人越拥越多，整个学校都是人，特别是二十多个小伢的家长，全都拥挤过来，警察开始疏散人群，外头闹哄哄的。女老师无法看懂外面的人给她手势的暗示，所有的暗示都是不要与他兜圈子了。女老师的腿在发抖，但她强迫自己镇定，因为有她一个班二十几个学生，不能出任何事情。她也希望这个看来不坏的人，与黑洞洞的枪口不要发生关系……

"这样，全大哥，能不能让孩子们出去，您郎嘎跟领导好好谈呢？"

"我今天必须把地要回。"他说。

"就没有商量的余地吗大喊？"曹炎远远地对他说。

"请主任答应他。"女老师对黄古求情说。

"让他拿合同来，把合同撕了。快点，黄古，我看不得你，你给我滚远点，你不够资格跟我谈！"

他再次激动起来，胃里的东西到了喉咙口，他差一点吐出来了，许多人都看到了。他抠着自己的脖子，掐喉结。

曹炎想他一定是喝多了，这时曹炎最恨的是校长，不应该这样报案，现在校长也一副着急的模样在人群里。校长夸大其词：因与村里土地纠纷，一个刚刑满释放的歹徒绑架二十多个小学生为人质，还手拿汽油。曹炎赶到一看，就断定大喊凶多吉少，基本完蛋了。他懂得这个。唉，110出警真快，会火速报告政府，如此重大的维稳事件……但谁又不怕出大事呢？如今当一把手谁不是战战兢兢，如履薄冰……

"大喊，你是不是喝了早酒？"曹炎提高了嗓音重复地问，也赶快提醒他给他一个台阶下，醉酒闹事，不是绑架人质，不是绑匪，不是暴徒，不是的，就是多喝了几杯臊尿瞎搞，恶作剧，马上给他醒酒治安拘留就完了。

"我没有喝酒！"大喊回答得倒爽脆。

这个苕货！不懂啊，那你活该！曹炎心里恨得流血，你自找完蛋，自掘坟墓就不怪我了。"这样吧，你让老师出来，换我与你谈行不？"

曹炎明白门外的警察与领导早等得不耐烦了，子弹上膛，扳机就等一扣动，结束这次行动，还跟你这样的暴徒绑匪磨蹭个什么。这也许是一个稍纵即逝的机会，曹炎突然想。他估算着大喊手上的柴油没有多大个杀伤力，那柴油也不纯，燃点不如汽油。另外他本身又是酒鬼，又是胆小鬼，不敢点火。也说不定，坐了牢的人心理比较偏执……

"要不，我们有一个领导跟你谈？"县公安局的一个穿便衣的局长说。他们叫来了谈判高手，刚赶到，劝阻成功过许多行凶暴徒和寻死者。

"还是我去。"曹炎坚持说。他在仝大喊脸上捕捉到了一丝犹豫不决。他紧紧盯着他，他手上的打火机。此人思维简单凝滞，一意孤行，头脑不清。

"你们多退几步！"大喊喊。

人慢慢往后退。

"什么都可以谈，只要不伤害学生伢们。"

"我说了，让他们拿合同来，把合同撕了！地给我！快啊！"他将两腿夹着的黄古的女儿夹得更紧，生怕人抢去似的。

"扯横皮的，"黄古说，"他就是个扯横皮的，没坐牢前就是这样，我小伢要遭殃了。"黄古强调仝大喊的犯罪前科，在领导和警察中间说。

"我来换老师，我能拍板的我当着领导的面拍板行吗？你还不相信我吗？"曹炎看着这一切，他拿定了主意，视死如归。这对他极其不利甚至是置他于死地的事件，他若能制服这个人，也许可以反转，只能快速行动了……

仝大喊看到的曹炎是一副可怜巴巴的样子，头上冒汗，毛衣领口的拉链全拉开了，像是要窒息的感觉，口气柔软甚至带着乞求。

但是曹炎果断地进去，他一把将女老师拉到背后来，就挡在了仝大喊面前。好决绝，冷静。这个交换很成功。谁都没有料到。

"你一定喝了早酒，大喊。"他麻痹他。

但是大喊很犟，他依然回答"没有"。可是他发现眼前的人换成了曹炎，女老师不见了，一时的恍惚，跟他说话的人就变了。这时那个女伢想从他两腿间挣脱出去，哭喊起来："爸爸，爸爸！"

这稚嫩的叫声揪心，甚至撕心裂肺。一瞬间，学生们就哇哇啦啦地哭出了声。哭声在传染，教室内外在骚动。

"把她给我，让她过来！"曹炎隔着课桌对全大喊厉声叱咤。他完全变了腔调，面目狰狞，口气像砸铁。"你赶快放人，投案自首。这是绑架，你知道绑架罪吗？"他说。

全大喊听清了，头发直往外冒汗，眼里是恐惧的大壑，有被吞噬感。你的下场将很惨，你自讨的，上帝活该叫你灭亡，这多危险，再怎么也不能拿小伢们的生命开玩笑。走极端的你只好消失吧，你没救了。他娘的！他猛地去抓他手上的打火机。全大喊一让，没让抓到，柴油泼出来，泼得到处都是，披淋到他自己和那个女伢身上，还有曹炎身上。这个动作很危险。

"你到外村给我几亩地也行。"曹炎听到全大喊说出这样一句话，这近乎哀鸣。

"你早说呀。现在晚了。"他一口拒绝。

"难道外村也不行吗？湖边滩涂也行呀。"

"你想抽烟？"曹炎忽然问。

这提醒了全大喊，是故意提醒的，全大喊下意识地看了下手上的打火机，也许紧张的他早忘了手上拿着打火机。曹炎引诱他去看打火机太英明，曹炎去掏烟，栽到他嘴上，他的大拇指只要向下一压，事情就变质了，就是向特警发出的信号。

曹炎慢慢腾腾地从荷包里摸索出了一支烟，他用左手递向他的嘴边。没等全大喊咬住，他扯起喉咙喊："你找死啊！"同时趁其不备，一把薅住他的衣服，用身子扑上去，将全大喊的脑袋狠狠地压在桌子上，桌上的种子袋四散乱飞，落到地上，另一瓶柴油也飞向墙角。两个人两只手在争夺着打火机，打火机终于掉落地上。全大喊虽然脑袋被压着，在抗命挣扎，嘴里发出呜呃呜呃的喊叫。他顶开了曹炎。曹炎已经豁出去了，机会千载难逢，必须孤注一掷，全力一搏！他把全大喊死死往墙角里扯，扯离课桌，机灵的小女伢从课桌底下溜出来了。两个人的身子终于纠缠在一起，这时候，全大喊的上身抬起来，他的另一只手上是剩下的半瓶柴油，乱泼乱洒。特警的枪口早就瞄准了那个人，只是没有找到最佳角度，以避开他人免遭误伤。曹炎让出了地方，让全大喊身子暴露出来，那个墙角很空旷。"砰"的一声，非常闷，就像自行车爆胎，不像是从铁管里射出来的。曹炎感到眼前一片血红，血水飙到了他的脸上和眼里，又辣又腥又咸。再睁开眼，枪声没了，就像一次大风的撞门声。全大喊手抓着那个柴油瓶子，像一条大虫子软绵绵地扭曲着身子偎在了墙角。他最后听见了老婆卜如花喊他："大喊呀大喊！"他那个光光的脑袋贴在了自己的黏血和散落的蔬菜种子里。

村长请我吃鸭子

　　我们往野猫湖走。我们去吃鸭子。村长请的我们。走着走着就荒了。公路两边是些杂树，路很窄，撒满了树叶。是在十一月间，天有点凉，但不影响味觉和食欲。贴秋膘还没结束。听见鸭子叫，就想吃鸭子。稻子割了，一望无际的稻茬就像荒了百年似的，破烂不堪，还被人烧了，露出一片黑黢黢的火痕，像过了兵匪。天荒，地老，村庄高高低低的房子，在干爽的冬日静默在远处。那个岗子就是百头寺村？对的，那里有鸭子叫，很多鸭子叫，很远就听见了。那里有马大的绝味鸭，村子这条黄僵土路都走成槽了，全是一些食客不远百里慕名而来的。鸭哪儿没有啊，为什么就爱吃这个偏僻湖村的鸭？走亲戚，送领导，提一钵马大的绝味鸭，土钵子的，他的标志。有马大的头像：一个瘦小的农民的头，懵懵懂懂打造的品牌。有注册商标。这个村长在全民美食的年代火啦。上过《舌尖上的湖北》，即将有可能上《舌尖上的中国》。

　　为什么要请我吃鸭子？只有天知道。

　　是他的弟弟说的，他的弟弟说他哥哥说了多次，希望我去吃鸭子。一次次请，我都不好意思回绝了，我只能去吃。他的弟弟叫胡扯。一个姓胡，一个姓马？因为他们的父亲家里穷，本姓胡，到马家做上门女婿，当地叫抵门杠子，生下来的男丁只能跟女方姓。后来生了第二个，好歹说通了人家，跟他姓了。母亲正在扯棉梗，生下小儿，就叫胡扯吧。我老陈要是有这个名字，早三十年就红了。所以胡扯诗写得一般，却在当地有些名气，一说：著名诗人胡扯，一听这名，就很著名的样子。但胡扯在卖鞋，在菜市场门口卖老头老太鞋，头又经常疼，小店里还烧着高香敬菩萨，烟熏火燎的，买鞋的老人呛得鼻涕直流，脱下鞋子赶紧走人，所以鞋卖得也不好，房东天天找他要房租。

车很慢，又颠，撞到了脑壳，胡扯说这里要下来了。是因为路不好吗？不是。胡扯指着不远的一片樟树林说："车要停那里面，现在官员都精了，不把车开到餐馆门口，陈主席您看怎样？"

我隐隐约约看到那个树林里停下有四五辆车了，也没有了路。我想我又不是公务员，我怕什么？我吃我自己的也违反规定？再说是你村长请我呀。算了，不给人添麻烦，就下来走吧，既然别人的车都停这里，我们也停了。就下来走，走也很有趣，在乡村土路上走是养人的，对写诗寻句有帮助，可能寻到一句千古名句。一些湖塘抛在沼泽里，荷梗枯萎，有气无力倒栽在水里，里面没养鱼，是野塘，适合钓野鱼。我给胡扯说，你们村真是个好地方，这里这么多野湖，钓野鱼多好，我再骑电动车来。

"今天就可以钓，"胡扯说，"我找我哥哥安排一下，太简单了。"

钓野鱼，这太诱人。土路上车辙很深，刀子一样。有大量的蒲草、臭蒿在路两边上、田埂上。还有渐渐枯黄的芦苇、蓼、苍耳、播娘蒿、白茅、荆棘、构树。如果没有人车走，它们早就候着占领这条路，身子已经蓬过来了。沟里一定有刺猬，有野猫、獾子、蛇、鳝鱼、乌龟、鳖，全是野的。嗬，全是野的，村子也是，过去的鬼魂回来肯定记得路。

"现在公款吃喝管得很严，不过都精了，不在县城宾馆饭店里吃，怕纪委暗访，都疏散到乡下的农家乐乡旮旯来了，纪委找不到。真是上有政策下有对策，宾馆酒店的菜有什么吃头？味道都在农家乐，所谓真味在民间。这真是塞翁失马！……陈主席，快到了快到了！"胡扯说，"……那个冈子是我们村的中心，我和我哥都住那儿。过去可是大庙哪，咱村不是叫百头寺村吗？这就是过去江南十大丛林之一的百头寺。湖南湖北的香客全是跑这儿，这里过去是靠野猫湖的，我们走的地方全是湖，后来河上修了电排站，湖水就小了，现在淤积成田了。那时的水码头热闹万分，冈子上两条街，京广杂货，银号商铺，客栈酒楼，什么都有。美国的美孚洋行还在这里开了分店，说您不信，但我们的镇志上有……"

他一路走一路吭哧吭哧地说："……这个冈子上最神奇的是家家生双胞胎，不是这里长大的，嫁到这里，也生双胞胎。我们那一辈有七八对双胞胎，现在，在家的小伢还有五六对，两对龙凤胎。如果离开这里，外出打工，就不生双胞胎了，很神奇……"

"噢，这真是有点神。"我说。我已经听他讲过不下十遍，不过今天是亲临，感觉不一样。

"是不是这里建过大庙，有灵气？再是这里的环境。也许是水质特殊。"

"哪知道啊，可是下了这个冈子就不生了，很怪的。一个村不都是喝上头河里的自来水吗？一样的水。冈子上就一口堰塘，那水才吓人呢，没哪个敢喝的。"他说，"百头寺的来历我跟主席讲过，有一说是张献忠在这里杀了几百人，将头砍了丢进水塘里，这些无头鬼天天出来拉人下水，找替死鬼。后来来了个法师在这里建了这个百头寺庙，才把鬼镇住，还有一说是明朝的土匪杀的人……"

"……好大的庙啊，听老人说，堰塘就是庙门前的泮池，放生的。有三进，大雄宝殿的顶全贴的金箔，有五百罗汉，雕得栩栩如生。这里的菩萨特别灵，对了，求子最灵的，后来生双胞胎肯定与这个有关系。日本鬼子当年住里面都没有敢动的，四九年刚解放砸了一些，后来大炼钢铁把大殿的木料全拆了炼钢。听说那时还保留了送子观音殿和斋堂，到'文革'时，就全部砸了。我爹当时是村长，实不相瞒，是他带头砸的。就为这，他是犯头疼病死的，一到半夜就要吃两包头疼粉。刚解放时砸大雄宝殿的是一个南下干部，砸了菩萨后，天天夜里喊有人捆他的脑壳……我这多年的头疼肯定是与我父亲有关，所以我就逃出去了，还是疼得不行，鬼缠头，不缠死不罢休……"

是的，他头疼，他的微博、微信、抖音、QQ都是"头疼的胡扯"这个名。

我说："你哥哥疼不疼呢？"

"他不疼。"

"他是党员，可能他不疼。"我开玩笑说。

"我爹也是老党员，嘿嘿。这水池里的水不仅人不能喝，鸭子在这里面放了，生的蛋竟有人头形状的，已经发现有好多了，我哥哥就捡到过这种蛋。"

这太令人恐怖了。能有这样的蛋？光天化日，胡扯说得很自然。我就说我们燀野火吧，后来我们一把野火烧着了路两边的杂草。这把火放得好，有人跑过来吼我们，好像要打架似的。我想跑，但胡扯说是他的表叔，给他哥农家乐帮忙剁鸭子的。

胡扯表叔咧着嘴招手要我们走，火还在路边呼啸，好在没有房子，怎么烧也在野外。

转过一个弯就看到好多鸭子，到处是鸭子叫，嘎嘎嘎嘎，嘎嘎嘎嘎，此起彼伏。有拦网围在屋后水塘的，有散养的，有拢在深沟的。大多被围着，全是中华麻鸭。它们欢，不知道将成为马大绝味鸭，放进卤水酱油姜葱蒜里，堆在土钵里，身首异处，连它们的肠子都被人卤了剁了蘸上辣酱一根根让人下酒。它们拍打着翅膀，仿佛是天下最幸福的禽兽。在这个水乡，食材广大，名目繁多。有莲子、茭苞、菱角、藕、鱼；鱼有鳖、王八（注意，王八指的是乌龟，不是鳖）、鳜鱼（也叫桂花鱼、桂鱼）、螃蟹、小龙虾、鳝鱼、鲫、鲤、鳊、鲢、鳙、青、草、鲮、鲇、鲟、鲂、鳡、鲌、泥鳅、乌鲤（才鱼、黑鱼）。

这些年流行的名菜有臭桂鱼、荆州才鱼三吃、剁椒鱼头、清蒸鳊鱼、皮条鳝鱼、凉拌甲鱼、乌龟火锅、卤蟹、油焖大虾、蒜蓉蒸虾、爆鳝丝，等等。但在百头寺村，就是鸭子，最好的食材。

看，旁边有骑摩托的送鸭子来了，全倒吊着头，绑在后头，鸭子们倒看着世界，被绑缚刑场。自己养的供不应求，一个村的不行，外村还帮他养。一个绝味鸭带动一方乡亲致富，这就是时代的进步啊。

进村有点鬼鬼祟祟。鬼鬼祟祟满口没牙的胡扯表叔，带着我们从后门溜进去的。他说："有人问起你你们就说是自己来的，昨天纪委暗访的来了，拍了两桌照，现场撤了一个局长，一个副局长，一个我们镇的副镇长，主要还带彩打牌，是哪个局的……好像是民政局……还是土管局？我记不清了，是他们撞来的，还有说是村民检举的……"

"盯着这里了。"胡扯说。

胡扯的哥哥马大村长个子瘦小，头发稀疏，穿呢子外套，搓着手，红脸膛，土腥味重，身上有鸭毛。与马大绝味鸭上的商标头像有天渊之别，头像估计 P 过。现实里的村长马大就是个放鸭佬，当然也是个鬼精的村干部。他的绝味鸭，就是村里在他家招待各级领导吃出来的名气。先是在公款吃喝的县乡镇堆里传，他也舍得送。一传十，十传百，传出了名。

"是我请你吃鸭子，不要弄得神经紧张。纪委不可能天天来，汽油也费不起。再说了，全县有多少农家乐？全县有多大？二十几个乡镇，跑断腿也跑不完……陈主席，我们村里，三百年没来过像您这样的名人。您在朝鲜、越南、中国香港发表作品，出版诗集。若是唐朝，你就是李白、杜甫一样的人物，当地的一把手都要请你吃饭喝酒的。来来来，我先敬你一杯！"

村长马大举着杯要和我一起干，桌子就是刨花板压的圆桌子，椅子也是刨花板压的椅子，乡村的农家乐都是这样。铺一次性桌布，浇点水，就贴上了。一次性的软趴趴的杯子，软趴趴的碗，一次性的有毛刺的筷子（自己用牙齿剔了用）。有三个陶瓷火锅咕噜咕噜地冒辣泡，火热的气氛就出来了。先上的是坛子菜——我们这里的叫法，就是酱萝卜皮、剁椒藠头、腌洋姜、泡灯笼辣椒，红的绿的都有。涎水往外冒。火锅，绝味鸭一个，土钵直接炖；土鸡一个；萝卜丝炖鳜鱼一个。依次还有：青椒炒肉、烘藕、豆豉炒腊肠、凉拌莴笋丝。够了够了，我说马村长，够了够了，你弄这么多菜是浪费呀。

有三四个人当陪客，好像有个副书记、会计和文书。都是村里的人，长相打扮差不多，也就是陪客，灰不拉叽的夹克和西服，不多言语，吃也很被动，蔫蔫巴巴地动着筷子，勉勉强强地应和着笑。

"陈主席是难得的贵客，我兄弟说过多次，说你对他帮助很大，他的诗受你的影响。我这兄弟不干正事写诗，我说他不是这块料，还是回来养鸭吧，他不干。"

"你兄弟胡扯写诗的名气不小，不会比你的绝味鸭小呀。"

"哈哈，您抬举……"

我一直喝。喝到第几杯了？净顾了喝，还没有真正品尝到一块马大绝味鸭的妙处。卤过的，酱色，最上面是绿茵茵的生蒜和芫荽，下一层是鸭肠，再下才是咕噜咕噜的绝味鸭。绝味鸭切成方块，有嚼劲，但又不柴，有汤，却又是干炒的，再炖着，也不是那种绵烂，不会。微辣，还有花椒味、耐嚼、入味狠。因为又卤又炒又炖，这菜敢称绝味。就是在卤、炒、烧、炖之间找了个平衡点，非炒非烧非炖，亦炒亦烧亦炖。完全不是那种流行的小胡鸭、周黑鸭的做法，那些鸭干干的，只不过好携带而已，哪里比得上马大这绝味鸭的全味、全鲜、耐嚼、滋润呀！里面作味料的生姜、青花椒，连桂皮都可吃可吮。这可真是野猫湖的美食一绝。还有萝卜丝炖鳜鱼，仅这个菜就可上"舌尖上的地球"，何况还有土鸡、绝味鸭。凉拌莴笋丝用青红两色的剁尖椒加上姜丝凉拌而成，清脆爽口，别有风味。鸭子火锅吃到一半，又有服务员端了一个放了霉豆渣的锅底和一盘青菜进来，将鸭炉子倒进锅底继续炖，炖开就可下青菜吃了。这种吃法——帮你换一种火锅底料，更是从未见过。

"在这里吃绝味鸭都二次换底料？"我问在座的。

"都换，都换的，是免费换。"几个村干部陪客说。

"所以我说要吃我的鸭子，必须到我们百头寺村里来嘛，味道与土钵包装的有差别吧？"村长马大说。

"土钵包装的也好吃。"我说，"但是，我就不理解，你说你又不是个家庭妇女，你是怎么发明出这个绝味鸭的？"

"我们村长从小聪明，在我们小伢中间就是当头的。"有个村干部献媚地说。

"哎哟，我聪明什么，初中没毕业。讲吃，咱们县的人谁不会吃呢？陈主席你家里，你妈妈，没有两个你最喜欢吃的菜？对不对？肯定比《舌尖上的中国》好吃。小时候我们家吃鸭就是这么吃的，我兄弟最清楚，"村长说，"你数数看，我们县的鞋板锅盔不是正横扫武汉三镇吗？武汉满街都是我们县的锅盔摊子。这东西也是，百吃不厌。再就是我们县牛肉鱼杂餐馆，在全国遍地开花。"

"金鸡庙镇的地笼火锅你们吃过没有？老板娘姓王，马村长可能认识，五大三粗，虎背熊腰的一个中年妇女，搞乱炖搞出了名，她的叫'鳖蹄鸡鳝一锅煮'，那味也是绝了！"我说。

"我去看过，王姐就是追求的串味，做菜怕串味，她反着来。厨师是最忌讳串味的，但串味多就不怕。还有轭头湾的酱猪蹄，那么腻味的东西，吃了还想吃，有的人天天吃。"马大说。

"二圣寺江堤上的'黄胖子江渔村'炖的五色江鱼，有江鳜鱼、江鮰鱼、江黄鲴鱼、江鲤鱼和江鲫鱼，脸盆大的一锅，也讲串味，鱼汤鲜死！……马村长，喝到第几杯了？"

"没有多少，一瓶还没下去，这么多人喝，肯定要再拿一瓶。"村长晃晃酒瓶。他刚开始有点冷淡，现在好像亢奋了，是酒帮忙，好像很久没喝过酒了似的。

我们在说话，胡扯不停地给我们夹菜，找酒精饼添火，敬烟，也干杯，与他哥还干。他哥讲话他总是仰望他哥，很崇拜的样子。

"现在纪律严，不过是喝我的酒，我也不会把账记到村里的账上。我们副书记和会计在这里，他们知道的。就是像你这样三百年难见到的名人来，我也不要村里接待。我自己高兴，有这个能力，喜欢交朋友。我嘛，这几年算是脱贫了，过去我们家穷死。现在，我解决了村里三十多个人的就业，专门为我供应鸭子的有二十多户，一年我要用去十万只鸭子，十万个土钵，湖南有家陶器厂专为我烧土钵。"

真是乡村有奇人，僻壤有奇味啊。我说："你鸭子是先卤了的，是吧？这么俏，马村长你究竟有什么独特秘方啊？"

马大笑而不答，其他人包括胡扯也缄口不语。

"我是这样想的呀，我刚才到厨房里看了看，"我说，"大致应当是：将剁好的卤鸭倒入锅中爆炒，加油，与仔姜一起倒入油锅再放盐、青花椒、小茴香、鸡精、八角、桂皮，还要有干红椒和豆瓣酱，再加入料酒、生抽，烧一会儿，待锅快干时，再加水用中小火焖，然后迅速装火锅。但我觉得你在卤鸭子的时候加了秘制的作料，炒的时候有自己特制的东西放进去了……"

在座的笑。因为马大村长笑，所以大家笑。

"没有秘方。"马大故作神秘地说。

"肯定有。"

"会有的，"副书记插话说，"但我们也只是猜测。"

"这就对了！知道就不值钱了，"我说，"现在，你这个村的农民收入上来了吧？"

"那肯定啦，你看许多家在岗子上做了新房子，我们镇规划把这里搞成野猫湖的美食街。所以也希望陈主席帮我们吹吹，你写篇文章在《湖北日报》上一登我们百头寺就名声大振啦！"

这时所有村干部都把酒端到我面前，喝还是不喝？喝。我边喝边说："好的好的，一定的……"

莫非他请我吃鸭子就是为这个？对的。我恍然大悟。天下没有白吃的午餐。我们县的人都知道我的软肋，都知道陈老三这人自诩诗人，好酒贪杯，只要有酒，可跟人做孙子。喝得汗滚滚而下，就像大热天搞装修似的，寒冬腊月也如此。人瘦了喝酒就是这副饿屁相，吃人家嘴软啊。

"以后有事村长尽管吩咐……"

"民以食为天嘛。我们野猫湖这么多民间美食，名震全国，美食牌就是我们县的品牌战略，我这个岗子规划准备通过搬迁，建成湘鄂边美食城……"

这时胡扯突然把筷子拍到桌上，打断了他哥哥的话："哥哥，真的忍你们很久了！拆迁啊？吃啊？"

他这一声，把在座的都惊吓住了。他表情痛苦，双眼充血，两拳紧握，扶桌子站起来，低头，受难的样子。大家面面相觑，不知道他为何发炸。

"胡扯你你你扯个啥哩？"他哥慌了，他哥在上席，领导的派头，现在慌得那不多的头发都倒在前面，像电影里的叛徒，惊恐万状，"我我赚钱？……我我不是带领大伙想过上好日子吗？"

"问你赚钱是为啥的？"

"……赚钱，给父母修墓，预算就要十多万……"

"咋没听说你要修座庙呢？你就想让我脑壳疼死？我说不动你，我今天搬来我们全县一百三十万人民、我们市七百万人民尊敬的著名诗人陈主席来劝说你的？老谈鸭子有什么意思呢？"

胡扯说着从他破旧的单肩包里拿出一本我的书来，好像早有准备的，打开折页处："陈主席在他的著作里是这么说的：在这个混乱的世界上，精神尤其重要。而宗教是用来整理人心的。陈主席接着写道：我们必须有一座古庙存放我们心事。我们的心应该腾出一块地方，在被现实挤压的逼仄之处，修一座古庙，供奉我们值得供奉的神。那就是我们的退守之处，最后的神祇和祭祀之处。这说得太好了，如果没有宗教的整理，人心将十分混乱，精神颠倒，疾患丛生，社会无序。

多么深刻啊，把当今世界说透了！我不是一点点地崇拜陈主席，我对他崇拜得五体投地，在座的你们说呢？这个问题不比什么美食城什么绝味鸭五色鱼更重要吗？"

我到底僵在那里了。我不能动弹，我被堵了口。我陡然间明白了胡扯为什么一次次要我来这里吃鸭子。他要这个，他说服不了他哥，他只好搬救兵，企望我为他的顽固性头疼出一把力，就是这样。

"你们懂吗？人的心事是要有个地方放的，不能老放在自己心里磨，放在自己心里就坏了，会得精神病的，放在庙里最好。有个虚拟的地方，让神灵安住，安神，你们懂不懂？"

"那庙坏了呢？"他哥说。

"庙坏了有人修，心坏了就全完了，人也完了。这儿，你就怎么不能带个头，把百头寺重修起来啊？"

"……胡扯你是扯老年人，老年人愚昧，要庙，没事，找个菩萨说话儿，老一辈死了不就不要庙了吗？"

"难道信仰分老少？谁不想有个菩萨心里敞亮。"

"咱们红旗下宣过誓的，不信这个。你要庙，我要路，村里的道路还没修好呢，我要的物质文明。"

"精神文明不要一起抓吗？不是说两手都要硬吗？"

"胡扯你完全不懂，没钱你硬得起来的？哈！再者你讲的那个精神文明，不是政府支持的精神文明……"

"难道你就让我跟爹一样疼死了算了吗？"胡扯委屈得大叫起来，他快哭了。

那几个村干部也不知如何是好，停箸愣怔地看着他们哥俩。看胡扯。胡扯抱着头，好可怜的样子，就像快疼死了。

"给你的钱呢？"马大村长问胡扯，又向我说，"我给了他治病的钱的，这些年没少贴他，为这事我跟媳妇吵过多少死架。"

"全吃药了，买药吃了，没一点效果，中医西医。我说了老爹好多次托梦要你把百头寺修了，说修好我的头疼才会好！他说了他后悔不该砸庙的，头疼的滋味你们尝过吗？就是鬼捆脑壳。不是药能吃好的，是要还愿的，哥你就不能替爹还这个愿吗？……”

他因为头疼脸肿了，脸上像吹过气的，乌青。这个诗人好像真的不行了，他于是才把我哄来吃鸭子，让他哥救救他？修庙是提过，但我没在意。我不知他的内心这么迫切，他的鞋店里供佛烧香，他在渴望生命的重获生机。

马大村长似乎无法答应他兄弟的请求，一脸苦相，低着头。一个村干部将酒杯抵过去与他碰，示意要他喝酒。他不喝，不端杯。鸭子火锅的火也熄了。里面的青菜也黄趴趴的了，浸在汤里。酒桌好沉痛。

“是这样的，”我只好说几句了，“你们村里领导班子都在这儿，恢复传统的文化也很重要，这与迷信没有关系。当然，修路也很重要，政府肯定支持这个，对修庙是不鼓励，不反对，除非是旅游需要，可以建大佛，像海南的南海观音，无锡的弥勒大铜佛。但现在没有好路是不行的，建庙修路，都要争取社会资金，可以考虑分两步走……”我只求息事宁人地说。

“路的确是头等大事，我们这里天晴一把刀，下雨一包糟。现在政府给的钱不够修，马村长带领我们四处化缘，他自己也尽了最大努力。”一个人说。他是会计。

“等我死了你们再修路！”胡扯大声嚷。

“说些断头话！”大伙劝他，“不会死的，医学这么发达，一个头疼病也治不好吗？呵呵。”

“胡扯你天天吵，为什么自己不修，吵着我修？”他哥埋怨他。

“我有钱早修了，还在这里跟你磕头？我从小头疼耽误了好多发财的机会，我的智力比你差？爹当年作了孽，落到我头上。爹死了，长兄不应该管管我们兄弟姊妹的死活吗？一个人扒拉扒拉地赚那么多钱有什么用哟？”

“我我……说起来我的鸭子这两年才有起色，又碰上八项规定，中央反腐。一钵鸭子刨去成本能赚一两块钱就不错了，还时常让纪委盯着，搞个农家乐像当小偷似的……"马大抓紧桌子角，想撞上去的样子，"我这样拼命还不是想多赚点为乡亲们修条好路……"

"修庙！"胡扯喊。

"修路。"马大说。

"修庙！"

"修路。"

叭！这一声很哑。胡扯拿着一个碗就朝自己的脑袋砸去。碗没有破。碗结实，一会儿，胡扯的头上就有血滚出，红津津的。

"胡扯！胡扯呀！快，快，找东西来包扎！"

"胡扯呀你是咋的？你喝多了！"

"何必呢胡扯，有话跟你哥好讲，你哥也没说不修庙呀……"

"我没有喝多！我没有！"他哆嗦。他还想砸。他挣扎。他找碗和重家伙。但碗已经被人夺过去了，人们不让他近桌子，上面有碗还有火锅，都可以砸头的。他头疼，砸了会好受些吧。村干部将他死死摁住了，像摁一个恐怖分子，把他扯到墙边的木沙发里，都在呼哧呼哧喘气。

他哥马大想躲的，因为村干部在保护他，怕胡扯砸他。他也怕了，也许喝得多了点，脚步不稳，起身时，不知怎么没站起来，溜到桌子底下去了。那些人都在制伏胡扯，没人拉村长，他的脚崴下去，身子就倒了，头砸在长椅上。他的手去抓桌子，抓到了一些盘子和菜，油汤照他的头顶淋去。粉条披在头上，钻进领口里。

在厨房里的马大媳妇闻声出来了，去拉她丈夫。但太沉。一个喝过酒的人会很沉，像一坨死肉，何况马大的脚踝伤了，疼得龇牙咧嘴，眼睛上挂一条红辣椒和芫荽。白着脸，嘴角因为气愤和疼痛扭曲得白沫直出。将他拉出来时，一条家狗一条野狗在他身边争抢他抓下的骨头和鸭子肉，几只鸡也进来了，啄他头上的粉条。我听见马大哼哼唧唧在说话："……逼我啊……回来一次逼一次，你今天狠，你仗陈主席的狠气哩⋯⋯"

胡扯后来绑扎着头，站在大门外，硬邦邦地站着，有着就义般的气概。

所有的食客都拿着筷子红着酒脸出来看他。

在县医院里马大村长确诊踝关节骨折。我只知道胡扯照顾了他哥几天，只知道马大的媳妇把我臭骂了一顿，说是胡扯搬来了一个灾星，还什么狗鸡巴著名诗人。我只知道那个岗子上的确有双胞胎小伢在禾场玩，只知道百头寺遗址那儿的大水塘其实很小，有鸭子在里面跳街舞。塘边有一棵大柚子树，落下一些柚子，烂了，苍蝇飞腾。只知道还有一家人家的房子正建在大雄宝殿高台基上，晒着衣裳和尿片。只知道遗址边有几个坟墓，还堆着一些棉梗。一块老砖都没有了，一块老瓦砾也没有了——这些图片都保存在我手机里。

图书在版编目（CIP）数据

熊的故事 / 陈应松著. -- 北京：作家出版社，2024.
11. -- ISBN 978-7-5212-3145-8

Ⅰ. I247.7

中国国家版本馆 CIP 数据核字第 2024GR3011 号

熊的故事

作　　者：陈应松
责任编辑：史佳丽
封面设计：周思陶
出版发行：作家出版社有限公司
社　　址：北京农展馆南里 10 号　　　　邮　　编：100125
电话传真：86-10-65067186（发行中心）
　　　　　86-10-65004079（总编室）
E-mail:zuojia @ zuojia.net.cn
http://www.zuojiachubanshe.com
印　　刷：三河市北燕印装有限公司
成品尺寸：152×230
字　　数：268 千
印　　张：20
版　　次：2024 年 11 月第 1 版
印　　次：2024 年 11 月第 1 次印刷
ISBN 978-7-5212-3145-8
定　　价：56.00 元